D1086134

LA PROMESSE D'ÉMILE
est le quatre cent soixante-quatrième livre
publié par Les éditions JCL inc.

Catalogage avant publication de Bibliothèque et Archives nationales du Québec et Bibliothèque et Archives Canada

Bergeron, Claire, 1946-

    La promesse d'Émile

    ISBN 978-2-89431-464-7

    I. Titre.

PS8603.E682P76 2012   C843'.6   C2012-940066-1
PS9603.E682P76 2012

© **Les éditions JCL inc., 2012**
Édition originale : mai 2012

La Promesse d'Émile

Les éditions JCL inc.
930, rue Jacques-Cartier Est, Chicoutimi (Québec) G7H 7K9
Tél. : (418) 696-0536 – Téléc. : (418) 696-3132 – www.jcl.qc.ca
ISBN 978-2-89431-464-7

Cet ouvrage est aussi disponible en version numérique.

CLAIRE BERGERON

La Promesse d'Émile

ROMAN

LES ÉDITIONS JCL

DE LA MÊME AUTEURE :

Sous le manteau du silence, roman, Chicoutimi, Éditions JCL, 2011, 368 p.

Nous reconnaissons l'aide financière du gouvernement du Canada par l'entremise du Fonds du livre du Canada pour nos activités d'édition. Nous bénéficions également du soutien de la SODEC et, enfin, nous tenons à remercier le Conseil des Arts du Canada pour l'aide accordée à notre programme de publication.

Gouvernement du Québec – Programme de crédit d'impôt pour l'édition de livres – Gestion SODEC

À mes amours
Isabelle, David, Kevin et Laurence.
Avec toute ma tendresse.

C'est la possibilité de réaliser un rêve
qui rend la vie intéressante.

Paulo Coelho

Chapitre 1

Amos, août 1990

Un ciel d'orage noir et menaçant se profilait à l'horizon. La canicule persistante des derniers jours atteignait son paroxysme. Cette température suffocante rendait chaque geste pénible. Émile Caron était arrivé tôt. Il avait garé sa voiture devant l'impressionnant bâtiment de la prison d'Amos. Son père finissait de purger sa peine ce jour-là et il ne connaissait pas l'heure de sa sortie. De crainte de le manquer, il avait donc décidé d'être sur place à la pointe du jour. Il abaissa sa vitre. Une légère bruine vint lui mouiller le visage, mais il n'y prêta pas attention.

Le jeune homme de trente-deux ans n'avait pas dormi de la nuit. Malgré la chaleur accablante, il frissonnait. C'était sa sœur Fabienne qui lui avait appris la nouvelle, en fin d'après-midi la veille, et ses propos le tourmentaient.

— Le procureur a appelé, avait-elle dit d'une voix qu'il avait devinée anxieuse et mal assurée. Le monstre sort de prison demain.

— Vraiment? Je n'étais pas au courant. Tu as reçu l'information aujourd'hui?

— Non, hier en soirée. Et j'ai peur.

— Sois sans inquiétude, Fabienne. Il ne pourra rien te faire. La justice va l'avoir à l'œil.

— C'est vague, la justice! Je crains pour notre mère

également. Elle a reçu une lettre de lui exigeant son retour à la maison du Rang 6. Tu le savais?

— Oui, maman me l'a dit. Mais ne t'alarme pas, elle est en sécurité chez Denise et elle a finalement accepté qu'une demande de divorce pour brutalité conjugale soit déposée. Il devrait se tenir coi. Dans le fond, comme c'est un peureux qui ne s'en prend qu'aux plus faibles que lui, il va redouter la justice, dorénavant.

— J'ai peur quand même.

— Sois tranquille. Gabriel te protège et moi aussi je vais veiller sur toi.

— Oui, je suis contente que vous soyez là, surtout après ce qui est arrivé à Richard.

À l'évocation de son frère jumeau, Émile avait ressenti un serrement douloureux à la poitrine. Le souvenir de cet autre drame s'était imposé à son esprit, et c'était à ce moment qu'il avait pris la décision d'assister à la sortie de prison d'Ovide Caron, son père.

— Je te remercie de me rassurer, mais tu téléphonais pour quelle raison? avait demandé Fabienne.

Sa pensée était perdue dans les brumes du passé. Aussi s'empressa-t-il de mettre fin à la conversation.

— Je voulais parler à Gabriel, mais je rappellerai.

De sa voiture, Émile apercevait la lourde porte de la prison. Il avait vu arriver et partir les employés au changement de quart de huit heures. Le ballet des automobiles qui s'entrecroisaient l'avait occupé un instant, sans altérer sa concentration ou ébranler sa décision de se trouver là. Ses mains tremblaient quand il pensait à cet homme dont les gestes et les comportements avaient eu un impact si négatif sur la vie de ses enfants. Ce père leur avait laissé des séquelles indélébiles avec lesquelles ils devraient vivre jusqu'à la fin de leur existence.

Il approchait dix heures trente et il ne le voyait toujours pas sortir. Il espérait que le procureur ne se soit pas trompé, car il n'était pas certain d'avoir le courage de revenir un autre jour avec la même détermination.

Dans un insupportable grincement d'acier, l'ouverture de la porte vint interrompre sa réflexion. Un homme apparut sur le trottoir : c'était lui, Ovide Caron, le teint blafard de quelqu'un qui n'avait pas lézardé au soleil depuis longtemps. Émile ressentit un curieux malaise de le voir aussi pâle. Son père était un travailleur forestier au visage ordinairement buriné par le vent. Son frère Gilles s'amusait à dire que c'était les flammes de l'enfer qui le léchaient et lui faisaient la peau cuivrée.

L'évocation du diable lui donna le courage de quitter sa voiture. Il se tint en face de l'homme debout de l'autre côté de la rue et s'approcha lentement de lui. En le reconnaissant, Ovide eut un rictus méprisant et lui cria avec arrogance :

— Tiens ! Si c'est pas mon grand niaiseux ! T'as décidé de venir chercher ton père, ou tu veux seulement te moquer de lui ?

Émile se taisait, se contentant de fixer intensément cet homme qu'il haïssait depuis si longtemps.

— Quand j'ai plaidé coupable, tu as dû être déçu de ne pas pouvoir débiter en Cour tes sales histoires ?

Son fils gardait toujours le silence, ce qui agaçait le père.

— J'ai déjà demandé un taxi ; il va arriver d'une minute à l'autre. T'es juste un grand pissou qui a peur de son ombre et qui s'est caché dans les jupes de sa sœur pour dénoncer son père ! Tu peux partir, j'ai pas besoin d'un flanc mou comme toi pour rentrer à la maison.

Parvenu à la hauteur de son fils, il le poussa rudement à l'épaule.

— Allez ! Tasse-toi et laisse-moi passer !

Le jeune homme fut déséquilibré et recula d'un pas. Les craintes anciennes ainsi que les douleurs jamais oubliées affluèrent à sa mémoire et des larmes lui montèrent aux yeux. En voyant le regard de son fils s'embuer, Ovide décida de le blesser davantage.

— T'as rien d'un homme! T'es juste une femmelette! dit-il en le frappant de nouveau à l'épaule. Fiche-moi la paix et dégage!

Pour la première fois de son existence, Émile fixa son père dans les yeux et supporta sans broncher sa méchanceté. Il revit dans les prunelles noires et cruelles les horreurs qui avaient pavé sa vie et celle de tous les membres de sa famille. Il sentit son poing se crisper, et sa main frôla le couteau attaché à sa ceinture. Instinctivement, dans un mouvement de défense, il s'en saisit et frappa son père à l'abdomen, sous le sternum. L'esprit d'Émile Caron tourbillonnait et l'entraînait entre ciel et terre, dans une valse de sons et de lumières qui lui semblait irréelle. Son contact avec le monde extérieur s'amenuisait et il se dissociait du présent.

Ovide Caron ne ressentit aucune douleur, seulement une impression de froid à l'intérieur du corps. Il porta la main droite à sa blessure. Un sang chaud coulait abondamment entre ses doigts. Les yeux hagards, il chancela en fixant son fils. Il entendait Émile, comme dans un écho lointain, réciter d'une voix rauque les noms de ses frères et sœurs. Il ne pouvait plus tenir debout. À travers le rideau de brouillard qui se levait autour de lui, il voulut s'agripper à l'épaule de son fils, mais il le vit reculer d'un pas. Il s'écroula au sol. Figé telle une statue de bronze, Émile ne fit aucun geste pour le retenir. Il ne vit ni n'entendit le chauffeur de taxi stationner son véhicule dans un crissement de freins et se précipiter vers eux.

— Qu'est-ce qui se passe? demanda le nouveau venu

dans un cri, en s'agenouillant près du malheureux étendu par terre autour duquel une mare de sang s'élargissait à vue d'œil.

— Allez chercher de l'aide! ordonna-t-il en jetant un regard suppliant à l'homme debout près du blessé.

Émile tourna les talons et se dirigea vers sa voiture. Il ouvrit la portière et se glissa sur le siège. Sa main droite était maculée de sang, mais il n'essaya pas de la nettoyer. Sa tête retomba contre l'appuie-tête et il laissa couler les larmes qu'il retenait depuis son enfance. Noyé dans un halo qui lui semblait irréel, il percevait la voix du chauffeur de taxi criant à l'aide.

Quelques minutes plus tard, les sirènes hurlantes d'une ambulance et de plusieurs véhicules de patrouille se firent entendre. Il ressentit un immense vertige quand les policiers le sommèrent de sortir de la voiture. En levant le bras droit, il remarqua que le sang séchait sur sa main et devenait plus foncé. C'était ce sang qui coulait dans ses veines. Il se sentit défaillir. Une femme en uniforme ouvrit la portière de sa voiture. Il s'en extirpa péniblement et se tint le plus droit possible devant les agents qui le pointaient de leurs armes. Un homme vêtu en civil s'approcha du groupe et s'adressa à lui.

— Le chauffeur de taxi me dit que vous étiez auprès du blessé quand il est arrivé sur les lieux. Est-ce que vous pouvez me le confirmer?

Émile jeta un regard vers les gens qui s'agitaient à quelques pas de lui. Il vit un ambulancier procéder à un massage cardiaque sur le corps ensanglanté, tandis qu'un second pressait un ballon d'air contre sa bouche. En apercevant le couteau planté dans le corps de son père, il eut un frisson qui le secoua des pieds à la tête.

— Oui, j'étais là, finit-il par articuler en sortant de sa torpeur.

L'homme en civil le regardait intensément; il

paraissait étonné de son calme. Il ne pouvait pas deviner qu'Émile n'arrivait plus à contrôler les battements désordonnés de son cœur. Dans une boule de lumière, il revoyait la lueur d'incompréhension qui s'était brièvement allumée dans les yeux de son père au moment où il s'était écroulé, et les voix qui lui parvenaient hachurées lui donnaient l'impression de se trouver dans un vieux film à la trame usée.

— Je suis Guy Duhamel, dit le détective en bras de chemise. Vous me semblez le seul témoin de cette tentative d'assassinat et quelqu'un de plutôt impliqué, si je me fie au sang que j'aperçois sur votre main droite.

Le jeune homme ne le regardait pas. Son attention était retenue par la civière que poussaient deux infirmiers vers une ambulance qui attendait, gyrophares tournoyants. Une fois que le véhicule fut parti dans le hurlement de sa sirène, il se retourna vers le policier. L'homme avait la chemise collée à la peau et ses cheveux plaqués à son crâne par l'humidité laissaient échapper quelques gouttelettes qui ruisselaient le long de son cou. Émile prit conscience de la chaleur étouffante qui l'écrasait. Il sentait également la sueur perler à son visage, mais il ne fit aucun geste pour l'essuyer. Il tendit ses poignets vers Duhamel.

— Vous pouvez m'arrêter, murmura-t-il d'une voix à peine audible. C'est moi qui ai poignardé cet homme.

Le détective le fixait intensément.

— Émile, dit-il, vous pouvez attendre la présence de votre avocat pour passer aux aveux.

En raison de la confusion qui régnait dans son esprit, il ne remarqua pas que l'enquêteur l'avait appelé par son prénom.

— Je n'ai pas d'avocat.

Duhamel se rendait compte que le prévenu manifestait un certain embarras. Il fit signe aux policiers de lui mettre les menottes et de le conduire au poste. Il n'offrit aucune résistance. Le détective les regarda partir en se disant qu'il n'avait vraiment pas besoin d'une telle histoire de crime à quelques semaines de sa retraite, d'autant moins qu'il connaissait l'accusé et le tenait en haute estime. Une intuition renforcée par l'expérience lui laissait croire que cet attentat n'était pas aussi simple qu'il y paraissait au premier coup d'œil.

Il se dirigea vers la voiture abandonnée sur place par le présumé coupable, tandis que son groupe d'intervention délimitait la scène et s'affairait à prendre des photos et à chercher des indices. Un gardien de prison alerté par le brouhaha s'approcha de lui avec l'intention évidente de lui raconter ce qu'il savait de l'événement.

— Cet homme que les ambulanciers viennent d'emmener, c'est Ovide Caron. Il sortait de l'établissement quand il a été attaqué. Il avait purgé sa peine. Il n'a vraiment pas eu de chance.

— Vous êtes certain que c'était Caron? demanda Duhamel, intrigué.

Émile aurait tenté de tuer son père? Le détective était étonné. L'idée lui était venue à l'esprit en reconnaissant le jeune homme, mais il n'arrivait pas à y croire. Il avait connu la famille Caron lors de l'arrestation d'Ovide en 1987, et jamais il n'aurait imaginé que ce garçon puisse commettre un tel geste.

— Ovide Caron! Je n'arrive pas à y croire! dit-il pour lui-même.

Le gardien avait entendu sa réflexion.

— J'en suis absolument certain. C'est moi qui lui ai ouvert la porte quand il a quitté la prison.

Duhamel eut un sourire de remerciement à l'adresse du geôlier et lui tourna le dos. Trois ans plus tôt, quand il avait participé à la douloureuse affaire qui avait mené à l'arrestation d'Ovide Caron, il avait côtoyé Émile et sa sœur Fabienne, deux jeunes gens admirables que la vie n'avait pas épargnés. Il y avait eu ce curé, aussi, Gabriel Valcourt, qui s'était investi avec dévouement pour aider la famille en détresse. Le détective avait encore en mémoire cette cause pendant laquelle il avait croisé le diable. Ce n'était pas une rencontre que l'on faisait tous les jours.

Ovide avait plaidé coupable et avait été condamné à deux ans moins un jour, une peine à purger dans sa totalité à la prison provinciale d'Amos. Les membres de sa famille avaient été déçus de la légèreté de la sentence, mais ils l'avaient acceptée. En tout cas, c'était ce que lui avait cru. Il n'arrivait pas à imaginer qu'Émile ait pu avoir l'intention de tuer son père. S'était-il passé autre chose de grave depuis la condamnation? Était-il possible que tout n'ait pas été dit à l'époque, même si l'accusé avait reconnu les faits? Pour en savoir davantage, il n'avait qu'à se rendre au poste de police et à interroger Émile qui, de toute évidence, était prêt à collaborer avec la justice.

Juste comme il se décidait pour cette ligne de conduite, l'orage éclata. La lueur zigzagante d'un éclair déchira le ciel de bas en haut, suivie immédiatement d'un roulement de tonnerre assourdissant. Une pluie drue se mit à tomber. Duhamel courut se réfugier dans sa voiture en rouspétant contre la nature déchaînée qui s'empressait d'effacer les éléments de preuve de la scène du crime.

*

Esther Aubry se réveillait lentement et s'étirait paresseusement dans son lit de jeune fille, qu'elle retrouvait avec plaisir après une longue absence. Il était onze heures trente du matin. Elle qui sortait habituellement du lit dès les premières lueurs de l'aube semblait heureuse de paresser, pour une fois. À contrecœur, elle se leva, alla vers la porte-fenêtre et fit glisser les rideaux. En voyant un ciel obscur qui annonçait l'imminence d'un orage, elle retourna rapidement se blottir sous les couvertures.

Elle appréciait la climatisation de la maison de son père. Dans son condominium du Plateau-Mont-Royal, elle n'avait pas connu cette douce fraîcheur durant les jours de grande canicule. Elle tourna la tête vers la fenêtre et se plut à contempler le faîte des arbres gorgés d'humidité, immobiles sur un fond noir et lourd que zébraient quelques éclairs. Moins de six mois plus tôt, elle pensait encore qu'elle ne reviendrait jamais habiter et professer en Abitibi. Le décès subit de sa mère quelques jours avant Noël l'avait conduite à la réflexion qui la ramenait à présent dans la maison de son enfance. Après l'enterrement, elle en avait discuté avec son père.

— Si tu reviens à Amos, lui avait-il dit, les causes que tu défendras ne seront pas aussi importantes que celles dont tu pourrais être chargée à Montréal. Il faut réfléchir avant de prendre une telle décision. Pour une criminaliste de ta trempe, qui a des plans de carrière bien précis, l'Abitibi, avec sa population restreinte, n'offre pas autant de possibilités de travailler sur de grands procès.

Charles Aubry possédait un des plus prestigieux cabinets d'avocats de la ville d'Amos, et même de l'Abitibi-Témiscamingue. Il avait éprouvé beaucoup de fierté quand sa fille unique avait été reçue au barreau et, plus tard, lorsqu'elle était devenue criminaliste. À trente-quatre ans, elle s'était déjà taillé une place de choix dans le nec plus ultra du monde juridique québécois.

— Je sais, avait-elle répondu, taquine. Mais je suis prête à venir travailler avec toi et profiter de ton expérience, à défendre des querelles de clôture et des assassinats de belle-mère.

Elle était arrivée à Amos depuis une semaine et avait rendez-vous cet après-midi-là avec Charles et son associé Roger Perron à leur cabinet, Aubry, Perron et Associés. Son père voulait faire les choses dans les règles et la recevoir à son bureau comme il l'aurait fait pour n'importe quel autre avocat que Roger et lui auraient engagé.

Elle décida de se lever et d'aller se préparer un délicieux café, sa boisson préférée. Elle emprunta avec nostalgie le grand escalier cintré en se rappelant sa mère, Carole. Elle était si jolie, les soirs de fête, quand elle le descendait en souriant, heureuse de rejoindre son mari et sa fille qui l'attendaient au salon. Or, à Noël dernier, elle n'était plus là. Deux semaines plus tôt, un infarctus l'avait entraînée dans la mort en quelques heures. Esther se sentait encore chagrinée de n'être pas arrivée à temps pour la serrer sur son cœur une ultime fois.

Pour chasser ce triste souvenir, elle décida d'allumer la radio. C'était le début du bulletin des nouvelles de midi.

« *Un homme a été poignardé en face de la prison d'Amos vers dix heures trente ce matin*, disait l'annonceur maison. *Il a été transporté à l'hôpital où l'on craindrait pour sa vie. Un suspect a été arrêté relativement à ce drame et il est actuellement détenu au poste de police de la ville. Nous vous tiendrons au courant des derniers développements dans cette affaire dès que nous en serons informés.* »

« Tiens, pensa Esther, et papa qui disait que, dans sa belle ville d'Amos, il n'y avait jamais de crime crapuleux, ou alors très rarement ! »

Elle cassa la croûte lentement au bout de la table de cuisine en espérant entendre d'autres détails sur l'attentat du matin, mais il n'en fut plus question. Elle monta à sa chambre revêtir un seyant tailleur bleu ciel en harmonie avec la couleur de ses yeux, sur le revers duquel elle épingla une broche ornée d'un saphir, la préférée de sa mère. Elle la caressa du bout des doigts avec un brin de nostalgie.

Tel que convenu, Esther se présenta au cabinet de son père à quinze heures précises, sachant que Charles Aubry accordait beaucoup d'importance à la ponctualité. Elle voulait lui montrer avec quel sérieux elle désirait faire partie de son équipe. Son père n'eut pas à la présenter à son associé, puisqu'elle le connaissait depuis son enfance. Ravi de la revoir, Roger Perron lui tendit les bras, et ce fut avec plaisir qu'elle répondit à son accolade. Esther remarqua que son père, assis derrière son bureau, avait levé le bras et se triturait une mèche de cheveux. Elle le connaissait suffisamment pour savoir que c'était là un signe de nervosité, mais elle préféra lui laisser l'initiative d'entamer l'entrevue. Après les formules de salutations, il s'adressa à elle directement.

— Roger et moi avons décidé de te confier une cause importante, qui te permettra d'entrer de plain-pied dans le monde de la justice amossoise.

— Vraiment? Je vois que vous m'attendiez!

— Il y a à peine quelques minutes, nous avons reçu un appel du juge Fortin nous demandant si nous accepterions de représenter d'office une personne qui n'avait pas d'avocat.

— Vous me suggérez de m'imposer à quelqu'un qui aimerait se défendre lui-même?

— Pas exactement, spécifia Roger qui intervenait pour la première fois. À ce qu'on m'a dit, il s'agit d'un homme qui reconnaît sa culpabilité avant même la mise en accusation.

— Et il se dit coupable de quoi? interrogea Esther, intriguée.

Perron jeta un œil à Charles et poursuivit.

— De tentative de meurtre.

— Avez-vous d'autres détails?

Certes, elle n'allait pas donner son accord à la proposition sans en avoir appris davantage sur la cause. Mais la sonnerie du téléphone leur imposa une courte pause à tous au cours de laquelle elle réfléchit intensément. Charles Aubry décrocha le combiné.

— Je vois, répondit-il simplement, avant de raccrocher.

Il s'adressa à Esther et à son associé assis en face de lui.

— C'est maintenant une affaire de meurtre, déclara-t-il, car la victime vient de mourir. C'était le juge Fortin. Il tenait à nous informer de ce dernier développement dans la cause que tu auras à défendre.

— Voilà toute une précision! Est-ce que je pourrais en savoir davantage, avant de dire oui?

— L'attentat a eu lieu devant la prison, au milieu de l'avant-midi.

Esther manifesta sa surprise.

— J'ai entendu l'histoire dont vous faites mention à la radio, aux nouvelles ce midi.

— C'est possible qu'on en ait parlé.

— Je parie que ni l'un ni l'autre de vous deux ne veut prendre cette cause parce qu'elle est perdue d'avance! Un assassin qui s'accuse avant l'enquête préliminaire ne laisse pas beaucoup de marge de manœuvre à l'avocat chargé de sa défense… Ai-je le choix d'accepter?

Les deux hommes se regardèrent.

— Non! répondirent-ils en chœur.

— Je constate que vous désirez saboter ma carrière en Abitibi avant même qu'elle ne débute.

Se tournant vers son père qui agitait sa touffe de cheveux de plus en plus vite, elle adopta le vouvoiement pour donner un air plus solennel à la conversation.

— Si vous voulez que je retourne à Montréal, maître

Charles Aubry, il n'est pas nécessaire de passer par un tel détour pour me le faire comprendre.

— Loin de moi une idée de ce genre, maître Esther, répondit le magistrat en souriant. Mais chaque être humain a droit à une défense pleine et entière, et je crois qu'avec tes connaissances de criminaliste tu peux le représenter avec brio.

Devant l'air perplexe de sa fille, il ajouta:

— Je ne t'apprends rien en te rappelant qu'une évidence peut cacher des surprises. C'est là que le talent d'un bon avocat entre en ligne de compte.

Il se leva, passa derrière sa chaise et plaça ses mains sur ses épaules.

— À toi de jouer, maître Aubry!

Esther perçut la fierté paternelle derrière ce défi et, dans la pression de ses mains posées sur elle, elle devina sa tendresse. Elle se leva et fit face à cet homme qu'elle admirait et aimait infiniment.

— D'accord! J'accepte de représenter cet homme même si c'est un procès perdu d'avance. Comme tu le dis si bien, chacun a le droit d'être défendu. Où se trouve mon client, en ce moment?

— Au poste de police. J'ai insisté pour que personne ne l'interroge avant ton arrivée.

— Vous n'avez jamais pensé que je pourrais refuser, à ce que je vois!

— Non, je connais ta détermination. J'étais convaincu que la cause ne te ferait pas peur, peu importe ses difficultés. Il y a là un défi comme tu les aimes. Pour le reste, je te fais confiance, tu vas faire le maximum. La personne que tu auras à défendre s'appelle Émile Caron.

Esther décida de ne pas répliquer. Elle eut un sourire entendu en direction de son père et se dirigea vers la porte. Elle avait un client à rencontrer, son premier en Abitibi.

Elle retrouva facilement le poste de police de la ville d'Amos. C'était un énorme bâtiment au cœur de la ville qui l'avait toujours intriguée, mais à l'intérieur duquel elle n'était jamais entrée. L'orage de la matinée avait fait place à un soleil éclatant qui rendait ces lieux plus accueillants. Aussi, elle se sentit ragaillardie en pénétrant à l'intérieur. Elle se présenta à la préposée et Guy Duhamel arriva rapidement pour la recevoir.

— Je suis heureux de vous revoir, maître Aubry. Vous ne vous souvenez sans doute pas de moi, mais je faisais partie de l'escouade policière qui vous rendait visite quand vous fréquentiez l'école secondaire. Je vous avais remarquée à cause des questions que vous ne manquiez jamais de poser. Vous aviez déjà à l'époque la curiosité nécessaire à un bon avocat. Suivez-moi, je vous conduis à votre client.

Esther lui emboîta le pas.

— Maître Charles Aubry nous a téléphoné pour nous aviser que vous assumeriez la défense d'Émile Caron. Est-ce qu'on vous a avertie que son père était décédé?

Esther s'arrêta brusquement et se tourna vers le détective.

— Cet homme a assassiné son père? demanda-t-elle, ahurie.

— Oui... Vous n'étiez pas au courant?

— Non. Je savais qu'il se reconnaissait coupable du crime, mais pas qu'il s'agissait de son père.

Duhamel reprit sa marche vers la salle où était détenu Émile Caron, mais l'avocate ne bougeait pas. Il revint vers elle.

— Vous voulez toujours le rencontrer?

Elle hésita un instant.

— Est-ce que je peux le voir seule?

Le policier eut un moment d'incertitude, mais il acquiesça. Il ouvrit une porte et lui fit signe d'entrer.

— Un agent va demeurer avec vous. Cet accusé peut être dangereux.

Esther lui indiqua d'un regard qu'elle acceptait cette présence et entra dans la pièce. Son client était assis au bout d'une table de bois. Il parut ne pas être conscient de son arrivée et ne releva même pas la tête. Elle en profita pour l'examiner. Elle s'attendait à voir un type à l'allure débraillée et à la barbe longue, mais Émile Caron était un bel homme qui, manifestement, prenait soin de son apparence. À en juger par ses traits, il abordait la trentaine. En le voyant vêtu d'une tenue de couleur claire, Esther ne pouvait croire qu'il était l'auteur de ce meurtre dont il s'accusait lui-même. Elle s'approcha de la table et se tira une chaise. Le bruit attira l'attention de son vis-à-vis.

— Je me présente : Esther Aubry. Je suis votre avocate désignée d'office.

L'homme ne répondit pas. Il se contenta de la fixer d'un air absent.

— J'ai su que vous reconnaissiez votre culpabilité.

Le silence le plus total persistait.

— Je vous suggère de ne plus rien raconter à ce sujet avant que nous ayons déterminé une ligne de défense. Vous aviez sûrement un motif sérieux, pour tuer votre père à sa sortie de prison.

Esther vit une lueur d'intérêt s'allumer dans les yeux d'Émile.

— Si je comprends ce que vous venez de dire, il est mort? interrogea-t-il.

La voix d'Émile était grave et douce à la fois.

— Vous ne le saviez pas?

— Non, on ne me l'avait pas dit.

Le jeune homme leva les mains et y enfouit son visage. Esther remarqua le tremblement qui l'agitait. Elle respecta un moment de silence pour lui permettre de se ressaisir, puis poursuivit.

— Est-ce que vous êtes au courant qu'un meurtre avec ou sans préméditation peut entraîner une condamnation à la prison à vie, sans possibilité de libération avant vingt-cinq ans? Pour assurer votre défense efficacement, je vais avoir besoin que vous m'expliquiez les raisons de votre geste.

Émile baissa les bras et eut un sourire résigné.

— Je pourrais avoir un verre d'eau? demanda-t-il en se penchant vers la table.

Il s'y appuya et déposa son front contre la surface de métal. Il frissonnait.

— Je me sens très mal, réussit-il à articuler avant de s'affaisser.

— Allez chercher de l'aide! cria l'avocate en se levant de son siège. Cet homme a un malaise.

L'ambulancier qui se présenta quelques minutes plus tard remarqua rapidement des signes de déshydratation avancée. Émile fut transporté d'urgence à l'hôpital Sainte-Thérèse d'Amos.

Esther quitta le poste de police avec le sentiment que cette histoire n'était pas aussi claire qu'elle le laissait présager. Elle se demandait si ce n'était pas pour cacher quelque chose ou protéger quelqu'un que son client acceptait les conséquences de son geste sans tenter de se défendre. Il y avait au fond de son regard une lueur de fatalisme qui la troublait. Elle avait besoin de réfléchir. La cause qu'elle venait de se voir octroyée lui semblait perdue d'avance et risquait de rendre bien difficile le début de sa carrière dans la région. Car ce procès serait sûrement très médiatisé.

Elle gara sa voiture près de la rivière à un endroit qu'elle affectionnait particulièrement. Le soleil de fin de journée jetait sur l'Harricana une lumière ambrée, fidèle à ses souvenirs de jeunesse. La chaleur était encore présente, mais l'humidité étouffante s'était dissipée avec l'orage. Esther enleva sa veste et alla s'asseoir sur le rocher où elle avait si souvent regardé le jour faire place à la nuit. Elle tourna la tête vers la ville et vit se profiler sur l'horizon le haut dôme de la magnifique cathédrale de style romano-byzantin bâtie sur un promontoire, que l'on apercevait de chaque coin d'Amos. «Une grande merveille, disait son père. Son style la rend unique en Amérique du Nord, et c'est chez nous qu'elle se dresse fièrement.»

Elle porta de nouveau son regard vers la surface de l'eau qui étincelait dans la lumière diffuse du soleil couchant. Elle pensait à Émile Caron, qu'elle n'arrivait pas à percevoir en assassin. Cet homme lui avait inspiré un sentiment de calme et de bonté, sauf quand elle lui avait annoncé le décès de son père. Il avait alors eu un regard indéfinissable. Était-ce de la haine, de la douleur ou du chagrin? Elle ne le connaissait pas suffisamment pour discerner les émotions qui le bouleversaient.

Elle se leva et décida de rentrer. Il commençait à se faire tard et Charles devait l'attendre pour souper. Il était sûrement impatient de l'entendre lui relater sa rencontre avec son nouveau client. Maître Charles Aubry était un homme intègre que la justice avait passionné au plus haut point tout au long de sa carrière. À son arrivée, il était assis sur la galerie couverte et sirotait un verre de scotch, «la boisson qui guérit tous les maux», s'amusait-il à répéter. Il en offrit un à sa fille, qui le refusa en riant.

— Tu sais, papa, à quel point je déteste le goût de cette horrible mixture.

— Tu as rencontré ton client? s'informa Charles d'un air intéressé.

— Oui, et j'ai été vraiment surprise. En passant, vous m'aviez bien caché que c'était son père, qu'il avait poignardé! Eh bien, cet Émile Caron ne correspond pas au portrait que je me faisais d'un meurtrier qui tue son père de sang-froid. C'est un bel homme blond au début de la trentaine, bien vêtu, qui a un regard doux et triste. Je me demande ce que va nous révéler ce procès.

— Crois-tu qu'il est prêt à collaborer avec toi?

— Je n'en sais trop rien. Il m'a paru résigné et la perspective d'un long séjour en prison ne semble pas le traumatiser.

— Il n'est pas inquiet pour le moment, car il se trouve toujours sous l'effet de l'adrénaline, mais mon expérience me dit qu'il changera d'idée au fur et à mesure que vous avancerez vers le procès.

— Je n'ai pas eu le loisir de me faire une véritable opinion de lui, car il a eu un malaise quelques minutes après mon arrivée. Selon l'ambulancier, il était affaibli et déshydraté. Il a été transporté à l'hôpital.

Charles réfléchissait en écoutant sa fille.

— S'il était dans cet état lamentable, tu vas devoir vérifier son emploi du temps des derniers jours. Il est étonnant qu'un homme de son âge se sente mal à ce point après quelques heures seulement sans boire ni manger.

— C'est ce que je pense également et je me demande par où commencer pour le défendre adéquatement.

— Tu pourrais revoir le procès-verbal de la comparution de son père et analyser les faits qui lui ont valu deux années de prison. Je me souviens des rumeurs qui ont couru dans notre milieu quand on a arrêté Ovide Caron il y a trois ans. Il avait été fait mention que l'affaire nous révélerait bien des horreurs.

— Et vous n'avez rien su?

— Caron a plaidé coupable aux chefs d'accusation pour lesquels il avait été écroué, soit la maltraitance et le viol de deux de ses filles, si mes souvenirs sont exacts. Il voulait sûrement éviter un procès. Il a été condamné à deux ans moins un jour.

L'avocat se tut un instant et sembla chercher dans sa mémoire.

— Je me rappelle que le curé de Saint-Marc-l'Évangéliste, le village où habitait la famille Caron, avait joué un rôle important dans son arrestation. Tu pourrais commencer par lui. Il s'appelle Valcourt, Gabriel Valcourt.

— Bonne idée, Charles. Je vais rencontrer ce prêtre, qui connaît sûrement très bien chacun de ses paroissiens.

Elle se leva et entraîna son père vers la porte d'entrée.

— Si nous allions nous sustenter, maintenant, mon beau papou d'amour! J'ai très faim et j'ai hâte de goûter ta divine cuisine.

Charles prit sa fille par la taille en se réjouissant de la complicité qui les unissait et du merveilleux bonheur que leur offrirait leur étroite collaboration professionnelle. En entrant, ils furent accueillis par le délicieux fumet d'un tajine d'agneau aux zestes d'agrumes.

Chapitre 2

Comme la plupart des autres contrées du monde, le Québec de la fin des années 1960 avait subi de grandes mutations. Le cléricalisme avait été emporté dans le tourbillon des changements que la société québécoise instituait sur tous les plans. La domination ou l'oppression des gens par les ecclésiastiques, souvent les seuls détenteurs du savoir, avait cédé le pas à la liberté de conscience, et la majorité francophone, tricotée serrée, avait délaissé la pratique religieuse. Le nombre d'enfants par famille avait diminué et les divorces s'étaient multipliés. Pour ajouter au désarroi de l'Église, une défection massive au sein du clergé avait affaibli encore davantage sa position dans la communauté. Plusieurs mères qui avaient cru assurer leur place au ciel par le sacerdoce de l'un de leurs fils avaient dû réviser leur plan de salut quand leur progéniture avait décidé de quitter la prêtrise.

Curieusement, c'était au moment de la chute brutale de la religion catholique que Gabriel Valcourt avait décidé de faire des études théologiques, à la grande déception de son père, Jean-René, qui le voyait déjà travailler avec lui dans la florissante entreprise familiale.

— Quand un homme a un seul garçon, il est normal qu'il veuille lui passer le flambeau, avait-il plaidé d'un ton réprobateur.

— Ne vous en faites pas, papa, avait répondu Gabriel. Si Dieu prend votre fils, il vous le rendra au centuple.

Devant le désappointement de son père, il avait ajouté en posant une main chaleureuse sur son épaule.

— Vous êtes chanceux, allez! Cent employés pour le prix d'un.

— Cesse tes taquineries, Gabriel, avait ordonné Jean-René. Je suis fâché et très déçu. Les curés quittent la prêtrise et toi, tu décides d'y entrer. Je ne te connaissais pas cet esprit de contradiction.

Ce discours avait causé un léger vague à l'âme chez le jeune homme. Mais il savait que, malgré sa déconvenue, il lui laisserait l'entière liberté de choisir l'état de vie dans lequel il serait heureux. Pour Gabriel, le sacerdoce représentait un appel irrésistible.

— Tu pourras en sortir si jamais tu te sens coincé, avait décrété son père, incapable de s'avouer vaincu et d'accepter sereinement la vocation de son fils. Auparavant, une personne devenait prêtre pour toujours et subissait l'excommunication si elle décidait de quitter les ordres. Heureusement, les temps ont changé, comme les lois de l'Église catholique.

— Papa, je serai prêtre et ce sera pour la vie, avait affirmé le jeune homme sur un ton plus sérieux.

Sa mère, Aurélie, une sainte femme qui voyait le beau côté des gens, acceptait son choix de bon cœur, mais elle aurait été heureuse aussi s'il lui avait annoncé qu'il se mariait.

— Dire que mon nom va s'arrêter avec toi! s'était désolé Jean-René. Je n'aurai pas de petits-enfants qui perpétueront le nom de Valcourt. Par bonheur, j'ai une fille plus intelligente que son frère. Sinon, je devrais également mettre une croix sur le bonheur d'être grand-père.

Le vieil homme, l'air accablé, s'était dirigé vers sa

fille Joanne, assise près du piano, et l'avait embrassée sur le front. La jeune femme, qui adorait son cadet et approuvait sa décision, lui avait fait un clin d'œil et avait rétorqué :

— Ne vous en faites pas, mon beau papa. Je ferai davantage d'enfants pour compenser ceux que monsieur le curé ne vous donnera pas.

Gabriel avait applaudi à la suggestion de sa sœur. Il était heureux de la complicité qui les unissait depuis l'enfance, jamais démentie au fil du temps. Malheureux de la déception causée à son père, il avait interrogé sa mère du regard, qui lui avait fait signe de ne pas trop s'en faire. Elle ne doutait pas que son mari allait également finir par accepter le choix de leur fils.

Après avoir été vicaire à Amos pendant huit ans, une période pendant laquelle il logeait à l'évêché et côtoyait régulièrement l'évêque, Gabriel avait obtenu la cure de Saint-Marc-l'Évangéliste en 1980. Dans cette paroisse de moins de cinq cents âmes, il s'était vite intégré à la population et s'était fait de nombreux amis. Le manque de prêtres se faisant cruellement sentir, son supérieur l'avait également chargé du service pastoral dans le village de Villemontel, près d'Amos.

Gabriel se donnait corps et âme à son ministère, même s'il n'avait rien d'un curé traditionnel. Pour ses quarante ans, sa mère devenue veuve lui avait offert la moto dont il rêvait depuis l'adolescence : une Harley-Davidson chromée et performante, celle qu'il avait toujours secrètement désirée. Adepte de liberté, il s'était empressé d'enfourcher cette merveille et de fendre le vent à une vitesse folle. Sur sa bécane à l'allure provocante, il avait découvert l'essence pure de la conduite et l'ivresse de dépasser ses limites. À un policier qui l'avait arrêté pour excès de vitesse, il avait répondu, l'air contrit :

— Je me rendais auprès d'un moribond et, à cause de votre zèle à donner des contraventions, ce malheureux va peut-être mourir sans les secours de la religion.

— Mais vous rouliez à cent cinquante kilomètres à l'heure, monsieur le curé. Si vous avez un accident à une vitesse aussi élevée, vous n'avez aucune chance de vous en sortir vivant. Vous arriverez au ciel avant votre paroissien sans lui avoir administré les derniers sacrements. Je ne sais pas ce que penserait saint Pierre, de vous voir manquer ainsi à votre devoir. Des plans pour vous retrouver chez le diable!

Gabriel avait apprécié la boutade. Il aimait bien lui aussi taquiner ses paroissiens.

— J'avais oublié saint Pierre, et Satan, son voisin d'en bas. Si vous me laissez partir sans contravention, je vous promets d'y réfléchir à l'avenir et de ne plus jamais transporter le saint viatique à tombeau ouvert, même en cas d'urgence.

Les gens de la paroisse et des environs aimaient Gabriel Valcourt, le curé à la moto. Le policier avait décidé de ne pas sévir en lui rappelant toutefois de ralentir.

— Vous perdre dans un accident de la route serait dommage pour nous, monsieur le curé. Pensez à vos fidèles.

Un jour, le 25 mai 1987, une date qui allait changer le cours de son existence, il s'était arrêté sur le chemin de Val-d'Or pour se sustenter dans un casse-croûte. En commandant une poutine, son mets préféré dans ce genre de restaurant, il aperçut une jeune femme assise seule, à la dernière table du côté du sous-bois. Elle grignotait plus qu'elle ne mangeait et semblait particulièrement triste. Même pendant ses longues randonnées, il n'oubliait jamais sa mission sacerdotale. Il se sentit interpellé par la détresse de cette personne et alla vers elle pour lui demander la permission de s'asseoir.

— La place est disponible?

La femme jeta un regard aux alentours et lui fit remarquer :

— Toutes les autres tables sont libres, bonhomme. Alors, fiche-moi la paix!

Il jeta un coup d'œil autour d'eux et déclara :

— Justement, il n'y a que nous deux. Pourquoi ne pas en profiter pour discuter un brin? Voyez-vous, j'ai le cafard aujourd'hui; c'est pourquoi j'ai décidé de faire une balade en moto. En vous apercevant, je me suis dit que vous étiez peut-être un ange de compassion envoyé par Dieu pour mettre un peu de soleil dans ma journée.

L'inconnue l'examina avec plus d'attention. Il était plutôt rare que les motards fassent allusion à Dieu aussi allègrement. Celui-ci avait les yeux rieurs et ne laissait paraître aucun des signes de convoitise qu'affichaient les hommes qui la reluquaient habituellement au club de danseuses nues où elle travaillait. Elle décida de jouer le jeu.

— Vous pouvez vous asseoir; justement, je suis psychologue, lança-t-elle en boutade. Je vais vous écouter, si ça peut vous aider.

Devant l'énormité de son mensonge, elle pouffa de rire, un rire sympathique que Gabriel aima d'emblée. Il retira sa veste de cuir, déposa son casque sur la table et prit place en face d'elle. Il portait au cou la croix en or offerte par sa mère lors de son ordination.

— Alors, docteur, comment pouvez-vous expliquer mon goût exagéré pour la poutine, malgré les remontrances de ma sainte maman?

Il la contempla. Avec ses longs cheveux qui tombaient en cascade sur ses épaules et ses yeux verts immenses, elle lui faisait penser à une jolie sirène que la mer aurait rejetée sur un rivage abandonné au bout du monde. Il devinait à ses cils humides qu'elle venait de pleurer.

Il commença à manger sans un mot. La demoiselle le regardait, intriguée surtout par la croix suspendue à son cou. Ce fut elle qui rompit le silence.

— Tu arrives d'où, le motard? Du ciel?

Gabriel releva la tête et lui sourit.

— Pourquoi, selon vous, est-ce que je descendrais du ciel?

— À cause de la breloque à votre cou. Les gars de bicycle portent des chaînes, mais rarement agrémentées d'une aussi jolie croix.

— Vous êtes perspicace, mademoiselle. J'ai des connexions au ciel, mais je n'y habite pas. J'arrive de Saint-Marc-l'Évangéliste.

Elle éclata de rire.

— Mes parents vivent dans ce village.

— C'est un drôle de hasard. Quel est votre nom?

Un instant, elle parut regretter d'avoir évoqué sa famille, mais elle finit par se présenter:

— Je m'appelle Fabienne. Mon père, c'est Ovide Caron.

— Je le connais, en effet. Je suis Gabriel Valcourt, dit-il en lui tendant la main par-dessus la table. Si vous venez voir vos parents un de ces jours, n'oubliez pas de passer me dire bonjour.

— Vous habitez dans la paroisse?

— Oui, je vis au presbytère, je suis le curé de Saint-Marc.

Gabriel l'avait observée attentivement en prononçant sa dernière phrase. Elle n'avait pas l'allure des gens qui fréquentaient son église, mais une intuition lui laissait croire qu'elle cherchait peut-être quelqu'un à qui se confier. Il souhaitait, si elle en ressentait le besoin, qu'elle vienne un jour lui raconter ce qui la tracassait autant et la faisait pleurer.

— Je n'ai jamais côtoyé de curé, lui assura-t-elle

avec un large sourire. Je pense que, toi et moi, mon ami, nous ne vivons pas sur la même planète.

Elle se leva, visiblement heureuse de mettre fin à la conversation.

— Désolée, curé, je dois retourner au boulot, maintenant. Ma pause est terminée.

— Vous travaillez près d'ici? Je peux vous déposer.

Elle lui pointa d'un air provocant le club de danseuses nues de l'autre côté de la rue en cherchant dans les yeux du prêtre la désapprobation qu'il aurait probablement pour son métier.

— Je travaille là! Comme vous voyez, nous ne fréquentons pas les mêmes lieux de culte.

Gabriel jeta un regard vers l'endroit indiqué, mais il ne fut pas surpris. Il se contenta de lui rendre son sourire. Fabienne parut étonnée, car il ne semblait pas la juger. Elle contourna la table de bois et se dirigea vers le bar d'en face. Gabriel la regarda partir. Une brise légère agitait les pans de sa jupe blanche et lui donnait l'allure aérienne d'un cygne déployant ses ailes. Il se dit qu'elle était belle et malheureuse, mais il ne pouvait pas faire davantage pour l'aider. Il se leva et remit sa veste de cuir. Il ajusta son casque et enfourcha sa moto. Il était l'heure de rentrer. Il avait une messe à célébrer dans trente minutes.

Quelques semaines plus tard, à la mi-juin, par un soir d'orage, Gabriel avait ouvert les rideaux de la salle à manger. La fenêtre offrait une vue splendide sur le boisé de la cour arrière. Il contemplait, fasciné, le ciel qui se déchirait de haut en bas. Il adorait les orages, les roulements de tonnerre et la lumière éclatante et brève des éclairs qui donnaient aux paysages une apparence de fin du monde. Soudain, la pluie se mit à tomber avec fracas et vint heurter violemment la vitre devant lui. De grosses gouttelettes tracèrent des chemins qu'il se plut à suivre des yeux et parfois d'un doigt, comme il le faisait avec sa mère, autrefois, quand il était enfant.

Une demi-heure plus tard, le spectacle semblait terminé et il s'apprêtait à refermer les rideaux quand il entendit frapper faiblement à la porte arrière du presbytère. Il fut intrigué, car jamais personne n'utilisait cette entrée pour venir le consulter. Il alla ouvrir et aperçut dans la lumière blafarde qui striait le ciel une femme trempée et dégoulinante qui se tenait immobile sur le seuil. Malgré ses cheveux mouillés qui lui masquaient une partie du visage, il reconnut Fabienne, la fille d'Ovide Caron, la danseuse qu'il avait rencontrée sur la route de Val-d'Or. Il s'empressa de la faire entrer.

— Mon Dieu, mademoiselle, qu'est-ce que vous faites là? Dites-moi, d'où venez-vous par ce temps de chien?

La jeune femme tremblait de tous ses membres et semblait sur le point de s'évanouir. Elle murmura :

— J'arrive de chez mes parents, dans le Rang 6.

Le curé était abasourdi.

— Vous n'êtes pas sérieuse! Vous avez fait plus de six kilomètres sous cet orage, malgré le vent et la pluie battante?

— Oui.

Fabienne chancela. Gabriel s'élança vers elle et la retint juste à temps.

— Venez par ici, il faut vous asseoir.

Il la conduisit à la berceuse de la cuisine.

— Attendez-moi, je vais aller vous chercher des vêtements secs.

Elle grelottait de plus belle, alors qu'il se demandait ce qu'il pouvait lui offrir pour remplacer son linge complètement détrempé. Il se rendit à sa chambre et revint avec une grande boîte. Il en tira une robe de chambre duveteuse de couleur foncée qu'il tendit à la demoiselle.

— Tenez, c'est un cadeau de ma mère que je n'ai jamais porté. Je vous laisse seule le temps de vous changer. Appelez-moi quand vous serez prête. Je vais faire un feu dans le foyer du salon en vous attendant. Vous pourrez vous sécher devant les flammes.

Gabriel soufflait sur les bûches qui tardaient à s'allumer quand il devina la présence de Fabienne derrière lui.

— Merci, dit-elle simplement, je me sens beaucoup mieux.

Elle s'accroupit par terre à ses côtés et se recroquevilla, le nez entre les genoux. Le prêtre se demandait ce qui avait bien pu la conduire chez lui en pleine nuit. Lorsque les premières flammes jaillirent et les enveloppèrent d'un voile ambré, elle releva légèrement la tête et regarda Gabriel de ses grands yeux tristes. Ses boucles emmêlées sur son front encore mouillé la faisaient ressembler à une enfant déçue, un soir de Noël sans étrennes.

— Je vais aller chercher une serviette pour vous sécher.

Il revint quelques minutes plus tard et s'agenouilla derrière elle. Il commença doucement à éponger la lourde masse de cheveux trempés. Elle lui arracha le linge des mains.

— Je peux le faire seule.

Il se pencha de nouveau vers le foyer pour attiser le feu, tandis qu'elle frottait vigoureusement sa chevelure.

— Mademoiselle, je suis curieux de savoir ce qui vous a conduite ici.

Elle esquissa un léger sourire et évita la question.

— Je vous avoue que j'ai été surprise l'autre jour d'apprendre que le motard avec lequel je causais était un curé.

La remarque amusa Gabriel.

— Il faut croire que le bon Dieu ne choisit pas son moyen de transport pour aller vers les gens. J'imagine que vous avez faim. Puis-je vous apporter de quoi vous restaurer?

— Je boirais davantage un cognac ou quelque chose de fort pour me réchauffer, du vin de messe si vous n'avez rien d'autre.

— Vous avez vu juste, je n'ai pas un bar très bien garni, mais je peux vous offrir un armagnac. C'est un cadeau de mon père.

— D'accord pour l'armagnac. Un double!

Gabriel se rendit à la salle à manger et prit dans le bahut où il rangeait ses rares alcools la bouteille abandonnée depuis quelques années. Il prépara le verre qu'elle demandait et le déposa sur un plateau. Il traversa ensuite à la cuisine, ajouta du pain et du fromage à la boisson qu'il s'apprêtait à offrir à son invitée-surprise et déposa le plateau sur la table basse au salon.

— Tu aurais dû apporter la bouteille; je suis vraiment gelée!

Elle saisit le verre, le but d'un trait et le tendit au curé en lui faisant signe de le remplir.

— Je vous en verse un autre si vous mangez également ce que je vous ai apporté.

Fabienne acquiesça avec un sourire et prit un morceau de fromage qu'elle grignota du bout des dents. Elle avait davantage besoin d'alcool que de nourriture.

Gabriel revint au salon avec le verre d'armagnac auquel il avait joint une carafe d'eau. La jeune fille comprit qu'elle n'obtiendrait rien de plus ce soir-là. Le curé la regardait manger et il n'osait plus la questionner sur la raison de son arrivée au presbytère en pleine nuit. Sa maison était celle de Dieu, ouverte à n'importe quelle heure du jour ou de la nuit pour une âme en détresse.

— Finissez votre goûter pendant que je vais préparer la chambre d'ami à l'étage, lui dit-il.

Quand Gabriel revint au salon une quinzaine de minutes plus tard, il vit que Fabienne avait tiré à terre les coussins du divan. Elle s'était enveloppée dans le jeté de laine et s'était endormie devant la flamme rougeoyante qui lui offrait une chaleur bienfaisante. Il n'osa pas la réveiller et la laissa dormir là où elle était. Pour être certain que la fille n'ait pas froid lorsque, au matin, le feu diminuerait et s'éteindrait, il ajusta à la hausse le thermostat. Et il s'en fut se coucher à son tour.

Avant de s'abandonner dans les bras de Morphée, il ne put s'empêcher d'imaginer la frêle jeune fille parcourant six kilomètres sous une pluie battante avec le tonnerre et les éclairs pour seule escorte. Les Caron habitaient au bout du Rang 6 et, sur au moins trois kilomètres, il n'y avait que des épinettes et des maisons abandonnées, de véritables manoirs hantés aux vitres cassées et aux portes arrachées. Malgré lui, il ressentait la frayeur et le froid qui avaient dû pénétrer à travers les vêtements détrempés de Fabienne.

Qu'est-ce qui avait pu chasser cette fille de la résidence paternelle aussi tard le soir? Avait-elle pris la route dans l'intention de venir vers lui au presbytère, ou avait-elle réfléchi à sa destination chemin faisant? Il finit par s'endormir un peu avant l'aube. Aussi, sursauta-t-il lorsque le réveille-matin se fit entendre, à six heures trente. Il avait une messe à célébrer et déjà des paroissiennes devaient s'affairer à préparer l'autel. En traversant le salon, il vit que la demoiselle n'y était plus. Il monta discrètement à l'étage et l'aperçut, couchée en travers du lit. Elle dormait à poings fermés.

Après la messe, Gabriel retint Bernadette Pépin, la maîtresse de poste.

— Fabienne Caron est venue au presbytère la nuit dernière. Elle arrivait de chez ses parents, à pied.

— Avec le terrible orage que nous avons eu en soirée, elle devait être trempée jusqu'aux os.

— Oui, elle était épuisée et frissonnante.

— Elle est passée au bureau de poste avant-hier. Elle s'est informée si le curé de la paroisse se baladait réellement en Harley-Davidson. Il y avait longtemps que je ne l'avais pas vue, la petite dernière à Clarice. Elle a semblé ravie quand je lui ai confirmé que nous avions bel et bien un motard comme représentant de Dieu au village.

Gabriel esquissa un sourire. Le ton taquin de la maîtresse de poste l'amusait.

— Je l'avais croisée près de Val-d'Or, dans un établissement de restauration rapide, il y a quelques semaines, et je lui avais dit que j'étais prêtre à Saint-Marc-l'Évangéliste. Elle devait avoir des doutes.

— Si je ne vous connaissais pas et que je vous rencontrais par hasard avec vos vêtements de cuir, vos bottes et votre gros casque, je ne suis pas certaine que je croirais que vous êtes notre curé. Avec cet accoutrement, vous avez plutôt l'air d'un membre des Hells Angels.

— Allons donc! Un bel ecclésiastique tel que moi, même en habit de cuir noir... J'imagine que j'ai davantage l'allure d'un ange que d'un démon. Mais soyons sérieux. Dites-moi, Bernadette, que savez-vous de Fabienne Caron?

— Je me rappelle qu'au début de l'adolescence elle s'est enfuie de chez son père pour vivre avec sa sœur Denise, à Matagami.

— Et elle est revenue à la maison par la suite?

— Pas de son plein gré. Je me souviens qu'Ovide est allé la chercher. Je pense que son autorité paternelle en avait pris un coup. Il disait qu'une jeune fille devait être élevée par ses parents plutôt que par une de ses sœurs, et que Denise manquait de fermeté pour lui inculquer la discipline nécessaire à une épouse obéissante. Mais elle n'est pas restée longtemps à la maison. Un mois ou deux plus tard, elle s'est sauvée de nouveau. Cette fois-là, personne n'a su où elle s'était réfugiée. Pauvre enfant! Elle avait seulement treize ou quatorze ans. Les gens ont jasé dans la paroisse. On la traitait de dévergondée pour avoir quitté sa famille et être disparue on ne savait où, avec on ne savait qui.

— Hier soir, il a dû se produire quelque chose de grave chez les Caron pour qu'elle s'enfuie pendant l'orage qui nous tombait dessus. Croyez-vous que je devrais passer chez Ovide aujourd'hui et m'informer?

— N'y allez surtout pas sans vous annoncer! Cet homme n'est guère accueillant quand on arrive chez lui à l'improviste. Et Clarice, son épouse, a la consigne de ne répondre ni à la porte ni au téléphone en son absence.

— C'est vrai que je ne me suis jamais présenté chez eux sans les avoir d'abord prévenus. Vous avez raison. Ce ne sont pas les gens les plus sociables du village et, même si Ovide siège au conseil municipal, sa famille vit plutôt recluse.

— Vous ne connaissez pas l'histoire de cette famille, n'est-ce pas?

— Je sais que la femme de Caron a mis au monde plusieurs bébés handicapés, mais son mari et elle ont eu le courage de les garder à la maison. C'est admirable de leur part. J'imagine que c'est la raison pour laquelle ils vivent en retrait des autres membres de la paroisse. Pour éviter à leurs enfants les moqueries des gens.

Madame Pépin ouvrit la bouche pour donner son opinion sur le sujet, mais elle décida de se taire pour l'instant. Elle pourrait y revenir plus tard. Elle préférait connaître les intentions de Gabriel au sujet de la jeune Fabienne.

— Vous savez, monsieur le curé, la majorité de ces enfants ont plus de trente ans. L'aîné, Pierre, doit approcher la quarantaine.

Après un calcul rapide, elle conclut:

— Il a eu quarante ans en avril dernier et Clarice a eu des petits presque tous les ans jusqu'à la naissance de ses jumeaux. Quant à Fabienne, elle est venue plusieurs années plus tard, presque une dizaine, je crois. Qu'est-ce qu'elle vous a dit, à son arrivée hier soir?

— Pas grand-chose. Elle est tombée endormie devant le foyer avant de pouvoir répondre à mes questions. Si elle est encore là à mon retour, je vais lui offrir l'hospitalité. Je crois qu'un moment de répit et de tranquillité lui fera le plus grand bien. Vous pensez qu'on pourrait jaser dans le village si je la prenais à mon service pendant quelque temps? Le presbytère et l'église ont besoin d'un bon ménage; je pourrais lui confier cette tâche.

La femme eut un sourire entendu.

— Nous ne sommes plus dans les années 1940, monsieur le curé; vous êtes libre d'engager qui vous voulez. Remarquez qu'il y aura sûrement une ou deux bigotes pour cancaner, mais je pense que vous êtes au-dessus de ces ragots.

— Vous avez raison. Je vais lui parler ce matin pour sonder ses intentions.

Il salua la maîtresse de poste et rentra au presbytère en se demandant si son invitée dormait encore. Il fut accueilli par une voix joyeuse en provenance de la cuisine.

— Salut, curé! Tu as faim? J'ai fait des crêpes.

La table était mise. Un pot de sirop d'érable trônait

au milieu et une odeur de café flottait dans l'air. Gabriel se dit que c'était une matinée parfaite. À la messe de sept heures, l'église était bondée; il avait donné la communion à chacun et voilà qu'une charmante personne, revêtue de sa longue robe de chambre qui lui traînait sur les pieds, l'attendait pour déjeuner. S'il n'y avait pas eu son inquiétude qui le rongeait à son sujet, il se serait considéré comme un prêtre comblé.

Il la regarda manger avec appétit sans oser lui poser de questions. Elle se confierait au moment qui lui conviendrait, ou bien elle repartirait avec son secret. Le téléphone sonna dans le bureau de Gabriel, qui s'excusa avant d'aller répondre.

Un court instant plus tard, il revint s'asseoir en face de la jeune fille. Elle avait terminé son repas et sirotait son café en souriant, mais elle ne semblait nullement portée à se confier. Il prit la parole en premier.

— C'était Bernadette Pépin, au téléphone, la dame que tu as rencontrée au bureau de poste et à qui tu as demandé si j'étais réellement un curé.

— Oui, je me rappelle. Une personne d'un certain âge qui a l'air très gentille. Elle était déjà maîtresse de poste quand j'ai quitté Saint-Marc. Je l'ai reconnue.

Gabriel profita du fait qu'elle évoquait son départ pour l'engager sur la voie des confidences.

— Il y a longtemps que tu es partie de la paroisse? Je ne me souviens pas de t'avoir vue à une fête ou à une rencontre organisée au village.

— Vous n'étiez pas curé à l'époque. C'était l'abbé Pelletier qui habitait votre presbytère et pour rien au monde je ne serais venue me réfugier chez lui, dit-elle dans un éclat de rire. Il avait une grosse barbe et ressemblait au Moïse du *Catéchisme en images* de ma mère.

Gabriel appréciait ce rire spontané. Il se sentit heureux d'offrir à cette femme, que la vie semblait ne pas avoir épargnée, un moment de répit qui lui permettait de refaire ses forces. Qui sait, peut-être déciderait-elle de sortir du milieu des bars de danseuses qui, selon lui, ne convenait pas à une jeune fille.

— Bernadette, madame Pépin si tu préfères, me disait que le comité des fêtes de la fabrique cherchait quelqu'un pour l'aider à la décoration de la salle municipale. En fin de semaine, nous avons une soirée organisée dans le cadre de notre collecte de fonds destinés à la rénovation de l'église. Tu aimerais aller travailler avec eux?

— Je logerais où?

— Ici, au presbytère. Il y a une chambre d'invité au deuxième étage, là où tu as dormi.

— Est-ce que vous êtes au courant que je danse nue au club en face duquel vous m'avez rencontrée l'autre jour?

— Oui, je le sais, tu me l'as dit l'autre jour. Dans le temps de Jésus, Marie-Madeleine n'était pas reconnue comme la personne la plus vertueuse et c'était pourtant sa meilleure amie. Tu le savais? La religion catholique est une organisation d'amour et de pardon, qui ne juge pas ses brebis.

Fabienne releva les sourcils.

— T'es drôle, curé! Je n'ai aucune idée de qui était ta Madeleine, mais je sens que je l'aime bien. Dommage que tous les prêtres ne soient pas comme toi! J'en aurais appris davantage sur les saintes comme elle.

— Le clergé est de plus en plus près des gens, dit-il. Les choses ont beaucoup changé au cours des dernières années. Dis-moi, est-ce que tu acceptes de travailler avec le comité des fêtes de la fabrique?

— Si ces gens sont d'accord, oui, je veux bien, mais je serais étonnée que les femmes de ton organisation voient d'un bon œil la présence d'une danseuse nue parmi elles.

Gabriel éclata d'un rire joyeux qui entraîna celui de Fabienne à sa suite.

— Je ne te demande pas d'exhiber tes talents de danseuse, mais bien de mettre des nappes et des fleurs dans une salle paroissiale.

— Dans ce cas, je devrais pouvoir aider. J'ai beaucoup de goût pour les fleurs.

— Voilà donc une chose réglée. Tu peux aller retrouver madame Pépin au bureau de poste, elle te dira quoi faire. Moi, je dois me rendre à Villemontel; je m'occupe aussi de cette paroisse et on m'attend pour une rencontre de catéchèse. Est-ce que tu as des effets personnels à aller chercher avant de t'installer ici?

— Tu l'as vu hier, curé, je n'ai pas un lourd bagage.

— Tu as bien des choses à récupérer?

— Oui, des vêtements et certains articles à Val-d'Or.

— Et chez ton père?

— Non. Je préfère ne pas y retourner.

Gabriel n'insista pas. Il lui remit ses vêtements de la veille qu'il avait pris la peine de faire sécher avant de se coucher.

— Nous irons chercher ton *butin* à Val-d'Or cet après-midi, lui promit-il en riant.

Chapitre 3

Le samedi soir suivant, ce fut la fête de la fabrique à la salle paroissiale de Saint-Marc-l'Évangéliste, où tous les gens étaient conviés. Fabienne s'était fort amusée à travailler à la décoration et elle s'était fait de Bernadette Pépin une première amie dans le village.

— J'ai connu ta mère le lendemain de son mariage; tu le savais? lui avait-elle demandé.

— Non, je ne savais pas. J'aimerais bien que vous m'en parliez un jour. Maman ne nous a jamais rien raconté de sa jeunesse et ne nous a dit que très peu de choses de sa famille.

— Ce sera avec plaisir, ma belle! Clarice était aussi jolie que toi le jour de son mariage. Elle avait les cheveux blond roux comme les tiens et les mêmes grands yeux verts.

Après ces quelques mots, Fabienne avait porté un intérêt croissant à la sexagénaire.

En se rendant à pied à la fête en compagnie du curé, elle l'interrogea pour savoir si sa mère et ses sœurs venaient souvent à la messe du samedi soir.

— Oui. Pas tous les samedis, mais je les vois régulièrement. Quant à ton père, il y a longtemps que je ne l'ai pas vu à l'église. Madame Caron et ses filles sont toujours accompagnées de ton frère Gilles.

Fabienne avait l'air triste et mal à l'aise de parler de sa famille.

— Gabriel, il ne faut pas insister pour qu'elles fréquentent la messe.

Il fut surpris. C'était la première fois qu'elle l'appelait Gabriel et non curé. Il se sentit heureux d'être nommé par son prénom. Cela signifiait que Fabienne devenait plus à l'aise avec lui. Il espérait, un jour prochain, des confidences sur les causes de son amertume envers les siens.

— Il y a une raison pour que tu me demandes ça?

Elle ne répondit pas. Ils arrivaient au centre municipal et Gabriel fut accueilli avec enthousiasme par les gens de la paroisse. Des salutations fusaient de tous les coins de la pièce et chacun le réclamait à sa table.

— Je vais vous chercher un verre de bière, monsieur le curé? demanda Claude Vallée, le maire du village.

— Une limonade fera l'affaire; merci.

Alors que les gens s'agglutinaient autour de son ami le curé, Fabienne gagna la piste de danse. Un groupe local jouait *Billie Jean* de Michael Jackson, un de ses airs préférés. La salle était bondée de personnes de tous âges qui s'amusaient à se contorsionner tant bien que mal, et chacun avait l'air de profiter au maximum de cet intermède de plaisir. La jeune femme se glissa au centre de la place et se mit à onduler gracieusement au rythme de la musique. Sa longue chevelure tournoyait en vagues légères, tandis que sa frêle silhouette se découpait dans les lumières scintillantes diffusées par un éclairage à incandescence.

— C'est qui, la belle demoiselle qui danse si bien? demanda le maire en suivant le regard du curé.

Gabriel fixait Fabienne. Ébloui par tant de grâce et d'aisance, il n'arrivait pas à détacher les yeux de la jolie fille qui tourbillonnait sur la piste. Elle leva la tête et, en l'apercevant, elle s'avança en balançant des hanches vers la table où il était assis et l'invita à la rejoindre en tendant les bras vers lui.

— Viens danser, curé! dit-elle en virevoltant dans un geste naturellement gracieux.

Gabriel refusa.

— Je dois rentrer. J'ai une messe tôt demain à Villemontel. Je passais saluer les gens et leur souhaiter une agréable soirée de fête. Amuse-toi! La porte n'est jamais verrouillée au presbytère. Tu peux profiter de la musique aussi longtemps que tu en auras envie.

— Alors, bonne nuit, curé!

Fabienne repartit en riant, suivie de monsieur le maire qui avait accepté son invitation.

Gabriel salua ses paroissiens à la volée, sortit de la salle paroissiale et s'en alla à pied vers le presbytère. Il ressentait un étrange sentiment pour cette femme au passé trouble. Elle était belle. Il n'arrivait pas à chasser de sa pensée la grâce avec laquelle elle tournoyait sur la piste de danse. Elle ressuscitait chez lui les désirs de son adolescence, l'époque lointaine où les filles le faisaient rêver et lui donnaient le goût d'une famille, d'enfants à chérir et d'une personne aimée dans son lit. Mais, en choisissant la prêtrise, il avait renoncé à ce désir si humain.

En se glissant sous les draps, il fit une prière pour appeler Dieu à la rescousse, car il ne pouvait empêcher le souvenir de la gracieuse demoiselle qui ondulait au son de la musique de lui tenir compagnie au cœur de son insomnie. Au matin, quand il se leva pour aller réciter la messe dans la paroisse voisine, ses désirs s'étaient envolés avec les ombres de la nuit. Il remercia sincèrement le ciel de lui donner la force de résister à l'appel de la chair. Il décida de se rendre à Villemontel à moto, en souhaitant semer dans le vent les derniers vestiges de ses rêves de la nuit précédente.

Il revint au presbytère un peu avant midi. Il entra, son casque sous le bras, en déboutonnant son veston de cuir. Il se sentait de nouveau libre et heureux.

— Salut, beau motard! J'ai fait de la soupe et des hamburgers. Tu aimerais partager le dîner de ta danseuse préférée?

Gabriel eut un sourire reconnaissant pour la bonne odeur qui flottait dans l'air.

— Ce sera avec plaisir. Je me change et je viens manger.

Il réapparut quelques instants plus tard en t-shirt et pantalon de toile. Il alla s'asseoir au bout de la table. Fabienne le regardait gentiment.

— Je trouve la vie facile, avec toi, curé. Tu ne reluques pas continuellement mes seins ou mes fesses. Je peux me permettre d'être naturelle et confiante. J'aime beaucoup vivre ici.

Gabriel se rendait compte qu'elle n'avait pas reçu une éducation de couventine, mais sa spontanéité et son humeur joyeuse faisaient d'elle une personne agréable à côtoyer. Si, par un étonnant hasard, monseigneur l'évêque d'Amos annonçait sa venue, il l'avertirait de soigner son langage, mais il serait bien surprenant que le prélat s'arrête à Saint-Marc-l'Évangéliste. Jusque-là, il n'avait jamais honoré sa modeste demeure de sa visite.

Un samedi soir de la fin d'août, Fabienne, qui effectuait à l'occasion le travail de sacristine, s'apprêtait à déposer les burettes sur l'autel quand elle se rendit compte de la présence de sa mère, de sa sœur Suzanne et de son frère Gilles dans le dernier banc à l'arrière de l'église. C'était la première fois depuis qu'elle habitait au presbytère qu'elle les voyait à la messe. Il était vrai qu'elle sortait souvent avec des amis les fins de semaine. Elle se mit à trembler. Étonné de constater son affolement, Gabriel se tourna vers la nef et aperçut à son tour les membres de la famille Caron. Clarice et sa fille avaient la tête penchée et les mains jointes, tandis que le garçon regardait droit devant lui, cherchant à éviter les regards insistants qu'on lui destinait. Sa laideur le rendait visiblement mal à l'aise. Le curé s'avança vers son amie et l'invita à le suivre à la sacristie.

— Pourquoi es-tu aussi troublée de voir ta mère, ton frère et ta sœur à la messe?

Fabienne secoua les mains du prêtre qu'il avait posées sur ses épaules.

— Ne te mêle pas de ma vie privée, curé.

— Tu ne les as pas rencontrés de l'été. Tu devrais être heureuse de les voir ce soir. Pourtant, c'est le contraire. Je te sens sur des épines.

— C'est ce qui se produit à la maison en leur absence qui me contrarie.

— Que se passe-t-il chez ton père, quand ils viennent à la messe?

Fabienne observa le prêtre un moment et sembla sur le point de parler, mais, finalement, elle ouvrit la porte de la sacristie et sortit. Par la fenêtre, il la vit marcher vers le banc au fond du jardin et s'asseoir, le regard tourné vers le soleil couchant. Il devina aux soubresauts de ses épaules qu'elle pleurait. C'était l'heure de la messe. Il n'avait pas le temps d'aller la consoler, mais il se promit de la questionner dès que l'occasion s'en présenterait. Après la célébration, il l'aperçut qui se rendait à l'arrière de l'église. Elle serra sa mère dans ses bras et caressa le visage de sa sœur. Il se dirigea rapidement vers le groupe qui semblait pressé de partir, mais, avant qu'il les ait rejoints, ils étaient montés dans la voiture et disparaissaient dans un nuage de poussière.

— J'aurais aimé saluer les membres de ta famille, dit-il, contrarié. Tu aurais dû les retenir un moment.

— Ils étaient pressés. Mon père ne veut pas qu'ils s'attardent après la messe.

— Fabienne, j'aimerais que tu me parles de tes parents.

Elle ne répondit pas. Elle tourna les talons et retourna s'asseoir sur le banc de bois au fond du jardin. Gabriel n'osa pas aller la déranger, même s'il souhaitait ardemment qu'un jour elle se décide à lui raconter ce qui lui causait un tel chagrin. Elle avait été joyeuse tout l'été et il avait suffi qu'elle rencontre sa mère à l'église pour qu'il la sente de nouveau accablée et malheureuse.

Le lendemain, après la messe à Villemontel, il lui suggéra une balade à moto. Il désirait lui faire plaisir et lui redonner un peu d'entrain.

— Tu aimerais essayer ma bécane?

Fabienne fut surprise. Elle habitait chez lui depuis deux mois et c'était la première fois qu'il lui faisait une telle offre.

— Ta Harley, tu veux dire?

Il souriait.

— Désolé, je n'en ai pas d'autre.

— Mais je n'ai pas d'habit de cuir.

— Il fait très beau, aujourd'hui. Ce n'est pas nécessaire de se vêtir aussi chaudement. Un bon jean, un casque bien ajusté, et tu seras en sécurité. Je ne vais pas rouler à tombeau ouvert.

Fabienne rit.

— À tombeau ouvert! Tu veux dire conduire tellement vite et si dangereusement qu'un tombeau ouvert nous attend au bout de la route?

— Je n'ai jamais réfléchi à cette expression, mais ton explication me semble excellente. Où aimerais-tu aller?

— Il y a mon frère Émile qui habite à Val-d'Or. Il y a bien longtemps que je ne l'ai pas vu. Ce serait agréable de le surprendre.

— Alors, c'est parti pour Val-d'Or!

Fabienne était heureuse et tapait des mains comme une gamine.

— Une balade en Harley, c'est super!

Gabriel s'amusait de sa joie. Décidément, il était facile de faire plaisir à la demoiselle. Ils enfourchèrent la moto et, une heure plus tard, ils arrivaient à Val-d'Or. Malheureusement, Émile n'était pas chez lui. Le curé et sa passagère s'assirent sur un banc devant l'édifice à logements où le frère de Fabienne habitait et attendirent presque une heure en profitant de ce beau dimanche après-midi. Finalement, comme le jeune homme n'arrivait pas, ils durent se résigner à repartir sans l'avoir rencontré.

— Tu as quelque chose pour écrire? Je vais lui laisser une note pour lui dire que je suis passée le voir.

— Dans le coffre de ma moto, sûrement.

Gabriel fouilla un instant.

— J'ai un stylo. Pour le papier, je vais te donner un chèque en blanc; je n'ai rien d'autre.

Gabriel raya le recto, inscrivit «annulé» et lui tendit le papier. Elle écrivit seulement quelques mots qu'il n'arrivait pas à lire d'où il était et glissa sa missive dans l'embrasure de la porte. Elle se retourna vers Gabriel, l'air attristé.

— Dommage, il ne m'aura pas vue sur ta moto.

— On reviendra un autre jour, si ça peut te faire plaisir.

Sur le chemin du retour, ils s'arrêtèrent à Amos, au bord de la rivière Harricana. Gabriel la conduisit à un endroit qu'il préférait entre tous, là où l'eau coulait en remous dans les anfractuosités du roc et offrait un splendide spectacle de gouttelettes jaillissantes et d'écume. Ils s'assirent sur le sol. Fabienne devinait que son compagnon aimait la vie et s'attardait aux beautés de la nature.

— T'as eu une belle enfance, curé?

— Oui! J'avais une sœur aînée et nos parents étaient

des êtres merveilleux. Nous avions un chalet au lac La Motte où nous passions tous nos étés. Ce lieu de rêve existe toujours, mais on y va moins souvent, surtout depuis la mort de papa il y a cinq ans.

— C'est la raison pour laquelle tu es devenu prêtre, pour redonner l'affection que tu as reçue?

— Peut-être. J'ai senti l'appel de Dieu. C'est un peu comme tomber amoureux et ne rien pouvoir faire contre ce sentiment.

— Tu as déjà été amoureux d'une femme?

Gabriel eut un sourire, mais il préféra ne pas répondre à la question de la jeune curieuse.

— Et toi, comment s'est passée ton enfance?

Fabienne tourna son visage vers la rivière et se laissa glisser sur le dos en s'étirant dans l'herbe.

— Quand tu parles d'enfance, curé, je ne sais pas ce que c'est.

Il y eut une mesure de silence que le prêtre n'osa pas troubler de crainte d'arrêter les confidences qu'il sentait venir.

— Il y avait Émile et Richard, les jumeaux, qui s'occupaient bien de moi, mais ils ont quitté la maison lorsque j'avais sept ans seulement. Ce dont je me souviens le plus, c'est que nous étions beaucoup plus heureux quand notre père n'était pas là. Nous pouvions rire et nous amuser sans craindre continuellement de recevoir des coups.

— Il était violent avec vous?

Pour unique réponse, Fabienne fit une moue de mépris.

— Je sais que tu as d'autres frères et sœurs qui...

— Oui, ils sont malades pour la plupart, dit-elle en lui coupant la parole.

— Et ta mère?

— Elle était gentille avec moi en l'absence de papa,

mais, quand il arrivait à la maison, c'était évident qu'elle avait peur de lui. Elle préférait que ce soit mes frères qui s'occupent de moi.

— Et tes sœurs Denise et Odile, elles sont mariées, je crois?

Fabienne se retourna sur le ventre et appuya sa tête dans le pli de ses bras.

— Assez parlé de ma famille! Elle n'existe plus pour moi.

— Tu ne peux pas dire ça; tu es perturbée quand ils viennent à la messe.

Elle leva la tête et adressa un coup d'œil à son compagnon. Il eut l'impression qu'elle avait encore des choses à exprimer, mais qu'elle se retenait. Comme il ne voulait pas forcer les confidences, il la laissa se reposer dans l'herbe et décida d'en faire autant. Il s'allongea à son tour. Dans le ciel, de grands oiseaux déployaient leurs ailes et volaient au-dessus d'eux en exécutant un ballet finement orchestré. Gabriel entendait le murmure de la cascade en contrebas. Il ferma les yeux pour mieux apprécier la symphonie discrète de l'eau et s'endormit.

— Tu dors, curé? Il faudrait rentrer avant la nuit.

Il tressaillit au son de la voix en se demandant où il se trouvait.

— Excuse-moi de t'avoir fait sursauter. Il n'y a pas le feu. Tu peux prendre ton temps.

Elle riait. Il la trouvait jolie avec ses bouclettes blondes qui dansaient dans le soleil couchant. Ils reprirent la moto et s'élancèrent sur la route. La jeune femme s'abandonna contre le dos du conducteur autour de qui elle avait noué ses deux bras. Elle était libre et heureuse en cette fin de journée. La température était douce et les vastes champs de foin fraîchement coupé embaumaient l'air d'effluves exquis. Gabriel se concentrait difficilement sur la conduite.

Il devinait chaque courbe du corps de sa passagère moulé au sien et ses sens s'éveillaient. Il se sentait en équilibre précaire sur un fil ténu entre l'amitié et le désir. Il n'avait pas le droit de se laisser glisser du côté de l'amour. Si Fabienne s'abandonnait aussi librement contre lui, c'était à cause de la confiance qu'elle mettait dans sa fonction de prêtre. Elle le lui avait dit l'autre matin au déjeuner. Il devait donc cultiver sa tranquillité d'esprit, plutôt que de s'autoriser la moindre pensée inopportune. Aussi décida-t-il de ne plus faire de telles balades avec Fabienne; leur proximité physique devenait trop dangereuse.

Le samedi soir suivant, Gabriel guetta la venue de la famille Caron en se demandant si Fabienne aurait la même réaction que la semaine précédente. Au moment où, comme à son habitude, il se dirigeait vers l'arrière de l'église pour recevoir les fidèles, il les vit arriver. Madame Pépin s'approcha de Clarice pour la saluer. La femme leva à peine la tête pour lui répondre et s'empressa de se rendre au banc où la fille et le fils étaient déjà assis. Il se tourna vers le chœur de l'église. Fabienne marchait vers l'autel pour y déposer le calice. Elle fit une génuflexion et, en se relevant, elle aperçut sa famille, ce qu'il devina à la crispation de son visage. Elle recula et disparut dans la sacristie. Il continua sa marche.

Il ne pouvait pas aller la rejoindre pour l'instant, car, pour lui, recevoir les fidèles qui se déplaçaient pour la messe était un rituel familier que chacun appréciait au plus haut point. Les gens de Saint-Marc-l'Évangéliste venaient à l'office librement. Gabriel avait fait du Dieu menaçant des années 1940 une divinité d'amour et de tolérance. Aussi, les paroissiens l'aimaient et le respectaient. Il s'arrêta au banc de Clarice et de ses enfants et tendit la main à madame Caron. Elle parut surprise et leva vers lui son regard aux grands yeux verts, les mêmes que ceux de sa fille, sauf que la lumière ne brillait plus au fond de ses prunelles. Elle lui offrit un léger sourire en remerciement de sa délicate attention. Gabriel sentit le tremblement de sa main dans la sienne.

Plus tard, la messe terminée et le monde parti, il se rendit dans le jardin derrière le presbytère dans l'espoir que Fabienne s'y serait réfugiée une fois de plus. Elle était là en compagnie d'un homme. Assis côte à côte, ils parlaient à voix basse. Il s'approcha. Elle l'aperçut et se tourna vers lui.

— Je te présente mon frère Émile, dit-elle, celui que je voulais voir à Val-d'Or lors de notre balade en moto, la fin de semaine dernière.

Le jeune homme se leva et tendit la main au curé. Émile Caron était un beau garçon d'une blondeur naturelle qui avait hérité des yeux verts de sa mère. Mais, contrairement à elle, dans le soleil couchant de cette fin de journée, les siens brillaient d'un éclat vif et chaleureux. Il était sobrement vêtu d'un costume de couleur claire qui lui conférait une allure distinguée. Gabriel l'apprécia d'emblée.

— Je suis honoré de vous rencontrer, monsieur le curé. Ma sœur vous tient en très haute estime et je suis content qu'elle ait trouvé un confident attentif.

— Moi aussi je suis heureux de faire votre connaissance, dit Gabriel en lui tendant la main à son tour.

Émile avait une poignée de main franche et assurée qui plut au prêtre.

— Je peux vous offrir quelque chose à boire?

— Désolé, je partais. Ma femme m'attend chez sa mère à Amos et j'ai promis de ne pas rentrer trop tard, mais ce n'est que partie remise.

Fabienne s'approcha et alla appuyer sa tête contre l'épaule de son frère.

— Reviens vite. Je suis tellement heureuse de t'avoir retrouvé!

— Je te le promets, ma belle Fabienne.

Émile caressait les cheveux de sa sœur avec tendresse.

— Je vais réfléchir à la situation et on va réagir. Ça ne peut plus durer.

Malgré le ton délibérément bas qu'Émile avait adopté, Gabriel avait entendu. Il raccompagna son invité à sa voiture.

— Je souhaite sincèrement vous revoir, Émile.

Le jeune homme lui répondit avec le sourire :

— C'est promis, et sans doute que je reviendrai très rapidement.

*

C'était le 5 septembre, le dernier samedi avant la fête du Travail, et une certaine humidité rendait le presbytère froid et inconfortable. Gabriel suggéra de faire un feu dans le foyer. Comme Fabienne frissonnait, elle accepta.

— Je vais d'abord aller prendre une douche.

Elle revint au salon une demi-heure plus tard, vêtue du peignoir qu'il lui avait prêté le premier soir. Dans ce moelleux vêtement de couleur sombre dont elle avait remonté le collet jusqu'à ses oreilles, elle ressemblait à une aventurière des glaces venue se réchauffer à un feu de camp. Elle avait déjà à la main un verre de vin rempli à ras bord. Gabriel trouvait qu'elle buvait beaucoup, trop même, mais il n'osait pas lui en faire la remarque. Fabienne avait vécu sa jeunesse dans les bars. C'était sûrement là qu'elle avait pris cette habitude. Ce soir-là particulièrement, il ne voulait pas la contrarier, car il avait décidé de forcer ses confidences.

— Tu vas sans doute me dire que ça ne me regarde pas, mais je me rends compte que tu es malheureuse les samedis où ta famille vient à la messe. Tu souhaiterais qu'on en parle?

Fabienne vint s'asseoir sur le plancher à côté du prêtre qui remuait doucement les bûches dans l'âtre pour attiser le feu. Elle demeura silencieuse.

— Je te sens inquiète et j'aimerais t'aider.

— Mon père est un monstre, finit-elle par articuler. Émile et moi, ce soir, nous avons discuté d'un moyen de l'envoyer en prison.

— Vous voulez le faire arrêter par la police?

— Oui.

Elle éclata en sanglots. Son chagrin retenu depuis trop longtemps l'étouffait. Elle hoquetait et n'arrivait pas à reprendre son souffle. Gabriel s'approcha et lui passa un bras autour du cou. Elle se retourna, s'agrippa à lui et nicha sa tête au creux de son épaule en pleurant de plus belle. Il fut surpris, mais n'osa pas la repousser. Il la berça tendrement devant le feu pétillant qui jetait dans la pièce une chaleur bienfaisante. Elle finit par se calmer et se recula légèrement. Elle regarda l'homme d'Église dans les yeux. Jamais de sa courte vie elle ne s'était sentie aussi bien, et elle le devait à ce curé bon et généreux. La lumière rougeoyante du foyer faisait danser des reflets ambrés sur la chevelure d'ébène de son compagnon et donnait au léger creux dessiné au milieu de son menton une sensualité irrésistible. Elle approcha timidement ses lèvres de la bouche du prêtre et les appuya lentement et avec douceur contre les siennes. Elle ne connaissait pas d'autre manière de remercier un homme et elle lui était reconnaissante de sa présence rassurante.

Gabriel la désirait sans chercher à analyser ce sentiment, nouveau pour lui. Il aimait sa jeunesse, sa spontanéité, et aussi le besoin de lui qu'elle démontrait sans retenue. Il était un homme, un prêtre aussi, et ces deux personnes indissociables éprouvaient chacune à leur façon des sentiments pour Fabienne. Il sentait son âme vibrer au diapason de son corps, mais il devait résister à la tentation. Dans un ultime effort, il la repoussa doucement, avec tendresse.

— Tu es belle, Fabienne, et désirable, mais je suis là pour vous aider, ta famille et toi, pas pour devenir ton amoureux.

Sa voix tremblait du désir retenu qui allumait mille flammes ardentes dans son corps. Se rendant compte de son malaise, Fabienne se fit plus invitante. Elle avait l'habitude de la séduction. Elle connaissait la faiblesse des hommes et ce prêtre en était un. Elle laissa glisser de son épaule un pan de la robe de chambre en tendant son visage vers lui.

— Tu as raison, murmura-t-elle d'une voix suave, mais une chose n'exclut pas l'autre.

Elle s'approcha de nouveau et posa son épaule nue contre le bras de son compagnon. Gabriel sentit la peau satinée frôler la sienne et il frémit de toutes les fibres de son être. Il ferma les yeux en priant Dieu de lui pardonner. Son désir pour Fabienne avait raison de sa volonté et, n'offrant plus aucune résistance, il s'abandonna à la sensualité du moment. Penchée en arrière, ses cheveux tombant en cascade, Fabienne était tendrement offerte et il perdait contact avec la réalité. Lentement, l'homme écarta les pans de la robe de chambre et des seins magnifiques; teintés de roux sous la lumière des braises, se présentèrent à sa vue dans toute leur splendeur. Il attira avec délicatesse le corps de son amie vers le sien, et elle se laissa couler entre ses bras dans un élan de volupté qui lui était jusqu'alors inconnu. Transporté de désir, le prêtre savoura chaque seconde de l'étreinte. S'abandonnant avec langueur au plaisir qui l'entraînait vers l'apothéose de la jouissance, il découvrait la vibration de l'être qui vous transporte au-delà des rivages humains et qui vous dépose aux portes du septième ciel. Jamais il n'avait touché une femme et celle qui se trouvait dans ses bras était délicieuse. Elle consumait sa chair au point qu'il lui était impossible de réfléchir.

Pourtant, un moment plus tard, allongé près de celle qui venait de lui révéler l'ivresse de la passion, il ne put retenir ses larmes.

— Tu regrettes? demanda sa compagne dans un filet de voix. C'est bien la première fois qu'un homme pleure après avoir couché avec moi.

Il se tourna vers elle et lui répondit avec tendresse.

— Non, je n'ai pas de regrets, et c'est un peu ce qui me cause du chagrin. Je pleure aussi parce que j'ai peur que, maintenant, tu me compares à ceux-là qui t'aiment uniquement pour ton corps.

Elle s'approcha et l'embrassa tendrement sur la bouche.

— Ne pense pas ça, mon beau curé, tu me fais de la peine. J'ai souvent offert mon corps à des hommes, mais j'ai l'impression de n'avoir jamais fait l'amour avant ce soir. Les autres fois, c'était seulement du sexe. Avec toi, j'ai découvert la tendresse et la douceur. Tu viens de me donner un merveilleux cadeau.

Elle laissa délicatement courir ses doigts dans la toison noire de sa poitrine.

— Ton corps est tellement beau!

Blottis l'un contre l'autre, ils finirent par s'endormir et ne se réveillèrent qu'au matin, quand le carillon de la porte d'entrée les tira d'un sommeil profond. Gabriel sauta sur ses pieds et tourna un instant sur place, perdu dans le temps et l'espace, surpris de se retrouver nu au milieu du salon. Il éclata de rire en apercevant le désordre qui régnait dans la pièce et Fabienne étendue sur les coussins.

— J'espère que ce n'est pas monseigneur l'évêque! dit-il avec un sourire.

La jeune femme se précipita en riant vers l'escalier et regagna sa chambre. Il était neuf heures du matin. Gabriel en fut étonné, car il ne se réveillait jamais aussi tard, surtout pas un dimanche. Il remit ses vêtements et alla ouvrir. C'était Émile.

— Je m'excuse d'arriver aussi tôt, mais je n'ai pas dormi de la nuit. Il faut que je vous parle, monsieur le curé. Il y a des gens qui souffrent atrocement et nous devons agir le plus rapidement possible.

— Entrez, Émile, votre sœur va descendre et vous recevoir. J'ai une messe à célébrer à Villemontel à dix heures et je suis très en retard, mais je devrais être de retour vers midi. Attendez-moi ici avec Fabienne et je vais vous écouter avec plaisir. Nous pourrons voir ce qu'on peut faire pour aider les personnes qui en ont besoin.

Gabriel prit sa douche rapidement, s'habilla et sauta allégrement sur sa moto. Alors qu'il filait à vive allure pour rattraper son retard, il ressentait un immense vague à l'âme, mais, malgré la voix qui, du fond de son être, le rappelait à l'ordre, il était heureux. Il se sentait comme un jeune garçon qui faisait l'école buissonnière. Il y avait longtemps qu'une émotion aussi intense ne l'avait habité.

Lorsqu'il entra dans l'église, les paroles d'Émile lui revinrent en mémoire. Le frère de Fabienne avait parlé de gens qui enduraient de terribles souffrances. C'était sûrement lié à leur famille. Il lui tardait d'en apprendre davantage.

Chapitre 4

Saint-Marc-l'Évangéliste, 1958

Emile et Richard Caron allaient naître prématurément dans quelques jours. On était à la fin du mois d'août 1958. C'était la huitième grossesse de Clarice Bourassa en l'espace de douze ans et elle se sentait particulièrement angoissée depuis le début. Son poids avait augmenté démesurément et ses jambes ne cessaient de prendre du volume. Elle se traînait plus qu'elle ne marchait.

Un après-midi, très inquiète, elle demanda à sa fille Denise, âgée de dix ans, de garder ses frères et sœurs, tandis qu'elle rendrait visite à Bernadette Pépin, la voisine. Elle emmena dans une voiturette son bébé, Hélène, qui avait eu deux ans en février. En l'absence de ses plus vieux qu'elle ne voulait pas inquiéter, la pauvre maman éclata en sanglots sans prêter attention à la petite qu'elle croyait endormie. Soudain, une voix menue vint interrompre ses lamentations.

— Maman, bobo?

Clarice se retourna, stupéfaite d'entendre la voix de l'enfant qui parlait très rarement. Elle s'approcha et caressa tendrement ses jolies bouclettes blondes, douces comme de la soie, et lui sourit pour apaiser ses craintes. Rassurée, Hélène ne tarda pas à se rendormir en suçant son pouce.

En apercevant sa voisine qui avançait péniblement

sur le rang de gravier, Bernadette Pépin se précipita à sa rencontre.

— Clarice, qu'est-ce que tu fais sur la route avec ta difficulté à marcher? Tu aurais dû envoyer Denise me chercher! Un quart de mille à pied, dans ton état, c'est dangereux, surtout avec un bébé dans sa poussette et sur des chemins aussi mal entretenus.

Clarice se cramponna à Bernadette. Avec la chaleur insupportable de cette fin d'août, elle se sentait au bord de l'évanouissement.

— Tu sais qu'Ovide ne veut pas que je reçoive d'amies à la maison. Il prétend que, le papotage de femmes, c'est du temps perdu. J'ai préféré venir te voir.

Bernadette détestait cet homme grossier et arrogant.

— Des fois, j'aurais envie de lui tordre le cou, à ton espèce de fou.

Clarice sourit à son amie.

— Ne le répète pas, mais, moi, je lui tordrais autre chose, et ce serait fini pour la famille. J'en ai déjà assez avec celui-là.

Elle montrait son énorme ventre. Elles éclatèrent de rire. Il y avait bien longtemps que Clarice n'avait pas eu ce genre de réaction.

— Si tu t'autorises à me rendre visite, où est donc en ce moment ton beau Brummell?

— Il travaille à Senneterre cet été et ne vient à la maison que les fins de semaine. Ça nous permet de respirer un brin.

Tandis qu'Hélène sommeillait dans son landau, les deux femmes allèrent s'asseoir sous un arbre à l'abri du soleil. Une brise légère soufflait doucement et leur offrait un certain répit contre la chaleur étouffante. Un verre de limonade à la main, Clarice se décida à parler.

— Tu sais que, depuis la naissance de Pierre à laquelle

tu as assisté, mon mari ne veut plus demander le docteur Lacasse. Il se croit capable de m'accoucher lui-même.

Elle eut une courte hésitation et des larmes montèrent à ses yeux. Compatissante, Bernadette passa un bras autour des épaules de son amie. Elle devinait à quel point il lui était pénible d'avouer les détails sordides de sa vie.

— Ce fou assure que ce n'est pas plus difficile pour une femme d'accoucher que pour une de ses vaches de mettre bas.

La gorge nouée par la honte et le chagrin, Clarice peina à se rendre jusqu'à la fin de sa phrase. Sa voix se brisa et de lourds sanglots jaillirent de sa poitrine oppressée. Elle n'en pouvait plus. Horrifiée, Bernadette l'attira dans ses bras.

— C'est vraiment un monstre, ton Ovide! Il faudrait le faire enfermer.

— C'est mon mari, murmura la malheureuse Clarice. J'ai parlé à notre bon curé Pelletier de mes difficultés matrimoniales et il m'a fait comprendre que j'étais bien chanceuse d'avoir un conjoint travailleur qui gagnait bien notre vie et grâce à qui nous ne manquions de rien. Il a ajouté que, si je vivais quelques contrariétés à cause de son caractère autoritaire, je ne devais pas oublier que je lui devais obéissance. Il m'a assuré que ma soumission à sa volonté, qui est aussi celle de Dieu, me mériterait une belle place au ciel.

Madame Pépin n'osa pas contredire les propos du prêtre. Durant un long moment, elle garda la jeune maman contre son cœur. Elle se souvenait de Clarice à dix-sept ans, le lendemain de son mariage, avec sa magnifique chevelure rousse qui ondulait joliment. Douze ans plus tard, des cheveux ternes et des poches sous les yeux lui donnaient l'allure d'une vieille femme. Clarice se détacha à regret de l'épaule de son amie. Il fallait qu'elle lui explique la raison de sa visite.

— Ma grossesse m'affole particulièrement. Je n'ai jamais été aussi grosse ni aussi faible. J'ai peur de mourir et de laisser mes enfants seuls. Bernadette, j'aimerais que tu demandes au docteur Lacasse de passer me voir, en l'avertissant de ne pas dire que je l'ai fait venir. Je crains la réaction d'Ovide, s'il l'apprend.

— Tu ne l'as pas rencontré une seule fois de ta grossesse?

— Non.

— Je me rends au village mardi et j'irai à son bureau, je te le promets, la rassura son amie en lui prenant les mains. Tu es enceinte depuis combien de semaines, d'après toi?

— Trente-six, je crois, mais je suis plus grosse que d'habitude après quarante semaines.

— Tu attends peut-être des jumeaux?

Clarice, qui venait de prendre une gorgée de limonade, faillit s'étouffer.

— Mon Dieu! J'espère que non!

— Ma mère et moi avons à maintes reprises assisté le docteur lors d'accouchements. Lorsque, un mois avant terme, le ventre de la parturiente était gros comme le tien en ce moment, il en sortait souvent des jumeaux.

— J'y ai songé, avoua-t-elle, mais je chasse cette pensée. Me verrais-tu avec deux enfants de plus? J'en ai déjà sept à la maison.

À la fin de l'après-midi, Bernadette demanda à Georges, son mari, de raccompagner Clarice et Hélène chez elles en voiture, en assurant une nouvelle fois à la mère qu'elle rendrait visite au docteur Lacasse dans les plus brefs délais.

Mais elle n'eut pas le temps de tenir sa promesse. Deux jours plus tard, dans la nuit du samedi au dimanche, Ovide vint frapper à la porte aux premières lueurs de l'aube.

— Pourriez-vous aller surveiller ma femme pendant

que je vais chercher le médecin au village? Clarice est dans les douleurs depuis hier midi et j'ai l'impression que des complications pourraient survenir.

Choquée, Bernadette se retint de lui jeter à la figure sa façon de penser.

— Dépêche-toi, alors. Je m'habille. Georges va me conduire chez vous.

En arrivant chez les Caron, madame Pépin trouva Clarice en sueur et très affaiblie. Blottie au pied du lit, Hélène suçait frénétiquement son pouce. La peur se lisait dans son regard d'enfant.

— Elle doit avoir faim, dit Clarice à son amie.

— Je vais lui préparer à manger et je reviens te voir.

Bernadette souleva la petite, qui pesait une plume, et la mit debout par terre pour l'emmener à la cuisine et lui servir un déjeuner. La bambine s'affaissa et se glissa sur les fesses pour traverser dans l'autre pièce.

— Elle ne marche pas encore, elle est peureuse, expliqua la maman dans un filet de voix.

Madame Pépin fut surprise. À deux ans et demi, il était rare qu'un bébé ne marche pas. Après avoir changé et nourri Hélène, la voisine revint auprès de son amie, qui se retenait de crier pour ne pas réveiller les enfants. Elle se tordait dans son lit et soulevait sporadiquement son énorme ventre, cherchant un minimum de confort. Entre ses douloureuses contractions, elle ne cessait de répéter qu'elle ne voulait pas mourir en laissant ses petits seuls avec leur père.

— Tu es jeune et en bonne santé, tu vas passer au travers, l'encouragea Bernadette, qui évitait de manifester son inquiétude devant le visage bouffi et les jambes enflées de Clarice.

— Je n'en peux plus, finit par hurler la femme en couches, abandonnant toute retenue. Je veux que le bon Dieu vienne me chercher.

Réveillés par les cris stridents de leur mère, les enfants accoururent à la porte de sa chambre. En les apercevant, Clarice esquissa un difficile sourire et leur tendit les bras.

— Venez m'embrasser et allez vite manger.

Madame Pépin qui lisait l'angoisse dans leurs regards les entraîna avec elle et leur cuisina du pain doré. Après le déjeuner, elle demanda à Denise, l'aînée, d'emmener ses frères et sœurs jouer dans la grange ou dans les champs, en l'avisant de ne pas revenir avant son appel. La fillette lui fit signe qu'elle comprenait. Elle entoura la voisine de ses bras minuscules et leva vers elle ses yeux brillants de larmes.

— Vous êtes gentille, madame. Prenez soin de maman, on veut la garder avec nous, avait-elle supplié.

Bernadette vit les enfants se diriger vers l'ombre de la grange. Pierre, l'aîné, marchait difficilement. Denise donnait la main à sa petite sœur Suzanne, âgée de quatre ans, et Odile transportait Hélène dans ses bras, tandis que les deux autres, Gilles et Jacques, couraient autour d'eux en se taquinant. Le visage de Gilles, marqué de multiples cicatrices, attira son attention. Elle se souvenait de ce petit garçon. Quelques années plus tôt, il avait un joli minois dénué de ces marques disgracieuses qui le défiguraient maintenant. Sa réflexion fut interrompue par le meuglement du troupeau de vaches qui se pressait à la porte de l'étable. C'était l'heure de la traite et les bêtes connaissaient leur horaire. Elle vit Denise et Gilles, suivis d'Odile, se diriger vers elles pour les faire entrer.

Au tournant de la route, elle aperçut un nuage de poussière. C'était la voiture d'Ovide qui arrivait en trombe, suivie du véhicule du docteur Aurélien Lacasse. Bernadette ouvrit la porte aux deux hommes, et le médecin, après s'être lavé les mains, se précipita dans la chambre principale. Dégoulinante de sueur, Clarice gisait dans son lit où, régulièrement, des contractions la tiraient de la torpeur dans laquelle elle sombrait peu à peu. Après un examen rapide, le praticien se rendit compte qu'il s'agissait d'une grossesse gémellaire. Il devrait effectuer de toute urgence une manœuvre dangereuse afin de replacer les bébés dans l'utérus de leur mère.

Deux heures plus tard, malgré leur bonne position pour l'accouchement, les bébés tardaient toujours à se présenter. Il était midi et Bernadette suggéra à Ovide d'aller donner à manger à ses enfants.

— Ils n'en mourront pas, de sauter un repas, répondit-il sans compassion pour sa marmaille.

Madame Pépin ne l'entendait pas ainsi. Elle se rendit à la cuisine, prit du pain et des tomates et prépara des sandwiches. En sortant, elle croisa son mari qui venait aux nouvelles.

— J'aimerais que tu ailles chez nous et que tu me rapportes une boîte de galettes à la mélasse. Je pense que ces petits n'ont pas mangé de dessert depuis longtemps. Il n'y a rien de sucré dans la maison, ni miel ni confitures.

Georges revint quinze minutes plus tard avec les gâteaux et deux grosses bouteilles de soda à l'orange. Les enfants se délectèrent de la boisson colorée et effervescente qu'ils ne connaissaient pas.

— Vous n'avez jamais bu de liqueur? leur demanda Bernadette.

Denise répondit pour le groupe.

— Non, c'est la première fois, et c'est très bon.

Bernadette embrassa la fillette de dix ans et lui caressa le front d'un geste maternel. Une plainte déchirante les interrompit. La voisine se précipita au chevet de son amie et arriva dans la chambre juste à temps pour apercevoir le premier bébé qui venait au monde, un mignon garçon d'à peine cinq livres qui hurlait à pleins poumons et qui semblait très vigoureux. Il fut suivi une dizaine de minutes plus tard d'un autre, plus minuscule, qui malheureusement n'arrivait pas à prendre sa première respiration. Le médecin le saisit habilement par les pieds et le suspendit dans les airs en lui frappant le bas du dos. Après quatre ou cinq essais, l'enfant poussa enfin un premier cri pas très fort, mais au moins il était vivant. Aurélien le remit entre les bras de son père avant de se tourner vers la maman inerte dans son lit, qui saignait abondamment. Il fallait maintenant extraire le placenta de l'utérus pour stopper l'hémorragie. Il massa vigoureusement le ventre de la parturiente en tirant légèrement sur le cordon.

— J'espère qu'il ne s'agit pas d'un placenta accreta[1], marmonna-t-il pour lui-même.

Le médecin ne voulait pas laisser neuf enfants orphelins de leur mère. Finalement, son travail fébrile porta ses fruits et le sang cessa de jaillir, mais la faible Clarice demeurait apathique. Bernadette s'approcha pour la réconforter.

Aurélien tomba assis au pied du lit, épuisé, mais satisfait d'avoir sauvé à la fois la mère et les jumeaux. Il jeta un coup d'œil attendri aux deux bébés couchés face à face dans leur berceau. Il tendit la main au-dessus d'eux et frôla un minuscule menton de son index. Le plus éveillé des garçons attrapa ce doigt et le tint serré dans sa menotte. Il avait les yeux grands ouverts et scrutait le visage penché sur lui.

---

1. Le placenta est dit accreta lorsqu'il est inséré dans le myomètre, c'est-à-dire la couche musculeuse interne de la paroi utérine. Cette situation est fréquente en cas de placenta inséré bas sur une cicatrice de césarienne. Elle arrive aussi chez les femmes ayant eu beaucoup d'enfants ou de multiples curetages.

— Vous voilà lancés dans la grande aventure de la vie, mes petits bonshommes. J'ai accompli mon devoir, à vous de jouer, maintenant.

Il retira son index et le bébé se mit à sucer avidement son pouce. Son frère le fixait intensément comme s'il voulait apprendre de son aîné. Aurélien leur sourit et quitta la chambre en s'épongeant le front. Il prenait tout à coup conscience de la canicule qui sévissait. Il alla vers Ovide, assis dans sa berceuse.

— Il vous faut de l'aide à la maison, lui dit-il d'un ton ferme.

— J'ai Denise qui a dix ans. Elle sera capable d'aider sa mère.

Aurélien observa la fillette, assise dans les marches de l'escalier. Elle serrait contre elle ses deux petites sœurs, Hélène et Suzanne.

— L'école va reprendre dans quelques jours. Elle n'aura pas beaucoup de temps à consacrer aux tâches ménagères.

— Je la garderai ici cet automne. Elle est assez instruite, pour une fille, et à son âge elle est capable de tenir maison avec l'aide de sa mère.

Denise fixait le médecin en espérant qu'il puisse convaincre son père de la laisser retourner à l'école. C'était l'endroit où elle se sentait la plus heureuse. Aurélien vit les deux petites mains jointes en signe de supplication et une grande vague de pitié le submergea. Il s'adressa à Ovide sur un ton catégorique qui ne lui laissait pas de choix.

— Je pense que tu n'es pas conscient de la situation, Ovide. Ta femme en a pour des semaines, voire des mois avant de pouvoir revenir à ses activités habituelles, et ta fille est une enfant. Des jumeaux, ce n'est pas rien non plus. Il te faut absolument une servante.

Le médecin s'avança vers les enfants et prit Hélène dans ses bras.

— Je connais une jeune fille chez les Bruneau, notre deuxième voisin, intervint Bernadette. Lise a seize ans et sa mère m'a dit qu'elle aimerait travailler dans une maison privée.

— Je vais arrêter en passant, conclut Aurélien, et je me renseignerai.

Ovide voulut s'opposer, mais le médecin lui fit signe de se taire.

Clarice eut beaucoup de difficulté à surmonter l'épreuve de cet accouchement, qui avait lourdement miné ses forces. Elle sombra dans une dépression post-partum et resta pendant près de deux ans dans un état de faiblesse extrême. Lise Bruneau prit une place importante dans la vie des Caron, surtout auprès des jumeaux. Né le premier, Émile était un bébé alerte et vigoureux. Son frère Richard, qui avait mis plus de temps à respirer, était plus faible et tardait à réagir aux stimuli extérieurs. La présence de Lise permit deux années de répit à la famille Caron. Ovide ne venait à la maison que les fins de semaine et il n'osait pas, devant elle, imposer sa volonté avec autant de cruauté. Grâce à l'aide de la jeune servante, Clarice retrouva progressivement ses forces et, un jour du mois d'août, Ovide signifia à la servante que sa femme pouvait maintenant prendre soin des siens sans son aide.

— Voici tes gages, lui dit-il d'une voix bourrue, nous n'aurons plus besoin de tes services.

Lise se tourna vers Clarice pour la saluer.

— Je vais revenir souvent voir les jumeaux. Ce sont un peu mes deux bébés.

Ovide lui ouvrit la porte.

— Au revoir! Et je tiens à te préciser qu'il serait préférable à l'avenir de demeurer chez ton père.

Malgré son attachement aux enfants, la jeune domestique, chassée aussi grossièrement, ne remit jamais les pieds dans la maison de cet homme ingrat et malappris. D'ailleurs, une année plus tard elle était mariée et partie vivre à Chibougamau, à plus de trois cent quatre-vingts kilomètres de Saint-Marc.

Après le départ de Lise, Clarice reprit la charge de sa maisonnée et les violences paternelles recommencèrent. Heureusement, Ovide travaillait trop loin pour venir coucher chez lui tous les soirs. La famille bénéficiait donc d'un certain répit.

Quand leur père était présent, Émile prit l'habitude d'entraîner son frère jumeau à l'extérieur et de jouer avec lui dans l'étable ou dans le poulailler. À cinq ans, le garçon avait déjà conscience qu'il valait mieux se cacher que rouspéter. L'hiver, quand il était impossible de sortir, il leur arrivait de s'amuser de longues heures sous leur lit. Ils entendaient les cris de leur père et les sanglots de leur mère. Il y avait aussi les coups portés aux plus faibles de la famille. Pierre, l'aîné, qui s'exprimait difficilement, était le souffre-douleur désigné, mais les autres avaient droit aux mauvais traitements d'Ovide à tour de rôle. Personne n'était épargné, même les jumeaux, malgré les astuces d'Émile pour se camoufler avec son frère.

Les deux garçons avaient dix ans lorsque, un après-midi qu'ils faisaient les foins, Richard se retrouva accidentellement sur le passage de leur père, au moment où ce dernier lançait une fourchée dans la charrette. Entravé dans son mouvement par son fils, Ovide tomba face première dans le champ. Furieux, il se releva, brandit la fourche dans les airs et la planta en terre d'un coup sec. Or, un des fourchons atteignit le pied de Richard et le transperça de part en part. L'enfant poussa un hurlement de douleur. Pour le faire taire, son père lui asséna un violent coup de poing au creux de l'estomac en tenant le manche de la fourche qu'il avait retirée de son pied. Richard chercha son souffle, les yeux exorbités et la bouche grande ouverte, mais, n'y parvenant pas, il perdit connaissance et s'affaissa sur le foin fraîchement coupé. Émile se précipita pour lui venir en aide, mais Ovide le saisit au collet pour le remettre debout sans ménagement.

— Laisse-le par terre, ce maudit fainéant, il ne fait que des bêtises. On peut travailler sans lui.

Bravant l'autorité paternelle, Émile se jeta à genoux auprès de son frère. Ovide le repoussa d'un coup de pied dans les côtes et lui ordonna de reprendre son travail. En continuant à charger le foin, le jeune garçon surveillait son frère du coin de l'œil. Il respira plus à l'aise quand il le vit se retourner sur le ventre et commencer à pleurer. Une fois la voiture remplie, Ovide passa près de Richard, le saisit par les vêtements et le lança comme une vulgaire poche de patates contre le foin amassé. Émile aida son frère à se hisser sur le dessus du chargement et s'étendit à ses côtés.

— Sois patient, Richard. Un jour, on va s'enfuir d'ici et, si on revient, ce sera pour le tuer, ce croquemitaine, lui répéta-t-il pour la millième fois. Et nous emmènerons maman.

Tremblant de tous ses membres, Richard se pressa contre son frère. Il l'aimait et lui faisait confiance. Si quelqu'un pouvait l'arracher un jour des griffes de cette brute, ce serait lui, son jumeau. Les deux enfants pleurèrent en silence tout le long du trajet de retour. Émile avait aussi mal que son frère en voyant son pied d'où le sang pulsait en abondance. Il l'embrassait sur la joue et caressait ses cheveux trempés de sueur.

En arrivant à la grange, Ovide laissa les garçons descendre de la voiture et se diriger vers la maison, l'un soutenant l'autre. Il savait que la fourche était maculée de terre et de fumier et que son fils risquait l'amputation si la gangrène se mettait dans la plaie. Il ne voulait surtout pas perdre son aide précieuse sur la ferme.

Le sang coulait toujours de la blessure et Richard s'appesantissait de plus en plus; il allait s'évanouir. Émile sentit la panique le gagner. Incapable de le porter davantage, il l'abandonna un instant sur le sentier et courut chercher sa mère.

— Que s'est-il passé? demanda Clarice, inquiète devant le pied ensanglanté.

— Papa a fait exprès, j'en suis certain, lui dit Émile au comble de l'horreur.

Sans un mot, elle prit son fils par la taille et le conduisit péniblement jusque dans la cuisine. Elle fit tremper le membre blessé dans de l'eau tiède à laquelle elle ajouta un peu d'eau de Javel et, à l'abri des regards d'Ovide qui travaillait dans la grange, elle choisit un carré de lard salé dont elle enleva la couenne pour la mettre de chaque côté du pied. Elle enveloppa ensuite le tout dans des morceaux de tissu prélevés sur une vieille nappe trouée.

Des anges gardiens compatissants devaient voleter au-dessus des habitants de cette maison, car le jeune garçon évita l'infection et recommença à marcher une semaine plus tard.

Les jumeaux avaient huit ans à la naissance de leur sœur Fabienne. Le médecin avait pourtant averti Clarice qu'elle ne pourrait plus avoir de bébés après la naissance difficile de ses bessons. Aussi cette grossesse l'avait-elle surprise au plus haut point. Elle en avait été dévastée. Émile, qui avait la sensibilité à fleur de peau, devina que cette enfant n'était pas la bienvenue. Il prit donc l'habitude de coucher le bébé avec lui. Plus tard, ce fut pour défendre sa petite sœur que le garçon subit le plus souvent les violences d'Ovide. Il n'acceptait pas que son père s'en prenne à elle et, chaque fois qu'il osait lever la main sur la bambine, il se glissait entre les deux et recevait les gifles à sa place. Dès qu'Ovide élevait la voix, Fabienne courait se blottir contre Émile. Elle le suivait partout, de sa cachette dans la forêt jusque sous le lit de sa chambre où il inventait des jeux pour Richard et elle. Son grand frère était son idole.

Émile était un excellent élève, toujours premier de classe. Il s'était même retrouvé à l'école du village en huitième année, et ce, dès l'âge de douze ans. Il aimait apprendre et rêvait de poursuivre ses études. Mais son père le faisait travailler sur la ferme et l'obligeait souvent à manquer ses cours. Émile réussissait à suivre les autres élèves grâce à son talent, mais il était épuisé. Son père l'avait averti qu'à la rentrée, alors qu'il aurait quinze ans, il le garderait sur la ferme avec ses frères. Dès l'année suivante, il émit le souhait que lui et son jumeau aillent travailler dans les chantiers et contribuent au revenu familial. Émile avait d'autres ambitions. Incapable de supporter davantage le dur labeur et les mauvais traitements, il prit la décision de partir, ce dont il informa sa mère.

— Maman, si je ne pars pas d'ici, j'ai peur de perdre les pédales et de le frapper à mon tour. Je suis de plus en plus fort et je me retiens souvent pour ne pas lui sauter dessus quand il s'attaque à vous ou à mes sœurs.

Sa mère le contempla avec amour en lui caressant le visage.

— C'est vrai que tu deviens un homme, mon bel Émile, et je suis fatiguée de voir ton père te maltraiter encore à ton âge. J'aimerais que tu emmènes Richard. Quand tu ne seras plus là pour le protéger, j'ai peur qu'il devienne le souffre-douleur d'Ovide. Il est aussi grand et fort que toi, mais il est sans défense devant cette grosse brute.

Émile serra sa mère contre lui et l'embrassa tendrement.

— Maman, je vous promets qu'un jour je vais vous sortir de cet enfer.

— Pense à toi et à ton frère Richard pour le moment. Je serai heureuse de savoir qu'en plus de Denise et d'Odile, qui ont réussi à quitter la maison pour se marier, il y aura ton frère et toi qui vous trouverez en sécurité, loin de la méchanceté de votre père.

— Je vais revenir, maman, dès que je trouverai un moyen de vous arracher aux griffes du monstre. Je vous le promets solennellement.

Clarice leva vers son fils un regard ému. Son garçon de quinze ans ne pouvait certes pas la sortir de sa misère. Elle doutait même qu'il puisse un jour intervenir à cet égard de façon efficace. Mais son désir de l'aider était sincère et sa détermination l'attendrissait. Elle voulait qu'il parte le cœur rempli d'espoir.

— Je te crois et je vais t'attendre.

Clarice ne savait rien de la loi sur l'aide sociale, qui avait pris effet en novembre 1970 et qui établissait le droit à l'assistance pour tout individu dans le besoin. Même si elle avait connu cette nouvelle règle, il lui aurait été bien difficile d'en profiter. Sa peur d'Ovide était telle qu'elle n'avait plus la force de s'opposer à lui. Surtout, il y avait les exhortations du curé Pelletier, auquel elle se confiait au confessionnal. Il lui avait bien fait comprendre son devoir de bonne catholique. « Nul ne peut désunir ce que Dieu a uni », lui avait-il dit d'une voix autoritaire et sans réplique. Par ailleurs, elle était usée et sans aucun ressort pour rebondir. Ne voyant pas d'autre issue que d'accepter son destin, elle encaissait les sévices physiques et psychologiques. Il était bien loin, le temps des débuts de son mariage où elle croyait encore au miracle qui aurait changé son mari.

Une nuit de pleine lune, alors qu'Ovide était absent, Émile et Richard quittèrent la maison à pied avec un léger bagage. Fabienne les avait vus se lever. Comme elle était au courant de leur plan, elle courut les rejoindre sur la route de gravier qui menait au village, sauta dans les bras d'Émile et nicha sa tête au creux de son épaule.

— Tu promets vraiment de revenir nous chercher?

Le grand frère caressa la douce chevelure blonde de la gamine en la serrant contre son cœur. Il huma une dernière fois son odeur enfantine qui lui manquerait horriblement. Mais il devait partir. Il la déposa sur le sol et la regarda au fond des yeux.

— Je te le promets, ma petite sœur! Entre-temps si la vie devient trop difficile pour toi, essaie de rejoindre Denise à Matagami, ou Odile à Lebel-sur-Quévillon.

L'enfant ne savait pas comment elle pourrait s'enfuir de la maison, mais elle promit à son frère.

— Je vais guetter ton retour tous les soirs, affirma-t-elle.

— Je ne reviendrai pas avant d'avoir la possibilité de vous arracher aux mauvais traitements de notre grosse brute de père. Ça pourrait être long. Tu devras être patiente.

La fillette n'arrivait pas à s'éloigner de son aîné. Elle gardait les bras noués autour de son corps, la tête enfoncée dans les pans entrouverts de son manteau. Émile détacha ses bras avec douceur et l'embrassa sur le front en tenant le petit minois entre ses deux mains. Il se sentait vraiment malheureux de la quitter, mais il ne pouvait pas l'emmener. Il partait sur des sentiers inconnus et il ne savait pas où son destin le conduirait. Finalement, la fillette relâcha son étreinte et Émile put prendre la route. Il se retourna plusieurs fois. Fabienne demeurait là, plantée au milieu du chemin. Sous la lumière argentée de la lune, avec sa longue jaquette et ses bras levés dans un ultime au revoir, elle ressemblait à un petit lapin blanc abandonné par sa famille. Émile pleura en silence, tandis que chacun de ses pas le rapprochait d'une certaine liberté. S'il voulait survivre, il devait éviter de penser.

Chapitre 5

Chibougamau, 1973

Emile et son frère Richard étaient deux jeunes hommes costauds, mais à peine sortis de l'adolescence et sans expérience. Ce ne serait pas une tâche facile de gagner leur vie. Après avoir rendu quelques services rémunérés ici et là dans des garages ou sur des fermes, découragés et affamés, ils se retrouvèrent à Chibougamau devant la scierie de l'endroit, où Émile décida de tenter sa chance.

— Mon frère et moi cherchons de l'emploi et un ami nous a dit que vous embauchiez régulièrement.

Le contremaître les toisa d'un œil interrogateur.

— Vous avez l'air jeunes, les gars.

— Nous avons dix-neuf ans; nous sommes des jumeaux.

— Vous avez des papiers?

— Malheureusement non, on nous a volé nos bagages la semaine dernière.

L'homme au chapeau blanc ne semblait pas très convaincu, mais il avait besoin d'ouvriers et ces deux-là paraissaient robustes. Quelques-uns de ses employés réguliers manquaient à l'appel ce matin-là, ce qui arrivait souvent le lundi.

— Allez à l'entrée numéro trois et dites que vous venez de la part de Roméo Chamberland. Vous passerez remplir vos papiers pour la paye en fin de journée. Je ne peux pas vous garantir du travail pour très longtemps, mais un jour à la fois.

— Ça nous va, répondit Émile en leur nom à tous deux.

Les deux garçons s'appliquèrent à la tâche et ils n'eurent bientôt rien à envier aux autres ouvriers avec lesquels ils prenaient plaisir à se mesurer. En quelques mois, ils virent leur musculature prendre du volume. À l'abri des colères paternelles, ils se sentaient libres, et leurs collègues appréciaient l'énergie qu'ils déployaient sans jamais se plaindre. Dans le camp Obalski, où Roméo Chamberland les avait envoyés rejoindre un groupe de bûcherons, Émile occupait ses temps libres à lire tout ce qui lui tombait sous la main, tandis que Richard se découvrait une passion pour la sculpture sur bois. Étonnés devant son talent, les travailleurs lui commandaient différentes statuettes qu'ils comptaient offrir à leur épouse au retour à la maison. Le premier Noël, ils allèrent jusqu'à se cotiser pour lui offrir un couteau qu'il pourrait accrocher à sa ceinture et garder sur lui.

Émile caressait toujours l'espoir de reprendre ses études et il économisait tout ce qu'il pouvait sur ses salaires. De son côté, Richard profitait des fins de semaine pour sortir et s'amuser avec les célibataires du groupe.

Trois ans plus tard, Émile était devenu majeur. Il pouvait maintenant agir sans craindre de voir ses plans contrecarrés par son père. Il décida de quitter son travail de bûcheron. Il commença par s'inscrire au Cégep de Rouyn-Noranda, mais il attendit à la dernière minute avant d'avertir son frère de son départ, de crainte qu'il essaie de le retenir. Mais il fut étonné de sa réponse.

— Tu as raison d'aller étudier, Émile. Tu es intelligent et tu peux assurer ton avenir autrement qu'en bûchant. Moi, je reste ici. J'ai plusieurs amis, et une blonde, maintenant. Je gagne bien ma vie et j'aime mon travail. C'est certain que je vais m'ennuyer, mais je suis content pour toi.

Les deux garçons se firent une longue étreinte. C'était leur première séparation. Le départ d'Émile leur causa un égal chagrin, mais chacun avait son propre destin à suivre et ils étaient arrivés à un carrefour où leurs routes divergeaient.

*

Rouyn, 1983

Les yeux ouverts dans l'obscurité, Émile attendait avec impatience la clarté du jour. Il n'avait pas beaucoup dormi. Il atteignait enfin le couronnement de son rêve. Cet après-midi du 20 mai 1983, il recevrait son diplôme en enseignement. Maintenant que son but était atteint, il préférait ne pas trop se souvenir des sacrifices consentis pour obtenir son baccalauréat. Il avait dû étudier et travailler en même temps. Les repas dont il avait été privé faute de sous et la vie sociale qui n'avait jamais été à son agenda, tout cela était derrière lui.

Une pensée pour sa mère vint à son esprit. Il aurait aimé partager son bonheur avec elle. Au cours des dix dernières années, il avait enfoui au fond de lui-même le sentiment de culpabilité qui le hantait toujours lorsqu'il évoquait sa famille. Il l'avait abandonnée en enfer, mais, s'il voulait un jour tenir sa promesse, il devait s'en donner les moyens. Il avait discuté avec son professeur d'éthique, Roland Lemire, d'un cas comme celui qu'il vivait, sans bien sûr indiquer qu'il s'agissait de son histoire. L'enseignant lui avait fait comprendre que, sans motifs valables et reconnus par la loi, il était impossible de chasser un homme de sa résidence, pas plus que de lui retirer sa famille. Monsieur Lemire avait cependant souligné qu'en ce début des années 1980 le divorce était devenu chose courante. Par contre, il n'était pas certain que les enfants handicapés pourraient suivre leur mère, puisque c'était une femme sans revenus qui devrait compter sur une pension alimentaire pour subsister.

C'était là le tourment constant d'Émile, mais, afin de poursuivre sa route et de se donner la possibilité de remplir un jour son engagement, il avait occulté sa douleur en se jetant à corps perdu dans le travail et les études.

Le jeune homme décida d'aller faire son jogging autour du lac Osisko et il bondit du lit. Il s'adonnait à ce plaisir chaque fois que son horaire le lui permettait.

Il joggait en sifflant, ébloui par les premiers rayons du soleil qui effleuraient le lac dans la brume du matin, tandis qu'une lumière mauve s'étirait sur l'horizon. Dans une courbe, il ne vit pas la fille dissimulée par un bosquet de lilas qui s'était accroupie pour renouer le cordon de sa chaussure. Il la heurta et alla s'étendre dans le gravier de l'autre côté du sentier. Inquiète, la jeune femme, qui n'avait subi aucun mal, se précipita vers lui.

— Vous n'avez rien de cassé? lui demanda-t-elle en voyant qu'il ne bougeait pas.

Émile se retourna sur le dos et sourit au charmant visage tendu vers lui. Il demeura sur le sol à contempler la merveilleuse apparition.

— Vous n'êtes pas blessé? insista l'inconnue.

Elle souriait et deux fossettes se dessinaient joliment sur ses joues.

— Je me sens au paradis, lui répondit-il. Vous devriez me rejoindre dans l'herbe, la vue est tellement belle, d'ici.

Sans hésiter, elle se coucha près d'Émile.

— Vous avez raison, le paysage est superbe de ce point de vue.

— Regardez, à travers les branches du lilas, ces grands oiseaux qui déploient leurs ailes sur un fond de ciel mauve. On se croirait suspendus dans le vide.

— Je me sens légère. J'ai peur de m'envoler.

— Laissez-vous aller, je vous suivrai.

Les deux jeunes gens se regardèrent en pouffant de rire.

— Vous êtes une fille extraordinaire, constata Émile. Pour vous coucher sur le gazon à côté d'un inconnu et le suivre spontanément dans ses divagations, il faut du courage ou un brin de folie!

— J'ai souvent rêvé de voir le monde à l'envers, lui avoua-t-elle dans un clignement d'yeux. Et, ce matin, j'ai la chance de le faire avec un homme charmant tombé du ciel.

— Je suis tombé du ciel, moi?

— Je m'étais penchée pour rattacher mon lacet de chaussure, et hop! vous voilà étendu à mes pieds! Vous ne veniez pas du ciel?

Émile la regardait maintenant avec intérêt. Elle était belle et dotée d'un grand sens de l'humour. Du coup, la jolie inconnue lui plut énormément. Il se redressa et s'assit près du sentier. La jeune personne demeura allongée sous le lilas, les bras derrière la tête.

— Je m'appelle Émile et je viens effectivement du ciel. Depuis ce matin, je vis dans les nuages.

— Je peux savoir pourquoi vous vivez ainsi accroché au firmament?

— Cet après-midi, je vais recevoir mon diplôme d'enseignant et j'ai déjà un emploi à Val-d'Or en septembre prochain. Moi qui adore les enfants, je ferai la classe à des jeunes de deuxième année. Je vous avoue que je me sens pousser des ailes.

L'inconnue se redressa à son tour et demeura assise à ses côtés.

— Félicitations! Je ressens facilement votre joie, car j'ai obtenu ma licence d'enseignante l'année dernière.

— Vraiment?

Émile se montra ravi.

— Alors, nous sommes confrères. À quel endroit travaillez-vous?

— À Amos. Je voulais habiter encore quelque temps chez mes parents.

— Et vous avez un prénom, j'imagine?

— Joséphine.

Émile se mit debout et lui tendit la main. Elle la prit délicatement et se leva avec la légèreté d'une ballerine.

— Joséphine, je suis ravi de faire votre connaissance et, si vous êtes libre ce soir, je vous invite à célébrer notre rencontre et ma remise de diplôme. Nous pourrions souper ensemble?

— Vous ne fêtez pas votre baccalauréat avec votre famille?

Un voile de tristesse assombrit furtivement le regard d'Émile.

— Je n'ai pas vraiment de famille, précisa-t-il.

— Et pas d'amis avec qui fêter?

— J'ai des confrères de classe, mais chacun festoie de son côté. De toute façon, nous ne sommes pas assez intimes pour que j'aie envie de passer la soirée avec eux.

— Et vous pensez que, moi, je suis suffisamment intime avec vous pour prendre part à votre bonheur?

— Ne suis-je pas tombé du ciel à vos pieds? Et nous avons partagé le lit de la nature une bonne dizaine de minutes. Que demander de plus sur le chemin de l'intimité entre deux êtres?

Joséphine se mit à rire de bon cœur et les délicieuses fossettes au creux de ses joues firent battre plus vite le cœur d'Émile. Il souhaitait ardemment que la fille accepte son invitation. Il la regardait avec tendresse et devinait obscurément que sa vie ne serait plus jamais la même hors de la présence à ses côtés de cette charmante personne aux grands yeux noisette.

— Il m'est difficile de refuser l'invitation d'un envoyé du ciel, en effet.

— Alors, c'est oui?

— Bien sûr!

Comblé, Émile ferma les yeux. Il ressentait un grand bonheur.

— Je peux avoir votre numéro de téléphone? Je vous appelle après la remise des diplômes.

— Vous n'avez rien pour écrire; vous allez l'oublier.

— Je vais l'imprimer dans mon cerveau. Je suis convaincu que je vais toujours m'en souvenir, même quand nous aurons déménagé quatre ou cinq fois et que nous fêterons nos noces d'or.

Joséphine riait. La joie de son compagnon l'amusait.

— Je vous propose de commencer par se tutoyer, avant de parler de nos noces d'or.

— D'accord! répondit, Émile heureux de la gentille familiarité proposée.

Après que Joséphine lui eut confié son numéro de téléphone, ils se saluèrent et reprirent chacun leur route. Émile se mit à siffler une vieille chanson d'amour. Il avait maintenant deux événements à célébrer. Enfin, le vent du bonheur tournait de son côté et ce n'était pas de la chance, car il avait payé d'avance, et depuis longtemps, chaque minute de joie que le destin lui réservait. Il entrait dans une vie qu'il se promettait belle et heureuse, et il allait s'appliquer à en préserver chaque minute contre les mauvais coups du sort. C'était une nouvelle promesse qu'il se faisait à lui-même en poursuivant sa course le long du lac Osisko. La matinée était resplendissante, les fleurs embaumaient et les oiseaux chantaient, tandis que les dernières traînées de brume s'effilochaient dans le lointain pour faire place à un soleil radieux.

*

Émile sortait en courant du campus Rouyn-Noranda de l'Université du Québec en Abitibi-Témiscamingue où il venait de recevoir son diplôme, quand il entendit quelqu'un l'appeler par son prénom. La voix lui était familière. Il se retourna et vit Richard, debout près du bâtiment de briques grises. Les jumeaux s'étaient très peu revus au cours des sept dernières années. Émile reconnaissait difficilement son frère dans cet homme vêtu simplement d'un jeans et d'un t-shirt blanc, et qui portait un collier de barbe et une moustache. Il lui souriait, la main tendue. Émile s'approcha et saisit la main avec un immense bonheur. Les deux frères avaient les larmes aux yeux en se jetant dans les bras l'un de l'autre.

— Émile, tu as l'air d'un prince, avec ton habit et ta cravate.

Le nouveau professeur se mit à rire en mimant une révérence. Il s'empressa de dénouer sa cravate et la mit dans la poche de son veston.

— Richard, je suis heureux de te voir. Je regrette de n'avoir pas communiqué avec toi plus souvent depuis le temps, mais j'ai tellement étudié! Et je travaillais en même temps.

— Je le sais, mon frère, et je ne te fais pas de reproches. Je voulais seulement que tu saches que je suis très fier de toi.

Émile était ému.

— Mais parlons de toi, Richard. Qu'est-ce que tu deviens? Notre dernière rencontre remonte bien à deux ans.

— Je suis maintenant à l'emploi de la scierie Gallichan à Launay. Je suis toujours bûcheron et j'aime mon boulot. Mais, la plus grande nouvelle, c'est que depuis deux mois je suis papa d'un beau garçon qui s'appelle Mathieu.

Émile considéra son frère avec une intense émotion et l'attira à lui dans un élan de tendresse.

— Félicitations, vieux frère! Je sais que tu vas être un bon père.

— Je te le promets, assura Richard, le regard fier.

— Et la maman de ce bébé? Vous êtes mariés?

— Elle s'appelle Véronique et nous ne sommes pas mariés. Je ne crois pas à ces simagrées.

— Et Fabienne? À notre dernière rencontre, à l'été 1981, elle avait quitté la maison familiale depuis deux ans et tu étais sans nouvelles d'elle.

— J'ai appris par des amis qui l'avaient croisée par hasard qu'elle travaille comme serveuse dans une boîte de nuit à Montréal, mais ils n'en savaient pas davantage. Elle va avoir dix-sept ans en juin. Je ne pense pas qu'elle communique avec nous avant ses dix-huit ans. Elle doit avoir encore trop peur de notre père.

— Et ces gens qui t'ont parlé d'elle, est-ce qu'ils ont dit qu'elle avait l'air bien?

— Oui, ils m'ont assuré qu'elle était jolie et en bonne santé… Mais parlons de toi, Émile. As-tu eu du temps pour les amours?

Le nouveau diplômé fit un effort pour oublier sa jeune sœur et revenir au moment présent.

— Si je t'avais croisé ce matin, je t'aurais répondu non, mais là, à quatre heures de l'après-midi, je peux t'avouer que je suis amoureux.

Richard riait.

— Tu es comme dans mon souvenir, impulsif et passionné!

Même si les jumeaux s'étaient très peu fréquentés ces dernières années, ils ressentaient encore des émotions communes, et Richard devinait l'exaltation de son frère.

— Si tu promets de venir me voir prochainement, je te laisse à tes amours.

Émile accepta.

— C'est promis, Richard, et ce sera très bientôt. J'ai hâte de faire la connaissance de Véronique et de ton fils. Embrasse-les bien pour moi.

Les deux frères se firent de nouveau une longue accolade, conscients du lien qui les unissait et qui n'avait rien perdu de son intensité au fil du temps. Émile vit son jumeau monter dans une voiture rouillée qui pétarada deux ou trois fois avant de disparaître dans un nuage de fumée bleue. Impatient de revoir la très jolie personne rencontrée le matin, il n'avait pas le temps de s'interroger sur la situation financière de son frère. Il jeta un coup d'œil à son avant-bras droit sur lequel il avait inscrit le précieux numéro de téléphone. C'était bien, la mémoire, mais ces chiffres étaient trop importants pour risquer de les oublier. Il les avait aussi notés à l'encre indélébile à l'intérieur de sa mallette de faux cuir.

*

Richard reprit la route, heureux de sa rencontre avec son jumeau. Pour lui, la réussite de son frère était une chose normale, car il savait qu'Émile se taillerait une place enviable dans la vie. Déjà, à l'école primaire, il était fier de lui. Émile était un premier de classe alors que, pour sa part, il frisait la queue plus souvent qu'à son tour. Du plus loin qu'il se souvienne, Émile avait démontré une intelligence supérieure. À l'époque de leur enfance, il savait déjà déjouer les colères de leur père en disparaissant sous les lits ou en s'isolant dans des cabanes de feuillages qu'il fabriquait dans le boisé derrière leur maison. C'était toujours lui qui le consolait.

Pourtant, il avait encaissé sa part de coups. Mais il avait une façon de supporter le mal sans broncher qui souvent mettait Ovide encore plus en rogne. Richard se souvenait du petit chat noir nommé Démon que son jumeau avait adopté. Ils allaient le nourrir en catimini dans la grange et l'animal, qui semblait avoir deviné la violence du père, ne sortait de sa cachette que lorsqu'ils étaient seuls. Un après-midi de printemps, Émile avait reçu une raclée plus intense qu'à l'accoutumée. Richard l'avait retrouvé recroquevillé sur lui-même au fond du jardin. Les deux garçons étaient partis vers la grange trouver refuge et consolation auprès du chaton noir. Émile avait pris Démon dans ses mains et l'avait collé à son visage, mouillant son poil de ses larmes. Ovide, qui les avait suivis, avait découvert leur cachette et était entré dans une violente colère.

— Je vous ai déjà dit que je ne voulais pas que vous apprivoisiez de chats. Ils vont envahir la maison. Ils sont là pour chasser les souris, non pour devenir des membres de la famille.

Émile, en pleurs, avait serré plus fort le petit animal contre lui. Son père s'était approché et lui avait asséné une grande taloche sur le côté du visage. Le garçon avait encaissé le coup en relâchant temporairement son étreinte sur Démon, et Ovide en avait profité pour saisir au collet le chat qui s'agitait dans tous les sens et miaulait de peur.

— Voici ce que j'en fais, de votre bestiole! Ça va vous apprendre à m'obéir!

Dans un grand moulinet du bras, il avait projeté le chaton contre le mur de ciment. Le petit animal avait violemment heurté la cloison et s'était écrasé au sol en laissant sur le béton de la grange une longue traînée de sang. Éberlué, Émile s'était précipité auprès de son compagnon à poils et l'avait ramassé, mais Démon était mort, la bouche entrouverte et les yeux vitreux. Désespéré, l'enfant s'était retourné vers son père qui quittait les lieux calmement, comme si rien ne s'était passé. Richard se souvenait que son frère avait eu envie de lui crier sa détresse, mais il ne l'avait pas fait, sachant que ses pleurs et ses cris de haine ne toucheraient pas leur père. Il s'était contenté d'étouffer son chagrin dans les poils de son chat mort.

Richard était arrivé devant chez lui. Il vivait dans un grand quatre et demi, au-dessus de l'épicerie du village. Il stationna sa voiture et monta l'escalier. Il était toujours fier de retrouver sa femme et son fils.

— Alors? Il était content de te voir, ton jumeau? demanda la jeune mère qui berçait son poupon.

— Oui, et j'étais heureux également.

Richard alla au réfrigérateur, prit une bière et vint s'asseoir près de sa famille. Il embrassa le bébé sur le front et sa belle Véronique sur l'épaule.

— Je vous aime, murmura-t-il, la tête appuyée sur le bras de sa compagne.

Il regardait sa femme et son fils et se demandait comment un homme pouvait avoir la cruauté de battre des êtres aussi fragiles.

*

Émile revint chez lui tard en fin de soirée, encore imprégné du doux parfum de Joséphine Gauthier. En ouvrant la porte, il entendit sonner les douze coups de minuit. La minuscule horloge de table qui était responsable de ce carillon était un héritage de sa grand-mère Bourassa, le cadeau de mariage qu'elle avait offert à sa fille Clarice le jour de ses noces. Sa mère la lui avait donnée et il l'avait emportée dans son baluchon en quittant la maison de son père. C'était son bien le plus précieux. En l'entendant sonner, il eut l'impression que sa grand-mère Marie-Jeanne venait lui dire qu'elle approuvait son choix. Il ne l'avait jamais connue, mais il se souvenait avec quel amour sa mère en parlait. Elle était devenue pour lui, au fil des ans, l'image du bonheur.

Trop heureux pour aller dormir, Émile ouvrit une fenêtre et contempla la lune qui trônait au centre de la voûte étoilée. Il n'avait jamais voyagé dans les pays lointains dont il rêvait, mais il était convaincu que nulle part au monde il ne pouvait exister splendeur plus attrayante qu'une nuit sans nuages, lorsque sous le ciel de l'Abitibi aux myriades d'étoiles, le regard allait se perdre dans l'infini de l'horizon.

Le jeune homme flottait dans la douceur et la nostalgie des conversations qu'il avait eues avec la délicieuse Joséphine. Il avait le sentiment d'avoir tissé des liens fragiles et forts à la fois, sur lesquels il se promettait de tirer avec tendresse et amour pour éviter de les rompre. Il entendait encore les mots affectueux qu'elle lui avait glissés à l'oreille avant de le quitter.

— Tu es doux et charmant, Émile. Je souhaite te revoir de tout mon cœur.

Il avait osé prendre le joli minois tendu vers lui entre les paumes de ses mains.

— Je sais que je vais maintenant croire aux anges, avait-il murmuré avant de déposer un baiser tendre sur la bouche frémissante de la jeune fille.

Il porta ses mains à son visage et retrouva l'odeur délicate de Joséphine. Le cœur léger, il respira longuement ce parfum exquis. La brise de la nuit devenant plus froide, il dut refermer la fenêtre. En se glissant sous les draps, il se sentait le plus heureux des hommes. Le sentiment amoureux qui le submergeait prenait toute la place et dissimulait ses tourments du matin. Il remercia sa grand-mère dont l'horloge sonnait la demie de l'heure. La vie le comblait enfin.

*

Val-d'Or, 1987

Émile était rentré chez lui en fin de soirée, le dimanche 30 août 1987, et avait découvert, glissé sous sa porte, le mot de Fabienne. Il en avait été très étonné, car il n'avait jamais revu sa sœur après son départ quatorze ans plus tôt. Il avait eu quelques nouvelles par Richard, mais de trouver un message d'elle et de savoir qu'il allait la revoir le combla de plaisir.

Il lut la missive et sa joie s'estompa. Fabienne faisait allusion à des choses atroces survenues à la maison du Rang 6, ce qui fit ressurgir dans son esprit la promesse qu'il avait faite à sa mère. Il avait mis son engagement en veilleuse depuis son premier rendez-vous avec Joséphine quatre ans plus tôt, mais le billet de sa sœur réveillait en lui une douleur qui lui transperça le cœur. L'occasion qu'il espérait pour libérer sa famille s'offrait-elle enfin à lui?

Joséphine passait la fin de semaine chez ses parents à Amos et ne devait revenir que le lendemain. Il se dit que le moment était venu de lui parler des siens. Depuis leur première rencontre, jamais il n'avait fait mention de son enfance. Ils vivaient ensemble depuis trois ans. Quand elle avait obtenu un poste d'enseignante à Val-d'Or, il l'avait invitée à embellir sa vie en partageant son minuscule appartement. Depuis, rien n'était venu assombrir leur horizon.

Mais le chèque en blanc sur lequel étaient griffonnés quelques mots l'arrachait brutalement à sa quiétude. Il eut le sentiment qu'il devait vite tenir la promesse faite à sa mère et à ses sœurs. Fabienne lui écrivait qu'il était urgent d'agir, mais il ne comprenait pas le sens de son message. Il irait d'abord la rencontrer et, par la suite, il mettrait Joséphine au courant de sa misérable enfance. Il se promit de se rendre à Saint-Marc le samedi suivant. Sa sœur l'informait qu'elle habitait au presbytère de la paroisse, ce qui l'étonnait grandement, puisqu'il avait gardé en mémoire qu'elle travaillait dans une boîte de nuit à Montréal. Il ignorait qu'elle était de retour dans la région. Il avait déjà tenté de la joindre, mais ses efforts s'étaient avérés vains : Montréal était une grande ville et elle offrait bien des possibilités à une fille qui désirait s'y cacher.

Avant de s'endormir, il essaya de l'imaginer. De ses frères et sœurs, c'était sûrement celle qui avait le plus changé en quatorze ans. Un drame avait dû se produire, pour qu'elle décide d'entrer en contact avec lui après autant d'années. Il était impatient de la rencontrer, mais la résurgence de sa famille dans sa vie l'inquiétait. Chaque fois qu'il y pensait, la honte refaisait surface. La honte, il l'avait chevillée au corps depuis son enfance. En plus, étant donné la promesse qu'il avait faite à sa mère, il avait l'impression de porter sur ses épaules la responsabilité des méfaits de son père. Surtout, il avait toujours peur de cet homme après toutes ces années.

Chapitre 6

Saint-Marc-l'Évangéliste, 1987

Après sa messe à Villemontel, Gabriel revint à Saint-Marc plus lentement. De tenir entre ses mains l'hostie consacrée lui avait causé un certain remords, dû à son abandon de la nuit précédente. Chaque fois qu'un souvenir précis de ce moment d'extase lui traversait l'esprit, un frisson le submergeait et le rendait mal à l'aise, malgré le plaisir qu'il avait éprouvé.

En arrivant chez lui, il rangea la moto sous le porche à sa place habituelle et s'attarda un moment. Il redoutait et désirait en même temps revoir les grands yeux verts de Fabienne. Quand il entra, elle était près de la cuisinière. Elle se retourna vers lui dans une vague légère de sa jupe à frisons et lui sourit. Son chemisier trop court découvrait son nombril agrémenté d'un anneau doré.

— Bonjour, Gabriel! Nous t'attendions pour dîner, s'écria-t-elle de sa voix chantante.

Rien n'avait changé dans son comportement. Soulagé, il demeura un long moment à l'observer sans un mot. Il avait des choses à dire, mais aucune parole ne lui venait à l'esprit et, surtout, ils n'étaient pas seuls. Émile, qui assistait à la scène, devina sans peine le lien qui unissait sa sœur au curé et il en fut mal à l'aise. En consultant ce prêtre, frappait-il à la bonne adresse?

Fabienne l'avait décrit comme un être exceptionnel qui les aiderait sûrement dans leur démarche. Mais de découvrir qu'il était l'amant de sa sœur lui imposait une autre perception de l'ecclésiastique. Il n'était plus certain de vouloir le mettre dans la confidence, de lui confier le plan qu'il manigançait pour faire arrêter leur père et l'envoyer en prison, là où était sa place depuis des décennies.

La voix calme de Gabriel le tira de ses réflexions et le rassura quelque peu.

— Bonjour, Émile! Je suis heureux de faire plus ample connaissance avec vous. Notre rencontre de ce matin a été écourtée par mes obligations dominicales, mais, à compter de maintenant, je suis libre et je vais prendre le temps de vous écouter.

Il tira une chaise et s'assit à côté de son invité. Fabienne avait préparé un plat de macaroni au fromage qu'elle déposa au centre de la table. Le mets sentait bon et Gabriel était affamé.

Après le repas, ils allèrent dans le jardin derrière l'église, l'endroit préféré de son amie. Gabriel devinait dans les regards fébriles qu'elle échangeait avec son frère un incontestable besoin d'aide; aussi entrat-il dans le vif du sujet.

— En arrivant au presbytère ce matin, vous m'avez dit n'avoir pas dormi de la nuit et vous désiriez me parler. Je vous écoute.

Émile se leva et se dirigea vers un bosquet d'hydrangées dont les fleurs viraient au brun. Il arracha distraitement quelques pétales qui tombèrent au sol, puis se tourna vers Gabriel en le toisant un instant.

— Je ne sais pas si vous allez pouvoir nous aider.

— Pour commencer, nous devrions peut-être nous tutoyer, lui suggéra le curé, pour le mettre à l'aise.

Émile acquiesça d'un signe de tête.

— J'ai fait une promesse à Fabienne et à ma mère, il y a longtemps.

Il compta silencieusement.

— Il y a quatorze ans. Je crois que l'occasion de tenir parole est arrivée. Je regrette de ne pas l'avoir fait avant aujourd'hui, car j'ai laissé affreusement souffrir des gens que j'aime, mais je ne trouvais pas de moyen d'intervenir.

— Quelle était cette promesse?

— D'arracher ma famille aux griffes de mon père.

Gabriel se leva à son tour et fit quelques pas dans le jardin. Il avait la tête penchée et le menton dans la main droite. Il réfléchissait.

— C'est une difficile mission, que la tienne, finit-il par répondre. Enlever sa famille à quelqu'un ou le mettre à la porte de sa maison sans recourir à la loi est une tâche que je juge impossible.

— C'est vrai, il n'est pas facile de jeter le diable hors de l'enfer!

Le curé Valcourt sentait la répugnance du fils envers son père.

— Il faudrait m'en raconter davantage. S'il y a des motifs solides d'intervenir, nous pourrons faire appel aux services sociaux. En apparence, Ovide Caron est un homme respecté dans son milieu et dont la conduite semble irréprochable.

Fabienne intervint pour la première fois depuis le début de la conversation.

— Nous ne devons pas compter sur les services sociaux, affirma-t-elle promptement. Je leur ai déjà demandé de l'aide il y a quelques années. Ils ont envoyé une dame nous visiter et elle a conclu que notre vie se déroulait pour le mieux dans le meilleur des mondes. Elle a noté dans son rapport que mon père et ma mère faisaient un travail admirable avec les handicapés qui vivent sous leur toit. Ils ont d'ailleurs reçu une lettre d'attestation en conséquence.

Émile ne put retenir un sourire de dérision.

— Le qualificatif «admirable» est le dernier que j'octroierais à notre père, mais il est tellement manipulateur que je ne suis pas étonné du verdict.

Gabriel se tourna vers Fabienne. Il lisait dans ses yeux un grand désarroi et, quand son regard s'accrocha au sien, il y lut une supplication muette. Il avait le devoir de les aider. C'était ses paroissiens et il s'en voulait de n'avoir pas décelé la détresse de ces gens auparavant. Il avait toujours trouvé que les Caron avaient un étrange comportement, vu particulièrement l'isolement dans lequel Ovide maintenait sa famille. Mais il avait mis cette façon d'agir sur le compte de la présence de ses enfants handicapés, qu'il souhaitait protéger. Et voilà que ses invités essayaient de le convaincre qu'il se passait des événements dramatiques au sein de leur famille. Il était important d'en apprendre davantage avant d'intervenir

— Fabienne, si tu commençais par me dire pourquoi tu es arrivée au presbytère au milieu de la nuit en juin dernier, trempée jusqu'à l'os, faisant fi du tonnerre et des éclairs?

Elle interrogea son frère des yeux.

— Si on veut se faire aider, il faut lui raconter en détail ce qui se passe dans la maison qui nous fait horreur, l'encouragea-t-il.

Fabienne alla s'asseoir au fond du jardin sur une chaise d'osier. Elle releva ses jambes sous elle et porta son regard au loin. Un chat errant, qu'elle nourrissait à l'occasion, sauta à ses côtés et se blottit dans les pans de sa jupe. Elle se mit à le caresser distraitement. Au bout d'un temps, elle prit la parole.

— Ma mère m'a appelée dans la semaine précédant mon arrivée ici. En fait, je ne suis de retour dans la région que depuis janvier de cette année. En arrivant, j'ai pris contact avec maman en lui rendant visite dans le Rang 6. Elle m'a très bien reçue, mais mon père a eu une tout autre attitude. Il m'a dit que, puisque j'avais quitté la maison de mon plein gré, je n'y étais plus la bienvenue. En cachette, j'avais laissé mon numéro de téléphone à Clarice et je lui avais suggéré de m'appeler lorsque son mari serait absent, si elle en ressentait le besoin.

« La raison de son appel devait être importante, car c'était la première fois que j'avais de ses nouvelles. Elle disait qu'elle se sentait très mal et que mon père jugeait inutile de faire venir le médecin. Elle m'a demandé de passer lui rendre visite, en espérant peut-être que je consulte le docteur Lacasse pour elle. J'imagine qu'elle voulait aussi me revoir; pour elle, il aurait été plus simple de requérir l'aide de Richard.

« J'ai donc décidé de braver les foudres de mon père et j'ai pris l'autobus jusqu'au village de Saint-Marc. Un taxi m'a déposée chez eux au début de l'après-midi. Maman était au lit avec le visage tuméfié, mais elle allait mieux et ne souhaitait plus la présence du médecin. J'ai compris qu'elle désirait surtout me voir et me parler, mais je me rendais bien compte qu'elle avait peur. En l'absence d'Ovide, qui était au travail, j'ai eu le temps de jaser un peu avec elle et avec mes sœurs Suzanne et Hélène.

« Quand Ovide est rentré en début de soirée, j'étais assise auprès de Clarice. Il était furieux de me trouver là. Je me suis levée et lui ai lancé à la figure que, dès le lendemain, j'irais chercher le médecin et que je ferais hospitaliser maman. Mon père m'a saisie par le cou et m'a jetée hors de la pièce en me poussant brutalement dans la cuisine, puis dans le hangar. Je me suis heurtée au cadre de la porte et me suis écroulée par terre au milieu des cordes de bois. Furieux, il s'est approché pour me relever et m'a giflée très fort en me conseillant de m'occuper de mes affaires. Je lui ai fait face pour lui dire mon mépris et c'est alors que j'ai vu son regard changer. »

Fabienne se leva brusquement, oublieuse du chat qui sauta au sol et qui s'empressa de fuir. Il était manifeste qu'elle combattait un grand malaise. Elle tortillait machinalement un cordon de sa blouse et Gabriel remarqua des larmes qui luisaient dans ses yeux. Il aurait aimé la prendre dans ses bras, mais il ne voulait pas interrompre son récit.

— Dis-lui toute la vérité, l'encouragea son frère.

— Je connaissais ce genre de regard chez un homme; ça m'a fait peur. Il m'a attrapée par le bras, m'a fait pivoter le dos contre lui, puis s'est mis à me tripoter la poitrine. Il a déchiré ma blouse en glissant ses mains à l'intérieur. Il tirait sur le bout de mes seins comme si c'était de vulgaires élastiques. Il m'a dit que j'étais une pute et qu'il était normal qu'il en profite autant que les autres hommes.

Fabienne sanglotait.

— Quand il m'a retournée vers lui et qu'il a essayé de m'embrasser, je lui ai donné un violent coup de genou entre les jambes.

Elle regarda son frère avec fierté.

— J'ai l'habitude de me libérer de ceux qui sont trop entreprenants. Je n'ai pas la faiblesse de mes sœurs, qui sont sans défense contre lui. Il s'est écroulé en se tordant de douleur et j'en ai profité pour m'enfuir. Je me suis retrouvée dehors, sans manteau, sous le pire orage du printemps et sans savoir où aller pour échapper à sa colère.

Elle se tourna vers Gabriel qui l'écoutait avec attention et respect.

— Et j'ai songé à toi, curé. La pensée que tu m'accueillerais m'a donné le courage de tenir le coup sous les éclairs et le tonnerre. J'étais convaincue que quelqu'un était prêt à m'ouvrir sa porte. J'avais peur aussi, car la campagne est très noire dans le Rang 6 : les arbres ressemblaient à des monstres, quand le ciel s'illuminait sous les éclairs.

Elle revivait cette nuit d'horreur sans chercher à retenir ses larmes. Gabriel se leva, la prit dans ses bras et, sans se préoccuper de la présence d'Émile, lui caressa les cheveux tout en déposant un baiser sur son front. Il l'entraîna près de lui sur le banc.

— Quand tu racontes que tes sœurs sont sans défense, est-ce que tu veux dire qu'il s'en prend à elles ?

— Il les viole ! intervint Émile avec dédain. Oui, c'est ce qu'il fait, et depuis longtemps.

— Est-ce que vous en avez parlé aux services sociaux ? Je sais qu'ils n'ont rien fait la première fois, mais la situation est différente, à présent.

— Notre père est un manipulateur très crédible. Il faudrait que ma mère et mes sœurs aient le courage de le dénoncer, mais elles ont tellement peur de lui qu'elles n'auront jamais la force de le contredire. Elles sont certaines que sa version sera retenue et que, par la suite, elles devront payer chèrement leur démarche inutile. L'unique façon de le confondre et de l'envoyer en prison, c'est de le prendre sur le fait. Nous savons que ce ne sera pas facile, mais nous devons essayer. Et nous avons une idée pour y parvenir.

Le curé Valcourt les écoutait, anéanti devant le drame qui se jouait à son insu depuis des années dans la résidence des Caron. Fabienne poursuivit son histoire.

— Les samedis soir, quand ma mère vient à la messe avec Gilles et une de mes sœurs, le monstre retient l'autre avec lui pour la violer.

— Comment le savez-vous?

— Durant les quelques heures que j'ai passées avec maman, je lui ai demandé si Ovide agressait encore Hélène et Suzanne. J'avais été témoin de ces violences avant de quitter la maison et je gardais en mémoire la terreur que ces gestes m'inspiraient. Elle m'a assuré les larmes aux yeux et en jurant sur son âme éternelle que, depuis qu'elle l'avait menacé de tout raconter et de se suicider par la suite, il ne les touchait plus.

— S'il ne les viole plus, comment pourrez-vous le confronter?

Fabienne échangea un regard complice avec Émile et poursuivit.

— Je ne doutais pas de la sincérité de ma mère, mais j'avais encore devant moi une femme meurtrie que la brutalité de son mari effrayait. Ce qu'elle m'a affirmé, elle veut le croire de toutes ses forces; c'est pour elle une question de survie. Je suis sortie de la maison avec Hélène et Suzanne et je les ai interrogées. Suzanne a été bouleversée par ma question et a refusé de me répondre. Elle s'est enfuie vers la grange en courant pour se cacher. Hélène avait l'air triste, mais je devinais qu'elle avait besoin de se confier. Nous nous sommes assises sur la roche à l'entrée de la cour et je l'ai prise par les épaules. Elle tremblait.

« Je me souvenais qu'il y a quelques années, alors que j'habitais encore au Rang 6, elle faisait des infections vaginales à répétition. Un jour, elle était tellement fiévreuse qu'elle était tombée dans le coma. Je la revoyais couchée par terre… Ma mère avait finalement obtenu la permission de faire venir le médecin. C'est ce jour-là qu'elle a menacé mon père de se suicider. Je pense que, cette fois, elle lui a fait peur. Il n'a eu aucun remords, mais, puisqu'il a toujours été important pour lui de sauvegarder son image dans la société, il s'est calmé.

Fabienne frissonnait. Les émotions la submergeaient à l'évocation de ces tristes souvenirs, et surtout de savoir que les viols avaient persisté. Elle poursuivit son récit.

— Hélène m'a raconté en pleurant que ça se passait maintenant le samedi soir, pendant que maman allait à la messe. Lors de son hospitalisation, elle a subi une hystérectomie. Elle est devenue la cible préférée du bonhomme. En effet, il n'avait plus à mettre ses horribles condoms qui dataient de la dernière guerre, puisqu'elle ne pouvait plus devenir enceinte.

Le curé Valcourt était épouvanté de découvrir que de telles monstruosités avaient lieu dans sa paroisse. Ça lui arrachait le cœur. Il avait l'impression d'entendre le récit d'un film d'horreur.

— Il faut faire cesser ces agressions abominables! s'exclama-t-il. Si moi, un prêtre, j'allais parler aux services sociaux, vous pensez qu'ils m'écouteraient?

— Mon père nierait vos accusations, dit Émile. Il est très doué pour simuler. Sans preuve, nous ne pouvons pas le faire arrêter. Vous ne vivez pas dans la maison du Rang 6 et vous n'avez été témoin d'aucun de ces actes affreux. Vous ne pouvez donc rien prouver de plus que nous.

Gabriel arpentait le jardin, le front penché et les mains nouées derrière le dos. Il cherchait désespérément une façon d'aider ses invités.

— Je connais un détective à Amos. Guy Duhamel. Nous avons collaboré à une collecte de fonds pour subvenir aux besoins des jeunes décrocheurs, il y a quelques années. C'est un homme sympathique pour qui la violence envers les femmes et les enfants est impardonnable. Je pourrais lui parler de votre histoire. Il a plus d'expérience que nous dans le domaine. Je crois sincèrement que c'est la personne qui pourrait le mieux vous conseiller.

— Il ne faut pas tarder, insista Émile. La pauvre Hélène doit subir les assauts de cette brute presque tous les samedis. Maintenant que je suis au courant et que notre décision est prise de faire cesser ces agressions, je ne peux plus vivre avec la vision abominable de ces viols. Le moment est venu de mettre un terme aux atrocités sordides commises par notre père et, la seule façon d'y arriver, c'est de le faire jeter en prison. Ce ne sont pas les motifs qui manquent. Il faut seulement en produire les preuves.

— Émile, je vais me rendre à Amos dès demain.

Le crépuscule dessinait des ombres de lumière pourpre sur l'horizon quand Émile prit congé de ses hôtes. Ils avaient pris leur repas du soir à l'extérieur. Ils se promirent de se réunir de nouveau dans un avenir rapproché. Fabienne demeura recroquevillée sur le banc au fond du jardin, tandis que Gabriel rentrait le plateau de sandwichs à l'intérieur du presbytère. Par la fenêtre ouverte sur la nuit, il l'observa un long moment en essayant d'imaginer sa détresse. Elle n'avait que vingt et un ans et, déjà, elle avait dû surmonter tant d'obstacles, uniquement pour survivre. Elle s'était retrouvée seule à treize ans dans la jungle de la vie. Influençable et avide de présences à ses côtés, elle s'était tournée vers les clubs de danseuses, sans doute invitée par un ami rencontré au hasard de sa solitude. Il ne l'en aimait que davantage. Il sortit et alla s'asseoir près d'elle, sans oser la prendre dans ses bras; des paroissiens pouvaient les apercevoir.

— Fabienne, j'aimerais que tu dormes dans mes bras cette nuit.

Incertaine, elle le fixait de ses immenses prunelles vertes.

— Seulement dormir... Je ressens beaucoup d'affection pour toi et, après ce que tu viens de raconter, je pense que tu as besoin de chaleur et de sympathie.

Elle accepta d'un sourire, se leva et se dirigea vers la porte arrière. Une heure plus tard, en pyjama de flanelle, câlinement blottie contre son cher curé, elle s'abandonnait pour la première fois de sa vie à la tendresse d'un homme. Gabriel humait l'odeur de jasmin de sa chevelure et caressait doucement les contours du visage enfantin lové au creux de son épaule. Il ne cherchait pas à deviner les pourquoi du destin; il vivait simplement l'instant présent, enrobé de mystères et d'inconnus.

Le même soir, Émile avait roulé vers Val-d'Or en se répétant ce qu'il allait dire à Joséphine. Comme elle ne savait rien de sa famille, elle serait sûrement étonnée d'apprendre que son père violait ses sœurs sans que jamais personne ne soit intervenu. Il arriva chez lui le cœur lourd. Il entra dans la chambre sur la pointe des pieds pour ne pas déranger le repos de sa compagne. Joséphine dormait sur le dos, le sein droit dénudé, offert à un rayon de lune qui filtrait à travers un rideau de dentelle et dessinait sur sa peau satinée de sensuelles arabesques. Il la trouvait divinement belle. Il s'arrêta sur le seuil en se demandant s'il avait le droit de perturber sa sérénité avec son horrifiante histoire. Il se glissa à ses côtés. Joséphine remua dans son sommeil et se tourna vers lui. Il l'attira langoureusement contre son corps nu et la caressa avec délicatesse du bout des doigts.

— Je t'aime, murmura-t-il à son oreille.

Elle se lova câlinement contre son épaule.

— Je ne pourrai plus jamais vivre sans toi, ajouta Émile en tournant autour de son doigt une boucle brune, soyeuse et parfumée.

Alanguie de sommeil, Joséphine passa une jambe par-dessus son amoureux et se hissa doucement sur son corps. Elle releva la tête et Émile aperçut les deux fossettes adorées. Elle était belle. C'était sa femme, celle qu'il avait choisie, et il la désirait du plus profond de son être. Il parcourut du bout des doigts la courbe gracieuse de son épaule nue et un long frisson répondit à l'effleurement de sa main qui suivait la ligne du cou et qui montait vers l'ovale parfait de son visage. Il l'attira vers lui et posa tendrement sa bouche sur ses lèvres humides qui s'offraient avec amour. Émile avait le désir ardent de se perdre dans la volupté du moment. Il en ressentait un besoin vital.

Aux premières lueurs de l'aube, Joséphine se réveilla. Quelque chose avait dû perturber son sommeil, car ce n'était pas son habitude d'ouvrir les yeux si tôt un jour de congé. Elle s'étira longuement, décidée à profiter au maximum de la fête du Travail, leur dernier jour de congé avant la reprise des cours. Elle se tourna vers Émile pour le câliner dans la tiédeur du lit. Il reposait à plat ventre et des spasmes secouaient ses épaules. Il pleurait. Elle en éprouva une intense inquiétude.

— Qu'est-ce qui t'arrive, mon amour?

Elle s'approcha de son compagnon et l'embrassa affectueusement sur la nuque. Elle demeura blottie dans la chaleur de son corps à attendre qu'il lui explique la cause de sa peine. Elle n'avait jamais vu son amoureux dans un tel état. Émile se retourna finalement sur le dos et, le regard fixé au plafond, sembla chercher dans sa mémoire les mots qui exprimeraient l'intensité de sa détresse.

— Il faut que je te parle de ma famille, finit-il par articuler difficilement. Je remets continuellement cette conversation à plus tard, mais le temps est venu de t'en dire davantage.

La jeune femme se leva sur un coude et le regarda. Il avait les yeux rougis par les larmes.

— Je le pense aussi, lui dit-elle sur le ton de quelqu'un qui attendait ce moment depuis longtemps. Je connais ton frère Richard, mais je ne sais rien des autres. Je ne les ai pas rencontrés et je ne t'ai jamais questionné à leur sujet. Pourtant, je suis au courant que tes parents habitent Saint-Marc-l'Évangéliste et que tu es issu d'une famille nombreuse. J'ai toujours respecté ton silence, mais si maintenant tu veux m'en parler je vais apprécier grandement cette marque de confiance.

Émile scruta le regard de Joséphine avec la crainte d'affecter leur relation en lui parlant de sa triste famille. Pourtant, le temps lui avait démontré combien la sensibilité de sa compagne était vive. Elle serait sans doute en mesure de comprendre à la fois ses réticences et son désir de partager avec elle au sujet de ses proches. Mais conserverait-elle de lui la même image en apprenant que son père était un violeur et un psychopathe dénaturé qui battait sa femme et ses enfants? Aurait-elle peur de lui par la suite, craignant qu'à son tour il ne terrorise sa propre famille? Depuis quatre ans, elle connaissait sa douceur et sa tendresse. Elle serait sûrement apte à faire la part des choses et, de toute façon, il n'avait plus le choix.

— Toi, tu as un père aimant et généreux, se risqua-t-il. Ce sera douloureux pour toi d'entendre les abominations que j'ai à te raconter et je vais sans doute dépasser les limites de ton imagination. Mais il faut que tu me croies; j'en ai vraiment besoin.

Joséphine se serra davantage contre le corps de son homme. Elle percevait à quel point il espérait son soutien.

— Je t'aime plus que moi-même, mon amour. Sois assuré que je te supporterai et que je partagerai ta douleur, aussi immense soit-elle.

Émile avait enfoui son visage dans ses mains. Il n'arrivait pas à articuler les premiers mots qui introduiraient Joséphine au cœur de son drame.

— Tu n'es pas seul, mon chéri, je suis là et je t'aime. Tu peux me parler en toute confiance.

— Le problème, dans notre famille, finit-il par dire, c'est Ovide, notre père. Il n'a rien de comparable avec ton merveilleux papa.

Joséphine demeurait silencieuse. Jamais Émile ne lui avait mentionné le prénom de son père.

— Je me suis rendu à Saint-Marc-l'Évangéliste samedi, alors que tu étais chez tes parents à Amos. Et j'y suis retourné hier.

— Tu es allé rencontrer ta famille?

— Non, je n'ai pas remis les pieds dans la maison paternelle depuis que je m'en suis enfui à l'âge de quinze ans et j'espère n'avoir jamais à y retourner.

Il se tourna vers Joséphine. Il y avait tellement d'amour dans ses yeux qu'il se sentit enfin disposé à se vider le cœur et à partager avec elle les souffrances insoutenables qu'il éprouvait.

— En plus de tous les sévices qu'il a fait subir à chacun de ses enfants, mon père viole mes sœurs sans remords. Le plus sordide, c'est qu'il commet ces actes méprisables pendant que notre mère est à la messe le samedi soir. Je l'ai appris avant-hier en allant rencontrer Fabienne. Hélène serait celle qui subirait le plus souvent les assauts de ce dégénéré.

Joséphine se leva et se rendit à la fenêtre en serrant ses bras autour de son corps, comme pour se protéger contre des agressions qui ne la touchaient pas, mais dont elle partageait la honte par solidarité féminine avec les sœurs d'Émile.

— Je sais qu'on rapporte les événements à soi, dit-elle, mais je n'arrive pas à imaginer un père...

Elle ne put terminer sa phrase. Un vertige qu'elle ne pouvait combattre la fit chanceler; elle étouffait. Elle se plia en deux à la recherche d'une bouffée d'air. Émile se leva, vint la prendre dans ses bras et la serra contre lui avec émotion.

— Je savais que mon histoire te ferait mal, mais c'est malheureusement la mienne et celle de mes frères et sœurs, je regrette.

— Mon pauvre amour! murmura sa compagne, blottie contre lui. Je t'aime davantage maintenant que je suis au courant.

Émile se retint de lui dire que ce qu'il venait de raconter n'était qu'une infime partie des monstruosités commises à la maison du Rang 6. Ces révélations lui déchiraient le cœur et il en ressentait une honte incontrôlable. Il devait maintenant lui parler de ses projets d'envoyer son père en prison.

— Fabienne, la plus jeune de mes sœurs, son ami le curé Valcourt et moi, nous cherchons une façon de le prendre sur le fait pour le faire arrêter et le traduire devant un juge.

Émile raconta à Joséphine ce qu'il avait appris. Elle l'écouta jusqu'au bout, le cœur chaviré.

— Vous pourriez en discuter avec Hélène. C'est elle, la principale victime, et elle connaît le rituel de ton père. Je sais que ce sera pénible d'aborder le sujet avec ta sœur, mais c'est peut-être celle qui peut le mieux vous aider.

— Tu as raison. Elle s'est déjà confiée à Fabienne. Je ne sais pas si elle accepterait de participer à une mise en scène, mais nous pouvons essayer.

Chapitre 7

Le lundi matin, Gabriel s'était levé tôt et s'était rendu au poste de police d'Amos pour rencontrer Guy Duhamel, le détective avec lequel il avait fait du bénévolat récemment. L'homme le reçut avec la plus sincère cordialité.

— Monsieur le curé! Quel plaisir de vous revoir! Encore besoin d'un coup de main pour vos bonnes œuvres?

Le prêtre lui répondit avec un sourire.

— Vous croyez que les curés ne font que quêter? Il nous arrive de visiter les gens pour le simple bonheur de leur parler, vous savez.

Le détective s'excusa en riant.

— Désolé! C'est vrai que vous devez avoir d'autres occupations que la quête. Je dois avouer que je ne connais pas bien votre description de tâches. Mais je serais surpris que vous soyez passé ici, ce matin, uniquement pour me saluer.

— Une de nos tâches, comme vous le soulignez, est de protéger nos paroissiens et c'est ce qui motive ma visite. Mais soyez assuré que je suis aussi très heureux de vous revoir. Offrez-moi d'abord un café et je vous mettrai au parfum, comme vous dites si bien dans la police.

De tempérament jovial, le détective riait de bon cœur.

— Décidément, monsieur le curé, vous regardez trop de feuilletons minables sur la police.

Ils allèrent s'asseoir dans un coin tranquille et Gabriel fit part à Duhamel de ce qu'il savait à propos des viols et des agissements d'Ovide Caron. Il lui demanda son aide. L'homme se gratta la tête; ce récit lui faisait horreur.

— Vous êtes certain que cette histoire sordide est vraie?

— Absolument!

— Et chaque fois ça se produit pendant la messe du samedi soir?

— Je pense qu'il a déjà eu un autre modus operandi, mais, depuis que la mère a menacé son mari de le dénoncer avant de se suicider, le bonhomme doit agir de la sorte pour se mettre à l'abri.

— Madame Caron doit se douter de ce qui se passe, si le père garde toujours une fille avec lui.

— Clarice est une femme brisée. Selon les dires de ses enfants, c'est presque un zombi. J'imagine qu'instinctivement elle se préserve en croyant à la bonté intrinsèque de l'être humain. Son mari est un très grand manipulateur. Il a dû la convaincre qu'il ne toucherait plus à ses filles et elle est rassurée.

Duhamel traversait son bureau de long en large. Il semblait trouver ce récit invraisemblable.

— Heureusement que ces révélations viennent de vous, monsieur le curé, sinon j'aurais de la difficulté à y croire. Des viols perpétrés pendant la messe, selon le même scénario qui se reproduit semaine après semaine et en l'absence de la mère.

— Je vous avoue que ce sera pénible pour moi de célébrer la messe si nous ne mettons pas fin à ces abus, déclara le prêtre.

— Je vais vérifier ce que je peux faire. Vous avez raison, il faut agir. Une fois que nous sommes au courant de tels viols à répétition sur une personne bien précise, il devient impossible de dormir en paix. Notre monde est fou!

En revenant dans sa paroisse d'attache, Gabriel s'arrêta au bureau du docteur Aurélien Lacasse. À soixante-sept ans, le médecin faisait encore des visites à domicile et des cliniques quatre jours par semaine. Il se rendait aussi à l'hôpital d'Amos pour rencontrer les patients qu'il y faisait admettre. Il était de la race des vieux médecins de campagne qui ne prenaient jamais leur retraite. Son cabinet, une pièce de sa maison, ressemblait à un capharnaüm, avec les nombreux livres ouverts et abandonnés sur une table après consultation. Son bureau en bois de chêne avait le coin droit patiné, depuis quarante ans qu'Aurélien s'appuyait là en se levant pour effectuer un examen. L'odeur d'éther qui flottait dans l'air avait imprégné depuis longtemps les murs et les meubles. Le curé trouvait ce lieu sécurisant et agréable.

Le vieux médecin fut ravi de recevoir ce prêtre avec lequel il avait créé des liens de sympathie au fil du temps.

— J'espère que la santé est bonne, monsieur le curé, et que vous passez me voir en ami seulement.

Gabriel avait beaucoup d'estime pour Aurélien Lacasse, qui était déjà marguillier à son arrivée dans la paroisse. Il pouvait compter sur lui pour aider la fabrique à respecter ses échéances, car, depuis que les fidèles abandonnaient la pratique religieuse, ils acquittaient de moins en moins la dîme. Ainsi, les fonds nécessaires à l'entretien de l'église et du presbytère venaient souvent à manquer.

— C'est une visite d'amitié, précisa Gabriel, mais j'ai également besoin de votre aide.

Aurélien leva un sourcil, intrigué.

— Alors, racontez-moi.

— Je sais que vous connaissez la famille Caron depuis très longtemps.

— En effet. Je suis arrivée dans la paroisse quelques

mois seulement après elle et je me rappelle que le premier bébé que j'ai mis au monde à Saint-Marc-l'Évangéliste est Pierre, le plus vieux de la famille. J'ai accouché Clarice à son premier bébé et à ses jumeaux ensuite.

— Vous n'avez jamais trouvé intrigant qu'entre les deux elle ait mis au monde six enfants sans votre aide?

— J'en ai déjà fait la remarque à Ovide et il m'a dit que sa femme accouchait trop rapidement pour qu'il ait le temps de requérir ma présence.

Le médecin se leva, alla à son armoire à pharmacie et retira une bouteille de cognac de derrière la pile de gazes pour pansements. Il prit deux verres sur l'armoire près de l'évier et vint les déposer en face de Gabriel.

— Mes consultations sont terminées pour aujourd'hui. Voudriez-vous m'accompagner? Nous allons boire un doigt de ce délicieux Rémy Martin?

Gabriel souriait.

— Je vois que vous cachez toujours votre précieuse boisson au regard de votre épouse.

— Vous êtes chanceux, vous, les curés! Il n'y a aucune femme dans les parages pour contrôler votre vie, répondit-il d'une voix espiègle. Madame docteure croit que l'alcool est mauvais pour la santé, alors que moi je sais très bien que c'est excellent pour le cœur.

Il tendit le verre à son invité.

— Vous savez que Fabienne Caron habite le presbytère depuis le début de l'été.

— Oui, je l'ai appris. Notre paroisse est petite et les nouvelles vont vite. Mais votre vie personnelle ne nous regarde pas, monsieur le curé. Vous pouvez héberger qui vous voulez.

Gabriel apprécia la réponse de son ami.

— Elle m'a fait part d'un drame que vit sa famille et elle a demandé mon aide.

Le prêtre raconta au médecin ce qu'il savait des agressions d'Ovide sur ses filles et lui parla de sa visite au détective d'Amos.

— Si nous décidons d'intervenir, conclut-il, il est possible que nous ayons besoin de vous…

Le médecin retournait le verre vide entre ses mains.

— Ce que vous me racontez ne me surprend pas outre mesure. Je n'ai jamais aimé l'attitude de cet homme. Il m'a toujours mis mal à l'aise. Ce soir, je comprends mieux l'antipathie et le sentiment de méfiance que je nourrissais à son égard. Je suis d'accord pour vous aider.

Le médecin demeurait pourtant sceptique.

— Vous êtes bien certain que ces accusations sont vraies? Je les trouve tellement incroyables!

— Il faut se fier à la parole de ses enfants.

— Quand vous dites ses enfants, vous parlez de qui?

— De Fabienne et de son frère Émile.

— Vous avez rencontré Émile?

— Oui, il est venu au presbytère hier.

— Je serais heureux de revoir ce grand garçon, qui avait une personnalité très attachante.

— Il a beaucoup de charisme, en effet. Il désire ardemment sortir sa mère et sa famille de l'enfer où ils vivent. C'est ce qu'il m'a assuré avec conviction.

— Je vais vous aider avec plaisir. Dites-moi ce que je dois faire et je vous apporterai mon support dans les limites de mes compétences et des informations dont je dispose. Ovide Caron me déplaît depuis longtemps et si, de surcroît, il abuse de ses filles, il faut le faire jeter en prison.

*

Le même jour, en fin de soirée, Émile reçut un appel de Gabriel qui le convoquait le lendemain au presbytère.

Guy Duhamel, le détective d'Amos, serait présent, ainsi que le docteur Lacasse. Émile se sentit soutenu dans sa démarche. Plusieurs personnes l'appuyaient pour que justice soit faite et, maintenant qu'il l'avait mise au courant des horreurs de sa vie, il pouvait compter sur le support de Joséphine, qui accepta de l'accompagner.

Le mardi, Duhamel entra directement dans le vif du sujet.

— Si j'ai bien compris votre histoire, pendant que votre mère, votre frère Gilles et une de vos sœurs se rendent à la messe du samedi soir, votre père, Ovide Caron, abuse de l'autre fille. Vous êtes certains qu'une telle chose se produit chaque fois?

— Oui, affirma Fabienne. Suzanne et Hélène accompagnent toutes les deux notre mère à l'église quand le bonhomme n'a pas de mauvaises intentions.

— Quelqu'un de vous a déjà été témoin de ces viols? Émile répondit le premier.

— J'ai quitté la maison à cause des actes de violence que je ne pouvais plus supporter, mais je n'ai jamais eu connaissance qu'il violait mes sœurs.

— Ça a commencé après ton départ, dit Fabienne. La première fois que j'en ai eu conscience, c'était un dimanche soir. Maman était malade et gardait le lit depuis plusieurs semaines. Il n'arrêtait pas de lui crier après en la traitant de sale comédienne. À l'époque, elle sombrait souvent dans de profondes léthargies.

Fabienne se leva et alla à la fenêtre. Elle continua de parler sans se retourner.

— Ce souvenir est tellement précis qu'il me semble que c'était hier. Je le vois venir vers nous… J'avais tout juste onze ans. Quand il agissait ainsi, nous ne savions jamais quels sévices il nous réservait et encore moins pour quelle raison il nous frapperait. Chacun d'entre nous se faisait le plus petit possible et attendait en tremblant ce qu'il avait imaginé pour évacuer sa frustration. Ce soir-là, il a empoigné Hélène par les épaules et il l'a poussée brutalement vers la chambre des filles au fond de la cuisine. Incapable de deviner les desseins de notre père, la pauvre était pétrifiée et nous jetait des regards affolés. Par l'encadrement de la porte, qu'un rideau cachait mal, nous l'avons vu la projeter sur le lit sans ménagement.

Fabienne tremblait. Elle se retourna et chercha l'appui de Gabriel.

— Je suis désolée de raconter ces horreurs.

Le curé s'approcha d'elle et l'encouragea à continuer en posant ses mains sur ses épaules pour atténuer les spasmes qui la secouaient.

— Le salaud! Il avait prémédité son geste, puisqu'il profitait du moment où les garçons étaient à l'étable à faire le train. Il s'est retourné et nous a crié, à Suzanne et à moi, d'aller dans la chambre de notre mère et de ne pas bouger, sinon nous passerions la nuit dans la remise. Puis...

Elle fut secouée de violents sanglots qu'elle n'arrivait plus à contrôler.

— Je dois connaître la suite pour vous aider, insista Duhamel affablement.

Fabienne se moucha et reprit.

— Nous avons entendu Hélène supplier en pleurant et dire qu'elle ne pouvait pas se déshabiller devant lui. Il y a eu des bruits de gifles et de tissus arrachés, de même que des grincements de sommier. Suzanne et moi étions blotties l'une contre l'autre. Nous regardions maman en espérant qu'elle réagirait, mais elle somnolait, trop faible pour se lever. Elle semblait absente. Soudain, Hélène a poussé un cri déchirant, une sorte de plainte à glacer le sang qui nous a fait sursauter. Maman s'est redressée et nous a interrogées du regard. Ma sœur et moi étions pétrifiées sur place, incapables de prononcer une parole.

Les gens présents pouvaient lire dans les yeux de Fabienne l'écœurement qu'elle ressentait.

— Ce cri de désespoir fut suivi de bruits rauques qui m'étaient inconnus à l'époque. Mon père est sorti en disant à Hélène de laver les draps qu'elle avait salis. Le vieux bouc s'est assis dans sa berceuse près de la fenêtre et a repris son journal. Je suis sortie de la chambre sur la pointe des pieds et suis allée rejoindre ma grande sœur, qui était à moitié nue. Il y avait du sang sur la couverture. Je suis montée sur le lit à côté d'elle et l'ai embrassée. Elle ne bougeait pas. J'ai eu peur qu'elle soit morte, mais elle s'est dégagée brusquement, a enfilé une longue jaquette et a tiré sans ménagement sur le drap taché. Je l'ai accompagnée à l'évier tandis qu'elle lavait et frottait la couverture. Des larmes coulaient sur ses joues et elle ne semblait pas consciente de ma présence. J'étais terrorisée par ce que je venais de vivre. C'est à ce moment-là que j'ai décidé de m'enfuir et de rejoindre Denise à Matagami, mais j'ai dû attendre deux ans avant de trouver le courage de le faire.

Un silence monastique régnait dans le presbytère. Personne n'osait bouger. Émile s'était approché de sa jeune sœur et l'avait prise dans ses bras. Il pleurait avec elle.

— Depuis, les viols se sont répétés? demanda Duhamel. Pendant des années?

— Oui, et il s'est aussi attaqué à Suzanne. J'étais effrayée à l'idée qu'un jour ce serait mon tour. Un matin, j'ai profité de son absence et suis partie, mais il a vite compris qu'à mon âge je ne pouvais pas aller loin. Il est venu me chercher chez Denise. C'est la fois que je l'ai le plus craint, parce qu'il était très fâché et qu'il m'a menacée de m'enfermer au grenier avec les souris si je tentais de recommencer. Mais j'avais bien plus peur de lui que des bestioles.

Fabienne avait les bras enroulés autour de son corps, comme si elle voulait se protéger d'une vision d'horreur. Un sentiment de vive répulsion la tenaillait encore huit ans plus tard. Elle poursuivit d'une voix à peine audible.

— C'est maman qui m'a donné un peu d'argent qu'elle cachait pour les urgences et qui m'a dit de partir et de trouver une façon de vivre en évitant de me rendre chez mes sœurs. Elle ne pouvait pas me prodiguer de conseils, elle ne savait rien du monde extérieur. Elle m'a simplement garanti qu'avec ma débrouillardise j'allais m'en sortir. Elle m'a embrassée en pleurant. Elle n'arrivait pas à desserrer son étreinte. Pauvre maman…

Duhamel arpentait la pièce.

— Il faut trouver une manière de piéger cet animal et de le faire mettre en cage, mais comment?

— Joséphine a suggéré d'en parler à Hélène, dit Émile. Nous savons que c'est pendant la messe du samedi soir qu'il abuse de ses filles. C'est un point de départ important. C'est elle qui est la mieux placée pour nous raconter comment les choses se passent. Elle est craintive et toujours angoissée, mais, d'après mon frère Richard, elle serait beaucoup plus vive d'esprit si elle habitait un milieu différent.

— Vous croyez qu'elle pourrait nous faire signe après un viol?

— Faut-il vraiment laisser Hélène se faire violer une autre fois? intervint Émile.

— Nous n'avons pas le choix, spécifia le détective. Nous avons besoin d'une preuve.

— Mais comment faire?

— J'irai inspecter le coin, assura Duhamel. Entre-temps, est-ce que vous pourriez vous rendre au Rang 6 et parler à votre sœur sans attirer l'attention d'Ovide?

— C'est impossible. Je n'ai jamais remis les pieds dans la maison familiale depuis mon départ il y a quatorze ans. J'avais promis à ma mère que je reviendrais le jour où je pourrais la libérer du joug cruel de son mari. La chance m'est offerte de tenir ma parole, et je vais tout faire pour y parvenir, mais je ne peux m'y rendre maintenant.

— Est-ce que vous croyez que votre frère jumeau pourrait y aller?

— Je peux vous répondre pour lui, affirma Fabienne. Il sera d'accord. Notre père n'est pas chez lui durant la journée et, comme Richard leur rend visite de temps à autre, il ne sera pas intrigué s'il revient et que son fils est présent.

— Alors qu'il avait une vingtaine d'années, ajouta Émile, Richard a obtenu un emploi au moulin près de Saint-Marc et il a recommencé à fréquenter la maison du Rang 6. Ovide avait refusé le retour de Fabienne parce qu'elle l'avait humilié devant les gens de la paroisse en défiant son autorité, mais Richard avait quitté la maison à quinze ans comme le faisaient beaucoup de garçons qui mettaient fin à leurs études pour aller travailler. Il était parti contre son gré, bien sûr, mais sans le confronter. Mon jumeau m'a raconté qu'à son retour Ovide avait besoin d'aide pour des rénovations à sa grange et, comme il est très grippe-sou, il a profité de son travail bénévole.

— Je compte donc sur vous pour lui parler. J'aimerais qu'on se revoie ici demain soir en compagnie de Richard. Entre-temps, je discute de l'affaire au commissariat. Quelqu'un aura peut-être des idées.

Émile s'opposa à la suggestion.

— Je préférerais que nous menions nos démarches

dans le plus grand secret. Si Ovide apprend qu'on veut le piéger, il n'y aura pas de seconde chance.

Le détective fixa le jeune homme. Il avait raison : il fallait que le moins de gens possible soient dans la confidence.

Joséphine, qui n'était pas intervenue depuis le début de la rencontre, se leva et alla vers Fabienne. Elle la prit par les épaules et l'embrassa affectueusement.

— Vous êtes une belle personne, Fabienne. Je vous admire pour le courage dont vous avez fait preuve ce soir.

Émile s'approcha d'elles et les entoura de ses bras. Le front collé les uns aux autres, ils restèrent enlacés, tandis que Gabriel reconduisait Duhamel. Il revint ensuite vers ses amis et les étreignit à son tour.

— Nous allons tous prier pour que votre famille soit libérée de la tyrannie de votre père.

*

Le lendemain, mercredi, le détective Duhamel longea le Rang 6 pour tâcher d'en savoir le plus possible sur les lieux. Avant de passer devant la maison des Caron, la route faisait une boucle et les arbres cachaient la résidence à sa vue. Mais ce détour était précédé par l'ancienne propriété des Pépin. Il s'agissait d'une vieille bâtisse abandonnée et en ruine. Dans les années 1960, en Abitibi, la majorité des cultivateurs désertaient leur terre qui n'était plus rentable et, comme ils ne trouvaient pas preneur pour leur bien, ils le quittaient simplement.

Duhamel visita la maison décrépie et se rendit compte qu'elle pourrait servir de cachette aux intervenants. Depuis une fenêtre à l'étage, il serait aisé de surveiller la résidence d'Ovide Caron à l'aide de jumelles. Il faudrait seulement y accéder en catimini pour ne pas attirer l'attention, mais, selon les renseignements obtenus, Caron demeurait chez lui le samedi. Pour ne rien négliger, le détective se rendrait sur les lieux avec le véhicule d'une compagnie téléphonique qu'il réquisitionnerait pour la journée. Deux policiers costauds, vêtus de l'uniforme de l'entreprise, assureraient le guet, tandis que le docteur Lacasse et lui se dissimuleraient à la fenêtre pour attendre un signal qui devrait venir d'Hélène.

Le mercredi soir, Aurélien était présent à la rencontre. Il avait accepté de se prêter à la mise en scène, mais il manifestait quelque inquiétude.

— Il faut trouver une façon d'intervenir assez rapidement pour qu'Ovide n'ait pas le temps de se laver et qu'il garde sur lui des traces du viol. Je ne sais vraiment pas comment on peut réussir ce tour de force.

— Ne vous tracassez pas sur ce point, jeta Fabienne, méprisante. Le vieux sale ne se lave jamais; il se contente de s'essuyer et remet ses culottes.

Richard, qui s'était aussi joint au groupe, accepta de se rendre chez son père et de parler avec ses sœurs, Hélène et Suzanne. Ovide gardait Hélène avec lui, mais, pour être certain de ne pas être pris au dépourvu s'il décidait de choisir Suzanne, il valait mieux que l'une et l'autre soient dans la confidence.

— Il faut maintenant convenir d'une stratégie pour coincer le monstre, insista Fabienne.

Le lendemain, suivant le plan établi, Richard alla rendre visite à sa famille dans le but d'avertir ses sœurs qu'un piège serait tendu à leur père. Il emmena Hélène et Suzanne dans la grange pour éviter que leur mère les entende. La dame avait les nerfs fragiles et, dans un moment de panique, elle risquait de faire échouer la mise en scène.

— Nous avons décidé de piéger le bonhomme, leur annonça-t-il en posant un doigt sur sa bouche pour leur indiquer qu'il s'agissait d'un secret. Il ne faudra en parler à personne, pas même à maman.

Les deux femmes le dévisagèrent, intriguées. Suzanne avait trente-trois ans et sa sœur Hélène en avait trente et un. Craintives et angoissées, elles s'affolaient devant un imprévu. Richard espérait leur faire comprendre l'importance de leur rôle dans l'arrestation d'Ovide, mais il ne savait pas de quelle manière aborder le sujet avec elles sans les alarmer. Il décida de s'y prendre le plus naturellement possible.

— Je suis au courant que notre salaud de père abuse de vous les samedis soir, surtout de toi, Hélène,

En entendant ces paroles, Hélène s'agita, mit ses deux mains sur les oreilles et psalmodia des syllabes sans suite, tandis que Suzanne se levait pour s'en aller. Richard la retint par une main et l'obligea à se rasseoir.

— Regardez-moi dans les yeux, exigea-t-il. Ce que je vais vous dire est très important et c'est la seule façon de mettre fin aux violences que ce détraqué vous inflige.

Les deux sœurs se collèrent l'une contre l'autre et fixèrent leur frère avec attention. Elles n'étaient pas vives d'esprit, mais, dans leur regard intéressé, Richard lut la conviction qu'elles comprenaient qu'il voulait les aider. Après leur avoir fait part du scénario établi, il leur fit promettre de mettre une serviette rouge dans la vitre sitôt leur père sorti de la pièce après son méfait. Il tenait un bout de tissu, qu'il remit à Suzanne. Il avait choisi cette couleur parce qu'elle frapperait leur imagination et qu'il serait plus aisé pour les intervenants de l'apercevoir de loin.

— Prenez-en soin. Cachez-le dans votre chambre, là où les choses se passent, et, si par hasard il vous agressait ailleurs dans la maison, rendez-vous immédiatement après dans la chambre des filles et accrochez-le à la fenêtre. Surtout, le plus important, il ne faut pas vous laver tant que le docteur qui va venir avec les policiers ne vous aura pas dit de le faire.

Les deux jeunes femmes sanglotaient. Elles avaient sûrement peur que le plan échoue. Leur père se mettrait dans une colère terrible s'il apprenait leur participation à la manigance. Richard les serra dans ses bras pour les calmer. Il avait subi tellement de mauvais traitements lui-même qu'il était conscient du calvaire de ses sœurs. Il leur répéta les instructions à plusieurs reprises. À la fin, elles semblaient avoir bien compris le déroulement qui avait été établi. Il alla saluer sa mère et quitta la maison en espérant qu'aucune anicroche ne compromettrait leur plan. Le sort d'Ovide Caron reposait maintenant entre les mains de ses victimes.

Le vendredi soir, le groupe se réunit une dernière fois au presbytère.

— Si Clarice ne vient pas à l'église, est-ce qu'on pourra refaire la mise en scène un autre samedi? demanda Émile à Duhamel.

Le détective s'approcha et posa ses mains sur ses épaules.

— Souhaitons de tout cœur que votre mère soit à la messe demain, sinon nous devrons tous garder le silence et nous reprendre. Je crains que vos sœurs ne finissent par se trahir. D'après ce que Richard nous a dit, elles sont très angoissées.

Le docteur Aurélien intervint à son tour.

— Pour envoyer ce salaud en prison, je suis prêt, pour ma part, à sacrifier tous les samedis qu'il faudra.

— Serait-il possible de le faire arrêter pour un autre motif, advenant que notre plan ne fonctionne pas comme prévu? demanda le curé au détective.

— Je serais heureux de pouvoir le faire, mais il paie toutes ses contraventions et il garde la paix à l'extérieur de chez lui. En apparence, c'est un citoyen modèle. Soyons confiants. Nous allons réussir. Sinon je chercherai dans le Code criminel une façon de l'inculper.

Ce disant, il frappa du poing contre le bureau du curé.

— À la grâce de Dieu, conclut Gabriel en faisant un signe de croix.

Fabienne se glissa discrètement à ses côtés et leva vers lui ses yeux remplis d'espérance. Il fallait à tout prix que son père soit arrêté. Sa famille avait suffisamment souffert et chacun de ses membres était à la limite de la résistance devant le tyran.

Le lendemain, samedi, pendant que Fabienne préparait l'autel, Gabriel recevait ses paroissiens à l'entrée de l'église selon la routine qui lui était familière. Tous deux étaient tendus à l'extrême, en attente de l'arrivée des Caron. Le prêtre étira le temps jusqu'à sept heures, mais il dut se résigner à gagner la sacristie afin de revêtir sa chasuble pour célébrer la messe. Fabienne se tourmentait: sa mère n'était pas venue et le manège serait à recommencer.

Gabriel entra dans le chœur bouleversé. Il leva les yeux vers l'assistance pour les inviter à la prière et c'est alors qu'il vit la porte arrière s'ouvrir discrètement pour laisser passer Clarice et ses enfants. Fidèles à leur habitude, ils se glissèrent sans bruit dans le dernier banc à l'arrière de l'église. Comme ils l'avaient anticipé, Hélène n'était pas du groupe. Radieux, Gabriel leva les bras vers le ciel en guise de remerciements et implora l'aide du Seigneur pour que l'expédition du Rang 6 soit couronnée de succès.

Là-bas, camouflé à l'intérieur de la bâtisse en ruine, Duhamel surveillait la fenêtre de la chambre identifiée comme celle des filles, là où se produisaient les agressions. Du haut de son perchoir au deuxième étage, il pouvait l'apercevoir facilement grâce à ses puissantes jumelles. Chacune des personnes de l'équipe ressentait un étrange malaise de savoir qu'à quelques pas, en ce moment même, une femme se faisait violer sauvagement.

Un peu en retrait, Émile, qui avait décidé d'accompagner le groupe avec son frère Richard, avait la gorge nouée par l'émotion. Il pensait aux membres de sa triste famille. Il y avait Pierre, l'aîné. Son élocution rendait incompréhensible ce qu'il disait et il parvenait mal à tenir son équilibre. Il avait quarante ans. Denise, la plus âgée de ses sœurs, avait quitté la maison à seize ans pour aller travailler en tant que servante. Elle avait rencontré Yvon et s'était mariée à dix-huit ans. Gilles, qui accompagnait sa mère à la messe, était malheureusement le plus hideux. Son nez, cassé dans l'enfance, ressemblait à un énorme bec d'aigle et le côté gauche de son visage était couvert de cicatrices, de même que son oreille qui avait l'apparence d'un chou-fleur. Il avait commencé son secondaire à l'école du village, mais, rapidement devenu la risée des autres étudiants qui le qualifiaient du surnom de « monstre à Caron », il avait abandonné peu de temps après. Suivait Odile. À l'exemple de Denise, elle s'était placée dans une famille pour laquelle elle travaillait. Heureux de recevoir les gages de ses filles, Ovide avait accepté qu'elle quitte la maison à l'âge de quinze ans. Elle aussi s'était mariée et vivait à Lebel-sur-Quévillon, avec Réal, son époux, et ses trois enfants. Il y avait Jacques, qui s'était noyé à l'âge de treize ans. Émile avait la conviction que ce n'était pas un accident. Privé de ses rêves, son grand frère avait décidé que la vie n'en valait plus la peine et il avait choisi de partir. Suivaient ses deux sœurs, Suzanne et Hélène, timides et craintives, incapables d'apprendre à l'école et continuellement cachées dans les jupes de leur mère. Puis il y avait Richard et lui, les jumeaux, et finalement Fabienne, la dernière de la famille, qui avait dû quitter la maison en cachette pour échapper au sort de ses sœurs aînées. Il était informé qu'elle avait gagné sa vie en dansant nue dans les boîtes de nuit; aujourd'hui, elle était la compagne d'un prêtre. Émile esquissa un sourire en songeant à cette union. « Il est donc vrai que tous les chemins mènent à Rome », pensa-t-il.

Pendant qu'il faisait cette réflexion, étendue sur le lit et écrasée sous le poids de son assaillant, Hélène s'accrochait à un faible espoir en attendant la fin de l'agression. Elle ne pensait qu'au bout de tissu rouge qu'elle devait placer à la fenêtre dès que son violeur sortirait de la chambre et, pour la première fois de sa triste vie, elle ne se sentait pas seule au cœur de sa misère. Au-dessus d'elle, le vieux bonhomme se contorsionnait et haletait en poussant des cris rauques de vieux bouc. Elle souhaitait qu'il se satisfasse au plus vite. Richard l'avait avertie de ne pas mettre la serviette si son père n'éjaculait pas, car, pour le confondre, c'était indispensable. En se remémorant ces paroles, elle eut un haut-le-cœur, juste au moment où son agresseur émettait un affreux grognement et retombait lourdement sur elle. Elle eut un long soupir de soulagement; plus jamais ce monstre qui se détachait de son corps ne la toucherait.

Ovide se leva et marcha vers la porte. Il agrippa au passage la serviette rouge qui se trouvait sur le dossier de la chaise au pied du lit pour s'essuyer. Hélène tendit la main pour la saisir, mais Ovide sortait de la chambre en emportant le précieux tissu qu'elle devait suspendre à la fenêtre. Elle paniqua, se trouvant idiote de l'avoir laissée là. Elle aurait dû mieux la dissimuler. Elle n'arrivait plus à ordonner ses pensées. Que pouvait-elle faire, maintenant, pour avertir son frère? Elle jetait des regards terrorisés à la ronde, et les vieilles peurs de sa vie revenaient la hanter. Elle était stupide. Son père avait raison : elle n'était qu'une bonne à rien.

Elle se mordait les doigts de désespoir lorsque soudain elle aperçut la nappe de velours rouge clair placée sous la statue de la Vierge Marie à la tête de son lit : un miracle. Elle l'agrippa maladroitement, sans respect pour la Sainte Mère du Ciel, qui vola dans les airs et retomba lourdement à terre. Elle courut accrocher le tissu à la fenêtre et s'écroula à genoux sur le sol, vidée de son énergie. C'est ainsi que le docteur Lacasse la trouva, à demi nue et roulée en position fœtale sous l'ouverture voilée de rouge. Il tira un drap et s'empressa de la couvrir. Il l'aida à se relever et la prit dans ses bras pour la déposer sur le lit. Un long moment, il lui caressa le front en lui murmurant des paroles douces. Elle le fixait, les yeux agrandis d'effroi. Elle ressemblait à une biche affolée, poursuivie par un chasseur. Aurélien lisait dans ses prunelles vitreuses l'immense détresse d'une vie abusée et détruite. Il sentit des larmes lui monter aux yeux. Certains hommes ne méritaient pas d'être père.

En apercevant la couleur rouge à la fenêtre, Duhamel avait donné le signal de l'attaque. Émile et Richard avaient accompagné le groupe jusqu'au seuil de la demeure, mais ils n'étaient pas entrés. Ils avaient demandé au détective de leur faire signe si le piège s'était refermé avec succès sur le coupable. Les deux policiers défoncèrent la porte avec fracas et virent Caron, assis dans sa berceuse, qui n'avait pas eu le temps de réagir aux cris lancés de l'extérieur. Ils se précipitèrent vers lui. Il sembla d'abord pétrifié de surprise et d'incompréhension. Duhamel, qui les suivait, s'adressa à lui.

— Monsieur Caron, vous êtes en état d'arrestation.

Reprenant ses esprits, Ovide bondit de sa chaise et fit face au groupe venu l'arrêter dans sa propre maison.

— Pourquoi? interrogea-t-il, insulté.

— Pour le viol de votre fille, notifia le détective d'une voix cinglante.

Les deux agents encadrèrent le coupable, mais Ovide n'avait pas l'intention de se laisser faire sans réagir. Il frappa un des policiers de son coude et se dirigea vers la sortie. Duhamel lui bloqua le passage.

— Vous avez fait assez de mal comme ça; il est temps de payer!

Les intervenants lui tirèrent les bras vers l'arrière et Caron, en résistant, tomba au sol. Ce fut à cet endroit qu'ils lui mirent les menottes. Debout dans la porte d'entrée, Émile assista à la fin de l'escarmouche. Il vit son père lever la tête vers lui. Ils ne s'étaient jamais revus depuis son départ, des années auparavant.

— Maudit Judas! cria Ovide en le reconnaissant.

Émile ne ressentit aucun plaisir devant son père étendu par terre, encadré des deux policiers. Il avait seulement le cœur en lambeaux. La honte d'être le fils de ce sadique le submergeait. Il se dirigea vers la chambre des filles et aperçut Hélène dans les bras du docteur Lacasse. Elle n'avait que dix-sept ans quand il avait quitté la maison. Il retrouvait une femme de trente et un ans, anéantie et durement marquée par la vie.

Le médecin se leva à son entrée et lui céda sa place auprès d'elle. Il s'approcha et l'embrassa sur le front. Hélène le reconnut. Elle prit sa main dans les siennes et esquissa un timide sourire, victime tremblante entre ses bras. Émile avait le cœur déchiré. Il ressentait un désir de vengeance irrépressible. Il avait envie d'aller frapper le bourreau de sa sœur, mais la violence ne faisait pas partie de sa nature. Il berça Hélène un court moment en lui murmurant des mots de tendresse et de consolation. Richard entra à son tour dans la chambre.

— Bravo, Hélène, tu as réussi à le faire arrêter. Tu as été extraordinaire!

La jeune victime eut un léger sourire.

— Je vais rester avec toi et t'accompagner à l'hôpital.

En s'adressant à Émile, il ajouta :

— Elle aura besoin de quelqu'un à ses côtés. Va retrouver maman au village. Elle doit s'inquiéter. Tu as sûrement hâte de la revoir, en plus.

Dans le lointain, on entendait les sirènes d'une ambulance que le docteur Lacasse avait requise pour transporter Hélène, tandis qu'Ovide, menotté et encadré par les deux agents en service, était assis dans une voiture de police appelée sur les lieux. Le cortège s'apprêtait à prendre la direction de l'hôpital pour les prélèvements d'usage quand Émile sortit de la maison. Duhamel jubilait. Le piège s'était refermé sur l'agresseur avec succès.

Le jeune homme était maintenant impatient de rejoindre sa mère. Il avait hâte de l'embrasser et de la tenir dans ses bras, de retrouver sa chaleur et son odeur. Une immense vague d'amour le submergeait.

Gabriel avait célébré la messe en implorant Dieu pour la famille Caron, mais ses prières n'avaient pas empêché sa pensée de vagabonder vers le Rang 6, et surtout vers son amie assise dans la première rangée de bancs en avant de la nef. Fabienne gardait la tête penchée. Elle ne bougeait pas. Il la trouvait belle, ainsi inclinée, avec ses longs cheveux noués à l'arrière. Elle lui faisait songer à la petite sirène de Copenhague, immobile sur un rocher à vouloir se faire aimer d'un homme pour gagner la vie éternelle. Il leva la main droite pour la bénédiction. Le moment était venu de l'*Ite missa est*, et la famille Caron allait repartir. Il fallait la retenir en attendant le retour d'Émile. Au moment où il dessina dans l'air le signe de croix, une vague de lumière entra dans l'église par la grande porte derrière les fidèles. Dans la lueur aveuglante des derniers rayons de soleil de la journée, il aperçut un Émile souriant, ce qui signifiait sûrement que l'opération avait réussi. Tandis que les paroissiens s'apprêtaient à quitter leur banc, le jeune homme s'avança vers sa mère et déposa tendrement une main sur son épaule.

— Maman!

Il fut incapable d'ajouter autre chose. Il avait la gorge nouée par un trop-plein d'émotion. Clarice tourna la tête et leva les yeux vers son fils. Malgré le temps et l'absence, elle le reconnut immédiatement. Son regard s'illumina et retrouva, un furtif moment, son éclat d'antan.

— Émile, mon bel Émile, laissa-t-elle échapper avec amour.

Elle tendit en tremblant ses deux mains vers le visage adoré qui se penchait vers elle. Clarice avait si souvent rêvé de ces retrouvailles. Elle ne pleurait pas. Ses larmes étaient depuis longtemps taries. Le jeune homme s'age-nouilla à ses côtés et l'attira à lui. Il l'étreignit dans un geste d'une infinie douceur en lui murmurant à l'oreille les paroles tendres dont son cœur débordait depuis tant d'années.

La vieille dame eut un sursaut d'appréhension et se dégagea soudain des bras de son fils.

— Il faut que je rentre, sinon ton père va se fâcher.

Émile l'attira de nouveau contre son épaule et caressa ses cheveux gris.

— Je t'avais promis de revenir te chercher et me voilà!

— Ovide n'acceptera jamais que je parte avec toi.

Gabriel s'approcha d'eux.

— Soyez tranquille, madame Caron, votre mari ne pourra plus vous faire de mal.

Stupéfiés par la présence d'Émile, Gilles et Suzanne n'osaient pas intervenir.

— Maman, dit Fabienne qui venait de rejoindre le

groupe, cette grosse brute a été arrêtée par la police ce soir et j'espère qu'il finira ses jours en prison.

Clarice écarquilla les yeux et se tourna vers Émile. Elle cherchait des réponses aux questions qui se bousculaient dans sa tête.

Ému devant ces retrouvailles, Gabriel les entraîna avec lui et les fit entrer au presbytère pour les soustraire aux regards des curieux qui s'attardaient en essayant de deviner ce qui se passait dans l'église. Il leur offrit des sièges au salon. Émile posa son bras sur l'épaule de sa mère et lui raconta ce qui venait de se produire. Elle ne manifesta ni joie ni peine. Elle semblait seulement effrayée et se cramponnait à son fils. Joséphine, qui était présente ce jour-là pour soutenir Émile, s'approcha d'eux.

— Madame Caron, vous allez dormir chez nous ce soir avec Suzanne.

L'interpellée contempla l'élégante personne qui se penchait vers elle.

— Vous êtes belle, mademoiselle!

Émile prit la main de sa compagne et la déposa dans celle de sa mère.

— Maman, je vous présente Joséphine. C'est la personne la plus merveilleuse qui soit et j'en suis amoureux. Je suis chanceux, vous ne trouvez pas?

Clarice embrasa la main posée sur la sienne. De son côté, Richard qui revenait d'Amos avait entendu l'invitation de Joséphine faite à Clarice.

— Je dormirai à la maison avec Gilles et Pierre cette nuit. Véronique est au courant et elle ne m'attend pas.

— Et comment va Hélène? s'informa Émile.

— Elle était plus calme lorsque je suis parti. Elle sera prise en charge par les services sociaux. Une intervenante lui rendra visite dès demain.

— Et Ovide? s'enquit Gabriel, un brin inquiet.

— Il passera la nuit au poste de police. Duhamel m'a dit qu'il devra se présenter en Cour lundi, mais que, de toute façon, même s'il est libéré en attente du procès, il n'aura pas le droit d'entrer en contact avec nous sous peine d'être réincarcéré.

— J'espère qu'il ne sera pas remis en liberté! dit Fabienne, effrayée. Ça me fait peur.

Gabriel s'approcha d'elle.

— Il ne faut plus avoir de crainte. Je serai là pour vous tous, maintenant. Votre père devra respecter les ordres du tribunal, sinon il retournera en prison.

*

Dans la voiture qui le conduisait à Amos, Ovide Caron rageait. Il se plaignait de l'arrestation et vociférait des menaces de poursuite contre les policiers qui l'escortaient. Il avait hâte de se retrouver devant un juge. Il était convaincu qu'un magistrat, un personnage prestigieux, reconnaîtrait qu'il était le maître incontesté dans sa maison et que sa femme et ses enfants dépendaient de lui, physiquement et psychologiquement. Il avait le devoir de leur inculquer une bonne discipline et les grandes valeurs de la vie. D'ailleurs, ils ne s'étaient jamais plaints et avaient toujours obéi à ses commandements sans rouspéter. Quelquefois, il avait dû user d'un peu plus de force, mais c'était normal pour un responsable de faire régner l'ordre, surtout que les membres de sa famille ne lui apportaient la plupart du temps que frustration. Il était normal qu'il réponde avec un peu de sévérité à leur comportement excessif et dérangeant.

Son propre père, un soldat revenu de la Grande Guerre, lui avait inculqué une discipline militaire et c'était ce qui avait forgé son caractère autoritaire et ferme, apprécié de ses patrons qui savaient pouvoir compter sur lui en toute occasion. Personne n'avait le droit de venir l'arrêter chez lui pour des peccadilles. Puisque sa femme, malade et souvent dépressive, était trop faible pour accomplir son devoir conjugal, il avait utilisé ses filles pour se satisfaire. C'était deux folles qu'aucun homme ne choisirait pour épouse, de toute façon. Il leur rendait service en leur permettant de découvrir la virilité masculine.

Ovide était impatient de s'expliquer et d'indiquer au juge la place importante qu'il occupait dans la société. Il était contremaître au moulin où il travaillait et tous lui obéissaient au doigt et à l'œil sans jamais contredire ses ordres. Il avait simplement appliqué les mêmes règles au sein de sa famille. Ovide Caron était convaincu qu'il rentrerait chez lui dès qu'il aurait pu s'exprimer devant une cour de justice. Émile et Richard auraient des comptes à lui rendre. Il était aberrant pour des fils de faire arrêter leur père sur des accusations aussi ridicules.

Chapitre 8

Amos, 1990

Esther Aubry roulait doucement en traversant la ville d'Amos. Il était tôt, et la majorité des gens dormaient encore. Seuls quelques travailleurs de nuit se glissaient çà et là dans un léger brouillard qui se dissipait lentement. C'était le mardi 4 septembre. La longue fin de semaine de la fête du Travail lui avait permis de revoir les notes de l'arrestation d'Ovide Caron, rédigées par le détective Duhamel, et de prendre connaissance des chefs d'accusation. Elle y avait découvert également les dépositions de Fabienne et d'Émile, ainsi qu'un compte rendu des déclarations de Gabriel Valcourt, le curé de la paroisse Saint-Marc-l'Évangéliste, à l'origine de la mise en scène qui avait mené à l'arrestation du père indigne.

Le procès qui devait avoir lieu en février 1988 avait été reporté à trois reprises et, finalement, au mois d'août 1988, Ovide avait surpris tout le monde en plaidant coupable dès son entrée au tribunal. Esther avait la conviction que ses enfants, principalement Fabienne et Émile, avaient en réserve plusieurs faits relatifs au comportement de leur père et qu'ils souhaitaient les faire valoir au cours du procès. Pour mettre sur pied une telle arnaque afin de confondre leur bourreau, il était certain que les victimes avaient souffert de longs jours et d'interminables nuits dans la frayeur des sévices.

Elle pensait à Émile Caron, qui avait eu le courage de sacrifier le confort de sa nouvelle vie pour tenir une promesse faite à sa mère et la soustraire, ainsi que les autres membres de sa famille, aux griffes de ce dépravé. Pourquoi, après avoir accompli ce difficile mandat qu'il s'était imposé, était-il venu tuer le coupable à sa sortie de prison? La logique lui disait qu'il s'était sûrement produit de plus récents événements qui lui échappaient et que son client était le seul à connaître.

Esther arrivait au cabinet de son père. Elle stationna sa voiture dans l'emplacement réservé à son nom et descendit du véhicule. Elle sentit un vent frisquet lui pincer l'épiderme. Le froid venait tôt, en Abitibi, mais elle appréciait l'air pur qui se faufilait jusqu'au cœur de la ville. Elle ne regretterait certainement pas le smog auquel elle ne s'était jamais habituée durant son séjour à Montréal. Elle fut la première arrivée au cabinet Aubry, Perron et Associés. Il n'était que six heures trente. Elle se prépara une tasse de café en réfléchissant à ce qu'elle plaiderait devant le juge en matinée. Elle avait rendez-vous à dix heures afin de demander la remise en liberté de son client en attente du procès. Elle comptait invoquer le fait que le jeune homme, responsable d'un attentat, scrupuleusement ciblé, ne présentait aucun danger pour la collectivité.

Le jeudi précédent, elle lui avait rendu visite à la prison d'Amos. Arrivé au parloir avec un air absent, il s'était assis sans la regarder. Malgré son apathie, Émile était un homme dont la présence en imposait. Il dégageait un magnétisme indéniable et une aisance naturelle marquait chacun de ses gestes, même celui de replacer distraitement une mèche de cheveux qui lui tombait sur l'œil. Esther l'avait observé à la dérobée en se disant qu'il ne semblait pas conscient de l'aura de charme qui l'entourait. Elle comptait utiliser son charisme devant le jury et le mettre en valeur pour faire ressortir sa personnalité bienveillante. Mais, pour cela, il lui fallait en savoir davantage sur cet homme et sur les raisons qui l'avaient poussé à commettre l'irréparable.

— Bonjour, Émile, avait-elle dit simplement.

Il l'avait regardée de ses yeux verts immenses et lui avait répondu sans conviction.

— Bonjour, maître.

Pour Esther, la réponse à son salut était une première marque de collaboration qu'elle avait appréciée.

— Vous savez que l'accusation portée contre vous en est une de meurtre?

— Je le sais; j'ai tué Ovide Caron.

— Pourtant, vous plaidez non coupable!

— Peut-on être coupable de tuer le diable?

Esther avait discerné dans la question un accent de souffrance indescriptible.

— J'ai besoin que vous soyez plus précis.

— J'ai tué, c'est vrai, et je le regrette, avait-il ajouté. Mais je n'arrive pas à me sentir coupable. Je vais être emprisonné à vie, mais ma mère et les autres membres de ma famille pourront enfin vivre en paix, sans la crainte perpétuelle de ce monstre continuellement à leurs trousses.

Il avait levé vers son avocate un regard triste. Dans le reflet vert de ses yeux, Esther avait perçu sa grande bonté. Mais elle n'avait à porter de jugement ni sur son client ni sur son crime; ce serait le travail des douze jurés. Elle était son avocate et elle devait le défendre envers et contre tous, puisqu'il demeurait innocent jusqu'à preuve du contraire.

— Vous aviez peur qu'à sa sortie de prison votre père ne se venge sur votre mère ou sur vos frères et sœurs?

Émile s'était reculé sur sa chaise et avait incliné la tête sans répondre à sa question. Elle avait poursuivi.

— Je venais vous avertir que, la semaine prochaine, je vais demander votre remise en liberté en attente du procès.

— On peut remettre un assassin en liberté?

— Oui, dans certains cas. Quand l'accusé ne présente pas une menace pour la communauté, par exemple, il est possible que le juge accepte. Cependant, s'il agrée notre demande, il exigera sûrement une énorme caution.

Émile avait souri tristement.

— Alors, ne vous donnez pas cette peine. Je n'ai pas un sou noir à moi et aucun membre de ma famille n'a d'argent ou de biens à mettre en gage.

— Je vais quand même faire la requête. C'est la procédure normale. On verra pour la suite.

Assise à son bureau, Esther sirotait un troisième café en se remémorant son entrevue avec Émile. Il était enfermé pour avoir voulu soustraire sa famille aux agissements monstrueux d'un homme qui aurait dû les aimer et non pas les détruire. La dimension pathétique de son délit la faisait frémir.

Elle se leva. Le temps avait filé et il était l'heure de se rendre au tribunal.

Son père l'attendait dans le hall du bâtiment de pierres pour l'escorter à la salle d'audience. Il était heureux et fier d'accompagner sa fille à sa première présence au palais de justice d'Amos en tant qu'avocate criminaliste.

Esther se présenta devant le juge Fortin avec assurance.

— Votre Honneur, dit-elle d'une voix à l'intonation calculée, nous demandons la remise en liberté de notre client en attente de son procès. Cet homme que vous voyez au banc des accusés a commis un meurtre ciblé et en aucun cas il ne peut devenir un danger pour ses concitoyens. Émile Caron est professeur d'une classe de troisième année à l'école primaire et jamais il n'a manifesté la moindre violence envers un élève ou un confrère. Son directeur, monsieur Yvan Deschênes ici présent, pourra en témoigner et se porter garant du comportement pacifique de notre client. Émile Caron est en début de carrière et, ses moyens financiers se trouvant limités, nous souhaitons que le montant de la caution à verser soit calculé selon ses possibilités de l'acquitter.

Esther retourna s'asseoir, tandis que maître Laurent Gagnon, le procureur de la Couronne, s'avançait à son tour vers le juge.

— Votre Honneur, dit-il avec toute l'emphase requise par son plaidoyer, nous désirons porter à votre attention qu'Émile Caron a tué un homme de sang-froid, son père de surcroît. Pour la raison invoquée, nous demandons à la Cour que l'accusé soit gardé en détention jusqu'à la tenue de son procès qui, nous le souhaitons, devrait se solder par une condamnation à perpétuité qui le maintiendra en prison le restant de ses jours.

Esther se leva d'un bond.

— Votre Honneur, je demande à mon confrère de retirer ses dernières paroles. Personne ne peut présumer ici de la sentence qui viendra clore le procès de mon client.

Maître Gagnon se tourna vers la jeune avocate et lui sourit narquoisement.

— Nous retirons la sentence que nous venons d'octroyer, mais nous persistons à demander que soit maintenue sa réclusion. Cet homme reconnaît avoir commis la faute dont on l'accuse, mais il plaide non coupable, ce qui montre à la Cour son absence de remords et le déni de son geste ignoble.

Le juge Fortin annonça qu'il prenait la requête en

délibéré et convoqua les avocats des deux partis pour treize heures trente. Il ferait alors connaître sa décision. Esther salua Émile et sortit dîner avec son père.

— Papa, est-ce que tu peux me faire part de tes prédictions sur le résultat possible de ma requête de ce matin?

— Mon expérience me dit que le juge Fortin va accorder la remise en liberté, mais avec une caution que ton client ne pourra pas verser.

— Belle perspective! Il est vrai que nous sommes en présence d'un parricide.

Charles Aubry prit un air sérieux.

— Il y a des meurtres qui s'entourent de circonstances atténuantes inattendues. J'ajouterais même que certains crimes sont commis sans aucune intention criminelle. Les meurtriers font quelquefois face à des drames qui dépassent la limite de la tolérance humaine et ils ne voient pas d'autre solution que d'éliminer la cause de leur souffrance. C'est une opinion personnelle, mais c'est sur ce genre de présomptions que tu devras établir ta ligne de défense. Personne n'est à l'abri de situations qui peuvent nous entraîner sur des voies imprévisibles.

Esther considérait son père avec attention.

— Dis-moi, papa, as-tu déjà été confronté à des événements qui auraient pu faire basculer tes valeurs?

Maître Aubry répondit à sa fille avec un sourire.

— C'est l'expérience de la vie qui dicte mes paroles. À soixante-cinq ans, avec une longue carrière d'avocat dans mes bagages, j'avoue humblement que j'ai dû faire face à beaucoup de faits tragiques de nature criminelle, plus incroyables les uns que les autres.

— Je suis chanceuse de t'avoir à mes côtés, conclut-elle en posant sa main sur celle de son père. Tu possèdes une science que je ne trouverai jamais dans mes grands livres poussiéreux.

Charles Aubry sourit à sa fille et appela le serveur pour demander la facture. Il était temps de retourner au tribunal.

À treize heures trente précises, le juge Fortin entra dans la salle et commença sans attendre la lecture de sa décision.

— Après étude du dossier, nous en venons à la conclusion qu'Émile Caron ne représente pas un danger pour la société.

Esther poussa un soupir de soulagement.

— Par contre, devant la gravité de l'accusation, nous nous voyons dans l'obligation d'imposer un montant de caution à la hauteur des faits reprochés. Nous exigeons un cautionnement de cent mille dollars.

L'avocate jeta un coup d'œil à son client. Émile n'avait pas bronché. Elle s'approcha de lui avant qu'il ne sorte du tribunal en compagnie des policiers qui l'escortaient.

— Vous connaissez quelqu'un qui pourrait verser cet argent pour vous?

Pour seule réponse, Émile lui sourit d'un air résigné et quitta la salle d'audience.

Esther revint à son bureau en s'efforçant de surmonter son trouble, mais c'était au-delà de ses forces. Elle se sentait terriblement navrée pour son client. Elle aurait souhaité qu'il goûte à la liberté au moins pendant les quelques mois qui le séparaient du procès. Elle finit par se dire que ce n'était pas elle qui avait commis le délit et qu'elle devait cesser de trop s'attendrir sur le sort d'Émile Caron. Tout de même bouleversée, elle entra dans son bureau pour déposer ses dossiers et fut immédiatement rejointe par Geneviève, son assistante.

— Il y a dans le hall une personne qui aimerait vous voir au sujet de l'affaire Caron, lui annonça-t-elle. Est-ce que je l'introduis maintenant?

— De qui s'agit-il?

— Joséphine Gauthier.

— Son nom ne me dit rien. Je n'ai pas beaucoup de temps, mais faites-la entrer.

Esther alla à la rencontre de madame Gauthier. Elle lui tendit la main et lui offrit un siège. La dame était élégante et très jolie, une beauté naturelle qui ne requérait aucun artifice pour attirer les regards et susciter l'admiration. Une fois assise, elle parut embarrassée, ne sachant trop comment amorcer la conversation. Esther vint à sa rescousse.

— Je présume que vous vouliez m'entretenir de mon client, Émile Caron?

La femme eut un léger sourire qui dessina deux fossettes au creux de ses joues. Cette personne était plus que jolie, elle était belle, se dit Esther.

— Je trouve bizarre d'entendre parler d'Émile en tant que client d'une avocate criminaliste. Je suis la fiancée d'Émile.

Joséphine inclina le front avant de préciser sa phrase.

— J'étais la fiancée, je devrais dire, car Émile a rompu avec moi quelques jours avant d'aller…

Incapable de retenir ses émotions, elle sortit un mouchoir de son sac à main et s'épongea les yeux. L'avocate se leva et vint s'asseoir près d'elle.

— Madame Gauthier, vous allez devoir me raconter votre histoire.

Joséphine releva la tête.

— Dès que nos routes se sont croisées, j'ai su que j'aimerais Émile ma vie durant et je suis certaine qu'il a éprouvé un sentiment aussi fort que le mien. C'est le meilleur homme que la terre ait porté et je l'aime du plus profond de mon âme.

— Et vous me dites qu'il a rompu avec vous quelques jours avant d'aller attendre son père à sa sortie de prison.

— Deux jours avant, exactement.

— Il vous a dit pourquoi il voulait vous quitter?

— Il a dit qu'il ne m'apportait que des malheurs et qu'il m'aimait trop pour que nous poursuivions notre relation.

— Vous étiez ensemble depuis combien de temps?

— J'ai connu Émile en mai 1983; ça fait donc sept ans.

— Croyez-vous qu'il aurait pu rompre pour ne pas vous mêler au meurtre de son père?

Joséphine se sentait en confiance avec la jeune avocate.

— Je pense qu'Émile n'a jamais eu l'intention de tuer son père.

— Il l'a fait, pourtant, lui rappela Esther.

— Après l'arrestation d'Ovide en 1987, sa mère et sa sœur Suzanne sont venues vivre avec nous durant deux semaines. Il était incroyablement attentionné envers ces deux femmes qui avaient tellement souffert, et moi, j'avais le cœur chaviré de découvrir la détresse qui l'habitait. Le soir, il se glissait dans mes bras et me disait que nous allions construire une famille où l'amour et la tendresse se vivraient au quotidien.

— Vous avez des enfants? l'interrompit Esther, soudain intriguée.

Effectivement, elle n'avait jamais été interpellée par cette possibilité chez son client.

— Pas encore. C'était dans nos projets immédiats. À l'automne 1988, après l'internement de son père, nous avons acheté une maison en banlieue d'Amos, une propriété qui nécessitait des réparations, mais qui était bien située, près du lac Arthur, un joli coin dans la nature. Émile adore la campagne. Il dit que les enfants ont besoin d'air pur et de liberté pour grandir heureux et en santé.

— Si je vous comprends bien, vous n'avez jamais vu venir ce qui s'est passé le vendredi 17 août à la sortie de prison d'Ovide Caron.

— Non! J'étais encore sous le choc de notre rupture.

— Mais dites-moi, mademoiselle Gauthier… Entre l'incarcération de son père et votre rupture, Émile a-t-il déjà maugréé contre la légèreté de la sentence imposée à Ovide Caron?

— Il m'a seulement dit à l'époque que c'était bien ainsi et qu'il aurait le temps de trouver une place où loger sa mère, ses frères et ses sœurs. Il a ajouté, je m'en souviens comme si c'était hier, que le plaidoyer de culpabilité de son père évitait la tenue d'un procès. Il n'aurait donc pas à raconter les horreurs commises par ce batteur de femmes et d'enfants. Par la suite, nous n'avons plus jamais parlé de lui. Ce sujet le blessait et nous évitions d'y faire allusion.

— Vous avez dû être étonnée en entendant la nouvelle de la mort d'Ovide Caron dans les circonstances que nous connaissons…

— J'ai été totalement anéantie!

— Vous n'avez aucune idée de ce qui aurait pu conduire Émile à perpétrer ce crime?

Les yeux brillants de larmes contenues, Joséphine articulait difficilement en retenant ses sanglots.

— L'Émile que je connais, cet homme doux et tendre, ne peut pas avoir commis un meurtre, ou bien il s'est produit quelque chose qui l'a affecté au point de lui faire perdre la tête.

Esther observait Joséphine en imaginant facilement sa souffrance. Afin de détendre un peu l'atmosphère, elle la conduisit dans une pièce plus intime où l'ambiance feutrée se prêtait davantage aux confidences. Il y avait sur le mur du corridor qu'elles empruntèrent des photos de son père, de son associé et des deux autres avocats du cabinet Aubry, Perron et Associés. Celui de la jeune avocate ne s'y trouvait pas. Joséphine le remarqua.

— Vous n'êtes pas sur le mur des célébrités? demanda-t-elle en souriant.

Esther perçut la légère pointe d'humour de la part de la femme accablée de chagrin et l'apprécia.

— En effet, vous avez raison! Il faut croire que je ne suis pas encore assez célèbre.

— Si vous gagnez votre procès dans la cause Émile Caron, vous mériterez peut-être vos lauriers!

— Il ne faut pas rêver, lui répondit-elle, redevenue sérieuse. Votre amoureux a commis un meurtre. Je vais employer mon savoir à réduire sa peine, mais je ne pourrai jamais lui éviter la prison.

L'avocate jeta vers sa visiteuse un regard triste. Elle sentait des affinités entre elles et la percevait comme une alliée dans l'affaire qui mobilisait présentement ses énergies. Elles auraient certainement beaucoup de temps à passer ensemble au cours des prochains mois.

— Joséphine, vous permettez que je vous appelle par votre prénom?

— Oui, avec plaisir!

— Alors, c'est entendu. Vous pouvez aussi m'appeler Esther. Je pense que nous allons collaborer étroitement au cours de ce procès qui s'annonce difficile, car personne ne connaît mon client aussi bien que vous, qui avez partagé son intimité pendant sept ans. Je crois que ses liens avec sa famille n'étaient pas très intenses.

— Il ne m'avait jamais parlé d'elle avant l'épisode qui a permis d'envoyer Ovide Caron en prison. Le seul que je connaissais avant 1987, c'était son frère jumeau, Richard.

Esther prit le nom en se promettant d'interroger ce frère. Souvent, les bessons avaient des pensées communes et des impulsions qui se ressemblent.

Le téléphone sonna dans la pièce où les deux femmes discutaient. Esther prit l'appel et raccrocha rapidement en s'excusant, car elle devait se rendre à son bureau.

Assise sur le canapé de cuir beige, Joséphine était atterrée par les événements qui se bousculaient dans sa vie. Après sa rupture avec Émile, qu'elle souhaitait passagère, elle avait beaucoup réfléchi et avait acquis la ferme conviction que les motifs évoqués par son amoureux n'étaient pas plausibles. La dernière nuit avant leur séparation, il n'était pas rentré dormir à la maison et elle l'avait attendu, couchée sur le divan du salon. Depuis qu'Émile et elle habitaient ensemble, c'était la première fois qu'il s'absentait ainsi sans prévenir. Elle en avait ressenti énormément d'inquiétude. Il était arrivé aux premières lueurs de l'aube, les yeux cernés et la barbe longue. Il était allé dans la chambre, avait pris quelques effets personnels et était venu s'asseoir en face d'elle en évitant de la regarder dans les yeux.

— Joséphine, il vaut mieux qu'on se sépare, avait-il dit simplement.

Elle avait tressailli. Elle s'attendait à diverses raisons pour motiver son absence d'une nuit, mais pas à une rupture.

— Tu plaisantes? lui avait-elle demandé, le cœur battant la chamade.

Émile avait une allure étrange qui l'avait décontenancée.

— Je suis sérieux, au contraire. Tu mérites mieux que moi dans la vie. Je suis et serai toujours un perdant, un homme marqué par le destin. J'ai pensé que, grâce à notre amour, je pourrais échapper aux cicatrices de mon enfance, mais je ne le peux pas.

Elle s'était levée et avait essayé de le prendre dans ses bras. Il s'était esquivé et s'était dirigé vers la sortie. Elle l'avait supplié de rester.

— Émile, tu ne peux pas partir ainsi, il faut au moins en discuter. Je t'aime et tu m'aimes. Je le sais. Je le sens!

Émile l'avait regardée, une douleur immense au fond des yeux, et il était sorti. Épuisée de chagrin et d'incertitude, elle avait finalement décidé, deux jours plus tard, d'aller voir Fabienne et de lui demander si elle connaissait la retraite de son frère. Elle avait besoin d'une explication et elle souhaitait surtout le convaincre de reprendre leur relation en tablant sur leur amour qu'elle savait réciproque. C'était au moment de partir qu'elle avait entendu le communiqué à la radio: un homme venait d'être poignardé à sa sortie de prison. Elle avait eu un mauvais pressentiment et elle s'était écroulée sur son lit en espérant de tout cœur qu'il ne s'agît pas d'Émile et de son père. Lorsque le décès de la victime avait été annoncé en fin de journée et que son identité avait été révélée, son inquiétude avait atteint un paroxysme. Malheureusement, la suite avait confirmé ses craintes. Elle avait longtemps hésité avant de venir rencontrer maître Aubry. Ses parents lui avaient fortement conseillé cette démarche et elle ne regrettait pas son initiative, maintenant qu'elle connaissait la jeune avocate qui allait défendre Émile. Elle devinait chez elle beaucoup d'empathie pour son client et se sentait rassurée.

Esther revint dans la pièce, semblant chercher une façon d'aborder la nouvelle qu'elle devait annoncer.

— Dites-moi, Joséphine, le nom d'Aurélie Beaupré vous est-il familier?

Joséphine fit un court effort de mémoire.

— Non, ça ne me dit rien.

Esther hésita un instant, craignant que ses paroles la blessent.

— Ce matin, je suis allée au tribunal pour demander la remise en liberté d'Émile.

Joséphine bondit sur son siège.

— Vous croyez qu'il pourrait recouvrer sa liberté? Ce serait merveilleux!

— Oui, le juge a accepté, moyennant un cautionnement de cent mille dollars.

Le sourire disparut du visage de Joséphine.

— Nous n'avons pas les moyens de garantir une somme d'argent aussi élevée.

— Aurélie Beaupré vient de le faire. Pour qu'elle ait agi aussi vite, j'ai l'impression qu'elle attendait ce moment avec un papier déjà entériné par sa banque et qu'il n'y manquait que le montant.

La gorge serrée, Joséphine se sentait inconfortable.

— Vous croyez que cette femme pourrait être la cause de notre rupture, à Émile et moi?

— Il n'y a qu'un seul moyen de le savoir: il vous faudra interroger votre amoureux. Elle s'est présentée au palais de justice une quinzaine de minutes avant la fermeture des bureaux et la personne en fonction a immédiatement fait parvenir la demande de libération au secrétariat de la prison. On est à préparer les documents nécessaires à l'élargissement d'Émile. Il devrait être libre d'ici une heure. Je pars l'attendre à sa sortie. M'accompagnez-vous?

Joséphine hésitait.

— J'ai ma voiture. Je vais vous suivre, mais, si cette Aurélie est là, je ne manifesterai pas ma présence.

Une heure plus tard, Joséphine vit Esther Aubry sortir de l'énorme bâtiment de pierres en compagnie d'Émile. Personne d'autre ne semblait au rendez-vous. Elle quitta donc sa voiture et vint à la rencontre de l'avocate et de son client. Elle fixait Émile en réprimant difficilement les battements irréguliers de son cœur. Elle tremblait et avançait d'une démarche mal assurée.

Lorsqu'Émile l'aperçut, il laissa tomber le sac de

cuir qu'il tenait et s'empressa de la rejoindre. Il s'arrêta à quelques pas d'elle en l'interrogeant du regard. Sur son visage sillonné de larmes, il ne décela qu'amour et tendresse. Il fit un pas de plus, attira son corps fragile contre le sien et l'enveloppa de ses bras. Il sentait les boucles légères de sa chevelure caresser sa joue. Il ferma les yeux et retrouva avec nostalgie l'odeur familière de sa compagne.

— Je te demande pardon, murmura-t-il.

— Je n'ai rien à te pardonner, mon chéri. Tu es là et je t'aime.

Esther n'osait pas les séparer et contemplait la scène qui témoignait d'un amour véritable, plus fort que le désespoir. Finalement, quand Émile desserra son étreinte et retourna chercher son sac, elle posa la question qui la tracassait.

— Vous connaissez Aurélie Beaupré, la dame qui a garanti votre caution?

Émile se tourna vers elle.

— C'est elle qui a payé pour moi? Je me demandais qui avait assez d'argent pour mettre en gage une somme aussi énorme.

— Il faut quelqu'un qui a en vous une confiance illimitée, pour risquer un tel montant.

Émile devina l'inquiétude de Joséphine.

— Sois tranquille, ma chérie. Aurélie Beaupré est la mère de Gabriel. Je suis étonné qu'elle se soit portée garante de moi. J'imagine que son fils lui a suggéré de le faire. Elle ne lui refuse jamais rien.

Esther ne comprenait pas de qui il était question.

— Quand vous mentionnez Gabriel, je pourrais savoir de qui vous parlez?

— Désolé! C'est vrai, vous ne le connaissez pas. Gabriel Valcourt, c'est le curé qui nous a aidés à faire arrêter mon père. Sa mère est veuve et elle a hérité de la fortune de son mari, Jean-René Valcourt, qui possédait les Entreprises J.-R. Valcourt. Peut-être que cette dénomination ne vous dit rien, mais c'est le nom de la firme qui a construit la majorité des édifices publics d'Amos et des environs, incluant l'immeuble de bureaux qui abrite votre cabinet d'avocats.

Esther se souvint. Il était temps de prendre rendez-vous avec ce curé, dont son père lui avait parlé le premier soir et qui jouait manifestement un rôle important auprès de la famille Caron. Elle salua Émile et Joséphine et les vit monter à bord de la voiture de la jeune femme. Les raisons d'Émile de quitter sa compagne semblaient reléguées au second plan, mais elle allait devoir le questionner à ce sujet.

Chapitre 9

Abitibi, 1946

Quand Mackenzie King accepta finalement la conscription en novembre 1944, Ovide Caron fut enrôlé sous les drapeaux. Heureusement, la guerre tirait à sa fin et il n'eut pas l'obligation de traverser «de l'autre bord», selon la formule consacrée de l'époque. En sortant de l'armée, il se présenta à l'École de foresterie et de technologie du bois de Duchesnay, mû par l'ambition de devenir mesureur. Il était conscient qu'avec un diplôme en poche il assurait son avenir en Abitibi, dans cette région du Québec en pleine expansion où les gens instruits manquaient à l'appel, préférant travailler plus près des grands centres.

En revenant dans son patelin, il fut rapidement considéré comme le beau parti que chaque mère voulait pour sa fille, d'autant plus qu'il était également propriétaire d'un camion bleu, donc aux couleurs de l'Union nationale de Maurice Duplessis, celui qui régnait en maître sur la Belle Province. En Abitibi, au milieu des années 1940, peu de gens avaient la possibilité de s'offrir le luxe d'un véhicule automobile.

La veuve Marie-Jeanne Bourassa, qui habitait Villemontel, avait trois filles à marier plus jolies les unes que les autres, que les garçons du voisinage avaient commencé à reluquer. Élise, son aînée, avait dix-neuf ans en ce printemps 1946 et elle souhaitait ardemment que le jeune Caron la remarque. Marie-Jeanne avait eu la douleur de perdre son époux à la guerre un an plus tôt. Il avait fait partie des rares conscrits envoyés en première ligne en 1945. Elle trouvait sa mort tellement injuste qu'elle espérait réparation de la part de Dieu en lui inspirant le choix de bons maris pour ses filles. Ces alliances lui permettraient de savourer une retraite tranquille chez l'une d'elles, puisque l'un des devoirs des enfants était de veiller sur leurs vieux parents. Aussi, elle fut au comble du bonheur quand Ovide Caron, à la sortie de la messe de Pâques, lui demanda la permission de leur rendre visite en après-midi.

De retour à la maison, elle s'empressa de repasser les nappes blanches et de faire reluire l'ensemble à café en argent hérité de sa défunte mère. Elle voulait recevoir élégamment ce beau parti qui, à l'évidence, venait en prétendant. Elle supervisa la toilette de son Élise et lui fit relever ses cheveux en chignon; elle trouvait que ça lui donnait davantage de maturité. Elle insista pour que sa fille assure le service en présence d'Ovide, afin qu'il prenne conscience de ses qualités de ménagère.

Pendant que sa mère s'affairait à parer sa sœur et à lui prodiguer les conseils d'usage, Clarice fit du sucre à la crème en assurant que c'était pour leur invité. Dans les faits, c'était une jeune gourmande qui raffolait des sucreries. Ovide Caron se présenta à deux heures de l'après-midi avec des fleurs pour Marie-Jeanne et des chocolats pour ses trois filles. L'homme n'était pas particulièrement beau. Ses grandes oreilles attiraient l'attention et n'avaient rien pour plaire, mais il était élégant et avait fière allure dans son costume du dimanche. Les trois sœurs Bourassa, Élise surtout, notèrent scrupuleusement ses faits et gestes. Il s'exprimait agréablement et s'adressait à Marie-Jeanne, de manière à respecter les règles de bienséance de l'époque.

— Vos parents habitent la région? demanda la mère, curieuse d'en apprendre le plus possible sur son gendre éventuel.

— J'ai perdu ma mère très jeune, à l'âge de dix ans, et mon père cinq ans plus tard. Je n'ai jamais connu de véritable vie familiale. C'est sans doute la raison pour laquelle une femme et des enfants sont pour moi une priorité, avait-il répondu aimablement. Je veux une grande famille.

Marie-Jeanne fut attendrie par la confidence, tout comme ses filles.

— Vous comptez vous établir à Villemontel?

— Non, j'ai déjà une terre à Saint-Marc-l'Évangéliste, le village d'à côté. Nous sommes pratiquement voisins.

Marie-Jeanne appréciait les qualités de ce jeune homme. Il était sérieux et avait un avenir prometteur.

Le dimanche suivant, elle fut au comble du ravissement lorsqu'il sollicita à nouveau la permission de les visiter l'après-midi. Elle eut ainsi l'assurance qu'elle et ses filles lui avaient fait bonne impression. Il se pencha vers elle pour lui parler à l'oreille.

— J'aurai une demande à vous faire et je souhaite de tout mon cœur qu'elle vous soit agréable.

Ovide Caron s'exprimait ainsi par unique souci d'être galant, car, imbu de sa personne, il se percevait comme supérieur à tous les autres candidats au mariage dans la paroisse. Il était convaincu que sa proposition serait agréée avec empressement par cette femme chez qui il devinait déjà la considération qu'elle lui vouait.

De retour à la maison, Marie-Jeanne et sa fille Élise exultaient. Un prétendant de choix, le meilleur parti à des milles à la ronde, avait parlé d'une demande. Il leur était permis de rêver. Clarice et Raymonde, qui partageaient affectueusement l'enthousiasme de leur grande sœur, dansèrent avec elle au milieu de la cuisine.

— Tu vas nous manquer, surtout pour le ménage, lui fit remarquer la cadette, taquine.

Aussi, Ovide prit tout le monde par surprise lorsqu'il arriva plus tard et qu'il formula sa requête.

— Madame Bourassa, dit-il avec l'emphase requise pour un moment aussi solennel, j'ai l'honneur de solliciter la main de votre fille Clarice.

Marie-Jeanne sursauta.

— Vous avez nommé Clarice? Elle n'a que dix-sept ans! Elle aura dix-huit ans seulement en décembre. C'est encore une enfant. Vous êtes certain que vous ne vous trompez pas de prénom? J'ai trois filles.

— Vous avez bien compris, chère madame. Le charme de votre Clarice m'a séduit et son sucre à la crème également, ajouta-t-il en regardant la jeune fille du coin de l'œil, conscient de la surprise qu'il venait de causer à l'assemblée présente. Je souhaite en faire mon épouse le plus rapidement possible, en respectant les délais de publication des bans… si vous m'accordez sa main, évidemment.

Clarice et ses sœurs étaient demeurées immobiles et silencieuses. Élise, qui semblait déçue, le laissa paraître par une moue qu'elle ne put réprimer. L'heureuse élue, pour sa part, était figée et ne manifestait aucun sentiment.

— Étant donné l'âge de ma fille, je préfère lui demander si elle accepte de devenir votre femme, répondit une Marie-Jeanne ahurie qui n'arrivait pas à ordonner sa pensée.

Elle se tourna vers les trois sœurs serrées l'une contre l'autre. Clarice, stupéfaite, ne savait que dire.

— Je vous propose de revenir la semaine prochaine, finit par suggérer la mère. Vous donnerez ainsi à Clarice le temps d'apprécier l'offre que vous lui faites et elle aura alors pris une décision.

En galant homme, Ovide s'inclina devant la demande

qu'il semblait respecter au plus haut point. Pénétré de son importance, il était assuré que la réponse lui serait favorable. Il alla vers Clarice, assise entre ses deux sœurs, et se pencha vers elle. Déconcertée, la jeune fille se recula sur sa chaise.

— Si vous acceptez de devenir ma femme, je promets de prendre soin de vous et de nos enfants, et vous ne manquerez jamais de quoi que ce soit. Personne au village et dans les environs ne peut vous offrir autant que votre humble serviteur et ce sera un grand bonheur pour moi de partager mes biens avec une personne aussi charmante que vous.

La jeune demoiselle aurait préféré un mot d'amour, mais une promesse de sécurité la touchait également. Elle ne connaissait rien aux sentiments qui devaient unir une femme et un homme. Peut-être que les émotions dont parlaient ses livres venaient avec le temps! En regardant attentivement Ovide penché vers elle, elle trouva qu'il avait de beaux yeux, noirs et vifs.

Après son départ, Élise manifesta sa colère.

— C'est moi qui devrais me marier la première! hurla-t-elle dans sa déconvenue. Je suis l'aînée.

Clarice était d'accord.

— Maman, je ne veux pas me marier maintenant, je suis trop jeune. Tu sais que je souhaite enseigner à l'automne. Le commissaire Riopel m'a dit qu'il lui manquait deux maîtresses au village en septembre et, comme ils n'ont trouvé aucune remplaçante, je pourrais obtenir les classes de première et de deuxième année. J'ai ma neuvième année et c'est tout ce qui est exigé par le département de l'Instruction publique pour donner des cours aux petits qui commencent l'école. Maman, je ne veux pas me marier. J'aimerais connaître autre chose avant de passer le reste de ma vie dans une cuisine. Si je lui dis non, il choisira Élise, c'est certain.

Marie-Jeanne n'était pas d'accord avec l'idée.

— Il y a d'autres filles à marier dans les alentours. Si tu lui dis non, il ira voir ailleurs.

— Justement, s'il y a d'autres filles, il y a aussi d'autres garçons. Je peux attendre encore pour accepter une demande en mariage.

— Tu as raison, Clarice, il y en a d'autres, mais celui-là laisse présager un bel avenir, ce qui n'est pas le cas de plusieurs de ceux qui vivent sur la terre paternelle ou qui vont travailler dans les moulins ou les chantiers.

— Mais l'amour est important!

— Et tu n'aimes pas Ovide?

— Je ne le connais pas. Comment savoir? Je pense qu'Élise l'apprécie plus que moi.

Elle adressa un regard à sa sœur, assise près de la table de la cuisine, et l'invita à venir à son aide.

— N'est-ce pas, Élise?

L'aînée était calmée, mais encore un peu frustrée de n'avoir pas été l'heureuse élue.

— C'est toi qu'il a choisie. Je ne veux pas jouer les seconds violons.

Raymonde, la cadette, s'amusait de leur discussion.

— Pour moi, ce sera facile d'accepter le choix de mon mari.

— Comment ça? demandèrent ses deux sœurs d'une même voix.

— Parce que je serai l'épouse de Jésus. Je deviendrai religieuse. Je vais entreprendre les démarches dès cet automne.

Clarice éclata de rire.

— Jésus a tellement d'épouses! Tu n'as pas peur d'être négligée?

— Mère Marie-Joseph m'a dit qu'il les aimait toutes et, moi, je préfère cet amour-là à celui d'un homme.

Marie-Jeanne surveillait avec attendrissement ses

merveilleuses filles, heureuse que l'avenir de deux d'entre elles soit assuré. Elle était persuadée que Clarice finirait par accepter la proposition d'Ovide. Elle se promit de lui en reparler en tête-à-tête et de lui faire voir à nouveau les beaux côtés d'un mariage avec un homme bien établi dont l'avenir était assuré.

Le dimanche suivant, au sortir de la messe, Ovide reçut avec joie l'invitation de Marie-Jeanne au repas dominical des Bourassa. Il fut ravi d'apprendre que la jolie Clarice acceptait de devenir son épouse. Il n'en avait jamais douté, mais cet acquiescement le conforta dans la haute opinion qu'il avait de· lui-même et de l'effet qu'il produisait sur les gens. Il prit la main de la jeune fille et la porta à ses lèvres.

— Je suis heureux de votre assentiment à ma proposition de mariage, mademoiselle Clarice. Je promets de vous traiter comme une reine dans mon humble demeure.

Il lui offrit le bouquet de marguerites qu'il avait apporté et les femmes de la famille vinrent l'embrasser pour lui souhaiter la bienvenue parmi elles. Clarice se tenait un peu à l'écart en se demandant ce que serait sa vie avec cet homme. Elle l'observait attentivement, tandis qu'il plaisantait avec sa mère et ses sœurs. Elle décida finalement de se joindre à la fête. C'était ses fiançailles que l'on célébrait, après tout.

La date du mariage fut fixée au samedi 22 juin. Ovide promit à Clarice de revenir tous les dimanches afin qu'ils apprennent à se connaître avant le jour des noces.

— J'ai déjà commencé la construction de notre maison à Saint-Marc-l'Évangéliste. Elle devrait être prête à nous recevoir à la fin de juin, dès que nous serons mari et femme. J'ai coulé le solage l'automne dernier, ce qui me permet de monter la structure plus rapidement. Je n'aurai peut-être pas terminé pour le 22 juin, mais au moins ce sera habitable. Je poursuivrai les travaux durant l'été.

Clarice ne savait rien du mariage, sinon qu'elle avait connu ses parents heureux ensemble. Elle avait vécu dans une maison où la joie de vivre faisait partie du quotidien, du moins jusqu'à la mort de son père, le boute-en-train de la famille. Au cours de la dernière année, sa mère avait dépéri, en l'absence de son homme. Elle s'imaginait donc que la présence d'un mari à ses côtés était un gage de bonheur. Comme elle se trouvait un peu jeune, elle aurait préféré attendre un an ou deux, mais la joie de sa mère en préparant son trousseau faisait plaisir à voir et la rendait heureuse à son tour.

Elle en oublia presque son rêve de devenir maîtresse d'école pendant quelques années.

Ovide revint tous les dimanches, tel que convenu. À sa première visite, il apporta à sa fiancée un collier de pierres du Rhin, le seul bijou qu'il avait hérité de sa mère. Émue, elle promit de le porter le jour de leur mariage. Marie-Jeanne en profita pour l'interroger sur sa famille. Puisque sa fille allait devenir son épouse, elle souhaitait mieux connaître son futur gendre.

— Mes parents se sont mariés en 1919 quand mon père est rentré de la guerre de 14, et je suis né quatre ans plus tard, en 1923.

— Il a été chanceux d'en revenir, dit Marie-Jeanne en pensant à son mari parti trop tôt. Votre père avait-il beaucoup souffert de la guerre?

— Je crois que oui. C'était un homme colérique et autoritaire. Angélique, ma mère, racontait qu'il avait été gazé au cours des combats et qu'il fallait lui pardonner ses excès.

— Elle devait vous protéger de lui. Vous avez dû vous sentir bien seul quand elle vous a quitté!

— Oui. Elle est décédée en donnant naissance à une petite fille, alors que j'avais dix ans.

— Vous avez une sœur? interrogea Clarice, surprise.

— Non, elle est morte deux jours après maman, deux difficiles journées pendant lesquelles elle a pleuré sans arrêt. Longtemps, j'en ai voulu à ce bébé de m'avoir privé de ma mère. J'en faisais des cauchemars la nuit. J'ai fini par admettre que ma petite sœur n'avait rien à y voir.

— Je suis triste pour vous, l'assura Marie-Jeanne d'une voix maternelle. Par la suite, est-ce que vous avez vécu seul avec votre père?

— Un an après le décès de ma mère, ma grand-mère paternelle, devenue veuve, est venue habiter avec nous pour tenir maison.

— Vous avez eu de la chance d'avoir une grand-maman pour s'occuper de vous.

Ovide balaya du regard les quatre femmes qui l'écoutaient, attentives à ses paroles.

— Ernestine était une personne rigide et froide. Je n'ai jamais retrouvé auprès d'elle la tendresse de ma mère. Elle approuvait la discipline rigoureuse de mon père.

Émue, Clarice leva ses prunelles vertes vers son fiancé.

— Je serai une épouse très douce, affirma-t-elle.

L'enfance difficile d'Ovide l'attendrissait et, comme il avait dit souhaiter une grande famille, il aurait sûrement à cœur leur bonheur à tous. Bouleversée, elle réprima une envie de le cajoler. Ce n'était pas de mise pour une jeune fille sérieuse. Elle se contenta donc de lui sourire affectueusement.

Marie-Jeanne ressentit un étrange pincement au cœur. L'homme aimait parler de lui-même et ne semblait pas en réaction avec les règles austères qui avaient encadré son enfance. Mais ce n'était qu'une impression. L'émotion qu'elle lisait dans les yeux de Clarice laissait deviner ses sentiments naissants envers son futur mari, ce qui la rassura.

Le 22 juin, le jour se leva, frais et lumineux, pour escorter les époux jusqu'à l'autel. Clarice gravit les marches de l'église au bras de son oncle Antoine, le frère de sa mère. Une brise légère, embaumée du parfum suave des premières fleurs de l'été, gonflait ses longs cheveux blond roux, teintés d'or sous les reflets du soleil. Elle s'avança dans l'allée centrale et les regards se posèrent sur elle. La délicatesse de ses traits et la blancheur de sa peau lui conféraient l'apparence d'une jolie figurine de porcelaine. En apercevant l'homme endimanché qui l'attendait au pied de l'autel en souriant, elle eut un étrange frisson et, pour la première fois depuis la demande en mariage, elle pensa qu'elle pouvait aussi être malheureuse, avec cette personne qu'elle ne connaissait pas. Ce ne fut qu'un fugitif instant; elle avait dix-sept ans et elle croyait au pouvoir indéfectible de l'amour.

Le soir des noces, dans la chambre meublée à la hâte pour recevoir les époux, Ovide fut un amant plutôt terne, ni tendre ni violent. En mari conscient de ses prérogatives, il accomplit égoïstement son devoir conjugal, oublieux du fait que cet acte se consommait à deux. Clarice ressentit une vive douleur, mais sa mère l'avait avertie que c'était ainsi la première fois; par la suite leurs relations seraient plus agréables, lui avait-elle précisé. Elle se dit qu'elle devait manquer d'imagination. L'acte physique n'avait eu pour elle rien de sensuel ni de confortable, mais au moins il avait eu l'avantage d'être rapide.

Quelques heures plus tard, à côté de son mari lourdement endormi, la jeune mariée éprouva une folle envie de pleurer. Était-ce le présage des années difficiles à venir ou prenait-elle simplement conscience de sa nouvelle réalité? Sa vie s'écoulerait en compagnie de cet homme, dans le lit duquel elle dormirait désormais chaque nuit! Ce fut en souhaitant de tout cœur apprendre à l'aimer qu'elle sombra dans le sommeil aux premières lueurs de l'aube.

— Clarice, c'est le temps de te lever!

Ces paroles la réveillèrent à huit heures. Elle s'empressa d'enfiler sa robe de chambre et courut à la cuisine. Son mari était déjà vêtu et semblait l'attendre depuis un moment.

— Je t'ai laissée dormir ce matin, vu que c'est ta première journée ici, mais, à compter de demain, tu devras te lever avant moi et préparer mon déjeuner. Pour l'instant, va t'habiller, on doit se rendre à la messe de dix heures.

Clarice était affamée, mais elle ne pouvait rien manger; elle désirait recevoir la communion. Elle revêtit en hâte un joli tailleur vert que sa mère avait cousu avec amour et qui s'harmonisait avec ses yeux. Elle souhaitait que son mari le remarque et la complimente, à l'instar de son père qui avait la merveilleuse habitude de faire l'éloge de ses filles lorsqu'elles portaient un joli vêtement. De recevoir ses compliments était si gratifiant! Ovide ne vit rien. Au contraire, il lui dit qu'elle était plutôt lente à agir et qu'il lui faudrait corriger ce vilain défaut.

— Je ne veux pas d'une femme qui traîne la patte. Il y a beaucoup d'ouvrage sur une ferme et je compte sur ton aide à l'étable quand nous aurons des animaux.

La nouvelle mariée partit pour l'église le cœur gros. L'empressement que le jeune homme avait démontré durant leurs courtes fiançailles, elle était loin de le retrouver chez son mari, qui ne semblait guère prodigue de son affection. Il était vrai qu'ils étaient encore des inconnus l'un pour l'autre; ils devraient s'apprivoiser. Elle glissa son bras sous le sien en entrant dans l'église. Il en parut étonné, mais voulut bien se prêter au jeu.

À la sortie de la messe, sur le parvis du bâtiment de pierres, le couple croisa Georges Pépin et sa femme Bernadette.

— Nous sommes vos voisins, souligna Georges en tendant la main à Ovide.

Bernadette s'approcha de Clarice et la salua à son tour.

— Mon époux et moi nous sommes mariés l'automne dernier et, comme vous pouvez le constater, j'attends du nouveau pour le début de juillet, lui dit-elle en pointant son énorme ventre, sur lequel Clarice posa délicatement la main.

— Je vous souhaite un beau bébé, en bonne santé!

— Je suis vraiment heureuse d'avoir une nouvelle voisine, déclara Bernadette. C'est ennuyant, au fond du Rang 6. Mon mari ne vient à la maison que les fins de semaine. Il travaille au moulin, à Amos, et ça fait une longue route en voiture à cheval. Présentement, j'habite avec ma mère, ici au village, en attendant mon accouchement. Georges est trop inquiet pour me laisser seule dans le rang avec le bébé qui peut arriver d'un jour à l'autre. À la mi-juillet, je devrais être de retour à la maison et j'irai vous rendre visite.

Clarice était ravie. Une personne de son âge qui vivait à proximité de chez elle lui donnait l'espérance d'une belle amitié.

Le printemps suivant, à la fin d'avril, Clarice attendait à son tour la cigogne. Elle n'avait pas beaucoup fréquenté Bernadette Pépin, Ovide l'ayant avertie que ces rencontres de femmes qui ne servaient qu'à perdre du temps à papoter lui répugnaient.

Le dernier samedi du mois, Clarice ressentit les premières douleurs. Ovide manifesta une grande inquiétude, ce qui étonna sa jeune épouse, car son mari ne s'affolait jamais devant quoi que ce soit. Il l'enveloppa dans une couverture et s'assura qu'elle était confortablement installée avant de partir chercher de l'aide. Il paraissait anxieux.

— Étends-toi et respire bien, je vais passer chez les Pépin et demander à Bernadette de venir te tenir compagnie. J'irai ensuite au village quérir le médecin. J'espère qu'il sera chez lui!

Le premier enfant du couple Caron, un garçon, naquit le dimanche 27 avril 1947. Le docteur Aurélien Lacasse le présenta à sa maman avec fierté.

— Vous avez mis au monde un beau petit bonhomme de huit livres, un bébé en pleine forme qui cherche déjà le sein. Regardez cette jolie bouche qui a le réflexe nécessaire à sa survie.

Aurélien déposa le poupon entre les bras de Clarice, tandis qu'Ovide observait la scène attentivement. Il n'avait pas quitté la chambre et était demeuré debout au pied du lit le temps qu'avait duré l'accouchement de son épouse. Bernadette lui avait suggéré de sortir prendre un café, mais il n'avait pas bougé. Le jeune médecin le prit par les épaules et l'entraîna avec lui dans la cuisine.

— Il faut que la nouvelle maman garde le lit pendant dix jours. Avez-vous prévu de l'aide à la maison?

— Je compte aller chercher ma belle-mère cet après-midi, à Villemontel.

Rassuré, le docteur quitta la résidence des Caron. Il aimait sa profession en tout temps, mais davantage encore quand il mettait au monde des enfants en bonne santé. En retournant chez lui sous le soleil d'avril, il remercia le ciel du don de la vie. «Il n'y a pas plus prodigieux voyage que notre passage ici-bas, pensait-il. Un autre petit garçon commence le sien aujourd'hui. Il deviendra un homme et perpétuera la belle race canadienne-française. » Aurélien Lacasse se surprit à fredonner l'alléluia, tant il était heureux.

Ovide alla chercher sa belle-mère pour le baptême. Elle et son frère Antoine avaient été choisis comme marraine et parrain. Immédiatement après la cérémonie, il leur demanda de retourner chez eux. Il jugeait que son épouse était une femme en bonne santé, et que s'occuper d'un nouveau-né n'avait rien d'éreintant.

Quand Bernadette revint voir son amie le dimanche suivant, elle eut la surprise de la trouver debout, affairée à ses fourneaux. Elle exprima ses inquiétudes à Ovide, qui se sentit gravement offensé.

— Nous n'avons pas besoin que des étrangers viennent mettre le nez dans nos affaires, lui notifia-t-il sans ménagement. Je vous demande donc de rester chez vous à l'avenir et de vous occuper de vos oignons.

Bernadette ne prêta pas attention à ces paroles désagréables. Elle prit le bébé dans ses bras et demanda à Clarice quel prénom ils avaient choisi.

— Il s'appelle Pierre. Nous l'avons fait baptiser lundi, le lendemain de sa naissance.

— Et ta mère n'est pas demeurée avec toi?

Clarice était consciente de la présence de son mari, qui était assis près de la fenêtre et ne perdait rien de leur conversation. Elle répondit le plus normalement possible.

— Je suis capable de m'occuper seule de mon bébé.

Bernadette avait suivi son regard. Aussi, elle n'insista pas.

— Vous avez un magnifique enfant. Il a l'air costaud. Il boit bien?

— Oui, c'est un affamé, affirma la jeune maman, visiblement heureuse de parler de son fils.

— C'est un braillard, ajouta Ovide.

La voisine fit signe à Clarice qu'elle se fichait de ce que son mari venait de dire.

— Tous les bébés pleurent quand ils ont faim, c'est leur seul moyen de communication. Le tien est joufflu, Clarice. On voit qu'il profite et qu'il est en bonne santé. Quand je reviendrai te visiter, j'emmènerai ma grosse Ginette, qui vient d'avoir dix mois.

Dès que Bernadette eut quitté la maison, ce fut un Ovide courroucé qui s'adressa à sa femme.

— Je ne veux pas qu'une telle prétentieuse commence à traîner ici à tout moment. Tu lui diras qu'on peut se passer de ses visites à l'avenir. Nous n'avons pas besoin qu'une écornifleuse mette le nez dans nos affaires.

— Tu te trompes, mon mari. Bernadette est une amie sympathique et je suis heureuse de ses visites.

Ovide s'approcha de sa femme et la gifla.

— Tu me traites de menteur à présent! Tu feras ce que je t'ai demandé et tu avertiras cette fouineuse que je ne veux plus la voir ici.

Clarice venait de recevoir sa première gifle de la part de son mari. Elle éclata en sanglots. Le cœur gros, elle se leva et alla préparer le souper.

À l'été 1947, la fin juillet et le début d'août furent pluvieux et froids en Abitibi. Le temps maussade paraissait influencer l'humeur du bébé. Il pleurait fréquemment. Clarice essayait de le calmer, surtout en présence de son père que les cris de l'enfant affectaient particulièrement. Ovide travaillait pour la scierie d'Amos, mais, comme il était mesureur, il se rendait d'un endroit à l'autre et s'arrangeait pour terminer sa journée près de Saint-Marc, afin de pouvoir coucher chez lui. Elle aurait préféré qu'il ne vienne pas tous les soirs. Elle se sentait tellement bien lorsqu'elle était seule avec son bébé! Ainsi, ses pleurs ne risquaient pas d'irriter son père.

Un après-midi, au début du mois d'août, Ovide rentra à la maison en fulminant contre son employeur qui l'envoyait travailler dans la région de Senneterre, à plus de cent soixante kilomètres de sa résidence. Clarice ne dit mot pour ne pas amplifier la colère de son mari, mais elle perçut la nouvelle affectation comme une réponse à ses prières.

Vers dix heures trente le même soir, le bébé pleurait à tue-tête et la jeune maman n'arrivait pas le calmer. Sa première dent devait percer. Elle arpentait la cuisine avec Pierre dans ses bras quand Ovide sortit de la chambre, furieux de ne pouvoir trouver le sommeil à cause des cris du petit. Il arracha l'enfant des bras de sa mère et se mit à le secouer violemment.

— Veux-tu ben arrêter, maudit braillard! Tu ne vois pas que ton père n'arrive pas à dormir à cause de tes hurlements?

Les pleurs du poupon devinrent stridents et Ovide le malmena avec plus de force. Clarice se précipita à ses côtés et essaya de le lui retirer.

— Fais attention, tu vas lui casser le cou!

Il la repoussa avec son coude et elle s'écroula par terre. Elle vit son mari secouer le bébé une dernière fois et le lancer sur le divan d'un geste rageur. L'enfant fit trois tours sur lui-même et finit par tomber face contre terre, devant sa mère frappée de stupeur. Il ne pleurait plus. Affolée, elle le ramassa, mais sentit son mari la tirer par le collet. Elle agrippait son bébé de toutes ses forces pour ne pas le laisser choir, tandis qu'Ovide la traînait sur le plancher. Il ouvrit la porte de la remise et poussa sa femme à l'intérieur de ce recoin mal isolé.

— Je dois dormir si je veux travailler demain! hurla-
t-il.

La jeune maman sentit le froid et l'humidité la saisir.

— Il fait très froid ce soir! Tu ne vas pas nous enfermer ici toute la nuit? supplia-t-elle. Donne-nous au moins
une couverture.

Ovide tira sur une catalogne qui traînait sur le divan
et la lança dans la remise, sur la tête de son épouse qui
serrait l'enfant dans ses bras. Elle l'entendit verrouiller
la porte derrière lui. C'était le début du mois d'août,
mais il faisait froid et un vent violent sifflait entre les
planches mal jointes du hangar à bois. La maman affolée se trouva chanceuse de porter une veste de laine.
Elle l'enleva, roula son enfant dedans, s'empara de la
couverture lancée par son mari et s'y enveloppa avec son
fils. Elle chercha dans l'obscurité un endroit à l'abri du
vent et de la froidure où se blottir pour la nuit. Elle finit
par se glisser entre deux cordes de bois qui lui offraient
une certaine protection, mais elle grelottait toujours.
Elle sentait son bébé agité de spasmes que la chaleur de
son corps n'arrivait pas à faire cesser. Dans la noirceur,
elle ne parvenait pas à le distinguer clairement. Elle
apercevait de temps à autre ses yeux révulsés quand un
rayon de lune furtif perçait les nuages. L'enfant ne pleurait plus, mais les soubresauts qui agitaient son corps
minuscule l'inquiétaient. Au milieu de la nuit, sentant
une montée de lait lui gonfler les seins, elle offrit la
tétée au bébé. Elle dirigea ses lèvres sur son mamelon,
mais ressentit à peine un mouvement de succion. Elle
fit pression sur sa poitrine pour l'aider et fut soulagée
d'entendre un léger bruit de déglutition. Au moins, il
avalait quelques gouttes. Elle frissonnait, accablée de
froid et de tristesse. Elle n'avait pas le choix d'attendre
en silence le lever du jour pour que son mari les sorte
de leur prison glaciale.

À six heures, elle venait de s'assoupir quand elle fut réveillée en sursaut par la porte de la remise qui grinça sur ses gonds. Elle entendit la voix d'Ovide.

— Viens me faire à déjeuner!

Elle se releva péniblement de sa cachette entre les cordes de bois et observa son bébé qui dormait. Elle souhaita que son sommeil dure jusqu'au départ du père. Tous ses membres étaient ankylosés et elle claquait des dents. Elle entra dans la cuisine, déposa le petit dans son berceau et commença à préparer le repas du matin, entièrement soumise à cet homme qui lui faisait de plus en plus peur. Ovide vint s'asseoir comme si rien ne s'était passé. Il la fixait étrangement et ses yeux la mettaient mal à l'aise. Elle avait hâte qu'il quitte la maison afin d'examiner son enfant et de le dorloter pour lui faire oublier ce qui s'était passé la veille. Son mari finit par se lever de table et vint vers elle.

— Sais-tu que tu es belle, ma femme!

Il la prit par la taille et l'entraîna dans leur chambre.

— J'ai envie de toi, ce matin.

Elle protesta sans conviction, car elle savait qu'elle n'avait pas le pouvoir de s'opposer aux désirs de son mari. Ses seins gonflés, au bord de l'éclatement, étaient affreusement douloureux. Elle retint difficilement ses larmes le court moment que dura leur étreinte. Chaque coup de reins de son époux lui amenait une nausée à la gorge et elle craignait de vomir. Elle ressentait maintenant pour cet homme une peur incoercible, presque de la haine. La funeste réalité dans laquelle elle se retrouvait, c'était tout le contraire de ses rêves de tendresse et d'amour de jeune fille. En se relevant, Ovide remarqua sa chemise humide et poisseuse.

— C'est quoi, ce liquide collant? demanda-t-il, hargneux, en se tenant debout à côté du lit.

Il jeta un regard à sa femme qui n'avait pas bougé.

Elle était demeurée sur le dos, la jupe relevée jusqu'à la taille, le corsage dégoulinant de lait. Il arracha sa chemise et la lança sur elle.

— Tu me laveras ça! Et je veux que tu arrêtes d'allaiter dès aujourd'hui. Du lait de la traite fera l'affaire pour le bébé et toi tu seras plus aguichante pour ton mari. Tu as l'air d'une vache à lait au pis gonflé. Ce n'est rien de bien stimulant pour un homme.

Après le départ d'Ovide, elle s'empressa de prendre Pierre dans ses bras, car elle le sentait amorphe et léthargique. Elle le massa doucement et lui parla affectueusement en se demandant où elle pourrait aller chercher de l'aide et du réconfort. Le plus terrible, c'était qu'elle avait peur de son mari. Et si par hasard il revenait sur ses pas et la trouvait sur le chemin avec son fils? Elle devrait encore encaisser sa fureur, et Pierre aussi. Clarice se sentait prise au piège de la crainte et de la honte.

La seule personne avec qui elle aurait eu le courage de partager son drame, c'était sa mère, mais elle avait quitté l'Abitibi depuis la mi-juillet. Sa sœur Élise avait accepté le poste d'institutrice qu'elle avait elle-même rêvé d'obtenir l'été précédent et elle avait fait la connaissance de Julien Riopel, le neveu du commissaire, qui était venu de Trois-Rivières pour occuper le second emploi disponible. Les jeunes gens s'étaient liés d'une tendre amitié, qui s'était rapidement transformée en amour. Ils s'étaient mariés en juin, à la fin des classes.

Au cours de l'année écoulée, Julien avait trouvé difficile la vie en région. C'était pourquoi il avait choisi de retourner enseigner au Cap-de-la-Madeleine à l'automne. Raymonde était entrée au noviciat en mai. Élise avait donc convaincu Marie-Jeanne de les accompagner et de venir vivre avec eux.

Les deux femmes étaient passées saluer Clarice avant leur départ, trois semaines plus tôt. Heureusement,

Ovide était absent. Elle avait pu jouir de leur présence chaleureuse, et bébé Pierre leur avait fait de belles risettes. Elle avait deviné les inquiétudes maternelles de Marie-Jeanne dans la tendresse qu'elle avait mise à la serrer sur son cœur. Aussi avait-elle omis de leur parler des mauvais traitements qu'elle subissait afin de ne pas ternir leur bonheur.

Décidément, il n'y avait pas d'issue pour la jeune mère. Elle était laissée à elle-même avec son bébé malade et il ne lui restait plus qu'à espérer qu'il se remette bien vite, entouré de ses bons soins.

À la fin de septembre, elle profitait d'une journée ensoleillée pour étendre son linge à sécher sur la corde derrière la maison quand elle vit venir Bernadette qui tirait une voiturette d'enfant. Elle se sentit mal à l'aise. Elle aimait les visites de son amie, mais la honte lui interdisait de profiter de sa compagnie. Sa vie de misère et sa soumission à un despote cruel qui détruisait un à un ses rêves de bonheur l'humiliaient à un point tel qu'elle ne pouvait goûter le moindre moment de joie.

Le cœur lourd, elle alla au-devant de sa voisine et lui offrit un siège sur la galerie rudimentaire qui entourait la demeure. Bernadette préféra s'asseoir sur une marche de l'escalier afin de surveiller sa fillette de quinze mois et de lui permettre de trottiner sur un carré d'herbe juste à côté. La voisine aperçut le landau où Pierre reposait, les yeux grands ouverts. Elle s'approcha et le prit dans ses bras, mais elle fut décontenancée par son teint verdâtre et son air apathique. Elle essaya de le faire sourire, mais le bébé avait le regard fuyant et semblait ne pas établir de contact visuel avec elle.

— Clarice, demanda-t-elle, tu ne trouves pas que ton petit a l'air mal en point?

La jeune mère ne répondit pas. Étonnée, Bernadette poursuivit:

— C'était un poupon vigoureux qui souriait déjà à trois semaines. Tu devrais le faire voir par le docteur Lacasse. Ce n'est pas normal. À cinq mois, il devrait rire et babiller.

Clarice avait des larmes aux yeux.

— Je t'en prie, Bernadette, ne te mêle pas de ma vie. Je m'occupe de mon enfant et, si jamais je suis inquiète, j'irai consulter. Ce n'est pas à toi de le faire à ma place.

Sa voisine demeura silencieuse à regarder ce bébé mou et absent qu'elle tenait entre ses bras. Elle le compara, bien malgré elle, à sa Ginette qui trottinait allègrement devant elle et qui babillait en tentant d'attraper des papillons dans sa jolie menotte. Comme elle ne comprenait pas comment l'état d'un enfant pouvait se détériorer autant en quelques mois, elle insista.

— Pierre a-t-il été malade? J'ai su au village qu'il y avait eu une épidémie de rougeole, cet été.

Clarice lui enleva l'enfant et le déposa dans le landau.

— Pierre a fait un peu de température au début d'août. C'était peut-être une maladie infectieuse, comme tu dis, mais il s'est vite rétabli et je n'ai pas vu la nécessité de déranger le médecin, répliqua-t-elle sèchement, indiquant que le sujet était clos.

Bernadette soupçonnait que son amie lui cachait un fait important, mais elle se trompait peut-être, car la rougeole laissait parfois de lourdes séquelles. Aussi décida-t-elle de suivre la recommandation de Clarice.

— Nous sommes chanceux d'avoir un bel automne, dit-elle pour changer de sujet. Nous n'avons pas été gâtés avec l'été pluvieux que nous avons connu.

Clarice fut soulagée de l'entendre revenir à des banalités. Bernadette ne s'attarda d'ailleurs pas longtemps. Un lourd malaise la tenaillait, si bien qu'elle repartit une heure plus tard en se disant que, désormais, elle allait espacer ses visites à cette étrange famille qui semblait vouloir s'isoler des autres.

Clarice prit son bébé dans ses bras et regarda s'éloigner son amie aussi longtemps qu'elle put l'apercevoir. Elle était consciente de l'avoir reçue sans enthousiasme, mais elle avait tellement honte! Elle avait peur également. Craignant de plus en plus cet homme qui la retenait prisonnière de son mépris et de sa brutalité, elle cherchait un moyen de fuir ce despote qui détruisait sa vie et celle de ses enfants. Oui, de ses enfants, car elle était de nouveau enceinte! Ce n'était pas le moment de partir et, surtout, où qu'elle allât, son mari la retrouverait et la ramènerait à la maison. Son existence en serait davantage affectée, car son époux serait furieux d'avoir été la risée du village. Surtout, elle devrait vivre avec la culpabilité, puisqu'elle aurait failli à son devoir de bonne catholique, que son confesseur lui rappelait régulièrement.

Elle entra dans la maison avec la résolution ferme de s'enfuir un jour de cette monstrueuse prison où régnaient la peur et la violence. Elle ne savait pas, en ce mois de septembre 1947, que sa vie de misère durerait quarante et un ans et qu'il faudrait l'intervention de ses enfants, révoltés de payer leur lourd tribut à la violence de leur père, pour lui permettre d'échapper au despotisme d'Ovide Caron. Si elle avait connu l'avenir, elle aurait défié la honte, la peur et l'enfer, et elle aurait couru à la suite de Bernadette Pépin pour la supplier de l'aider à s'enfuir.

Chapitre 10

Amos, 1990

Esther Aubry décida d'aller rencontrer la mère de son client à Matagami. La jeune avocate n'avait jamais visité la ville minière, située au-delà du quarante-neuvième parallèle, qui avait été choisie au milieu des années 1960 pour relier le reste du Québec aux chantiers de la baie James. Malheureusement, l'âge d'or n'avait pas duré pour la municipalité. Au début de 1982, le gouvernement avait constaté que la demande d'électricité était insuffisante pour justifier la seconde phase du développement des complexes hydroélectriques projetés et les travaux avaient été remis à une date indéterminée. Matagami était aussitôt redevenue la ville minière et forestière qu'elle avait été auparavant.

— J'admire ces gens qui ont entrepris une importante démarche de diversification économique afin d'assurer leur pérennité, lui dit son père. Aujourd'hui, la ville de Matagami a acquis un certain équilibre qui lui permet de subsister.

Aussi, lorsqu'elle prit le chemin du Nord très tôt le matin, elle était curieuse de visiter ce secteur de l'Abitibi qu'elle ne connaissait pas. Il lui faudrait rouler près de cent quatre-vingt-dix kilomètres sur une route presque uniquement bordée de conifères. Heureusement, la matinée était belle et ce voyage lui accordait un long moment de réflexion. La veille, elle avait rendu visite à Émile et Joséphine à leur maison du lac Arthur, une charmante propriété construite dans un sous-bois qui offrait une vue superbe sur le lac situé derrière. Ses hôtes s'étaient montrés accueillants, malgré le désarroi dans lequel ils se trouvaient. Ils étaient sortis marcher le long du lac.

— Regardez, nous avons déjà clôturé notre terrain en prévision des enfants à venir, avait souligné Joséphine. Nous aimons la vue sur le lac, mais pour rien au monde nous ne voudrions qu'ils s'en approchent de trop près et qu'ils risquent de s'y noyer.

— Avec la perspective d'être condamné à la prison à perpétuité, je suis heureux de ne pas avoir encore d'enfants, avait ajouté Émile d'un ton mélancolique.

Lorsqu'elle considérait le jeune couple, elle n'arrivait pas à comprendre le geste commis par Émile. Si elle voulait trouver des circonstances atténuantes à son client, elle allait devoir interroger ses proches, tenter de faire une synthèse de sa vie et établir une cohérence entre l'homme qu'elle avait à défendre et son comportement.

Esther arriva chez Denise, la sœur d'Émile, à onze heures, ce qui lui donnait juste le temps de rencontrer sa mère avant le dîner, de manière à repartir en début d'après-midi. Elle fut reçue aimablement. Denise lui offrit un fauteuil près de celui de Clarice, dans le salon meublé sans prétention. Esther se présenta.

— Je suis l'avocate de votre fils Émile.

— Je sais, avoua la dame sans lever la tête. Denise m'a prévenue de votre visite.

« Madame Caron n'a pas encore soixante-deux ans, mais elle paraît beaucoup plus vieille que son âge », songea Esther en la détaillant attentivement.

Denise alla préparer du café, tandis que l'avocate s'adressait à sa mère.

— Vous êtes consciente, j'imagine, que votre fils a tué son père de sang-froid et que c'est la prison à perpétuité qui l'attend.

— Oui, répondit Clarice en élevant le ton. La seule chose que je regrette, c'est de ne pas l'avoir tué à sa place. C'était mon devoir de protéger mes enfants. Mon Émile a eu plus de courage que sa vieille mère.

Elle tira un mouchoir de la manche de son chemisier et s'essuya les yeux. Denise s'approcha d'elle et, en mettant une main sur son épaule, elle se pencha et déposa tendrement un baiser dans ses cheveux blancs.

— Tu n'as rien à te reprocher, maman. Tu as vécu dans la peur et la honte. Tu ne pouvais rien faire de plus, mais c'est terminé, aujourd'hui.

— Oui, sauf pour mon Émile qui va passer le reste de son existence en prison pour un geste que j'aurais dû commettre à sa place. Ma vie est finie et la sienne commence à peine. J'ai tellement de regrets!

Elle regarda l'avocate dans les yeux.

— J'ai souvent souhaité la mort de mon mari, vous savez. J'ai manqué à mon devoir.

— Ne parlez pas ainsi, madame Bourassa, intervint Esther. Personne n'a le droit de se faire justice. Vous n'avez jamais pensé à demander de l'aide?

La fille répondit pour la mère.

— Maman a vécu toute sa vie dans la peur. Je suis certaine qu'une personne comme vous ne peut pas imaginer l'existence sous la férule d'un homme malveillant et cruel. Mon père se délectait de la souffrance des autres, autant celle de sa famille que celle de ses employés. Vous pourrez les interroger. Il prenait un plaisir sadique à dénigrer ses semblables et à les insulter, sauf bien sûr ses patrons et les gens d'influence. Devant ceux-là, il faisait le fanfaron en se donnant de l'importance.

Esther écoutait la plaidoirie de la femme et lui accordait raison. Elle n'avait jamais été confrontée à autant de méchanceté.

— Avez-vous parlé avec d'autres membres de la famille? s'informa Denise.

— À part Émile et sa conjointe, vous êtes les premières que je rencontre.

— Vous allez découvrir des horreurs. Vous serez renversée des agissements de mon père et je parie que vous aussi, un jour, vous bénirez sa mort.

Denise fixait intensément l'avocate et cherchait à évaluer sa compétence à défendre son frère. L'examen dut être concluant, car elle décida de lui faire confiance.

— Je vais vous raconter un souvenir sordide. Quand nous étions jeunes, il nous arrivait souvent de nous faire griller des pommes de terre sur le poêle de cuisine chauffé à blanc.

— Arrête! cria sa mère, il ne faut pas parler de ces atrocités.

La fille raffermit la pression de son bras sur l'épaule maternelle pour lui confirmer sa décision de poursuivre son récit. Esther devait connaître les abominations qui avaient influencé le comportement d'Émile.

— Un soir de Noël, maman nous avait autorisé ce plaisir. Nous étions debout sur des chaises autour de la cuisinière quand Gilles, âgé de sept ans à l'époque, s'est mis à se disputer avec Jacques, de trois ans son cadet, parce que le petit lui volait ses patates. Irrité par les cris stridents, mon père a poussé brutalement Gilles par-derrière en lui criant de se taire. Mon frère est tombé, la figure et le haut du corps sur le dessus du poêle. Il s'est repoussé avec sa main droite et il s'est écroulé par terre en hurlant de douleur. Ma mère s'est précipitée pour le ramasser et l'a amené dans la chambre des garçons à l'étage. Mon père était retourné s'asseoir tranquillement en continuant de lire son journal comme si rien ne s'était passé. Gilles a pleuré pendant trois jours, tandis que maman le couvrait de beurre pour soulager ses brûlures. Il a fini par guérir, mais nous nous sommes rendu compte que les lésions laisseraient des cicatrices d'une taille considérable sur son visage, ainsi que sur son oreille et sa main droite.

— Personne ne s'est interrogé sur la provenance de ces blessures? Il a bien dû retourner à l'école?

— Papa a expliqué à la maîtresse que son fils s'était tiraillé avec son frère en faisant griller des pommes de terre et qu'il était malencontreusement tombé sur la cuisinière. J'étais dans la classe quand il est venu reconduire mon frère. Il a même insisté auprès du professeur pour qu'elle ne soit pas trop exigeante sur l'écriture, si le petit ressentait des douleurs à la main. Mon père savait très bien camoufler ses gestes répréhensibles. C'était un incroyable manipulateur.

Clarice frissonnait, recroquevillée contre l'épaule de sa fille. Denise se leva et la couvrit d'un châle de laine qu'elle prit sur le dossier d'une chaise. La dame vivait chaque minute de la douleur de son fils avec autant d'intensité que trente-cinq ans plus tôt.

— Quand vous rencontrerez Gilles et que vous verrez les cicatrices qui marquent une grande partie de son visage et son oreille droite en forme de chou-fleur, vous pourrez dire que c'est l'héritage de son père.

Esther fut saisie d'effroi.

— Maman a mis au monde des enfants en bonne santé, poursuivit Denise, physiquement et mentalement. Mais la maltraitance et les sévices de notre père ont transformé certains de mes frères et sœurs en handicapés. J'ai l'air bien en apparence, mais j'éprouve aussi des difficultés, liées aux mauvais traitements subis dans ma jeunesse. D'après maman, ce qui m'a sauvée de la brutalité paternelle, c'est que j'étais un bébé tranquille; je ne pleurais presque jamais. Au début, notre bourreau déchaînait sa rage contre les garçons surtout, mais je dois avouer qu'Odile et moi avons enduré ses coups à l'occasion.

Elle porta son regard vers sa mère et s'adressa à elle.

— Quand je suis partie, à seize ans, je me suis sentie coupable de vous abandonner, maman, ainsi que Suzanne et Hélène, qui n'avaient que douze et dix ans. Et j'étais encore davantage inquiète de vous laisser seule avec la petite Fabienne, qui est née un mois avant mon mariage.

— Vous n'avez donc pas été témoin du viol de vos sœurs?

Clarice éclata en sanglots et ses épaules se mirent à tressauter. Sa fille lui massa affectueusement le dos.

— Maman est très perturbée quand on parle de ça. Elle se sent tellement responsable! Vous avez raison, je n'ai pas eu connaissance de ces viols. Ce n'est que plus tard qu'il s'en est pris à elles.

L'avocate se tourna vers Clarice, qui s'était quelque peu calmée, mais qui continuait à pleurer sans bruit.

— Je ne vous juge pas, madame. Votre existence a été un enfer et je devine votre impuissance en face de l'homme que vous aviez épousé.

Denise raconta à l'avocate comment son père en était venu à abuser de ses sœurs le samedi soir en l'absence de son épouse, qui se rendait à la messe.

— Quand votre mari gardait une de ses filles à la maison, vous ne vous êtes jamais questionnée sur ses intentions?

— Non, Pierre restait à la maison aussi, Ovide n'a jamais voulu qu'il vienne à la messe au village avec nous. Il en avait honte. Je sais que je peux vous paraître naïve, mais je ne pouvais pas imaginer qu'il puisse faire une telle chose pendant que j'étais à l'église. Surtout, je croyais en sa parole. Il m'avait promis de ne plus les toucher et il semblait tellement sincère! Je l'ai surveillé par la suite. Par exemple, je rentrais de l'étable à l'improviste quand il était seul avec une des filles dans la maison, et tout se passait bien.

Elle s'essuya les yeux en tremblant.

— Jamais je n'aurais pu penser qu'il agissait ainsi pendant la messe! C'est inconcevable pour moi, encore aujourd'hui.

— Maman est d'une nature bienveillante et c'est une très grande catholique, intervint Denise. Malgré toutes les souffrances qu'elle a endurées, elle ne voit jamais la méchanceté chez quelqu'un. Il était impensable pour elle de croire qu'un père puisse violer ses filles pendant qu'elle était à l'église à prier pour lui.

Esther s'approcha de la dame affligée, prit ses mains entre les siennes et les caressa délicatement.

— Je vous promets de faire tout mon possible pour aider votre fils.

Clarice leva une main tremblante et effleura le visage d'Esther.

— Je vous fais confiance.

Il y avait tellement d'espérance dans ces quelques mots que la jeune avocate en fut déconcertée. Elle souhaita être à la hauteur des attentes de cette mère. Elle se promit de faire d'elle un témoin clé du procès. Sa bonté naïve était d'une telle évidence qu'elle parlait pour elle, et son aspect extérieur était la preuve d'une vie de misère et de soumission.

— Maman avait peur de mon père à sa sortie de prison. Elle craignait qu'il vienne la relancer jusqu'ici. Quand elle a reçu une lettre de lui, trois semaines avant la fin de sa sentence, lui intimant l'ordre de revenir vivre avec lui, elle a pris panique.

— Vous n'aviez pas demandé le divorce? s'informa Esther étonnée.

— Comme je vous l'ai dit, maman est une catholique convaincue. Elle croyait qu'en exigeant le divorce elle ne pourrait plus fréquenter l'église et recevoir les sacrements, même si nous l'assurions du contraire. C'est Gabriel qui lui a fait comprendre que l'Église accepte l'idée qu'un couple marié religieusement puisse être amené à se séparer et même à divorcer, ce qui est un acte civil. Le fait de vivre séparé de son conjoint n'est ni un péché ni un motif d'exclusion, puisque le lien sacré du mariage n'est pas rompu.

— Et vous avez engagé des procédures.

— Oui, mais seulement quand elle a reçu la lettre de notre père. Émile a été très secoué par ses exigences. Dès qu'il a été mis au courant, il a conduit maman chez un avocat.

— Et vos sœurs, Hélène et Suzanne, où habitent-elles depuis l'arrestation de votre père?

— Au début, elles ont été prises en charge par les services sociaux, mais elles vivent maintenant chez Odile, à Lebel-sur-Quévillon.

— Et vos frères?

— Gilles et Pierre vivent ensemble à Amos. Ovide a été sommé de leur redonner une partie de l'argent qu'il avait reçu du gouvernement en leur nom.

— C'était un montant substantiel?

Denise eut un sourire méprisant.

— Pendant des années, Ovide Caron a encaissé les chèques d'assistance sociale destinés à mes frères et sœurs jugés handicapés mentaux. Pourtant, il les privait de tout, notamment de nourriture et de vêtements, sans compter les conditions de vie où il maintenait sa famille. Je vous suggère d'aller visiter la maison du Rang 6. C'est vrai qu'elle est abandonnée depuis deux ans, mais vous verrez à quel point elle est délabrée. En plus d'être un homme violent, mon père était avaricieux et mesquin.

Denise frémit d'indignation.

— Il répétait même à qui voulait l'entendre que, des fous, c'était payant. Quand mon fils Daniel a eu la méningite il y a plusieurs années, il a ri méchamment en me prédisant que je me retrouverais avec un idiot et que j'encaisserais des chèques du gouvernement à mon tour.

Esther était anéantie par chaque nouvelle révélation sur la cruauté de ce père dénaturé, à son avis, un véritable psychopathe. Elle prolongea sa visite, désireuse d'en connaître le plus possible sur la famille Caron. Mais il lui fallut bien reprendre la route en fin d'après-midi.

Elle arriva à la résidence paternelle en début de soirée. Confortablement installé dans sa causeuse préférée, le vieil homme l'attendait au salon en sirotant son scotch avec délectation.

— Tu as faim? demanda-t-il dès son entrée dans la maison.

Esther demeura debout sous l'arche qui séparait le portique du salon. Charles examinait sa fille et la trouvait incomparablement belle.

— Non, pas tellement, répondit-elle d'un air triste.

Elle s'avança d'un pas.

— J'aimerais que tu me prennes dans tes bras, lui demanda-t-elle, câline.

Le père sentit que sa fille avait eu une dure journée. Elle avait besoin de tendresse et d'affection. Il déposa son verre et se cala dans son siège.

— Viens, mon bébé, dit-il avec un geste invitant.

Esther se glissa près de lui et se lova contre sa poitrine.

— Papou, je me trouve chanceuse que tu sois mon père.

Charles eut un sourire et la taquina.

— Il y a longtemps que tu ne m'avais pas appelé papou. Est-ce que tu aimerais aussi que j'aille chercher ta vieille doudou? Elle est percée et délavée, mais elle est toujours soigneusement pliée sur le coin de ton bureau. Il m'arrive d'entrer dans ta chambre et d'en respirer l'odeur. Elle me rappelle une fillette aux cheveux bouclés qui courait à sa recherche dès que j'ouvrais le livre de contes, le soir avant le dodo.

Charles embrassa la chevelure de sa fille. Elle avait le délicieux parfum des souvenirs. La jeune femme se pressa davantage contre son père.

— Ils sont chanceux, les enfants qui ont de bons parents. L'amour et la sécurité sont indispensables pour atteindre l'équilibre dans la vie.

— Je pense moi aussi que c'est important, l'assura son père. Certaines personnes vont parvenir à se réaliser en n'ayant pas vécu une enfance heureuse, mais elles doivent toujours ressentir un vide dans leur cœur et je crois que leur quête du bonheur en est plus difficile.

Il caressa le front de sa fille.

— Tu as été mise en présence de gens qui ont manqué d'amour?

— À un point tel que tu ne peux pas l'imaginer. Cette famille a non seulement été privée de tendresse, elle a connu la haine et la méchanceté. Le pire, c'est que j'ai l'impression d'avoir à peine effleuré la surface de ce drame.

Charles la considéra avec douceur.

— N'y pense plus ce soir; nous en parlerons demain au bureau. J'ai un bon repas de prêt et je vais aller chercher ma meilleure bouteille dans le cellier. J'ai envie de profiter de la présence de ma fille, et non de celle de l'avocate. Ne t'inquiète pas, mon expérience m'a appris que les problèmes nous attendent à la porte le lendemain matin. Il faut savoir apprécier des moments de bonheur que la vie nous réserve et, ce soir, je veux jouir de la compagnie de ma charmante petite Esther.

— Merci, papou! Je t'aime.

Charles descendit au cellier, tandis que sa fille remerciait le ciel de la merveilleuse famille qu'elle avait reçue en partage. Elle se leva et alla vers le bahut de chêne. Une photo de sa mère la serrant dans ses bras occupait une place de choix sur le vieux meuble. Esther la prit et l'embrassa affectueusement.

— Tu me manques, maman, murmura-t-elle.

Chapitre 11

Amos, 1990

Gabriel Valcourt fonçait en direction d'Amos. Il avait rendez-vous avec maître Esther Aubry. Presque couché sur sa moto, il appréciait la sensation de liberté que lui offrait la vitesse. Dans les courbes, il raffolait particulièrement de l'inclinaison au ras du sol qui compensait la force centrifuge qu'il lui fallait doser au centimètre près. S'il n'y réussissait pas, ce serait la perte d'adhérence et le vol plané. Fabienne avait raison : une chute à une telle vitesse, c'était le tombeau grand ouvert qui vous guettait.

En pensant à la jeune fille, il ralentit sa course et roula doucement en humant l'air frais de la fin de septembre. Il arrivait à Amos en avance. Il décida de se rendre devant l'ancienne scierie, là où les remous présentaient un spectacle impressionnant. Il adorait contempler les flots qui heurtaient les rochers et rebondissaient en jets de gouttelettes scintillantes et colorées. Il enleva son casque et s'assit sur une énorme pierre surplombant la cascade.

Il fixait l'eau turbulente en se rappelant la soirée de l'arrestation d'Ovide Caron, trois ans auparavant. Après le départ de sa famille, tard dans la nuit, Fabienne était venue s'étendre avec lui dans son lit et lui avait raconté, à travers ses sanglots, les horreurs qu'elle avait vécues.

Trois ans plus tard, il n'arrivait toujours pas à

comprendre que des événements aussi intolérables aient pu se produire dans sa paroisse sans que personne ne prête la moindre attention à la famille. Lui-même n'avait rien soupçonné. On aurait dû trouver étrange que ces gens vivent isolés au fond d'un rang, sans contact avec les autres membres de la communauté. Lui le premier, il aurait dû s'interroger. Il avait éprouvé de la culpabilité et il s'était accusé de négligence. Heureusement, son amour grandissant pour Fabienne lui avait permis de surmonter ses émotions et il avait aidé la famille Caron à quitter la maison du Rang 6. Les services sociaux étaient intervenus dans le dossier, mais Émile avait demandé à chacun des membres de la famille de faire ses propres choix. Il avait dû s'imposer à plusieurs reprises pour que leurs désirs soient respectés.

— Hélène et Suzanne ont le droit de décider de l'orientation de leur vie, avait-il répondu à la travailleuse sociale qui souhaitait les maintenir en institution. Vous ne devez pas les traiter en personnes irresponsables.

Odile avait invité les deux jeunes femmes à vivre avec elle et son mari. Les malheureuses victimes, qui n'avaient jamais connu la tendresse et la douceur d'un vrai foyer, s'étaient empressées d'accepter l'offre généreuse de leur sœur aînée.

Gabriel avait découvert la bonté et la grandeur d'âme d'Émile, qui avait mis sa propre existence en veilleuse pour aider les siens. La douce Joséphine l'avait soutenu avec amour et compréhension. Pour lui, ces deux personnes étaient des êtres humains d'une qualité exceptionnelle. Il vouait une grande admiration à la force de caractère d'Émile qui, dès son jeune âge, à une époque de la vie où l'estime de soi se forge, avait été rabroué et battu, où il avait été un témoin forcé des mauvais traitements infligés aux autres membres de sa famille.

Il lui en avait fallu, de la volonté et du courage, pour devenir l'homme accompli qu'il était devenu au fil des ans.

Assis sur le rocher, Gabriel se reprochait amèrement de n'avoir pas perçu la souffrance de son ami. Il n'avait rien deviné des sentiments de culpabilité ou de haine qui avaient habité le cœur d'Émile. Pourtant, il l'avait côtoyé régulièrement au cours des trois dernières années, et jamais il n'aurait pu prédire le geste insensé qui avait fait de lui un meurtrier.

Il se souvenait que, deux mois après l'arrestation d'Ovide, laquelle avait été largement médiatisée, il avait reçu une lettre lui demandant de se présenter à l'évêché d'Amos. Cinq jours avant le rendez-vous fixé, alors qu'il paressait au lit avec Fabienne, il avait été surpris par des coups frappés à la porte d'en avant. En jetant un œil par la fenêtre, il avait aperçu son évêque accompagné de son secrétaire qui attendaient devant l'entrée. Le prélat se tenait droit et affichait un air renfrogné.

— Monseigneur l'évêque est à notre porte! s'était-il exclamé, étonné de la visite matinale de son supérieur.

— Tu me fais marcher. Tu m'as dit qu'il n'était jamais venu dans ton presbytère et que les oiseaux auraient des dents avant qu'il se présente ici.

— Que les poules auraient des dents, pas les oiseaux, avait-il spécifié en riant. C'était vrai avant ce matin, car il est en ce moment sur le perron. Ce sont les poules, qui vont apprécier…

Fabienne avait bondi hors du lit et s'était précipitée dans l'escalier. Gabriel s'était habillé en vitesse avant de répondre. Monseigneur était entré solennellement en jetant un regard curieux autour de lui. Par la porte entrebâillée de la chambre à coucher, il avait vu le lit défait et la jaquette rose qui traînait par terre.

— Vous vous levez tard, monsieur le curé, avait-il dit avec une certaine arrogance. Et vous portez d'étranges vêtements.

Gabriel avait capté son regard et était allé fermer la porte.

—Je passais par ici avec mon secrétaire pour me rendre à La Sarre, avait ajouté le prélat, et nous avons décidé d'arrêter vous faire une courte visite et vous remettre votre lettre de nomination. Vous n'aurez donc pas à vous déplacer la semaine prochaine.

— Quelle nomination? avait demandé Gabriel, surpris.

— Vous changez de paroisse, avait-il dit en lui tendant une enveloppe officielle. Vous devenez le curé de La Corne. En voici la confirmation.

Gabriel avait failli protester, mais il était du ressort de son supérieur de lui attribuer une nouvelle affectation. Il serait toujours temps de réfléchir à la situation plus tard.

— Quand dois-je déménager?

— Les gens de La Corne vous attendent le mois prochain. Vous serez chez eux pour les festivités de Noël.

Après les politesses d'usage, que Gabriel avait écourtées par son silence, l'évêque avait pris congé. Mais, sur le seuil, il s'était retourné vers lui.

—J'oubliais de vous dire… À votre nouveau presbytère, il y a une ménagère en place depuis plus de quarante ans et elle est également une bonne sacristine. Je lui ai promis que vous la garderiez à votre service. La vieille dame en a été ravie.

Gabriel avait réprimé une réponse désobligeante devant l'allusion à peine voilée à sa relation avec Fabienne, mais son supérieur avait raison.

—Vous n'aurez plus besoin de la charmante personne qui vous sert avec tellement de gentillesse, avait ajouté l'évêque en fixant son subalterne dans les yeux. Je suis certain qu'elle comprendra.

Fabienne avait entendu la fin de la conversation. Elle était allée attendre Gabriel dans la cuisine.

— Alors, notre histoire s'achève.

— Non! Il n'en est pas question! Ce n'est pas à lui de décider de mes sentiments.

Le prêtre avait attiré Fabienne dans ses bras, mais elle s'était raidie.

— Les curés n'ont pas le droit d'avoir de compagne, ton évêque vient de te le rappeler.

— Tu as raison, mais je découvre que même le sacerdoce ne peut empêcher un cœur d'aimer. Nous trouverons une solution.

Le lendemain, Gabriel était allé rendre visite à sa mère. Il avait besoin de ses conseils. Aurélie ne jugeait jamais son fils, ni d'ailleurs les gens autour d'elle. Elle avait naturellement dans le cœur l'amour de son prochain, un sentiment qu'elle avait transmis à Gabriel. Après un court moment de réflexion, elle lui avait offert de loger son amie à leur chalet près du lac La Motte.

— Je n'y vais presque jamais depuis le décès de ton père. Tu te souviens à quel point c'est un bel emplacement, avec les magnifiques couchers de soleil qui illuminent le salon à la tombée du jour. Ta protégée y sera à l'aise. Elle mérite tellement de bonheur, la pauvre fille! C'est situé près de La Corne. Tu pourras exercer ton ministère et passer prendre de ses nouvelles aussi souvent que tu le voudras.

Soulagé par l'offre de sa mère, Gabriel n'en savait pas moins qu'il serait malheureux, séparé de Fabienne.

— Je te remercie, maman, avait-il dit, mais j'espère que ce sera temporaire.

Aurélie connaissait bien son fils. Elle avait deviné qu'il n'était pas transporté de joie devant la situation.

—Je ne veux pas me mêler de tes affaires, mon chéri, mais tu es certain que ta relation avec la jeune demoiselle Caron te convient et répond à tes attentes? Je sais que le sacerdoce est moins exigeant de nos jours, mais il présente encore des obligations auxquelles tu n'es pas fidèle, en ce moment.

—Vous avez raison, je devrai prendre des décisions importantes.

—Tu le feras en ton âme et conscience, j'en suis convaincue.

—Je vous aime, avait chuchoté Gabriel à l'oreille de sa mère en la serrant dans ses bras.

Le chalet du lac La Motte était en rénovation. Ensemble, ils étaient allés vérifier l'état des travaux.

—Ce sera fini dans une semaine, avait dit l'ouvrier.

Aurélie et son fils avaient pris place sur un banc près de l'eau et avaient contemplé le paysage. Le lac était calme. Les arbres et les nuages, en se mirant dans l'étendue bleutée et scintillante, offraient à leurs yeux ravis une véritable toile d'artiste que quelques oiseaux survolaient en l'égayant de notes cristallines.

—Est-ce que tu te souviens, avait demandé Aurélie, quand nous venions nous asseoir ici, sur la plage, et que tu disais te sentir plus près de Dieu devant la splendeur de son œuvre?

Le prêtre avait eu un moment de silence à la recherche de ses souvenirs.

—Oui, c'est ici que j'ai eu mes plus belles conversations avec vous et papa. Tous mes questionnements trouvaient leur réponse dans la paix harmonieuse de la nature.

—Cet endroit est aussi merveilleux aujourd'hui et je crois que tu peux y retrouver la magie de ta jeunesse.

Devinant le dilemme de son fils, Aurélie avait posé

sa main sur la sienne et lui avait souri. Elle voyait bien que Gabriel était conscient des difficultés qu'il aurait à affronter.

Ils avaient profité un long moment de la lumière ambrée que la tombée du jour jetait sur le lac. Seul le doux clapotis de vagues légères qui venaient mourir à leurs pieds avait bercé leur rêverie.

— Tant de splendeur, c'est le signe qu'un être supérieur existe, avait conclu Aurélie. Dieu nous envoie des réponses à nos questions, Il nous montre la voie, mais il nous appartient ensuite de décoder Ses directives avec précision. Pour y parvenir, il nous faut savoir lire avec notre cœur.

Et Gabriel avait écouté le conseil de sa mère. Incapable de vivre sans la présence de Fabienne et sentant que leur séparation ferait en sorte que leur relation s'étiolerait, il avait décidé de quitter la prêtrise.

Perdu dans ses souvenirs, Gabriel se leva. Il n'avait pas vu le temps filer, et l'heure était venue d'aller rencontrer maître Aubry. Il repéra le cabinet Aubry, Perron et Associés et se rendit derrière l'édifice de briques rouges. Il gara sa Harley-Davidson à côté d'une Mercedes. En connaisseur, il admira la superbe voiture gris argenté. En entrant, il fut reçu par Geneviève, l'assistante de l'avocate.

— Assoyez-vous. Maître Aubry ne devrait pas tarder. Elle vous attendait.

Au même moment, la jeune avocate sortait de son bureau et Gabriel accepta sa main tendue.

— Bonjour, monsieur le curé! Je suis heureuse de vous rencontrer.

— Appelez-moi monsieur Valcourt, ou Gabriel, si vous le voulez bien, j'ai abandonné le sacerdoce.

Esther fut surprise.

— Désolée, je n'en savais rien. Il y a longtemps que vous avez quitté la prêtrise?

— J'ai remis la lettre à mon supérieur après les fêtes, en janvier de cette année.

Esther était intriguée.

— C'est une longue procédure, de laisser les ordres?

— Mon évêque m'a suggéré une année de réflexion. C'est une sorte de divorce, finalement. Il croit que j'ai la vocation, mais que j'ai besoin d'un temps d'arrêt pour faire le point sur ma vie. J'ai accepté sa proposition et je suis en période de méditation, tout en étant convaincu que j'ai pris la bonne décision.

— J'avoue que vous m'étonnez. Les gens qui m'ont parlé de vous vantaient vos mérites de pasteur et de directeur de conscience.

— J'espère qu'ils ont aussi souligné mes qualités en tant qu'homme, plaida gaiement Gabriel. Je n'ai pas changé, j'ai seulement choisi de réorienter ma vie.

— Oui, on m'a assurée de vos qualités humaines également.

Esther le conduisit au salon privé où elle avait reçu Joséphine précédemment. Elle offrit un café à l'ex-curé qui accepta avec plaisir. Tout en préparant le breuvage, elle observait son invité du coin de l'œil. Il était bel homme, ce Gabriel Valcourt: grand, élancé, le regard vif et intelligent, il paraissait à l'aise dans son vêtement de cuir parfaitement coupé. Cette tenue lui donnait même l'allure d'un mauvais garçon de bonne famille.

— Vous me convoquez sûrement pour parler d'Émile Caron?

La voix de Gabriel la tira de sa rêverie.

— En effet. Ce personnage est un paradoxe pour moi, dit-elle en tendant à Gabriel sa tasse de café. Je n'arrive pas à l'imaginer en train de commettre un assassinat, mais c'est pourtant le crime qu'il a perpétré.

Gabriel eut un long moment de silence que la jeune avocate respecta.

— Je dois vous avouer qu'il m'a surpris également. Je me sens terriblement coupable de n'avoir pas perçu ses intentions. Je le fréquentais assidûment depuis l'emprisonnement de son père et nous avons coopéré à l'installation de sa mère chez Denise, ainsi que de ses sœurs chez Odile.

— Quand lui avez-vous parlé la dernière fois, avant son geste fatal?

— Il a téléphoné chez moi, au lac La Motte, la veille du...

Gabriel n'eut pas le courage de prononcer les mots qui auraient accusé son ami Émile de meurtre.

— Vous a-t-il parlé, ce soir-là?

— Non. C'est avec sa sœur Fabienne qu'il a discuté...

— Depuis la mort de son père, vous l'avez revu? Vous a-t-il dit de quoi il voulait vous entretenir?

— Je suis allé au lac Arthur et lui ai posé la question. Il m'a répondu qu'il avait oublié la raison de son appel. Je me sens tellement coupable de n'avoir pas su deviner sa douleur.

— Ne vous attribuez pas tout le blâme, monsieur Valcourt. Certains aspects de l'être humain nous échappent parfois. L'homme possède tellement de facettes. Si vous pouviez me raconter comment Émile a réagi après l'arrestation d'Ovide Caron, et ensuite quand le procès a été évité, ça m'aiderait à percevoir sa personnalité.

— Au début, avant que nous apprenions qu'Ovide plaiderait coupable, il lui arrivait de discuter avec Fabienne tout bas. Je devinais qu'ils avaient l'intention de dénoncer des choses monstrueuses, mais la plupart du temps il était d'excellente humeur, heureux d'avoir retrouvé les siens, sa mère surtout qu'il visitait souvent.

— Fabienne vous racontait leurs conversations?

— Quelques détails parfois, mais je préfère que les

membres de la famille vous fassent part eux-mêmes de ce qu'ils ont vécu. Leur récit sera plus fidèle à la réalité.

— Après le plaidoyer de culpabilité de son père, comment a-t-il réagi?

— Je vais vous paraître incohérent vis-à-vis du geste qu'il a commis, mais il m'a semblé satisfait. Il a dit que la sentence de deux ans donnerait le temps aux siens de s'installer confortablement dans leur nouvelle vie et d'échapper aux griffes de Satan.

Gabriel hésita un moment.

— Le seul regret que j'ai senti chez lui, c'est d'avoir trop tardé à remplir la promesse qu'il avait faite à sa mère à l'âge de quinze ans.

— Quelle était cette promesse?

— De revenir les chercher le jour où il pourrait les sortir, elle, ses frères et ses sœurs, de l'enfer où ils enduraient les pires souffrances.

— C'était un lourd mandat pour un garçon de quinze ans. Selon mon expérience, beaucoup de gens font des promesses, mais très peu les tiennent.

— Je suis d'accord! Souvent, c'est parce que les circonstances ne s'y prêtent pas. C'est sans doute pour cela qu'Émile a disparu pendant quatorze ans. Mais, quand il a appris le viol de ses sœurs, il avait trop de grandeur d'âme pour se dérober. Devant l'occasion qui lui était enfin offerte de tenir sa promesse, il n'a pas hésité un instant.

— Vous m'avez dit qu'il avait parlé à Fabienne la veille de la mort de son père. Elle est donc la dernière à avoir conversé avec lui. Il va falloir que j'interroge cette jeune personne. Vous savez où je peux la trouver?

— Elle habite chez moi, près du lac La Motte. Dans la journée, vous pourrez la joindre à son travail, au salon Jolies Bouclettes, juste à quelques pas de votre bureau. Je vous donne le numéro de téléphone, si vous voulez.

— Ce n'est pas nécessaire, je vais demander à mon assistante de la convoquer.

Esther observait l'homme qui se trouvait devant elle. Il avalait calmement une gorgée de café. Un détail l'intriguait.

— Excusez-moi si je suis indiscrète, mais vous dites que mademoiselle Caron habite chez vous. Est-ce pour elle que vous avez quitté la prêtrise?

Gabriel pencha la tête. Il avait la mine d'un enfant pris en faute, ce qui amena un sourire aux lèvres de l'avocate.

— Oui, je suis tombé amoureux de Fabienne, avoua-t-il. J'aurais voulu concilier les deux, mon amour et mon sacerdoce, mais mon évêque m'a fait comprendre que je devais faire un choix.

— Et vous avez choisi la femme.

— Je ne sais plus exactement où j'en suis. Je l'aime, mais mon sentiment pour elle ne m'empêche pas d'aimer Dieu également.

— J'imagine que vous êtes de ceux qui croient que les prêtres devraient avoir le droit de se marier.

Relevant la tête, Gabriel sourit d'un air badin à la jeune avocate.

— Voilà un débat de société que nous ne réglerons pas cet après-midi!

Esther appréciait ce Gabriel Valcourt, qu'elle sentait honnête et humain. Elle revint au sujet qui les occupait.

— Quand vous pensez à ce qu'a fait Émile, avez-vous une idée des motifs qui auraient pu le pousser à ce geste incompatible avec sa personnalité?

— Maître Aubry, je suis convaincu que quelque chose nous échappe. Je retourne son geste dans tous les sens et je n'arrive pas à croire qu'Émile ait eu l'intention de tuer son père en allant au-devant de lui à sa sortie de prison. Il s'est produit un événement, je ne sais trop quoi…

— Vous saviez qu'il avait rompu avec Joséphine, quelques jours seulement avant d'aller attendre son père à sa sortie de prison?

Gabriel fut étonné par ces paroles.

— Non, je n'étais pas au courant.

— Depuis la libération conditionnelle d'Émile, ils ont repris la vie commune. Je leur ai suggéré de ne pas faire état de leur rupture qui pourrait étayer la thèse de la préméditation et fournir des armes au procureur.

— Je vais demander à Fabienne si elle savait.

— Au sujet de la libération de mon client, ça m'intrigue que ce soit votre mère qui a payé sa caution.

— Nous avions prévu que le montant serait très élevé et maman m'a dit qu'elle voulait s'en porter garante avant même que je lui en parle. Le drame des Caron la bouleverse au plus haut point. Elle n'a jamais compris, comme beaucoup d'entre nous d'ailleurs, comment de telles ignominies ont pu se produire sans que personne n'intervienne pendant quarante ans.

Esther était troublée.

— Je me demande si c'est typique des régions éloignées, une famille qui vit recluse au fond d'un rang avec un père autoritaire et rébarbatif envers les autres membres de la communauté. Bien sûr, personne n'ose se mêler de leurs affaires et, pendant ce temps, des gens souffrent, écrasés sous la férule d'un monstre.

Gabriel se sentait fautif devant ce plaidoyer.

— J'étais le curé de la paroisse et je n'ai rien fait pour les aider. Jamais je n'aurais imaginé que ces personnes enduraient de telles horreurs.

— Monsieur Valcourt, ne prenez pas sur vos épaules le poids des abominations commises. Vous étiez leur pasteur, mais également un être humain bienveillant et généreux. Il ne vous est jamais venu à l'esprit que des monstres comme Ovide Caron puissent exister.

— Merci, répondit Gabriel, sincèrement reconnaissant.

— Je me sens dépourvue d'arguments pour assurer la défense de mon client, ajouta l'avocate. Aussi, s'il vous revenait un souvenir quelconque qui pourrait m'éclairer, n'hésitez pas à m'appeler.

*

Gabriel revint au chalet juste à temps pour voir le soleil se coucher sur le lac. Il ne se lassait jamais de ce spectacle grandiose, quand tout l'horizon s'embrasait et que l'astre du jour vrillait l'azur de ses derniers rayons orangés. Il remercia le Créateur de tant de beauté. Au même moment, Fabienne sortit de la maison.

— Salut, curé! Tu as passé une bonne journée?

Gabriel lui sourit.

— Ne m'appelle plus curé, j'ai quitté les ordres.

— Je sais, mais tu restes mon beau curé d'amour! dit-elle en venant l'embrasser sur la joue.

Son haleine sentait l'alcool.

— Tu sors encore ce soir? demanda Gabriel en remarquant qu'elle portait son immense sac à main.

— J'ai des amis qui vont passer me chercher. Il y a une fête disco au Château d'Amos et tu sais à quel point j'aime danser.

Gabriel ne répondit pas, visiblement contrarié.

— Tu n'aimes pas ce genre de musique, ajouta-t-elle, câline, alors, j'y vais avec des amis. Tu es le bienvenu si tu veux. Ils n'ont rien contre un ancien curé.

Fabienne ne remarqua pas la tristesse de son ami. Son appétit de la musique et de la danse était trop intense pour qu'elle songe une seule minute à gaspiller sa soirée à s'ennuyer.

— Je ne veux pas être ingrate, Gabriel, car je sais

ce que tu as fait pour moi. Tu m'as payé un cours de coiffeuse pour que je gagne ma vie et tu me loges gentiment sans me demander un sou. Mais je suis jeune et j'ai envie de m'amuser.

— Le fait que ton frère risque la prison à perpétuité pour le meurtre de votre père ne freine pas ton enthousiasme?

Fabienne eut une moue chagrine.

— Oui, j'ai de la peine pour lui, mais que je reste là à pleurer ne changerait pas grand-chose à son histoire.

Fabienne exprimait ses sentiments d'une façon qui échappait à la compréhension de Gabriel. Il était conscient que son affection envers lui n'avait jamais été un sentiment amoureux, en tout cas elle n'était pas aussi aimante qu'il l'était envers elle. Il entendit une voiture arriver en klaxonnant sur le chemin privé qui menait au chalet. Elle se précipita en riant vers le véhicule, heureuse de se glisser sur le siège avant près du conducteur. Rapidement, la voiture s'éloigna.

La nuit était tombée et de nombreux nuages s'étaient accumulés au firmament. Gabriel pensa à l'avocate rencontrée en après-midi. Elle prenait son travail à cœur. Il se promit de l'aider de son mieux à découvrir les différentes facettes de la personnalité d'Émile, mais le connaissait-il vraiment? L'ancien curé avait encore l'habitude de la prière. Assis sur les marches de la galerie surplombant le lac qu'il distinguait à peine dans l'obscurité, il adressa au ciel une supplication en faveur de son ami. Dieu était un père et, dans son immense miséricorde, il viendrait au secours d'un de ses enfants dont les souffrances avaient dépassé ce qu'un être humain peut supporter.

Au moment où sa prière montait vers l'infini, la lune perça les nuages et sa lumière argentée fit joliment étinceler la surface du lac telle une mer de diamants bleus. Gabriel crut voir dans la magnificence de la nature une réponse du Créateur. «Les desseins de Dieu sont impénétrables», pensa-t-il. Mais sa foi n'était pas assez ardente pour le rassurer quant au sort de son ami Émile.

Chapitre 12

Lac Arthur, 1990

Assis sur le quai, Émile balançait les jambes. Le bout de ses pieds nus effleurait la surface de l'eau et provoquait des ondes qui allaient mourir doucement un peu plus loin. Il tenait dans ses mains une tasse de café froid et réfléchissait aux événements des dernières semaines. Ses pensées se tournaient vers Joséphine, sa remarquable compagne qui lui avait tendu les bras après leur rupture. Elle avait partagé sa douleur et n'avait exigé aucune explication sur le geste qu'il avait commis envers son père.

— Je sais que tu es un être ravagé, lui avait-elle dit simplement. Tu es aussi l'homme le plus incroyable que j'aie rencontré et je t'aime. Malgré ce que tu as fait, je sais que tu es un être généreux et bienveillant. Je suis certaine que tu as agi sans réfléchir, dépassé par les événements et la peur.

Pour qu'ils puissent vivre en aussi parfaite harmonie, il y avait sûrement quelque part dans l'immensité de l'univers des liens invisibles qui s'enroulaient autour d'eux et qui nouaient leurs destinées dans un cocon. Par son silence, Émile avait le sentiment de fragiliser ces liens, mais il ne pouvait agir autrement. Il était prisonnier de sa douleur et ne connaissait pas les mots pour l'exprimer. Il se souvenait de la fin d'un jour de l'été 1988, quand Joséphine et lui avaient découvert la

propriété où ils vivaient maintenant. La maison nécessitait quelques réparations, mais l'emplacement était
féerique, avec des arbres matures et un lac splendide
qui scintillait de mille feux dans le soleil couchant. Ils
avaient perçu dès les premiers instants que cet endroit
les attendait pour abriter leur bonheur et ils en avaient
ressenti une joie immense.

Dès qu'ils avaient été installés, ils avaient pris l'habitude d'aller chercher les enfants de Richard les fins de
semaine pour donner un répit à leur mère Véronique, qui
combattait un cancer du sein. Trois ans auparavant, elle
avait donné naissance à Virginie, dont ils étaient parrain
et marraine. Le soir, pour faire plaisir à leur neveu et à
leur nièce, ils allumaient un feu sur la grève et passaient
des heures à leur raconter des histoires fabuleuses que
les petits écoutaient émerveillés. Les pénibles moments
de l'arrestation d'Ovide Caron s'étaient estompés. Le
passé s'était dissipé au fil des bonheurs retrouvés et le
droit de rêver était revenu folâtrer dans leur cœur. Ils
parlaient de nouveau d'une famille bien à eux, d'enfants
qu'ils aimeraient tendrement et qu'ils aideraient à
grandir dans la douceur et la sérénité. Souvent, dans
ces moments-là, Émile ressentait une vague de tristesse
en pensant à sa propre enfance. Intuitive et sensible,
Joséphine se lovait alors entre ses bras et le rassurait
avec des mots empreints d'amour.

*

Deux semaines avant la sortie de prison d'Ovide,
Émile avait reçu un appel d'un tenancier de Saint-Marc-
l'Évangéliste qui l'avait informé que Richard faisait du
grabuge dans son établissement et refusait de quitter les
lieux. Son jumeau était un habitué de l'endroit, et monsieur Landry le connaissait. Il ne voulait pas appeler les

policiers pour ne pas lui créer d'ennuis, et il avait préféré avertir Émile en espérant qu'il pourrait le raisonner. Sans hésiter, il était parti en pleine nuit pour tâcher de ramener son frère chez lui. Richard avait de sérieux problèmes avec l'alcool. Il en avait souvent discuté avec lui, mais son jumeau niait et refusait de l'écouter.

Le bar-salon L'Âme sœur, que fréquentait Richard, ne payait pas de mine. En entrant dans l'établissement, Émile s'était senti agressé par la musique trop forte. La fumée de cigarette s'effilochant paresseusement au-dessus des têtes donnait aux gens attablés l'apparence monotone de tristes inconnus traînant leur ennui sur un quai brumeux. Au fond de la salle, une jeune danseuse nue offrait son corps à la convoitise des hommes. Elle se contorsionnait devant un immense miroir, sous les sifflements ininterrompus des clients qui saluaient chaque déhanchement. La prédilection de son jumeau pour ce genre d'endroit échappait à la compréhension d'Émile, mais, comme la salle était bondée, il s'était dit que son frère n'était pas le seul à venir admirer les charmes des danseuses en sirotant une bière. Richard lui obéissait toujours, même en état d'ébriété. C'était une sorte d'instinct de survie qui lui venait de leur enfance. Aussi, devant le refus d'Émile d'assister au spectacle, il avait accepté de le suivre sans faire d'esclandre.

En arrivant chez son frère, Émile avait eu la surprise de trouver les enfants endormis à l'étage, sans surveillance. Richard était parti au bar, sans doute déjà trop ivre pour se souvenir qu'il était responsable d'eux durant la fin de semaine. La garde partagée était récente. Ne pouvant plus supporter ses absences et ses beuveries, Véronique l'avait quitté au début de l'été pour aller vivre avec sa mère. Émile avait voulu le semoncer, mais, étendu de travers sur le divan du salon,

l'ivrogne dormait déjà. Sa déchéance l'interpellait douloureusement. Malgré ses protestations, il devait agir
pour l'aider.

Comme il n'avait pas voulu laisser les enfants seuls
avec un père trop saoul pour s'en occuper, Émile avait
passé la fin de la nuit couché sur le lit dans la chambre de
son frère, les yeux grands ouverts, à chercher une solution. Au matin, toujours en rogne contre son jumeau,
il l'avait secoué fortement pour le réveiller. Encore sous
l'effet de l'alcool, Richard avait eu beaucoup de difficulté à s'extirper de son état presque comateux.

— Richard, nous devons parler, toi et moi. Tu ne peux
pas continuer comme ça, sinon, en plus d'avoir perdu ta
femme, tu vas perdre aussi la garde de tes enfants.

Son frère l'avait fixé d'un air éberlué. Émile lui avait
fait un café et était revenu s'asseoir à ses côtés.

— Tu sais que Mathieu et Virginie dorment à l'étage?

— Oui, avait-il répondu évasivement.

— Alors, tu faisais quoi au bar la nuit dernière?

Richard était toujours perdu dans le brouillard de
ses excès.

— Je les ai laissés seuls ici? interrogea-t-il d'une voix
pâteuse.

— Oui, c'est ce que tu as fait! As-tu pensé à ce qui
aurait pu arriver si un feu s'était déclaré? Tu es une vraie
tête de linotte! Je me demande si tu es digne d'avoir des
enfants.

— Tu as raison, je suis un moins que rien.

Émile détestait entendre son frère se dénigrer ainsi.

— Je vais appeler Véronique afin qu'elle vienne chercher les petits et, toi et moi, nous allons discuter d'une
façon de te sortir de ton problème d'alcool.

Son jumeau commençait à revenir à la réalité. À
l'image de tous les ivrognes repentants au lendemain
d'une beuverie, il était prêt à n'importe quelle promesse.

— Tu as raison, il est urgent que je me fasse soigner.

Émile avait téléphoné à la jeune femme, mais elle ne pourrait pas être là avant la fin de la journée.

— Véronique viendra à sept heures ce soir prendre les enfants et moi je reviendrai demain. Je vais m'informer sur les cures de désintoxication. D'accord?

— Oui, je n'ai plus le choix, avait-il répondu d'une voix rauque. J'ai perdu mon emploi et ma femme, et maintenant je vais perdre mes enfants.

— Es-tu capable de t'occuper de Mathieu et de Virginie toute la journée?

— Oui.

— As-tu de quoi leur donner à manger?

— Oui, enfin, je pense...

Émile avait jeté un coup d'œil dans le réfrigérateur, où il y avait des œufs et du lait. Du pain se trouvait sur le comptoir et des céréales dans l'armoire. Émile était revenu vers son frère qui était retombé lourdement sur le canapé. Il l'avait secoué vigoureusement.

— Allez, bouge un peu, les enfants se lèveront bientôt et ils ont besoin de toi. Tu ne travailles pas? C'est le bon moment de faire une cure. Je vais revenir demain avec des informations sur le sujet, je te le promets. Penses-tu que Véro pourra prendre Mathieu et Virginie avec elle un mois ou deux?

— Je ne sais pas.

— Veux-tu que je lui en parle, ou tu peux le faire toi-même?

— Il y a longtemps qu'elle souhaite que je me fasse soigner; elle devrait être d'accord, avait assuré l'ivrogne qui semblait prêt à tout promettre pour pouvoir se recoucher.

— Tu en discutes avec elle ce soir quand elle viendra chercher les enfants. Je pars, mais je reviens demain sans faute.

Réveillés par les bruits de voix, Mathieu et Virginie s'étaient levés au moment où Émile allait sortir. Ils avaient couru l'embrasser.

— Tu restes avec nous, parrain Émile? avait insisté Virginie en le serrant très fort.

Émile avait senti les larmes lui monter aux yeux. Une demande semblable venant d'une petite fille cramponnée à son cou l'avait ramené dix-sept ans en arrière. Une nuit, sur une route de gravier, une autre fillette s'était attachée désespérément à lui, souhaitant de tout son cœur qu'il tienne sa promesse et vienne les sauver, elle et sa mère, des griffes du diable. Richard n'avait pas la méchanceté foncière de leur père, mais il avait ce modèle ancré au tréfonds de son être et l'alcool détruisait sa volonté. Son attitude inquiétait Émile. Il avait embrassé les enfants et leur avait promis de revenir, mais les marmots étaient demeurés agrippés à lui en refusant de le laisser partir. Sa filleule, les cheveux en broussaille et le sourire radieux, l'avait ému. Il avait décidé de rester.

— Bon, d'accord, je vous fais des crêpes et ensuite je m'en vais.

Les enfants trépignaient de joie. Émile s'était installé au comptoir et avait demandé à ses deux marmitons les ingrédients dont il avait besoin.

— Vous les désirez comment, vos crêpes? En forme de lapin ou de tortue?

— Tortue! avait crié Virginie.

Émile avait laissé tomber la pâte de façon à dessiner une tortue.

— Et toi, j'imagine que tu aimerais un lapin? avait-il demandé à Mathieu.

— Non, moi, je veux une moto!

— Vraiment! Et quel modèle?

Mathieu s'était mis à rire.

— Comme celle de Gabriel.

L'oncle avait pris un air sérieux.

— Ce n'est pas facile de faire une Harley-Davidson en pâte à crêpe.

— Tu peux tout faire, oncle Émile, l'avait rassuré Mathieu.

Devant une telle confiance en ses talents, Émile s'était appliqué à dessiner une moto en travaillant la pâte dans le poêlon, tandis qu'écrasé sur la berceuse Richard observait le groupe avec affection. D'après ses yeux rouges et bouffis, il souffrait d'un violent mal de tête. Le déjeuner terminé, Émile avait pris congé en promettant de revenir faire des crêpes un autre matin. Il s'était adressé une dernière fois à son jumeau.

— Prends soin de ton fils et de ta fille; ils sont ta plus grande richesse. Est-ce que tu te rappelles, quand nous étions petits, camouflés sous notre lit, on parlait de nos futurs enfants que nous rêvions d'aimer et de voir grandir dans la tendresse et l'amour?

Richard s'en souvenait. Ensemble, ils avaient jeté un regard vers les deux bambins qui se disputaient joyeusement la meilleure place devant la télévision qu'ils venaient d'allumer.

— Ces deux jeunes monstres dont nous rêvions, ils sont là aujourd'hui et ils ont besoin d'un père en santé, avait ajouté Émile d'un ton persuasif. Je reviens demain sans faute.

Il avait pris son frère dans ses bras et lui avait fait une longue accolade. Les enfants l'avaient accompagné sur la galerie pour lui dire au revoir. Il les avait vus lui envoyer la main aussi longtemps qu'il avait pu les apercevoir dans son rétroviseur. Émile désirait sincèrement que ces petits soient heureux. Il lui était impossible de changer la première période de sa propre existence, mais il pouvait aider ces deux-là à se fabriquer de merveilleux souvenirs.

Il était à peine huit heures le lendemain matin quand Émile avait reçu un coup de téléphone de Véronique. Elle était passée chercher les enfants chez leur père après le souper et avait trouvé Mathieu le visage tuméfié et affecté de violentes douleurs à l'épaule.

— Je suis allée de toute urgence chez le docteur Lacasse, lui avait-elle spécifié. Il accepte les gens à n'importe quelle heure du jour et de la nuit. Après avoir examiné Mathieu, il m'a conseillé de me rendre à l'hôpital d'Amos.

Elle avait fait une courte pause.

— Et alors? avait demandé Émile.

— On a détecté une fracture de la clavicule.

— Et comment un tel accident s'est-il produit?

Véronique sembla hésiter un moment pour finalement avouer que la blessure avait été infligée à Mathieu par son père. Émile avait été stupéfait et attristé. Les gênes de son père s'étaient-ils donc transmis à son jumeau, pour qu'il se livre à son tour à des actes de violence?

— Dis-moi, Véro, est-ce que c'était la première fois qu'il tabassait Mathieu?

— Oui. Il me frappait, moi, mais il n'avait jamais touché aux enfants. C'est surtout à cause des coups que je recevais que j'ai quitté Richard au début de l'été. J'ai invoqué ses abus d'alcool, mais les deux problèmes sont liés. S'il avait battu les petits, jamais je ne lui en aurais laissé la garde.

— Je savais que Richard buvait et passait beaucoup de temps dans les débits de boisson, mais je n'aurais jamais pensé qu'il te frappait. Pourquoi est-ce que tu ne m'en as jamais parlé?

Il y avait eu un silence au bout du fil.

— J'avais honte d'être une femme battue. J'ai préféré partir plutôt que d'étaler mes problèmes devant la famille.

Émile avait fermé les yeux. Il avait reconnu douloureusement le terrible sentiment qui l'habitait encore en pensant aux coups qu'il avait reçus de son père.

— Je me rends immédiatement chez lui, avait-il promis à Véronique. As-tu fait une déclaration aux policiers?

Elle avait hésité à répondre. Certes, elle se sentait coupable d'avoir caché les sévices subis par son petit garçon.

— Non, j'ai raconté au médecin que Mathieu était tombé. Ça m'humiliait trop de lui dire que ses blessures avaient été infligées par son père. Et je ne voulais pas que Richard soit arrêté juste au moment où il s'apprête à aller suivre une cure de désintoxication. Je suis certaine qu'il regrette et qu'une fois guéri de son problème d'alcool il ne recommencera pas.

Émile avait été affreusement navré. Les horreurs se répétaient dans la famille de son jumeau. Il avait déposé le combiné la tête basse et, le cœur déchiré, il s'était tourné vers Joséphine qui s'affairait à la préparation du déjeuner.

— Richard a battu son fils, avait-il murmuré, la voix éteinte. Je n'arrive pas à imaginer qu'il répète la violence de notre père. Nous avons tellement souffert de sa cruauté! Comment peut-il la reproduire dans sa propre famille?

Sa compagne était venue vers lui et l'avait enserré dans ses bras. Elle sentait les tremblements qui agitaient son corps. Il avait ajouté:

— Il faut croire que nous n'échapperons jamais au modèle de notre enfance.

— Ne parle pas ainsi, mon amour, avait rétorqué Joséphine. C'est l'alcool qui le détruit et qui est la cause de sa violence. Quand il est en état d'ébriété, ses vieux démons refont surface, mais, lorsqu'il est à jeun, c'est un homme doux et bon envers ses enfants.

— Tu as raison, je dois l'aider. Hier, j'ai téléphoné au Pavillon de l'Espoir à Amos et j'ai réservé sa place en insistant sur l'urgence de son cas. On m'a dit de me présenter avec lui aujourd'hui.

Le cœur lourd, Émile était submergé par la tristesse de ce qu'il venait d'apprendre.

— Tu veux venir le chercher avec moi? avait-il demandé à Joséphine. Je me sentirais moins seul.

Ils étaient arrivés devant la maison de Richard à midi, à l'instant où l'angélus sonnait au carillon de l'église située juste en face. Émile imaginait facilement la souffrance que devait ressentir son frère jumeau et les remords qui devaient l'assaillir après avoir frappé son fils d'une façon aussi cruelle. Aussi avait-il suggéré à Joséphine de l'attendre dans la voiture pour ne pas l'accabler davantage. Elle avait allumé la radio pour calmer ses inquiétudes. Les tourments d'Émile la blessaient grandement et elle craignait que Richard n'accepte pas d'emblée le traitement proposé. Émile était ressorti de la maison quelques minutes plus tard, seul.

— Richard n'est pas chez lui, avait-il dit, intrigué.

— Nous pourrions nous rendre au bar qu'il a l'habitude de fréquenter. Il choisit souvent cet endroit quand il a des problèmes.

— Tu as raison, il doit être parti noyer sa honte encore une fois, avait répliqué Émile sur un ton bourru.

Il s'apprêtait à reprendre le volant quand il s'était ravisé en remarquant la porte du garage entrouverte.

— Il est peut-être dans son garage. C'est là qu'il travaille à ses sculptures sur bois. Je vais aller voir.

Il s'était avancé vers la porte de côté et l'avait poussée du pied. Elle s'était ouverte toute grande sur une vision cauchemardesque. Richard pendait à la poutre centrale au milieu de la pièce. Émile était demeuré cloué sur place, incapable de faire un pas de plus. Il avait porté les mains à son visage et un long cri était monté du plus profond de son être.

— Richard, non! avait-il hurlé, au comble de l'horreur.

Joséphine s'était précipitée vers lui.

— N'entre pas!

Il s'était retourné pour la retenir, tandis qu'un haut-le-cœur le secouait tout entier.

— Il est mort? avait demandé la jeune femme prisonnière des bras de son amoureux.

Émile avait baissé vers elle son regard terrorisé où se lisait l'intensité de ses émotions.

— Appelle une ambulance, avait-il dit d'une voix étouffée en relâchant son étreinte.

Il était entré dans le garage et s'était avancé vers le corps de son frère dont le décès était indiscutable. Richard était pieds et torse nus. Son dos laissait voir les nombreuses marques indélébiles des coups de tisonnier et de ceinture qu'il avait reçus et son pied droit déformé était le triste souvenir d'une belle journée d'été, alors qu'un enfant de dix ans rentrait les foins avec son père. Émile avait caressé affectueusement la cicatrice violacée sur le pied de son jumeau, puis, dépassé par les affres du drame, il était tombé à genoux.

*

Esther Aubry avait eu le sommeil perturbé en songeant à la famille Caron. En avant-midi, elle avait décidé de se rendre au lac Arthur. Elle devait faire signer des documents à Émile et elle préférait le rencontrer chez lui plutôt que de le convoquer à son bureau. Elle espérait le mettre à l'aise et obtenir plus facilement ses confidences. En arrivant devant la résidence, elle gara sa voiture et se dirigea vers la cour arrière. Avant de commencer le travail, elle désirait s'offrir le délicieux plaisir de contempler le lac et d'admirer les derniers canards qui tardaient à s'envoler vers le Sud. Elle appréciait cet endroit qu'Émile et Joséphine avaient choisi pour poursuivre leur vie à deux et qui démontrait l'attrait des jeunes gens pour la nature et la tranquillité. En voulant s'approcher du lac, elle aperçut Émile, assis au bout du quai. Il avait le regard perdu dans le lointain et des sillons de larmes sur son visage brillaient au soleil. Elle devina qu'il revivait des instants bouleversants de sa vie. Elle s'avança doucement et vint s'asseoir à ses côtés. Il sursauta à son arrivée et parut surpris de la voir, même si elle s'était annoncée par téléphone dans la matinée.

— Nous sommes des êtres brisés, dit-il d'entrée de jeu. Pour une personne telle que vous, née dans le satin et bien entourée, il doit être difficile de nous comprendre.

— C'est la raison pour laquelle je suis ici, Émile. J'ai besoin de vous connaître si je veux vous défendre convenablement.

Elle examina l'homme, en attente de son récit. Il plissait les yeux sous la lumière éclatante du soleil et semblait chercher dans ses souvenirs. Elle comprit qu'il n'était pas fermé à sa demande lorsqu'il commença à parler.

— Je vais vous raconter l'histoire de mon frère Richard. C'est à lui que je pensais quand vous êtes arrivée. Nous étions très différents, lui et moi, mais il paraît que les jumeaux vivent des émotions qui se ressemblent. Ça vous aidera peut-être à trouver des explications à certains de mes gestes

La voix teintée de chagrin et de colère retenue, il lui livra ses souvenirs jusqu'au décès de son frère. La jeune avocate l'écouta sans l'interrompre. Elle avait le cœur chaviré, empreint de sympathie pour les souffrances que les deux garçons avaient endurées.

— Il avait laissé un mot que j'ai trouvé à terre à ses pieds, ajouta-t-il pour conclure. Il devait le tenir dans ses mains quand il a décidé d'en finir avec le cauchemar qu'était sa vie.

— Qu'y avait-il d'écrit sur cette note?

— Il disait avoir lu sa propre peur dans les yeux de son fils quand il l'avait frappé et qu'il craignait de devenir un monstre comme notre père. Il ajoutait…

Émile retint un sanglot et, dans la crispation de son visage, Esther lut l'effort qu'il faisait afin de poursuivre.

— «Comme le bonhomme le disait si souvent, je suis un grand niaiseux. J'ai frappé mon Mathieu; je suis une brute comme le monstre qui m'a donné la vie. Mon fils sera plus heureux sans moi. Je suis une nullité, je ne suis rien, personne ne va me regretter.»

Émile se leva, marcha rapidement vers la terrasse et tourna son regard vers un horizon lointain où se bousculaient ses souvenirs.

— Je le regrette, moi. Son absence me pèse infiniment!

Il fit une pause silencieuse qu'Esther respecta. Le chagrin bouleversant d'Émile lui causait une émotion douloureuse. Elle prenait conscience des méandres incontournables qu'elle devrait explorer pour plaider sa cause adéquatement. Émile poursuivit son récit.

— À l'enterrement, il y avait Mathieu, son fils, le visage tuméfié et le bras en écharpe, et sa fillette Virginie, collée à Joséphine. Elle ne comprenait rien à la mort de son père. Véronique, qui vivait séparée de Richard et qui se culpabilisait de sa mort, avait choisi de ne pas venir au cimetière. Tous les membres de ma famille étaient présents, des êtres marqués par la violence. Maman était là également. Elle se cramponnait à moi et frissonnait de douleur, mais je suis convaincu qu'elle était saisie d'une appréhension indescriptible à l'idée que son mari allait sortir de prison, surtout qu'il exigeait son retour à la maison du Rang 6. C'est le jour des funérailles qu'elle m'a fait part de la lettre qu'il lui avait envoyée et qui la sommait d'être là à son retour.

— J'imagine que votre père n'était pas à cet enterrement.

— Non, c'était une semaine avant sa remise en liberté et personne, y compris lui-même, n'avait fait de demande pour qu'il assiste aux obsèques de son fils. J'accompagnais le corps de Richard vers le lieu de son dernier repos en pensant que c'était lui, Ovide Caron, la cause de ce drame. Par sa violence et sa cruauté, il avait à jamais ruiné la vie de mon frère. Il l'avait finalement poussé au suicide.

Esther écoutait attentivement le récit d'Émile, qui montrait de plus en plus la répugnance qu'il éprouvait envers son père.

— C'est ce jour-là que vous avez décidé de le tuer? lui demanda-t-elle.

Émile parut interloqué par la question.

— Non! Je n'ai jamais décidé de le tuer!

— Vous l'avez fait, pourtant.

— C'est vrai! À certains moments, j'ai l'impression que quelqu'un d'autre a agi à ma place. J'avais le sentiment que ce monstre devait disparaître pour que notre famille ait une chance de retrouver un semblant d'équilibre et peut-être, si la vie se montrait généreuse, qu'elle puisse goûter quelques moments de bonheur.

— Vous dites qu'il fallait qu'il disparaisse. Vous comptiez parvenir à ce résultat de quelle façon?

— Je sais que c'est incompréhensible pour vous...

Émile baissa le front.

— ... et ce sera difficile à comprendre également pour un jury, mais je ne me sens en rien coupable de la mort de cet homme. Quand je dis que je voulais qu'il disparaisse, c'est une manière de m'exprimer. Je souhaitais qu'il aille vivre loin de nous tous, qu'il sorte de nos vies afin que nous puissions respirer en paix sans craindre perpétuellement sa malveillance.

Il fixa intensément son avocate dans les yeux.

— Vous savez, l'être humain peut sembler vivant et être en même temps privé de sa vie. Ça s'appelle exister seulement et, de ce triste destin, les projets d'avenir et les rêves de bonheur sont exclus. Richard était un garçon vulnérable qui aurait eu besoin d'un père pour lui dire qu'il était un petit bonhomme merveilleux, mais au contraire il n'a reçu de lui que coups et insultes.

Esther écoutait attentivement son client et des éclaircissements sur le but de son geste désespéré se frayaient un chemin dans son esprit. Émile reprit :

— Les enfants sont capables d'enfouir des milliers de secrets dans les lointains souvenirs de leur âge tendre. Ils croient les oublier à jamais, mais ils demeurent présents, prêts à resurgir à tout moment.

— Et c'est ce qui est arrivé quand vous êtes allé au-devant de votre père à sa sortie de prison?

Il ne répondit pas, se contentant de regarder l'avocate au fond des yeux.

— Vous dites n'avoir pas voulu tuer votre père, mais il y a une chose que vous devrez expliquer à la Cour. Pourquoi êtes-vous allé à sa rencontre avec un couteau à la ceinture?

Un faible sourire se forma sur les traits du jeune homme.

— Mon frère Richard était un travailleur forestier et, de plus, il avait une grande passion pour la sculpture sur bois. Il portait toujours ce couteau sur lui. Après sa mort, quand les autorités nous ont remis ses effets personnels, je l'ai pris en souvenir de lui et j'ai décidé de le porter.

— C'est courant, chez les bûcherons, d'avoir un couteau avec eux?

— Oui, la plupart s'en munissent pour des raisons de sécurité. Il peut survenir plein de choses inattendues, dans la forêt.

L'avocate acceptait l'explication, qui jetait une lumière nouvelle sur la présence d'une telle arme dans les mains de son client. Elle serait très utile dans l'élaboration de sa défense.

Esther se leva et prit congé en promettant à Émile de le tenir au courant de tous les développements dans son dossier. Malgré sa compréhension des faits et sa sympathie croissante pour Émile, elle ne pouvait pas faire davantage pour le moment.

*

Après le départ d'Esther, Émile était demeuré sur la terrasse à attendre le retour de Joséphine. Toutefois, un vent frisquet du mois d'octobre lui pinçait l'épiderme et il décida d'aller marcher un peu pour se réchauffer. Joséphine avait repris son travail à Amos alors que lui se retrouvait en congé forcé. Cette pensée l'attristait. Or, son absence se prolongerait sûrement de nombreuses années. Il aperçut la voiture de Joséphine qui arrivait vers lui en roulant doucement sur la route sinueuse bordée de conifères et d'arbres immenses dont les branches formaient une voûte au-dessus du chemin. Elle baissa sa glace en passant à sa hauteur et lui envoya un baiser du bout des doigts.

— J'enfile de meilleures chaussures et je viens, dit-elle.

Il la suivit jusque devant la maison de pierres. Elle ressortit quelques minutes plus tard et, main dans la main, ils prirent le sentier qui menait au lac et qui l'encerclait sur une longue distance. Sans un mot, ils profitèrent de la tombée du jour qui traçait dans le ciel de belles arabesques de couleurs, dans les teintes de mauve et de rose.

Émile admirait l'élégante silhouette de sa compagne qui avançait à ses côtés et il se sentait coupable d'avoir brisé leurs rêves. Les circonstances de la vie l'avaient entraîné malgré lui sur une voie qu'il n'avait pas souhaitée et qu'il regrettait amèrement d'avoir empruntée. Il s'arrêta et se tourna vers Joséphine. Il prit son ravissant visage entre ses mains, toujours émerveillé de son charme et de sa beauté.

— Je t'aime, mon amour, et je t'aimerai toujours, murmura-t-il d'une voix mélancolique, mais je vais sûrement passer plus de vingt ans en prison. Il faudra m'oublier.

Émile attira le corps de son amoureuse entre ses bras et posa son front contre le sien. En voyant des larmes sillonner ses joues, il leva une main et les essuya du bout des doigts en caressant sa peau douce et fraîche.

— Ne parle pas ainsi, Émile! Je n'aimerai jamais personne d'autre que toi.

Le jeune homme ne pouvait rien changer au geste qu'il avait commis, mais il souhaitait profiter au maximum de tous les moments de liberté qui se présentaient à lui.

— Pour le souper de Noël, nous devrions inviter les membres de nos deux familles et nos amis, suggéra-t-il. Ce sera probablement mon dernier Noël avec vous avant plusieurs années. Je pourrai offrir mes vœux de bonheur à chacun personnellement et jouir de leur présence une dernière fois.

Joséphine trouva l'idée excellente et ils reprirent leur marche à pas lents. La noirceur était tombée et le manteau de la nuit n'était percé que de légers points lumineux qui provenaient des maisons entourant le lac. Elles s'allumaient une à une et ressemblaient à une haie d'honneur guidant les pas d'invités imaginaires. Joséphine n'arrivait pas à chasser la tristesse qui l'accablait. Elle sentait le besoin de détendre l'atmosphère. Aussi décida-t-elle de s'amuser un peu.

— Le dernier rendu au chalet fera le souper! s'écriat-elle en lâchant la main d'Émile et en s'élançant à la course dans le sentier.

— Fais attention, Jo! Tu vas tomber, on n'y voit rien.

Joséphine courait toujours. Émile partit à sa suite. Elle riait aux éclats et finit par s'accrocher un pied dans une racine qui sortait de terre. Elle chuta à plat ventre dans les feuilles mortes. Émile vint s'étendre à ses côtés et se lova contre son corps dans la fraîcheur du sousbois. La lune insolente, qui se levait discrètement sur l'horizon, jetait sur leur bonheur éphémère une lumière d'argent qui accentuait la beauté de leur jeunesse.

— Il ne faut pas rester ici, murmura Émile. On va prendre froid; le sol est gelé.

— Tu as raison, mon bel ange tombé du ciel, rentrons nous réchauffer.

Joséphine admirait le beau visage de l'homme penché vers elle. Ses longs cils blonds semblaient retenir l'éclat de la lune et faisaient luire ses yeux d'un éclat d'émeraude. Elle réussit à s'arracher à sa contemplation, se remit debout et courut de nouveau vers la maison. Demeuré à plat ventre dans les feuilles, Émile s'émerveillait de sa grâce et sa légèreté. Arrivée sur la terrasse, elle se retourna vers lui.

— À vous de faire le souper, monsieur Caron. J'ai gagné!

— Vous trichez! Vous jouez de votre beauté pour me distraire.

— J'imagine que je vais déguster votre spécialité, le spaghetti sauce tomate.

— Mais vous sous-estimez mes talents culinaires, chère amie! J'ai déjà mis à mariner un délicieux magret de canard, votre plat préféré, et j'ai un excellent vin à vous offrir, souligna Émile en prenant un air indigné.

Joséphine embrassa chaleureusement son amoureux qui l'avait rejointe sur la galerie. Ils s'étreignirent un long moment dans la fraîcheur de la nuit. Conscients que chaque minute de bonheur devait compter en double, ils en profitaient.

*

Dans la grande salle à manger de la résidence des Aubry, Charles et sa fille étaient attablés pour le repas du soir. Depuis son retour en Abitibi, ce moment de la journée était le préféré d'Esther. Suspendues côte à côte sur le mur du fond au-dessus du bahut de style Renaissance, des toiles signées par un artiste de renom représentaient maître Aubry et son épouse. Sur le meuble, bien mises en évidence, trônaient des photos de leur fille, de sa naissance jusqu'à son accession au Barreau.

— Il manque à notre galerie de portraits des clichés de ton mariage et de mes petits-enfants, fit remarquer son père qui avait suivi son regard.

— Je suis encore jeune, papa, j'ai du temps pour les bébés.

— À trente-quatre ans, ta mère avait déjà une jolie fillette de neuf ans.

— Maman a terminé ses études d'infirmière à vingt et un ans et elle n'a travaillé que deux ans.

— C'est vrai qu'à l'époque de Carole les femmes ne cherchaient pas à faire carrière.

— Parce que la société les conditionnait à être des épouses et non des carriéristes. Je suis heureuse que ces mentalités aient changé et que nous puissions faire des choix.

— Je te l'accorde, et tu peux remercier ta mère et les dames de son temps. Elles ont œuvré au sein de mouvements féministes pour faire reconnaître l'égalité des femmes dans la société et leur ouvrir les portes des universités au même titre que les garçons.

Esther eut un instant de nostalgie.

— Je regrette qu'elle soit partie si vite, ma chère maman.

— Mais je suis là, moi, et j'ai hâte d'être grand-père.

— Tu vas devoir attendre, papou. Pour avoir des enfants, il faut un papa, et je n'en ai trouvé aucun jusqu'à maintenant qui puisse supporter la comparaison avec toi.

Esther ne fréquentait personne. Pourtant, à cet instant, un visage s'imposa à son esprit, celui de Gabriel Valcourt. Cet homme était charmant et pétri d'une générosité hors du commun qui lui plaisait. Elle s'empressa de chasser l'image furtive qui la contrariait. Elle ne voulait pas tomber amoureuse d'un prêtre défroqué, surtout qu'il était déjà épris d'une autre femme.

— Vous êtes partie folâtrer dans les nuages, maître Aubry? s'informa son père devant son air nostalgique.

Esther lui répondit par un sourire. Charles Aubry était un bel homme au milieu de la soixantaine. Ses cheveux blancs donnaient à son visage un air de douceur. En début de carrière, il avait été un jeune loup agressif et ambitieux, tandis qu'aujourd'hui, après avoir côtoyé la misère et fait face à quantité de drames et d'imprévus, il compatissait aux épreuves de ses semblables. Il se montrait charitable et compréhensif envers les gens qui frappaient à la porte de son cabinet. Charles n'aimait pas parler boulot à la maison, mais la famille Caron dont Esther défendait le fils l'interpellait particulièrement.

— As-tu l'intention de demander une expertise psychologique pour ton client? Avec les horreurs qu'il a vécues, et surtout à la suite du décès de son frère jumeau qu'il attribue aux séquelles des méfaits de leur père, il est fort probable qu'il a commis son crime alors qu'il était temporairement perturbé.

— Je lui ai justement fait signer des papiers à cet effet ce matin, au cas où je déciderais d'aller dans cette direction.

— Parles-en avec la Couronne et vous pourrez faire une demande conjointe au juge.

Esther hésitait. Émile lui semblait un être équilibré, mais, comme le soulignait Charles, il avait sûrement été affecté par la mort de Richard ou par les menaces faites à sa mère par leur bourreau commun.

— Je suis certaine, ajouta Esther, que mon client a été troublé et porte de lourdes séquelles de son enfance à cause des mauvais traitements qu'il a subis. Mais, d'après ce que j'apprends de lui, il ne manque pas d'assurance. Il est vrai que des événements qui dépassent la tolérance à la douleur peuvent entrer en ligne de compte et provoquer temporairement des déséquilibres psychologiques. Par contre, si je réussis à faire reconnaître ses déficiences, il va se retrouver en institution psychiatrique, et pour longtemps. Il a tué son père, il ne faut pas l'oublier.

— Tu as raison. Même en l'absence d'expertise, tu pourras évoquer dans ta plaidoirie l'état d'esprit dans lequel devait se trouver ton client au moment de commettre son geste fatidique.

Le père et la fille se levèrent de table et passèrent au salon. Charles offrit un cognac à Esther en s'en servant un. Elle n'était pas attirée par l'alcool, mais, ce soir-là, elle avait envie de l'accompagner. Émile avait dit vrai, cet après-midi-là : elle avait énormément de chance d'être née dans une famille équilibrée et heureuse. S'il est écrit quelque part que tous les humains naissent égaux, c'est pour un bien court moment, à peine celui de la première bouffée d'air. Elle se glissa tendrement contre l'épaule paternelle. Charles ouvrit la télévision pour écouter les nouvelles du soir. C'était une routine que tous deux trouvaient apaisante avant d'aller au lit.

Chapitre 13

Amos, décembre 1990

En Abitibi, décembre préparait la venue de l'hiver avec ses importantes chutes de neige et ses froids sibériens. Mais en ce vendredi 21 décembre, dernier jour de travail avant le congé des fêtes de fin d'année, le temps s'était adouci et une pluie verglaçante tombait sur la ville d'Amos.

Esther Aubry arpentait le long corridor du palais de justice en affichant sa mauvaise humeur. Jacques Corbeil, son client du jour, ne s'était pas présenté et sa cause qui lui semblait gagnée d'avance venait de basculer du côté de la Couronne. Elle se fichait bien que cet individu irresponsable soit condamné à une amende salée; il la méritait par son absence. Mais, pour elle, c'était un procès perdu qui s'inscrirait à sa feuille de route. Absorbée dans ses pensées, elle sursauta en s'entendant interpeller.

— Esther! s'exclama l'homme en toge noire qui venait vers elle la main tendue. Je suis vraiment ravi de te revoir.

Elle se retourna vers le magistrat et le reconnut immédiatement. Maître Paul-André Boudreau avait travaillé au cabinet de son père en début de carrière, mais il avait aussi été l'avocat d'Ovide Caron trois ans plus tôt. Elle était heureuse de le rencontrer.

— J'ai appris que tu assurais la défense d'Émile Caron, ce jeune homme qui a tué son père?

— Oui, c'est exact.

— Un dur procès à ton agenda!

— J'aime les défis.

— Alors, tu vas t'amuser, car il est de taille, maître Aubry.

— Justement, Paul-André, c'est toi qui représentais Ovide Caron. J'aimerais que tu me parles de cet individu. Ce que j'apprends sur son compte au fil de mes interrogatoires trace de lui un portrait plutôt sombre.

— Suis-moi, il y a un salon privé au deuxième étage; nous serons mieux pour discuter.

Esther accepta l'invitation.

— Je voulais te rendre visite à ton bureau, mais tu sais ce qu'est la vie d'un avocat… Jamais une minute à soi. J'ai été très étonné quand j'ai su que tu revenais travailler en Abitibi. Pour une carriériste de ta trempe, il n'y a pas ici autant de grands procès qu'à Montréal. Je dois cependant avouer que tu es gâtée pour tes débuts. Ce n'est pas tous les jours qu'une cause de meurtre aussi importante nous est offerte.

— C'est un beau défi, tu as raison. C'est aussi une lame à deux tranchants qui peut nuire à ma carrière autant que l'aider, car il est loin d'être certain que je vais gagner ce procès. C'est même le contraire qui s'affiche en lettres rouges et scintillantes dans mon esprit.

Maître Boudreau ouvrit la porte de la salle privée et laissa passer sa consœur. Paul-André avait une dizaine d'années de plus qu'elle et il avait toujours admiré sa fougue. Il se souvenait quand elle arpentait le bureau de son père à l'époque de ses quinze ans. Elle posait des questions et donnait son opinion sur la façon d'aborder la défense de quelqu'un, sachant déjà sur quel article de loi appuyer ses dires. Il était noté dans le grand livre des destinées que cette jeune fille deviendrait avocate.

Maître Boudreau et son invité allèrent s'asseoir près de la fenêtre. Le verglas qui n'en finissait plus de tomber faisait un bruit de grelots en heurtant la vitre. C'était de circonstance, à quelques jours de Noël.

— Une sacrée température pour un 21 décembre, commença l'avocat. J'espère que ce sera terminé au moment des déplacements de Noël.

— Ce verglas nous offre un paysage féerique, indiqua Esther, ravie par la splendeur de la nature qui s'offrait à sa vue à travers la fenêtre légèrement givrée. Regarde les branches des arbres. On dirait du cristal!

— Je suis convaincu que les automobilistes ne pensent pas comme toi en ce moment, l'assura son confrère en souriant.

Elle lui rendit son sourire.

— Dommage, c'est tellement beau! Mais parlons d'Ovide Caron. Peux-tu me brosser un portrait de ton ancien client en quelques mots?

Paul-André chercha un court instant dans ses souvenirs.

— Le plus remarquable, chez cet homme, c'était le sentiment exagéré qu'il avait de sa propre importance. Il était convaincu qu'un juge, une personnalité de haut niveau tel qu'il se percevait lui-même, ne pourrait le condamner, étant donné la place qu'il occupait dans la société. Il n'était qu'un chef d'équipe dans son travail, mais, pour lui, ce rôle de patron le maintenait au-dessus de ses semblables. Il croyait que ses enfants l'enviaient et que c'était pour cela qu'ils avaient décidé de le faire arrêter, pour l'humilier, en quelque sorte.

— Une personnalité narcissique très imbue d'elle-même, si je comprends bien ton exposé.

— Ovide Caron était un psychopathe. Je lui répétais qu'il était accusé de viol sur ses deux filles, mais jamais je n'ai décelé chez lui un sentiment de culpabilité ni le moindre remords.

— Il a pourtant fini par plaider coupable?

— Je lui ai lu les dépositions de ses enfants, celles d'Émile que tu défends et de la plus jeune, Fabienne, si ma mémoire est exacte.

— Comment a-t-il réagi?

— Il est entré dans une violente colère. Je ne peux pas te répéter tous les mots qu'il a employés pour les qualifier, et encore moins les excuses qu'il a invoquées pour contrer leurs accusations.

— Il en est pourtant venu à plaider coupable. Que s'est-il passé?

— Je lui ai fait prendre conscience du battage médiatique d'un procès tel que le sien et des dommages irréparables que les articles de presse et les reportages à la télévision causeraient à sa réputation. C'est pour ça surtout qu'il a fini par accepter les faits qui lui étaient reprochés, mais à contrecœur.

Maître Boudreau eut un moment de silence avant de conclure.

— Je dois t'avouer que j'ai eu presque peur quand il a juré, en parlant de ses enfants la rage au cœur et la voix tremblante, que cette bande de débiles mentaux allait payer cher le mal qu'ils lui causaient. Et je te fais grâce des menaces qu'il a fait planer sur la tête d'Émile, l'instigateur de son arrestation.

— Tu n'as pas dû trouver sa défense facile à assurer.

— J'ai été très satisfait quand il a décidé de plaider coupable.

— Je ne te demanderai pas de venir dépeindre cet homme à la barre, mais est-ce que tu connais quelqu'un qui pourrait le décrire dans les termes que tu viens d'utiliser?

— J'avais discuté de lui avec le docteur Aurélien Lacasse, qui devait témoigner au procès, s'il avait eu lieu. Je me souviens qu'il avait d'Ovide Caron une opinion relativement semblable à la mienne. Il avait étudié la psychiatrie durant ses cours de médecine et il suggérait qu'un homme avec un tel comportement antisocial, capable d'infliger des traitements aussi violents à sa famille, et cela, sans remords ni empathie, projetait une personnalité psychopathique. Surtout que l'homme était un manipulateur, capable de mentir et de tromper son entourage d'une manière étonnante.

Esther fut ravie de la présentation faite par son confrère. Elle allait communiquer avec le médecin et en faire un de ses témoins experts.

— Je te remercie, Paul-André. Tu m'as beaucoup aidée en me parlant d'Ovide. Je dois me sauver. Je te souhaite un joyeux Noël!

Maître Boudreau s'approcha et se pencha pour l'embrasser sur les deux joues.

— De joyeuses fêtes à toi également, et transmets mes vœux à ton père!

— Ce sera fait, l'assura Esther gaiement.

À peine sortie du salon privé, elle rencontra Laurent Gagnon, le procureur de la Couronne dans le procès d'Émile Caron.

— Je suis heureux de vous croiser, maître Aubry. Je vous ai fait livrer ce matin un nouveau témoignage dans notre cause.

— Vraiment? Je peux savoir qui est ce témoin?

— Une consœur de travail de Joséphine Gauthier, la conjointe de ton client. Elle s'appelle Céline Dufour.

— Qu'est-ce que madame Dufour a de particulier à venir raconter à la Cour?

— Madame Gauthier lui aurait confié, quelques jours avant le meurtre, qu'Émile l'avait quittée.

La jeune avocate fit semblant de ne rien comprendre.

— Qu'est-ce que vous comptez prouver avec ce nouveau fait?

Laurent Gagnon eut un sourire narquois.

— Vous savez très bien où je veux en venir, maître Aubry; à la préméditation, bien sûr!

— Comment avez-vous obtenu ce témoignage?

— Madame Dufour a raconté l'histoire à des amis qui lui ont conseillé de m'en parler.

Esther le toisa de haut.

— Je vais donc en prendre connaissance dès mon retour au cabinet.

Elle tourna les talons et se dirigea vers la sortie. Elle marchait la tête haute pour donner le change, mais elle regrettait que cette rupture fût connue du procureur. Dehors, le verglas avait cessé de tomber et un timide soleil faisait scintiller la ville, surtout le dôme de la cathédrale qu'elle apercevait au loin. C'était splendide.

Quand Esther arriva au bureau, son père l'attendait pour rentrer à la maison.

— Nous avons reçu les horaires de la cour pour les deux premiers mois de l'année. Le début du procès d'Émile Caron est fixé au lundi 4 février.

— Nous allons profiter du congé des fêtes pour faire le plein d'énergie et nous attaquerons en lion en février, déclara-t-elle, enthousiaste à l'idée d'entamer les procédures.

— Je vais en avertir Émile immédiatement. Si c'était moi qu'on jugeait, j'aimerais connaître le plus rapidement possible la date où je devrai affronter la loi.

Charles se leva.

— Appelle ton client, je vais partir devant et t'attendre à la maison. C'est le début des vacances de fin d'année et je compte bien les célébrer avec ma fille.

Attendrie, Esther sourit à son père. Il en avait vu défiler, des hommes et des femmes en quête de défense juste et équitable. En cette fin d'après-midi, elle avait le sentiment que peu importait le verdict dans la cause qu'elle représentait, Émile Caron n'obtiendrait pas réellement justice. Son enfance et sa jeunesse volées ne lui seraient jamais rendues.

*

C'était le 24 décembre. Émile préférait ne pas se rendre à la messe de minuit, car le regard des gens et les murmures sur son passage le blessaient. Depuis la mi-août, il vivait reclus dans la maison du lac Arthur. L'appel de maître Aubry, le vendredi précédent, avait mis une date sur la fin de sa liberté. Il souhaitait profiter intensément de ses derniers jours de bonheur avec Joséphine et sa famille. Lorsque le temps est compté, chaque instant devient l'empreinte d'un souvenir à conserver précieusement pour combler les longs jours de solitude.

Joséphine et lui étaient partis à la recherche d'un arbre à décorer pour la grande fête qu'ils préparaient. Le verglas des jours précédents avait laissé sur les branches une légère couche de glace et la neige tombée le matin s'était superposée à la bande cristalline qui faisait scintiller la forêt de mille feux dans la luminosité du soleil couchant. Tous les sapins leur semblaient trop beaux pour être coupés.

— Nous sommes chanceux que le temps soit aussi doux une veille de Noël! s'exclama Joséphine en tournoyant, les bras tendus et le manteau grand ouvert dans la fraîcheur du crépuscule.

— Moi, je trouve que ce n'est pas de la chance. Nous ne pourrons pas utiliser les motoneiges sur le lac, avec ce redoux. Il devient trop dangereux de s'y aventurer.

— C'est une excellente idée que tu as eue, d'inviter les tiens pour Noël. J'ai très hâte à demain.

— Je veux laisser à mes frères et sœurs un souvenir

agréable de notre famille, qui sera réunie pour célébrer la Nativité. Je regrette de ne pas l'avoir fait avant la mort de Richard. Heureusement, Mathieu et Virginie seront avec nous.

Une vague de nostalgie faisait trembler sa voix.

— Mettre au monde des enfants, c'est assurer notre éternité, fit remarquer Joséphine. Ces deux petits seront toujours une partie de Richard. Mathieu a les mêmes grands yeux verts. Il lui ressemble tellement!

Émile fit un effort pour chasser le cafard qui l'oppressait.

— J'ai hâte de voir la réaction de maman quand nous allons lui annoncer notre surprise.

Joséphine eut un sourire complice et vint se glisser entre les bras de son amoureux.

— Clarice mérite tellement de bonheur! Tu es un amour, Émile, et je t'aime pour toutes les qualités qui font de toi un homme exceptionnel.

Émile se pencha vers sa compagne et l'embrassa fougueusement sous une pluie de flocons de neige que le vent arrachait à la cime des arbres et faisait voler en joyeuse sarabande.

*

À minuit, tandis que, dans la majorité des églises de la province de Québec, un chœur de chant entonnait le *Minuit, chrétiens*, Joséphine et Émile étaient assis par terre devant leur sapin décoré et savouraient une coupe de champagne en écoutant également cet hymne rempli d'espérance:

Le Rédempteur a brisé toute entrave,
La terre est libre et le ciel est ouvert.
Il voit un frère où n'était qu'un esclave,

L'amour unit ceux qu'enchaînait le fer.
Qui lui dira notre reconnaissance?
C'est pour nous tous, qu'il naît, qu'il souffre et meurt.
Peuple, debout! Chante ta délivrance,
Noël! Noël! Chantons le Rédempteur!

Ils s'étaient fait la promesse de ne pas parler du procès jusqu'à la fin de la période des fêtes. Aussi levèrent-ils leur verre à la rencontre du lendemain et à l'amour retrouvé qui les uniraient tous dans la joie.

— À toi et moi, mon chéri, murmura Joséphine à l'oreille de l'homme qu'elle aimait avec tant de passion.

Sachant que leurs moments de tendresse seraient bientôt engloutis dans le tsunami du procès à venir, Émile observait sa compagne avec un regard différent. Elle était belle, dans son pyjama de velours noir rehaussé d'une dentelle ivoire. La coupe du vêtement laissait voir le galbe de ses seins qui se soulevaient voluptueusement à chaque respiration. Émile déposa un délicat baiser sur l'épiderme satiné et parcourut du bout des doigts le contour du bustier en caressant la peau lisse et frémissante. Il dégagea la pointe d'un sein qui se durcit instantanément sous l'attouchement tendre et sensuel. Il avança sa bouche et attira l'appétissant bourgeon entre ses lèvres; il goûtait la vie et le rêve. Le suave parfum aux effluves de rose et de miel de sa douce amie l'enivrait et son gémissement ténu en réponse à ses caresses l'invitait à plus d'audace.

Il fit tomber la camisole légère de ses épaules et vit apparaître dans les lumières scintillantes du sapin un corps splendide qui s'offrait à la félicité de son amour. Les yeux mi-clos, Joséphine lui souriait. Il laissa à son tour glisser ses vêtements sur le sol, découvrant sa nudité et son désir. Il attira la jeune femme à lui et but à ses lèvres la sève de la vie.

Ce fut un moment parfait de délectation qui allait

devenir un impérissable souvenir au cours des années à venir. Dans les bras l'un de l'autre, les deux amoureux retardaient la jouissance. Ils se goûtaient, se respiraient et cajolaient chaque partie de leur corps.

Un léger mouvement de Joséphine, qui ne pouvait pas contenir plus longtemps sa réponse aux délices de l'étreinte, fit se soulever le corps d'Émile, qui succomba à la stimulation. Il éclata à son tour dans l'apothéose de l'extase, du bonheur et de la volupté. Attachés l'un à l'autre par l'exquise sensualité du moment, les amants se dévoraient des yeux, imprimaient dans leurs souvenirs la douce allégresse de cette nuit de Noël.

Ils demeurèrent enlacés sur le tapis du salon, à fredonner tout bas les mélodies festives qui jouaient en sourdine. Des larmes perlaient aux longs cils de Joséphine et jetaient dans l'éclat de ses prunelles une myriade d'étoiles, tandis qu'Émile dessinait d'un doigt les contours parfaits de son merveilleux visage. Ils se sentaient des naufragés au centre d'une accalmie bien trop courte pour leurs cœurs amoureux.

*

Gabriel s'était procuré un costume bleu foncé, une chemise blanche et une cravate assortie. C'était son premier Noël sans col romain ni messe de minuit à chanter. Il en éprouvait une intense nostalgie. Fabienne n'était pas rentrée au chalet depuis trois longues journées. Il devinait qu'elle avait un nouvel amoureux et qu'elle hésitait à lui en parler. Mais c'était la veille de Noël et il se sentait terriblement seul. Il avait espéré son retour à temps pour l'accompagner à la cathédrale d'Amos.

Il jeta un coup d'œil vers le miroir sur pied de l'entrée. Il se reconnaissait difficilement dans cet homme en costume que reflétait la glace. Même son sourire avait changé. Avant de quitter les ordres, il ne s'était jamais posé de questions sur sa place dans l'existence, il vivait la liberté des gens heureux qui trouvent leur bonheur en aidant leurs semblables au sein de leur quotidien. Ce soir-là, il ressentait de la solitude, et pas seulement à cause de l'absence de Fabienne. En fait, ce sentiment de tristesse l'accablait également lorsqu'il était en sa compagnie. Il avait dû s'avouer que la communication entre eux n'avait jamais été chose facile. Leur différence d'âge et d'éducation, de même que leur expérience de vie avaient mis sur leur route des barrières infranchissables.

Il se regarda dans le miroir et accepta son image, avec ou sans col romain. Il était Gabriel Valcourt et c'était sans contrainte qu'il avait choisi sa nouvelle voie. Il quitta sa résidence pour se rendre à la messe de minuit en saluant au passage son reflet dans la glace.

La cathédrale brillait de mille feux sous la voûte étoilée. Des airs de Noël s'en échappaient. Il ne voulait rien manquer à la magie de la nuit qu'il avait toujours aimé célébrer, il alla s'asseoir dans un des premiers bancs en avant de la nef. Quelques rangées derrière lui, Esther Aubry l'observait à la dérobée. C'était sans doute par déformation professionnelle, mais elle ressentait souvent le besoin de connaître les motivations des gens qui les poussaient à agir. Elle prenait plaisir à deviner les raisons de leurs décisions et de leurs actes.

Il faut dire que Gabriel l'intriguait. Elle se demandait ce qui avait pu attirer un homme aussi beau, riche de surcroît, vers la prêtrise, alors que les églises se vidaient. Par contre, elle connaissait la raison qui l'avait incité à quitter les ordres. La jeune Fabienne, belle et délurée, l'avait pris dans ses filets. Mais était-ce la seule explication? Elle se permettait d'en douter. Elle remarqua qu'il n'était pas accompagné. Elle jeta un regard sur l'assemblée et ne vit pas sa compagne. Leurs amours se seraient-elles perdues dans les méandres de la vie à deux? «Ce ne serait pas étonnant, pensa-t-elle, car ces deux personnes n'avaient absolument rien en commun, sauf bien sûr l'attrait physique qui les avait poussés dans les bras l'un de l'autre.» Elle décida d'attendre Gabriel à la sortie de l'église. Il parut ravi de la rencontrer. Elle l'entraîna vers son père.

— Papa, je te présente Gabriel Valcourt.

Emmitouflé dans ses fourrures, Charles Aubry accepta la main tendue.

— Je suis heureux de faire votre connaissance, monsieur Valcourt. Ma fille m'a parlé de l'importance de votre intervention dans la vie de la famille Caron, lors de l'arrestation du père de son client.

Esther jeta un regard autour d'elle.

— Vous êtes seul? Votre mère ne vous accompagne pas?

— Maman a eu une très vilaine grippe et elle est encore trop malade pour sortir en pleine nuit. Mais elle va beaucoup mieux; je suis soulagé.

La nuit était douce et quelques flocons de neige tombaient lentement sur la ville. La jeune avocate appréciait ce bel homme, élégant et raffiné, qui lui souriait. Elle déclara en se tournant vers son père :

— Si vous n'êtes attendu nulle part, viendriez-vous réveillonner avec nous? Nous recevons quelques amis. Un de plus mettra davantage d'ambiance dans notre groupe. Je suis certaine que papa sera ravi de vous recevoir.

— Votre présence nous ferait un immense plaisir, approuva Charles Aubry.

— Alors, j'accueille votre invitation avec joie. C'est mon premier Noël sans col romain et je dois avouer que je ressens beaucoup de solitude.

Esther se retint de lui demander des nouvelles de Fabienne, devinant que l'absence de la jeune fille en disait beaucoup sur les sentiments qui la liaient à Gabriel ou qui l'éloignaient de lui. Sans qu'elle se l'avoue ouvertement, le fait qu'il soit seul lui causait même une légère satisfaction et la mettait d'excellente humeur.

Charles se plut à faire visiter sa somptueuse résidence au nouveau venu, à qui il réservait une surprise.

— Savez-vous que c'est au talent de votre père que je dois cette demeure?

— Non. Je croyais que l'entreprise paternelle n'édifiait que des immeubles destinés aux affaires, répondit-il, franchement étonné.

— Les dernières années, c'est exact, mais, au début, avant de se spécialiser dans le commercial, sa société construisait de luxueuses propriétés à Amos. Je suis convaincu que ce modèle-ci lui plaisait particulièrement.

Gabriel examinait les lieux avec un sentiment de déjà-vu.

— Je n'en doute pas, car je retrouve ici de grandes ressemblances entre votre résidence et celle de mes parents. Je l'avais d'ailleurs remarqué en arrivant. La façade est presque similaire à la leur.

Charles entraîna son invité au salon et le présenta à la ronde. Le juge Lesage s'approcha et s'adressa à lui avec un sourire taquin.

— Monsieur Valcourt, c'est vous qui avez officié au mariage de ma fille, il y a plusieurs années. Ce mariage est-il toujours valide, maintenant que vous avez quitté votre sacerdoce?

— Si vous divorcez, Votre Honneur, est-ce que vos enfants vont s'évaporer parce que votre union n'existe plus?

Charles Aubry s'amusait de cet échange auquel Esther mit fin en les invitant à passer à table. Une bonne odeur de dinde rôtie flottait dans l'air et mettait les convives en appétit. Naturellement, la conversation finit par s'orienter sur le procès d'Émile Caron, prévu au début de février.

— Je crois que vous connaissez bien la famille Caron, avança le juge en s'adressant à Gabriel. Si mes souvenirs sont exacts, vous avez contribué à l'arrestation du père agresseur.

— Oui, vous avez raison.

— Vous croyez que nous serons informés de tous les détails qui ont conduit ce jeune homme à commettre un meurtre? Il paraît que lui et ses frères et sœurs ont vécu l'enfer avec ce monstre.

— C'est une affaire judiciaire qui promet d'être difficile émotionnellement, déclara Esther.

— Ce sera un peu le procès d'une communauté qui n'a rien remarqué des horreurs que vivait cette famille, ajouta l'invité de la dernière heure. Je suis le premier coupable puisque j'étais à l'époque le pasteur de la paroisse où ils habitaient et je n'ai pas été alerté par le côté marginal de ces gens.

Charles tint à spécifier que Gabriel n'était pas le seul responsable de cet état de choses.

— Nous avons une façon de faire, nous, les humains, qui n'est pas particulière à notre belle province ou à notre région; nous préférons ne pas nous mêler des affaires des autres. Nous sommes pourtant une communauté, ce qui devrait inclure l'entraide et le soutien aux membres dans le besoin. Malheureusement, trop souvent nous fermons les yeux. Mais changeons de sujet. Dites-moi, Gabriel, qu'est-ce que vous effectuez comme travail depuis votre retour à la vie civile?

— Ce n'est pas facile de trouver un emploi. La théologie n'est pas une formation qui ouvre bien des portes. J'ai tenté ma chance à la commission scolaire pour donner des cours de catéchèse, mais ils avaient déjà tous leurs professeurs. Pour le moment, je fais du bénévolat à la Maison des jeunes, ici, à Amos, ce qui me permet un contact avec les adolescents. Je me sens très utile auprès d'eux. Je pense que je vais devoir me recycler. J'envisage de m'orienter vers l'enseignement.

— Votre mère vit toujours, je crois?

— Oui, et c'est ce qui me retient à Amos. Il serait préférable pour moi d'habiter dans une grande ville comme Montréal où je ne serais plus considéré comme le curé défroqué par les employeurs.

Esther eut envie de lui demander si ce n'était pas ses sentiments pour la jeune Caron qui le retenaient à Amos, mais elle s'en abstint pour ne pas le mettre mal à l'aise.

Le repas terminé, les gens se levèrent et se rendirent au salon où Charles Aubry les invitait à déguster son meilleur cognac. Esther entraîna Gabriel dans la verrière, à l'écart des autres convives.

— Laissons tous ces avocats discuter des procès en cours et parlons de choses plus agréables pour une nuit de Noël. Dites-moi, Gabriel, quel est votre genre de musique préféré? demanda-t-elle en marchant vers sa discothèque avec l'intention de choisir un album approprié.

La jeune avocate avait une grâce naturelle que Gabriel admirait. Malgré lui, il fit la comparaison entre le raffinement de cette belle femme et l'air frondeur et négligé de Fabienne. Il se demandait où était son amante en ce moment. Probablement dans un bar enfumé, son lieu de prédilection, à boire et à se trémousser devant les hommes. Un voile de tristesse traversa son regard, mais, si Esther le remarqua, elle n'en dit rien. Elle s'approcha et lui ouvrit les bras pour l'inviter à danser sur la jolie mélodie qui inondait la pièce de ses notes enchanteresses. Gabriel accepta et attira la belle Esther qui vint s'appuyer tendrement contre son épaule. Elle dégageait un suave parfum de fleurs qu'il respira avec délices. Heureux de partager ce moment paisible dans la douceur de la nuit de Noël, ils s'abandonnèrent au charme enivrant de la musique et des lumières tamisées. Esther posa sa joue contre celle de Gabriel et ils dansèrent ainsi, enlacés, profitant de la magie de cet instant précieux.

Chapitre 14

Abitibi-Témiscamingue, Noël 1990

Au matin, le soleil se présenta le premier à la résidence d'Émile Caron. Il y avait bien long temps que la température n'avait été aussi douce le jour de la Nativité.

Émile et Joséphine s'étaient levés tôt et ils avaient dressé la table pour la réception. Ils avaient décoré la maison de banderoles vertes, rouges et argentées, et disposé des branches de conifères sur le chambranle des fenêtres. La maison embaumait la bonne odeur du sapin. Une vague de cafard submergeait souvent Émile, qu'il s'empressait de chasser. Il ne voulait pas atténuer l'immense bonheur qu'il ressentait en s'apprêtant à accueillir les siens. Joséphine avait choisi d'inviter ses parents au jour de l'An, par souci de préserver l'intimité de la famille Caron; cet intermède de festivités et d'amour partagé serait un réconfort pour eux, qui avaient tous enduré tellement de souffrances.

Véronique arriva la première avec ses enfants. Impatients de recevoir leurs cadeaux, les jeunes jetaient des regards éblouis vers le sapin au pied duquel s'entassaient de nombreux paquets multicolores.

— Mathieu et Virginie me pressaient depuis le début de la matinée pour se rendre chez leur oncle, dit-elle en riant.

Avec la résilience propre aux enfants, les deux petits

parvenaient à mettre en veilleuse le décès de leur père et à donner libre cours à l'enthousiasme que suscitait chez eux la fête de Noël. En se jetant dans les bras d'Émile, Mathieu eut une pensée pour Richard.

— Tu as l'odeur de papa, murmura-t-il à son oreille.

Émile le pressa plus fort contre lui. Le départ de son jumeau l'affectait encore terriblement. Comment avait-il pu ne pas se rendre compte de l'intensité de sa douleur? Il n'avait perçu que sa dépendance à l'alcool sans voir que c'était la pointe d'un iceberg et que son mal de vivre était ancré dans les profondeurs de son être.

L'oncle déposa son neveu par terre et ferma les yeux un bref instant. Il avait lui-même fait la triste expérience de l'intolérable déchirement qui l'avait conduit devant son père dans l'espérance d'un geste ou d'un mot qui aurait réparé l'irréparable, mais c'était une expectative irréaliste. Il allait maintenant devoir en payer le prix.

À midi, la famille au complet était réunie dans le solarium, en face du lac gelé. Une myriade de minuscules glaçons que le vent avait éparpillés sur sa blancheur éclatante lui conférait un incomparable éclat qui le faisait scintiller de mille feux en lui donnant un air de fête. Chaque invité appréciait, ravi, ce moment privilégié qui les réunissait pour la première fois depuis de nombreuses années autour d'une grande table familiale. Seule Fabienne, étendue sur une causeuse, ne participait pas complètement à la fête, ses excès de la veille l'ayant laissée dans un état plus que pitoyable. Invité aux réjouissances, puisque la famille le considérait maintenant comme son compagnon, Gabriel l'observait, mélancolique. Il se sentait impuissant à la comprendre et à l'aider. Sa folle attirance des premières années pour cette jeune personne sémillante se dissipait. Il n'éprouvait plus pour elle qu'un sentiment d'affection teintée d'une irrépressible tristesse. L'image fugitive de la belle

Esther, qu'il avait quittée à regret à trois heures du matin, effleura son esprit et lui redonna le cœur à la fête.

Pour Émile, le moment de la surprise qu'il préparait en secret à sa mère était arrivé. Depuis deux longues semaines, il rêvait de cet instant. Il s'approcha d'elle et l'embrassa tendrement sur le front en lui remettant une photo. La vieille dame prit le cliché et le scruta avec attention.

— Dis-moi, maman, si tu reconnais ces gens.

Intrigués, tous se levèrent et se pressèrent autour d'elle. Personne n'avait jamais vu cette mystérieuse photographie ni n'en avait entendu parler.

— L'avant-dernière à droite, on croirait Fabienne en robe de mariée, se risqua Denise, penchée par-dessus l'épaule maternelle.

Clarice sentait l'émotion lui monter à la gorge et des larmes apparurent au coin de ses paupières. Elle leva vers son fils un regard déconcerté.

— Je suis étonnée. Dis-moi, où as-tu trouvé cette photo? Je ne l'ai jamais vue. Je ne savais pas qu'il y en avait eu de prises le jour de mon mariage.

Elle approcha le cliché de ses yeux pour mieux discerner chacune des personnes.

— La première à gauche, c'est maman, ma belle maman.

Elle caressa le portrait et y posa ses lèvres avec émotion avant de poursuivre.

— La suivante c'est Raymonde, la plus jeune de mes sœurs. Celle en robe de mariée, c'est moi, bien sûr. Et la quatrième…

Il y eut un bruit de remue-ménage et une dame d'un certain âge, élégante et le visage radieux, vint rejoindre le groupe. Elle se présenta d'une voix sympathique.

— La dernière à droite, c'est moi, Élise!

Elle alla de l'autre côté de la table en face de Clarice et lui sourit chaleureusement.

— Tes enfants m'ont invitée à votre belle fête de Noël, dit-elle avec des trémolos dans la voix.

Clarice se leva, chancelante, et tendit les deux bras vers son aînée. Elles s'enlacèrent en pleurant de joie. Émile était ému. Les deux femmes s'étaient très peu revues au cours des quarante dernières années.

— C'est à Joséphine que vous devez ces agréables retrouvailles, dit-il.

Joséphine s'approcha de lui et vint déposer sa tête sur son épaule, partageant son attendrissement.

— Quand j'ai reçu l'appel téléphonique de ta bru et qu'elle m'a dit que ton mari était décédé, ça m'a convaincue de venir. Dans une lettre, tu m'avais dit qu'il était en prison, mais la nouvelle de sa mort m'a surprise.

Émile et Joséphine avaient eu le temps de raconter à Élise les circonstances du décès d'Ovide. Bouleversée, Clarice écoutait sa sœur en silence.

— La dernière fois que nous nous sommes rencontrées, c'était il y a onze ans. J'étais venue en train et, quand j'étais arrivée chez vous, Fabienne avait quitté la maison quelques jours auparavant. Ovide était dans une rage folle et il m'avait fait savoir que je n'étais pas la bienvenue. J'avais dû reprendre le chemin du retour dès le lendemain.

Clarice prit les mains de sa sœur dans les siennes et les embrassa.

— Et j'en avais éprouvé bien du chagrin. C'est différent, aujourd'hui. Tu vas pouvoir rester avec moi aussi longtemps que tu voudras. Je suis tellement contente de pouvoir enfin profiter de ta présence!

— Oublions le passé, suggéra Émile, et vivons le moment présent.

Gabriel s'approcha à son tour pour examiner le

cliché. Sous la couronne de fleurs, il vit une jolie fille au regard radieux. La vieille dame assise devant lui, les cheveux blancs et la peau flétrie, n'avait rien de la ravissante demoiselle de la photo, tandis qu'Élise, plus âgée, avait conservé l'éclat de sa jeunesse malgré l'usure du temps.

— Je me demande bien qui a pris cette photo... s'interrogea Clarice.

— C'est l'oncle Antoine, dit Élise. Sa fille l'a retrouvée dans ses affaires après son décès et elle me l'a remise. Ça prenait du temps, à l'époque, pour passer à travers une bobine de film et, comme Ovide l'avait éconduit après la naissance de Pierre, il a dû négliger de te donner la photo, qu'il considérait plutôt comme un souvenir désagréable.

Chacun des membres de la famille Caron était ému devant le bonheur des deux sœurs. Émile se pencha et embrassa Hélène et Suzanne, toutes deux bouleversées, qui retenaient difficilement leurs larmes. Assise à côté d'elles, Odile leur murmurait des paroles tendres et réconfortantes. Ce fut Mathieu qui vint interrompre ce moment nostalgique.

— Est-ce qu'on pourrait donner les cadeaux, maintenant?

Indifférents à ces retrouvailles, Virginie et lui trépignaient d'impatience devant le sapin illuminé et la multitude de présents à déballer. Véronique les rejoignit, suivie du reste de la famille que l'exaltation des enfants réjouissait.

Une heure plus tard, dans une pièce au plancher recouvert de rubans et de papiers de multiples couleurs, les bambins s'amusaient avec leurs nouveaux jouets.

— Si vous alliez jouer dehors avec vos traînes sauvages, plutôt que de les essayer dans le salon? suggéra leur mère.

Le temps de le dire, les enfants avaient revêtu leurs habits de neige et se précipitaient à l'extérieur.

— Amusez-vous de l'autre côté du garage, là où la déneigeuse a fait une énorme montagne de neige, leur conseilla Émile. Vous pourrez glisser en sécurité vers la cour.

Vu la douce température, il proposa à ses invités de se vêtir chaudement et de venir avec lui faire une promenade dans la nature pour accompagner les enfants.

— Il faut profiter des belles journées. Bientôt, le froid va nous obliger à nous encabaner pendant le reste de l'hiver.

Il prit conscience de ses paroles et l'angoisse le saisit au ventre. Lui, il terminerait l'hiver en prison. Depuis l'appel de maître Aubry le vendredi précédent, il connaissait la date de la fin de sa liberté. Il fit un effort pour chasser ses pensées chagrines et vivre pleinement ces moments heureux en famille. Gabriel et lui étaient sur la galerie à bavarder quand résonna à leurs oreilles un grand cri de détresse. C'était Virginie qui appelait, affolée.

— Au secours! Mathieu va se noyer! Au secours!

La petite fille hurlait de peur. Les deux hommes tournèrent la tête vers le lac et ils virent Mathieu dans l'eau. Il s'agrippait à la glace que la chaleur des derniers jours avait fragilisée. Durant une fraction de seconde, cette vision leur parut irréelle, mais rapidement Émile recouvra ses esprits.

— Va chercher du secours, dit-il à Gabriel en le poussant vers la porte de la maison.

Sans l'ombre d'une hésitation, il courut vers son neveu. Il enjamba la clôture que les jeunes avaient traversée quelques minutes plus tôt et s'élança vers le lac en criant à Virginie d'aller trouver sa mère. La petite entendait des craquements autour d'elle. Aussi s'empressa-t-elle de revenir vers le rivage avant de s'écraser par terre en tremblant.

Émile se jeta à plat ventre sur la glace et se mit à ramper en direction de Mathieu, qui se cramponnait à la surface gelée. Il vit son regard plein de confiance s'attacher au sien. Un sourire se dessina sur les lèvres de l'enfant; son oncle venait le sauver, il n'avait plus peur. L'homme avançait péniblement vers le trou béant. De chaque côté de lui, il entendait des craquements sonores et inquiétants. Encore quelques mètres et il serait à la portée de la main du garçon qui la lui tendait avec tellement d'espoir! Mais les yeux verts de son neveu se fermaient sous l'effet de l'hypothermie. Émile lui cria de tenir le coup.

— Mathieu, ce n'est pas le temps de lâcher, j'arrive.

À l'instant où il allait attraper la main de l'enfant, elle retomba inerte sur la glace. Le jeune garçon commençait à s'enfoncer. Il battait faiblement des paupières, semblant faire un effort immense pour garder les yeux ouverts. Son visage se détendait et Émile n'y lisait plus d'angoisse, seulement un abandon total, celui d'un enfant glissant doucement dans le sommeil. De la rive lui parvenaient les cris affolés de ses tantes et de ses oncles, impuissants devant le drame qui se jouait.

Gabriel avait appelé les secours et s'était empressé de chercher une solution pour aider Émile.

— Où pourrais-je trouver quelque chose pour m'attacher et aller sur la glace en sécurité? avait-il demandé à Joséphine.

Elle lui avait indiqué le garage à quelques mètres d'eux.

— Je sais qu'il y a de la corde à l'intérieur.

Gabriel s'était précipité vers le bâtiment. La porte était verrouillée. Sans hésiter, il l'avait frappée d'un violent coup de pied, et elle avait cédé instantanément.

Il avait vu sur le mur devant lui un rouleau de corde jaune, s'en était emparé et était retourné rapidement vers le lac dont la surface craquait toujours dans un bruit infernal. Il arriva sur le bord à temps pour apercevoir Mathieu qui s'enfonçait. Il devait faire vite. Il enroula la corde autour de sa taille et fit signe aux hommes présents de tenir l'autre bout. Gilles, qui suivait l'action avec attention, se précipita pour le saisir au moment où Gabriel se jetait à plat ventre à son tour et se dirigeait vers Émile. Un silence absolu était tombé sur l'assistance après la clameur de détresse qui avait jailli du groupe en voyant Mathieu glisser sous l'eau.

Émile ne pouvait croire que son neveu allait se noyer à quelques centimètres de sa main tendue. La scène lui semblait irréelle. Les reflets du soleil sur l'étendue enneigée l'aveuglaient et lui donnaient le sentiment d'agir dans une dimension qui n'était plus la sienne. Il s'avança péniblement jusqu'au bord du trou où l'enfant s'était enfoncé. En se penchant, il distingua vaguement un reflet orangé qui flottait presque en surface. Il l'attrapa. C'était la tuque de son neveu. La tête ne devait pas être loin.

Il s'inclina davantage et agita son bras dans l'élément glacé, puis plongea son membre gauche également. Sentant un engourdissement le gagner, il craignit de ne pas avoir la force de poursuivre ses recherches et il s'affola. Dans une ultime tentative, il glissa le haut de son corps sous l'eau pour allonger sa portée et il sentit au même moment la chevelure de Mathieu se nouer autour de ses doigts. Il s'y agrippa du mieux qu'il put malgré l'insensibilité de sa main et, au prix d'un dernier effort soutenu par l'adrénaline, il réussit à empoigner son neveu et à le hisser sur la glace qui craquait dangereusement.

Il se tourna et, apercevant Gabriel, poussa le garçon

vers lui. L'homme le saisit et l'entraîna vers le rivage où les autres membres de la famille l'attendaient angoissés par le drame qui se jouait devant eux. Joséphine s'avança aussitôt avec des draps de laine pour accueillir l'enfant. Elle l'enroula rapidement dans une couverture et Yvon, le mari de Denise, le prit dans ses bras et se précipita vers la maison pour commencer les manœuvres de survie en attendant les ambulanciers qui étaient en route.

Étendu sur la surface gelée, Émile n'osait plus bouger. Les craquements autour de lui étaient de plus en plus angoissants. Sa tête était engourdie par le froid et ses bras trempés devenaient de plus en plus lourds. En s'aidant de ses coudes, il essaya de se retourner pour revenir vers le rivage où se tenait sa famille. Il distinguait à peine les visages, muets d'inquiétude.

Le soleil était resplendissant. Il projetait sur la maison en pierre des champs des gerbes de lumière aux reflets dorés. Émile se rappelait l'avoir achetée pour abriter ses amours, et ce rêve de bonheur était à présent voué à l'oubli. Il espérait seulement que Mathieu allait survivre. Il avait lu tellement de confiance dans son regard!

Émile n'avait plus la force d'avancer vers son salut. Des larmes perlaient à ses cils, brouillaient sa vision et lui cachaient entièrement les gens massés sur le rivage. Il percevait faiblement la voix de Gabriel qui l'exhortait à saisir la corde qu'il lui avait lancée, mais il ne la voyait pas. En tâtonnant, il chercha à inspecter la surface de la glace. Il avait froid et ses mains l'abandonnaient. Il ne les sentait plus. L'hypothermie faisait progressivement son œuvre. Un craquement sinistre se fit entendre, tandis qu'Émile s'écroulait, son front heurtant la surface gelée. L'anxiété et le froid avaient eu raison de ses forces.

Gabriel distinguait le son des sirènes dans le lointain. Ce n'était pas le moment de perdre courage et d'abandonner son ami. Le bruit sec de la glace qui s'apprêtait à céder sous le poids de l'homme l'inquiétait, mais il réussit à le saisir par une main et, en reculant doucement, à le tirer vers le rivage. Deux pompiers qui arrivaient sur les lieux vinrent à son aide. Une fois que tous furent sur la rive, ils retirèrent à Émile son anorak, l'enroulèrent dans des couvertures de laine et le déposèrent sur une civière pour s'élancer rapidement avec lui vers leur véhicule. Joséphine vit partir l'ambulance le cœur serré. Elle ne pouvait plus ordonner ses pensées et demeurait figée sur le bord de la route, incapable de bouger. Gabriel la prit par les épaules et l'entraîna vers la maison. Ils avaient besoin de se réchauffer.

— Comment va Mathieu? demandèrent-ils au groupe qui les attendait à l'intérieur.

— Il est parti pour l'hôpital, mais il avait sa connaissance, répondit Denise, assise près de sa mère. Il toussait et remuait un peu, ce qui me semble un heureux présage.

La tête de Clarice dodelinait. Sans un mot, habituée à contenir ses émotions, elle dissimulait son angoisse et sa souffrance, car une douleur qu'elle préférait taire lui serrait la poitrine et l'étouffait.

— Comment va mon Émile? réussit-elle à articuler d'une voix défaillante.

Joséphine s'agenouilla devant elle et lui prit les mains.

— Ne vous inquiétez pas, votre fils semblait souffrir d'hypothermie, mais je suis certaine que tout ira bien. Il a rapidement été pris en charge. Il a posé un acte héroïque en sauvant Mathieu au risque de sa propre vie. Vous pouvez être fière de lui.

Elle se tourna vers Gabriel.

— Tu veux m'accompagner à l'hôpital? Je ne me sens pas capable de conduire, je suis trop angoissée.

Il accepta spontanément. Il chercha Fabienne du regard, mais ne la vit pas. Denise devina sa question muette et y répondit.

— Des amis à elle sont arrivés pendant que les ambulanciers et les policiers étaient ici. D'après ce que j'ai entendu de leur conversation, il était déjà convenu entre eux qu'ils viendraient la chercher au milieu de l'après-midi pour fêter Noël chez des amis, mais, avec ce qui vient de se passer, elle fera sûrement un détour par l'hôpital pour prendre des nouvelles de Mathieu et d'Émile. Elle doit déjà être auprès d'eux.

*

Gabriel et Joséphine arrivèrent à l'urgence peu de temps après l'ambulance. Un jeune homme vêtu de blanc les conduisit dans une salle et leur promit qu'il leur donnerait des nouvelles dès que possible.

— Il me semble que c'est long avant de savoir comment ils vont, répétait Joséphine aux cinq minutes.

Une demi-heure plus tard, Gabriel commençait aussi à perdre patience et se sentait de plus en plus inquiet. L'attente dans une totale absence d'information ne présageant rien de bon, il sortit de la pièce pour aller se renseigner. Il aperçut le docteur Lacasse qui se dirigeait vers l'entrée principale pour quitter l'hôpital.

— Aurélien! Que faites-vous ici un soir de Noël?

— J'ai accompagné madame Lucille Levasseur. Notre doyenne s'est fracturé une hanche cet après-midi; je ne pouvais pas la laisser partir seule en ambulance. Je la connais depuis plus de quarante ans. Nous sommes devenus des amis au fil du temps. Mais vous, Gabriel, est-ce votre mère qui est hospitalisée?

Gabriel lui raconta la mésaventure de Mathieu et

l'acte héroïque d'Émile. Il ajouta qu'ils commençaient à être inquiets, puisque Joséphine et lui attendaient depuis près d'une heure sans avoir obtenu le moindre éclaircissement sur l'état de santé d'Émile et de son neveu.

— Je vais aller me renseigner, répondit le vieux médecin avec un sourire encourageant à l'adresse de Joséphine, qui les avait rejoints.

Il s'absenta quelques minutes seulement et revint auprès d'eux.

— Mathieu est hors de danger, Véronique est à ses côtés. Le petit est bien éveillé et il s'en tirera sans séquelles. Il a été retiré de l'eau juste à temps.

Un soupir de soulagement se fit entendre.

— Émile aussi va s'en sortir. Il a souffert du froid, mais il a l'air de bien récupérer.

Joséphine et Gabriel observaient le médecin. Malgré les bonnes nouvelles, il gardait un air préoccupé. Que pouvait-il avoir de plus à leur annoncer?

— Il y a environ une demi-heure, la mère d'Émile est arrivée à l'urgence. Elle a fait un infarctus. La vive inquiétude que lui ont causée ces péripéties, ajoutée aux angoisses qu'elle a dû affronter au cours des derniers mois, a fait flancher son cœur.

— Comment va-t-elle?

— Elle a été réanimée, mais elle est toujours dans un état critique. L'urgentiste fait ce qu'il peut pour la maintenir en vie. Gilles et Élise viennent d'arriver et ils attendent dans la salle à côté.

Tandis que Joséphine se précipitait pour les rejoindre, le vieux médecin se pencha vers Gabriel.

— Je ne sais pas si je peux me permettre de te demander une faveur, Gabriel, mais l'aumônier de l'hôpital se trouve dans sa famille à Val-d'Or pour Noël, et mon expérience de la médecine me donne à penser que madame Bourassa est au terme du voyage. Il y a bien une agente de pastorale pour suppléer, mais elle ne peut pas administrer les sacrements.

—Je devine ce que vous voulez, Aurélien, mais j'ai quitté les ordres, répondit l'homme, surpris par la demande.

—Tu es toujours prêtre, à ce que je sache. Ton évêque n'a pas encore accepté ta démission.

Gabriel demeurait interdit en face d'Aurélien qui attendait sa réponse. Une femme qu'il connaissait et pour qui il éprouvait une immense compassion était au seuil de la mort. Lui qui croyait en la vie éternelle, il finit par accepter de lui prodiguer le sacrement des malades, advenant un décès imminent.

Les autres membres de la famille Caron étaient arrivés à l'hôpital en fin d'après-midi et s'étaient regroupés dans la salle d'attente. Seule Fabienne n'avait pas pu être jointe. À tour de rôle, et pour quelques minutes seulement, ils allaient rendre visite à leur mère que les médecins essayaient de maintenir en vie. Le docteur Lacasse, malgré une immense fatigue, avait choisi de ne pas quitter Clarice. Il éprouvait pour cette maman bafouée un sentiment de respect et d'admiration.

*

Il était maintenant minuit. La journée de Noël était terminée. La veille, à la même heure, Joséphine vivait dans les bras d'Émile un intermède mémorable, alors que cette nuit elle tenait la main fiévreuse de son amoureux, tandis que dans une chambre voisine sa belle-mère luttait pour sa vie. Elle aperçut Gilles près de la fenêtre. Elle se leva et alla s'asseoir un moment à ses côtés. Il était pâle et cachait difficilement son anxiété. Elle lui prit la main et la caressa doucement.

Derrière les cicatrices, cet homme était beau. Il avait d'immenses yeux noirs frangés de longs cils et des lèvres pleines qui tremblaient d'un sanglot retenu. Joséphine appuya sa tête contre son épaule. Il parut surpris, mais ne s'éloigna pas. C'était la première fois de sa vie qu'une jolie femme ne redoutait pas sa laideur.

Gabriel vint chercher les membres de la famille Caron vers cinq heures du matin pour les conduire au département des soins intensifs. Malgré les efforts des médecins, Clarice se dirigeait vers une mort inéluctable. Son cœur, exténué par trop de souffrance et de chagrin, n'avait plus la force de lutter.

Joséphine réveilla Émile pour lui annoncer la triste nouvelle et le conduisit en fauteuil roulant, auprès de Clarice. Le jeune homme avait le cœur chaviré. Le visage ruisselant de larmes, il était incapable de retenir ses émotions devant une autre tragédie qui les affligeait. Gabriel s'avança près de la mourante, un col romain autour du cou et une étole suspendue à ses épaules. Il déposa sur la table de chevet le nécessaire à l'onction des malades. Se tournant vers la famille réunie, il regarda chacun à tour de rôle en remarquant avec tristesse l'absence de Fabienne. Il s'adressa à eux.

— Je crois que votre mère est au seuil de la vie éternelle. Ce rendez-vous, qui nous attend tous un jour au bout de la route, doit en être un de sérénité, puisqu'il nous ouvre les portes de la maison du père. Votre maman est une sainte femme qui a depuis longtemps mérité sa place au ciel, près de son créateur. Avec votre assistance, je vais lui administrer l'onction des malades. C'est le dernier rite sacré institué par Jésus pour la sanctification des hommes. C'est le sacrement du voyage qui lui donnera la force et la grâce de quitter le monde et de rejoindre le Christ ressuscité.

Hélène se jeta sur le lit de sa mère et enserra sa tête.

— Ne pars pas, maman. Qu'est-ce qu'on va devenir sans toi? J'ai si peur! gémit-elle à travers ses sanglots.

Les vieilles craintes de son enfance et de sa jeunesse revenaient la hanter. Sa sœur Odile la releva doucement, avec tendresse.

— Il faut laisser maman s'en aller, ma chérie. Elle a tellement souffert! C'est la fin de son calvaire. Elle sera heureuse, dorénavant.

Suzanne s'approcha à son tour.

— Et je suis là, moi. Nous sommes bien chez Odile; elle prend soin de nous.

Sans lâcher la main de Joséphine, Émile assistait à cet échange qui révélait la détresse d'une vie entière. En observant sa malheureuse famille, marquée dans sa chair et dans son esprit, il fut saisi d'un long frisson d'angoisse et d'affliction qui le secoua des pieds à la tête. Il avait froid.

Aurélien Lacasse avait rejoint son confrère, Justin Lamoureux, le médecin de Clarice, au poste des infirmières; il observait, attendri et triste tout à la fois, les membres de la famille Caron, cramponnés les uns aux autres, qui essayaient de se rattacher à la vie.

— Tu vois cet homme qui se tient debout péniblement et qui n'arrive pas à parler correctement, dit-il à Lamoureux en indiquant Pierre Caron au pied du lit de la mourante. C'est moi qui l'ai mis au monde.

— Il a manqué d'oxygène? Ce fut un accouchement difficile? s'enquit son confrère.

— Soixante secondes après sa naissance, son coefficient d'Apgar était de 10 sur 10. C'était un beau bébé avec un avenir rempli de promesses, répondit le vieux médecin.

— Il a eu un accident?

— Nous pouvons dire ça ainsi. Le malheureux coup du sort, pour lui, ce fut d'être le fils d'Ovide Caron.

Très intrigué, le docteur Lamoureux fixait son confrère.

— Qu'est-ce que tu veux dire?

— Il vous arrive, à l'urgence, de recevoir des enfants battus ou secoués? Tu connais les séquelles qu'ils en gardent?

— Ce bébé avait-il été soigné ici?

— Non. Clarice prenait soin elle-même de sa progéniture quand ils étaient maltraités par leur père. Tu vois la femme qui pleure, accrochée à sa mère mourante? C'est à cause de la violence qu'il lui a fait subir qu'Ovide Caron a fait deux ans de prison.

— Je me souviens de cette histoire de viol qui avait fait la manchette des journaux locaux. J'avais même soigné cette personne quelques années auparavant.

— C'est moi qui l'avais fait admettre dans ton service.

— Elle est également venue ici le soir de l'arrestation de son père. J'ai alors fouillé son dossier pour me remémorer la raison pour laquelle je l'avais traitée, poursuivit Justin.

— Qu'est-ce que tu avais diagnostiqué, à l'époque?

— Un énorme fibrome utérin et des infections vaginales à répétition avaient causé des dommages irréparables aux organes génitaux internes. Elle avait dû subir une hystérectomie. J'avais bien noté qu'elle n'était pas vierge, mais c'était une jeune femme de vingt et un ans. Même si elle présentait une faiblesse intellectuelle évidente, ça ne l'empêchait pas d'avoir un amoureux.

— Tu n'as rien à te reprocher. Tu ne pouvais pas deviner que son père abusait d'elle.

— Tu as raison. Mais j'ai trouvé ça bien triste quand je l'ai reçue il y a trois ans, à la suite de l'arrestation de son père.

Un bruit de sanglots s'éleva soudain de la chambre de

Clarice Bourassa et vint interrompre leur conversation. Gabriel Valcourt tourna la tête vers son ami Aurélien et lui fit signe que la dame était morte. Le docteur Justin Lamoureux se leva et alla vers la famille pour la soutenir et constater le décès. Émile s'écroula, à bout de forces. Il transpirait si abondamment que son visage était ruisselant de sueur. Aurélien Lacasse se précipita auprès de lui et nota que sa fièvre avait augmenté. Il le fit reconduire à sa chambre, redoutant une pneumonie.

Le vieux médecin s'adressa en même temps à sa mère qui partait vers le Seigneur. Il la supplia silencieusement d'intercéder en faveur de son fils et de venir l'aider à son tour. Émile avait tenu sa promesse de la libérer de son enfer. C'était à elle, maintenant, dans la mystérieuse dimension où vont les âmes après le grand départ, de le soutenir dans le rude combat qui se profilait à l'horizon. Ces deux êtres, Émile et sa mère, étaient unis par tellement d'amour que leurs liens ne pouvaient se rompre avec la mort de Clarice. Aurélien Lacasse croyait à une autre vie dans l'au-delà.

Perdu dans son délire, Émile percevait des bruits de sanglots et des chuchotements dans le lointain. Il se débattait dans un liquide glacé et n'arrivait pas à s'en sortir. Il ne comprenait pas pourquoi, à la mi-août, l'eau était si froide. Il ne se rappelait pas avoir sauté. Il était seul, il avait froid et le bouillonnement assourdissant des rapides, très forts à cet endroit, l'empêchait d'entendre les battements désordonnés de son cœur.

Il devait rêver, car il était maintenant debout sur le parapet à scruter l'eau tumultueuse en contrebas. Il se sentait attiré. Il serait si facile de s'abandonner; quelques secondes à peine et les flots l'engloutiraient dans leurs profondeurs et entraîneraient dans l'oubli sa douleur intense, comme ils l'avaient fait pour son frère Jacques qui s'était noyé à l'adolescence. Il revoyait la trouée dans les nuages qui était venue sans prévenir jeter un faisceau lumineux à la surface de la rivière. Ses remous avaient projeté vers lui une nuée de gouttelettes étincelantes. Il avait été surpris par la clarté inattendue et avait reculé d'un pas. C'était limpide dans son esprit, il n'avait pas sauté; l'instant du désespoir s'était envolé avec la percée éblouissante.

Alors, pourquoi avait-il si froid? D'où venait sa sensation d'étouffement? Il fit un immense effort pour bouger un doigt, mais ils étaient tous coincés dans la chaleur d'une main qui tenait la sienne. Il essaya d'ouvrir les yeux, mais n'en eut pas la force.

Le rythme cardiaque d'Émile s'accélérait. Assise à ses côtés, Joséphine s'inquiétait de son agitation et des sueurs qui mouillaient en abondance la chevelure blonde de celui qu'elle chérissait. Les moniteurs se mirent à sonner à l'unisson. Deux infirmières accoururent, fébriles. Gabriel en profita pour entraîner Joséphine dans une salle de repos. Elle avait besoin d'un intermède de quiétude.

— J'ai appelé tes parents; ils arriveront d'une minute à l'autre.

— Tu crois qu'il va s'en sortir? demanda-t-elle en jetant un dernier regard vers Émile avant de quitter l'unité. Le docteur Aurélien m'a dit qu'une pneumonie, à son âge, ça ne devrait pas être mortel, mais ses raisons de vivre sont tellement diminuées! Je ne sais pas jusqu'à quel point il luttera pour sa vie.

— Émile t'aime, la rassura son ami. Tu es sa joie et son bonheur. Il ne voudra pas te laisser seule.

Joséphine n'avait plus la force d'argumenter. Sachant qu'Émile la quitterait de toute façon pour aller en prison, elle ne répondit pas. Gabriel vit arriver ses parents et la confia à leurs soins avant de partir à la recherche de Fabienne. Sa compagne ne s'était pas présentée à l'hôpital et il commençait à s'en inquiéter. Il ne voulait surtout pas qu'elle apprenne le décès de sa mère à la radio ou par l'entremise d'un inconnu.

Il s'apprêtait à quitter l'hôpital quand il aperçut Esther Aubry qui se dirigeait vers le comptoir d'information. Elle portait un manteau de suède de couleur claire et était coiffée d'un béret de laine bourgogne. Gabriel la trouva belle. Elle le vit à son tour et vint vers lui.

— J'ai entendu aux nouvelles qu'Émile Caron avait sauvé son neveu de la noyade et que son état de santé était inquiétant. Que s'est-il passé?

— Il fait probablement une pneumonie. Le docteur Lacasse est à son chevet et il ne peut pas faire de pronostic pour le moment. Pour ce qui est de Mathieu, il est hors de danger et il va s'en tirer sans séquelles.

Gabriel était épuisé et déconcerté. Quelques minutes auparavant, il avait officié à l'onction des malades et maintenant il partait à la recherche d'une femme qui partageait sa vie.

— Est-ce que tu as appris également que la mère d'Émile est décédée?

— Non, on n'en a pas parlé aux nouvelles. Je suis désolée pour la famille.

— Je dois aller à la recherche de Fabienne. Elle était absente lors du décès de Clarice.

Sensible et émue, Esther percevait l'embarras de l'homme. Elle s'avança et mit sa main sur son bras pour le réconforter. Gabriel l'attira contre lui et la serra très fort. Après les malheureux événements de la nuit, il avait besoin de chaleur humaine. Il tremblait.

— Tu aimes beaucoup cette famille… Je suis triste pour vous tous, chuchota-t-elle à l'oreille de son ami.

Gabriel la libéra de son étreinte.

— Oui, le départ de Clarice me chagrine.

Esther se dit que cette mort la privait de son témoin

le plus important dans le procès à venir. Cette maman simple et émouvante était la personne sur qui elle comptait le plus pour faire valoir les qualités d'Émile. Mais elle ne laissa rien paraître de sa déception d'avocate; Gabriel avait besoin d'elle.

— Je dois trouver Fabienne. Je veux lui annoncer le décès de sa mère avant qu'elle ne l'apprenne par la radio.

— Tu peux demander l'aide de Duhamel. Il y a des policiers qui patrouillent un peu partout. Si tu lui donnes son signalement, il devrait la retrouver assez vite.

— Je connais le nom de celui qui est venu la chercher après l'accident d'Émile. C'est un garçon natif de Saint-Marc et Gilles m'a dit comment il s'appelait. Elle est sans doute encore avec lui.

Esther sentait le déchirement intérieur que son ami vivait.

— Viens, nous allons trouver cette personne dans l'annuaire et tu pourras téléphoner chez lui.

Une heure plus tard, Gabriel gara sa voiture dans la cour d'Étienne Langlois. Il frappa à la porte. Un homme vêtu d'une camisole et la barbe longue vint lui répondre.

— C'est toé qui as appelé et qui cherches Fabienne? Elle est dans le coin, là-bas.

Il indiqua un matelas au fond de l'appartement. La jeune femme reposait à demi nue et ronflait, anéantie dans les brumes de son sommeil éthylique.

— Elle a un peu fêté hier soir, fit remarquer Étienne.

Gabriel avait le cœur meurtri. Fabienne était une autre victime d'Ovide Caron, partie de la maison à treize ans pour fuir un père qui menaçait de la violer. Elle n'avait connu de la vie que ses côtés sombres. Il aurait été facile de lui jeter la pierre, mais, lui, il ne pensait qu'à l'aider. Tendrement, il s'avança et essaya de la réveiller en lui caressant le front. Du temps qu'il exerçait ses fonctions de prêtre, il avait prêché l'amour et le pardon, mais, en ce moment, s'il avait eu ce monstre d'Ovide devant lui...

Il préféra ne pas développer davantage sa pensée. Il était épuisé et une immense détresse le submergeait.

Fabienne s'extirpait lentement de ses abus de la veille. Il prit délicatement sa main dans la sienne et commença à parler d'une voix réconfortante en l'attirant doucement contre son cœur.

Chapitre 15

Amos, 1ᵉʳ janvier 1991

C'était le jour de l'An. Joséphine arriva très tôt à l'hôpital d'Amos. Elle avait hâte de retrouver Émile. Depuis quelques jours, sa santé s'améliorait, mais son moral restait à son plus bas niveau. Il demeurait léthargique et sans ressort. Elle avait emmené le jeune Mathieu en espérant que sa présence réconforterait son oncle.

Pierre Hardy, du journal local, l'attendait dans le grand hall. Il était là tous les jours depuis l'incident, et ses papiers laissaient entendre qu'Émile Caron sombrait dans la dépression et ne tenait plus à la vie. La perspective d'un procès qui étalerait sur la place publique les motifs de son crime et les côtés déplorables et peu reluisants de sa famille devait lui causer un stress énorme qui lui enlevait le désir de guérir, suggérait-il à ses lecteurs. De héros qui avait sauvé son neveu au risque de sa propre vie le jour de Noël, il allait devoir le transformer en assassin au cours des semaines à venir.

En apercevant mademoiselle Gauthier accompagnée de son neveu, il se leva et s'approcha respectueusement. C'était une journée exceptionnelle, la première de l'année, celle où les gens se souhaitaient bonheur et santé. Joséphine le remercia de ses vœux sincères et se tourna vers l'ascenseur. Hardy retint Mathieu, devinant que c'était le petit garçon qu'Émile Caron avait sauvé de la noyade.

— C'est la première fois que tu viens rendre visite à ton oncle depuis l'accident? lui demanda-t-il gentiment.

— Oui, répondit l'enfant.

— J'imagine que tu es fier de lui, insista le journaliste.

Mathieu regarda l'homme et l'appareil photo accroché à son cou. Nullement impressionné, il lâcha la main de Joséphine et se dressa fièrement au milieu du grand hall.

— Mon oncle est un héros, clama-t-il d'une voix vibrante d'émotion. Il m'a sauvé la vie! J'étais disparu sous l'eau, et des monstres glacés me tiraient par les jambes et me pinçaient très fort. Il a plongé pour venir m'arracher à leurs griffes.

Pierre fut touché par les propos fiers et naïfs de l'enfant. La fabulation propre à son âge, mêlée à ses sentiments pour son sauveteur, le rendait irrésistible.

— Papa aussi était un héros, ajouta le petit garçon avec tristesse. Seulement, il est mort. Alors, il ne pouvait pas aider oncle Émile.

Des clichés attendrissants paraîtraient le lendemain à la une de la presse locale. Ce jeune orphelin de père qui vantait le courage de son oncle avec des larmes qui perlaient à ses longs cils ne pouvait qu'émouvoir la population durant la période des fêtes où le merveilleux faisait vibrer les imaginations.

Émile reposait au creux de son lit, amaigri et apathique. S'il était hors de danger, il n'en tirait aucune joie. Mathieu, les yeux brillants et un large sourire sur les lèvres, se précipita sur le lit et le prit par le cou.

— Je le savais, que tu ne me laisserais pas mourir, murmura le petit garçon.

De sa main libre, Émile caressa la tête blonde. Dans les grands yeux levés vers lui, il retrouvait le regard de Richard et celui de sa mère. Émile n'avait pas pu assister à l'enterrement de Clarice et il en éprouvait un vif regret, ayant l'impression d'avoir manqué leur dernier rendez-vous ici-bas.

Heureusement, Joséphine était à ses côtés avec son sourire encourageant. Émile l'invita à les rejoindre. Elle vint s'asseoir sur une chaise près du lit, prit l'enfant sur ses genoux et déposa tendrement sa main dans celle de son amoureux.

— Tu resteras toujours avec moi, oncle Émile? demanda Mathieu qui s'était niché contre l'épaule de sa tante. Tu promets de ne pas me quitter comme l'a fait papa?

— Je vous aime, murmura l'interpellé, la voix teintée d'émotion. Vous êtes toute ma vie.

Il ne pouvait rien promettre à son neveu et il le regrettait amèrement. Il fit un effort pour parsemer d'un peu de joie leur rencontre.

— Et ma belle Virginie, elle n'a pas voulu vous accompagner? s'informa-t-il en essayant de paraître joyeux.

— Non, non! répondit Mathieu avec empressement. Au contraire, elle pleurait quand nous sommes partis, mais elle tousse beaucoup et grand-maman Marielle n'a pas voulu qu'elle vienne. Elle dit qu'il y a beaucoup trop de microbes dans un hôpital.

— Véronique habite toujours chez sa mère? s'informa Émile.

— Elle subit encore des traitements de chimio, déclara Joséphine. C'est difficile. Elle se sent très faible.

— Elle est venue avec nous quand on a enterré mamie Clarice, précisa Mathieu.

— C'est vrai, elle disait qu'elle devait être là pour escorter la mère de Richard à sa dernière demeure.

Tout en sachant qu'elle ne pouvait pas effacer sa déception de ne pas avoir été là, Joséphine tenta de l'adoucir.

— J'étais là à ta place, mon amour, et j'ai salué ta

mère une dernière fois en lui promettant que nous irions lui rendre visite au cimetière dès que tu te sentirais mieux.

L'homme ne répondit pas. Une lumière s'était éteinte dans ses yeux; il se laissait sombrer dans la dépression sans réagir. Joséphine, qui ne l'avait jamais vu aussi apathique, devinait qu'il était arrivé à la limite de ses forces et qu'il n'avait plus le désir de combattre. Coincé dans la tourmente des événements des derniers mois, il ne parvenait plus à s'en extirper. Ses sens l'abandonnaient. Il ne prenait aucune nourriture et ne s'intéressait plus à rien. Sa seule lumière dans sa vie terne et sans lendemain, c'était les visites de Joséphine, et ce jour-là celle de son neveu à qui il souhaitait une vie meilleure que la sienne.

Gabriel était venu voir Émile après l'enterrement de sa mère pour lui raconter avec délicatesse le déroulement de la cérémonie. Par contre Émile avait refusé la visite de son avocate. La confrontation avec ses juges le terrorisait. Placé devant un horizon fermé qui ne lui laissait aucune perspective d'avenir, il n'avait plus la force de lutter. Sa vie était dépourvue de sens.

Si au fond de lui il n'arrivait pas à trouver le courage de ses frères Jacques et Richard, qui avaient choisi d'échapper à l'atrocité de leur existence en décidant d'y mettre fin, c'était sans doute qu'au-delà de la haine et de la maltraitance il devait lui rester une espérance d'amour et de bonheur. Il souhaitait retrouver ce sentiment qui l'avait rattaché à la vie. C'était son unique chance de continuer la route en se battant contre l'adversité.

*

Au chalet du lac La Motte, Gabriel s'était réveillé

avant l'aube et était demeuré un long moment sous les couvertures, les yeux ouverts dans le noir. C'était à la même date l'année précédente qu'il avait décidé de quitter la prêtrise. Il essayait de retrouver les motivations qu'il avait alors invoquées pour arrêter son choix, mais elles ne s'imposaient plus à son esprit avec autant de clarté. Il s'était levé seul, puisque Fabienne ne partageait plus sa couche depuis quelques mois. Il regrettait de ne pas avoir accepté l'invitation de sa mère d'aller dormir chez elle.

En sirotant son premier café de l'année, Gabriel s'interrogeait sur les événements à venir, tout en observant par la fenêtre du salon un renard roux qui cherchait une place à l'abri du vent. Depuis que les Valcourt possédaient ce chalet, une famille de renards habitait les environs et leur rendait régulièrement visite. Celui-là, ce devait être un renardeau de l'année. Il était petit malgré une épaisse fourrure que le vent d'hiver agitait et faisait briller d'une ravissante couleur ambrée dans les premiers rayons du soleil. L'animal leva la tête vers la fenêtre et se figea un instant en apercevant l'homme qui se tenait debout à le contempler. Il dressa les oreilles et inclina le museau.

— Bonne année à toi aussi, le salua Gabriel en levant vers lui sa tasse de café.

Le renard se tourna vers l'orée de la forêt et déguerpit. Un bruit avait dû le faire fuir. En effet, le grincement de la porte arrière attira Gabriel dans la cuisine. Fabienne venait d'entrer, les cheveux en broussaille et de grands cernes sous les yeux. Le vrombissement impatient d'un moteur leur parvenait de l'extérieur. Elle ferma la porte et le son s'assourdit.

— Tu t'es levée tôt ce matin! Ce n'est pas dans tes habitudes, fit remarquer Gabriel, narquois.

— En fait, je ne me suis pas couchée. Nous avons fêté l'arrivée de l'année 1991.

Elle hésita avant de continuer et dit:

— Je suis venue chercher mes affaires. Je déménage avec Étienne.

Il y avait un moment qu'il espérait cette décision. Fabienne et lui n'avaient plus rien en commun. Sa présence lui faisait encore plus mal que ses absences. La déchéance dans laquelle elle se laissait couler sans réagir le blessait. Il se sentait impuissant à l'aider et, de toute façon, elle était la seule à pouvoir redresser le cours de sa vie. Devant le silence de son ami, Fabienne parut déconcertée. Elle désirait le quitter, pas lui faire de la peine. Elle insista donc pour lui faire comprendre.

— Je suis désolée, Gabriel. Tu as été bon pour moi, mais je veux vivre autre chose, maintenant.

Gabriel prit le visage ravagé entre ses mains.

— Il ne faut pas t'inquiéter pour moi; je te souhaite du bonheur et je tiens à t'assurer que je serai toujours ton ami. Prends surtout soin de toi.

Il la serra contre lui et lui déposa un baiser sur chaque joue.

Tandis qu'elle montait à l'étage chercher ses derniers effets personnels, Gabriel retourna au salon devant la baie vitrée avec l'espoir de revoir le renard roux. Il l'aperçut à l'orée de la forêt, couché derrière une congère à l'abri du vent, le museau calé entre les pattes.

— Tu as l'air paisible, mon ami, en ce matin du jour de l'An! murmura Gabriel. Je me souhaite de retrouver ta sérénité et ta liberté.

Il ne ressentait plus d'amour pour Fabienne ni aucune nostalgie durant ses absences. Cependant, un sentiment de solitude le taraudait. Quand il était prêtre et qu'il vivait au presbytère, jamais il ne s'était senti seul. En pensant à sa mère, il huma par avance la bonne odeur du clou de girofle de ses pâtés à la viande. «Le plus beau cadeau que puisse nous offrir la vie, c'est de savoir que, quelque part au monde, quelqu'un nous aime et nous aimera toujours, pensa-t-il. Quels que soient les écueils de la route ou les mers démontées, il y aura ce phare allumé dans la nuit noire des chagrins pour nous guider.» Gabriel se souvenait des membres de la famille Caron à l'enterrement de leur mère. Ils étaient blottis les uns contre les autres, grelottants, dans la froidure de décembre; c'était des êtres brisés, car ils avaient manqué de l'amour et de la sécurité que lui recevait à profusion. Il en avait le cœur encore chaviré. Il était privilégié d'aller rejoindre sa mère et de l'accompagner à la messe du premier de l'An. Un long câlin serait justement le bienvenu.

Alors qu'il se présentait chez elle quelques minutes plus tard, il fut agréablement surpris que sa sœur Joanne vînt lui ouvrir la porte.

— Je désespérais de te voir, le curé défroqué! s'écria-t-elle sur un ton espiègle en lui sautant au cou.

Elle déposa deux baisers sonores sur les joues froides de son frère.

— Je croyais que tu arrivais seulement pour la fête des Rois, s'étonna Gabriel.

— J'ai décidé de me pointer avant le roi, plaisanta-t-elle. Mon mari va venir me rejoindre dans quelques jours, il avait des affaires à régler d'urgence avant de quitter Montréal.

Elle recula et regarda Gabriel, une lueur malicieuse au fond des yeux.

— Et c'est l'anniversaire de qui, le premier de l'An?

— Celui de la plus belle fille née à Amos, et j'ai nommé…

Aurélie s'empressa de continuer sa phrase d'un ton solennel.

— Joanne Valcourt!

Ils éclatèrent de rire.

— Bonne fête, ma sœur chérie! Tu es toujours la plus charmante femme au monde!

— Et moi? questionna Aurélie.

— Vous êtes la plus merveilleuse, maman, et je vous aime, dit Gabriel en la prenant dans ses bras et en la faisant virevolter sous la porte d'arche du salon.

— Arrête, grand fou, tu vas m'étourdir!

— Fabienne n'est pas avec toi? demanda Joanne.

Gabriel redevint sérieux.

— C'est une histoire terminée.

— Tu veux nous en parler? s'inquiéta Aurélie.

—Je suis encore trop embrouillé dans ma tête et dans mon cœur pour pouvoir exprimer ce que je ressens. Plus tard, peut-être…

Comme Gabriel préférait ne pas trop s'apitoyer sur lui-même, il changea de sujet de conversation.

— Les enfants ne sont pas avec toi? demanda-t-il à sa sœur.

— Ce sont de grandes personnes, mes chers petits, ils ne suivent plus maman. Ils sont tous les deux à l'université et leurs cours reprennent au début de la semaine prochaine. Ils ont décidé de demeurer à Montréal. Quand j'ai appris à Noël que maman était malade au point de manquer la messe de minuit, j'ai craint que ce ne soit grave et j'ai voulu la rejoindre au plus vite. Je suis heureuse de la trouver bien remise.

— Je suis en pleine forme. D'ailleurs, je vous accompagne à l'office du jour de l'An à la cathédrale.

Gabriel fut ravi de la nouvelle.

— Tu viens aussi? demanda-t-il en s'adressant à sa sœur.

— Bien sûr! Une messe de temps à autre, ça ranime de beaux moments. Te souviens-tu, le frérot, quand on y allait tous les jours pendant le carême?

—Je n'ai rien oublié, sois-en certaine. Beau temps

mauvais temps, c'était le lever à six heures et il fallait rester à jeun jusqu'au retour à la maison.

— Et toi qui étais tellement gourmand!

— Je me rappelle le matin de mars où en sortant de la maison, j'avais glissé jusqu'à la rue à cause du verglas de la veille qui avait laissé une croûte à la surface de la neige.

— Je revois très bien la scène! Je t'avais suivi en riant et j'étais tombée à mon tour. Nous avions fait le trajet à genoux jusqu'à l'église. C'était tellement glissant que nous étions incapables de nous tenir debout. La messe était pratiquement finie quand nous sommes arrivés.

Joanne éclata de rire.

— Tu espérais voir les sœurs tomber sur le derrière; tu voulais savoir si elles portaient des culottes blanches ou noires.

— Tu fabules, je n'ai jamais dit ça!

Joanne s'approcha et lui ébouriffa les cheveux.

— T'es un peu jeune pour perdre la mémoire! Tu disais: «Ça doit être drôle de voir des sœurs les pattes en l'air!» Je m'en rappelle très bien. Et tu avais ajouté «Tu crois qu'elles portent des culottes noires?»

— Bon, vous vous êtes assez tiraillés, les enfants! les semonça gentiment Aurélie. Préparez-vous pour la messe.

La vieille dame avait revêtu son manteau de vison et mis son chapeau de fourrure. Une jolie écharpe de soie bleue, nouée autour de son cou, donnait à son regard l'éclat du saphir. Gabriel la trouva belle et lui en fit la remarque.

— Tu as la même délicatesse que ton père. Jean-René me faisait souvent de charmants compliments, se souvint Aurélie, comblée par la présence chaleureuse de ses enfants.

Gabriel glissa son bras sous le sien et prit sa sœur par

la taille. Ils quittèrent la maison en continuant de discourir agréablement. La rupture du matin avec Fabienne s'estompait dans l'allégresse du premier jour de l'année qu'il partageait avec deux femmes tendrement aimées. Il eut une pensée nostalgique pour Émile et Joséphine, qui devraient célébrer le jour de l'An à l'hôpital. Il aurait souhaité prendre une part de leur détresse à sa charge comme l'avait fait Jésus en gravissant le Golgotha, mais le destin de chacun était une route qui lui appartenait, tracée vers l'inconnu.

*

Assise à son bureau chez Aubry, Perron et Associés, Esther regardait distraitement par la fenêtre. Elle était seule en ce jeudi 3 janvier au matin. Les autres employés du cabinet étaient en congé jusqu'après la fête des Rois. Elle était sortie faire une promenade une heure plus tôt et ses pas l'avaient conduite devant l'immeuble de son père, où elle avait décidé d'entrer.

Depuis la nuit du réveillon, ses pensées étaient partagées entre le difficile procès qui s'annonçait et Gabriel Valcourt. Sa présence chaleureuse et les propos qu'ils avaient échangés durant la soirée chez son père avaient imprégné sa mémoire de délicieux souvenirs. À la cathédrale, au jour de l'An, elle l'avait revu au bras de sa mère et d'une dame très élégante qui connaissait beaucoup de personnes à Amos, puisque, sur le perron de l'église, elle s'était arrêtée pour serrer de nombreuses mains et bavarder familièrement avec les gens. Fabienne ne l'accompagnait pas. Elle s'était surprise à souhaiter que leur relation amoureuse fût chose du passé, se convainquant que Gabriel n'avait rien en commun avec la jeune femme.

Un bruit soudain la ramena à la réalité. Quelqu'un

avait frappé à la porte du cabinet. Pourtant, l'horaire des heures d'ouverture était inscrit à l'entrée. Elle se leva pour aller répondre. Joliment vêtue d'un manteau de cuir taupe et coiffée d'un béret de mohair brun, Joséphine Gauthier attendait sur le palier. Malgré son teint pâle et son air triste, elle était ravissante. Esther imaginait aisément à quel point il avait été facile pour Émile d'en devenir amoureux. Mince et élancée, elle avait l'apparence de fragilité qui inspire aux hommes le désir de veiller sur l'être aimé.

—Je suis désolée de vous déranger, s'excusa-t-elle. J'ai vu sur l'horaire que vos bureaux étaient fermés, mais je vous ai aperçue par la fenêtre.

Joséphine hésita un court instant.

— Et j'ai besoin d'aide.

Esther la fit entrer.

— Je peux vous offrir un café ou un verre d'eau?

— Un café, avec plaisir. J'ai terriblement froid.

Esther l'observa discrètement. Elle frissonnait et son visage s'était émacié depuis leur dernière rencontre.

— Mon père et moi avons été surpris et attristés en apprenant le décès de votre belle-mère. J'étais à l'enterrement.

— Je vous ai aperçue. Merci de votre présence! J'en ai fait part à Émile.

Joséphine prit une gorgée de café en posant ses mains de chaque côté de la tasse pour les réchauffer.

— Émile m'inquiète, avoua-t-elle sans lever les yeux.

— J'ai appelé l'hôpital et j'ai demandé à le rencontrer, mais il a refusé de me recevoir, répondit l'avocate.

— Émile ne veut plus voir personne. Il a été très malade, mais son médecin m'assure que son état physique s'est amélioré. C'est le côté émotif qui m'inquiète; la vie lui pèse. Les infirmières ont dû le mettre sous perfusion, car il refuse de manger et ne dort presque plus. Heureusement qu'il est hospitalisé et sous bonne surveillance, sinon j'aurais peur qu'il fasse comme Richard, son jumeau.

— Vous croyez vraiment qu'il pourrait commettre un geste irréparable?

— Au plus fort de sa pneumonie, il délirait et répétait souvent qu'il aurait dû sauter dans la rivière. Il disait qu'il avait manqué de courage.

— Sauter dans la rivière? Savez-vous de quoi il parlait, ou divaguait-il simplement?

— Son frère Jacques s'est noyé quand Émile avait environ sept ans. J'imagine que, dans sa confusion, il était retourné à cette lointaine période.

— Actuellement, il n'hallucine plus? Est-ce qu'il persiste à répéter ce genre de choses?

— Non, il ne parle plus de sauter dans la rivière, mais il dit qu'il a tenu sa promesse trop tard et que c'est pour ça que sa mère et son frère Richard sont morts. Je pense qu'il est épuisé. Il a des idées noires et n'a plus la force de lutter. C'est une tension quasi insoutenable, qu'il endure depuis six mois.

Joséphine leva les yeux vers l'avocate.

— Avouez que la vie ne l'a pas ménagé depuis quelque temps!

Esther éprouvait une compassion sincère pour Joséphine.

— Demandez-lui d'accepter de me rencontrer; je vais lui parler. Il doit retrouver l'énergie de se défendre. Émile a tué son père, mais il existe des circonstances atténuantes et elles sont nombreuses. Nous avons malheureusement perdu notre meilleur témoin, le plus simple et le plus émouvant, sa mère. C'était sur elle que je fondais le plus d'espoir pour attendrir les membres du jury. Une maman vieillie avant l'âge, oppressée par une vie de misère et remplie d'amour pour ses enfants était l'image que je voulais montrer pour prouver la cruauté d'Ovide Caron. Ma carte maîtresse, sur laquelle je fonde maintenant mes plus grandes espérances, c'est le charisme d'Émile, son amour pour sa famille et sa détermination à les soustraire à la domination tyrannique de leur père. Ces éléments plaident en sa faveur, mais il va devoir m'aider et faire confiance à notre justice.

— Et en Dieu, comme dirait Gabriel, ajouta Joséphine, un brin espiègle. Est-ce que vous étiez au courant qu'il a rompu avec Fabienne?

Esther ne fut pas surprise par la nouvelle. Elle en éprouva même un certain agrément.

— Non, je n'en savais rien.

— La malheureuse est une des victimes d'Ovide Caron. Elle a dû quitter sa famille à treize ans pour échapper à un père qui menaçait de la violer. Ce n'est pas le meilleur départ qui soit dans la vie d'une adolescente. Émile était heureux que Gabriel l'ait prise sous son aile, mais nous étions conscients que leur relation était vouée à l'échec. Ils étaient trop différents. L'avez-vous aperçue à l'enterrement de sa mère?

— Non, je ne l'ai pas vue.

— Vous ne l'auriez pas reconnue. Mal coiffée et les yeux cernés, elle a presque l'air d'une itinérante. La seule façon qu'elle connaît pour affronter les coups du destin, c'est de se soûler. De s'engourdir et d'oublier!

— Gabriel doit être peiné de la voir ainsi.

— Il a fait ce qu'il pouvait, mais elle est partie vivre avec un drogué de la pire espèce. Elle aura vingt-cinq ans cette année; il ne peut pas l'attacher. J'imagine que vous allez également faire valoir toutes les vies gâchées par Ovide au cours du procès d'Émile!

Esther était bouleversée par la détresse de Joséphine.

— Je dois rencontrer Émile le plus rapidement possible. Je compte sur vous pour le convaincre de me recevoir.

Joséphine se leva pour partir. La conversation l'avait rassérénée. Charles Aubry entra dans le bureau de sa fille au même moment. La tempête qui commençait lui avait donné l'idée de venir au-devant d'elle.

. — Excusez-moi, mesdames, je croyais qu'Esther était seule.

— Papa, je te présente Joséphine Gauthier, dit l'avocate. C'est la fiancée de mon client, Émile Caron.

Le magistrat s'approcha et lui tendit la main.

— Je suis heureux de vous rencontrer, madame. Ma fille m'a beaucoup parlé de vous. Soyez certaine que tous les membres de notre cabinet vont mettre leur expérience en œuvre et défendre votre conjoint le mieux possible. Je connais son histoire et je suis d'avis qu'Émile mérite la clémence de notre société. J'ai appris au cours de ma longue carrière que les raisons d'agir des gens sont rarement simples.

Joséphine apprécia la magnanimité du vieil avocat et le remercia d'un sourire.

— Dites-moi, avez-vous fini par avoir votre portrait à la galerie des célébrités? demanda-t-elle en s'adressant à Esther, une lueur taquine dans les yeux.

Esther fut surprise, mais, bien vite, elle se rappela leur première rencontre dans le salon privé. Devant l'air ahuri de Charles, elle le mit au courant.

— Je vais y remédier, la remercia-t-il. Le portrait de maître Esther Aubry devrait avoir sa place sur ce mur très prochainement.

Joséphine prit congé. Par la fenêtre, les deux avocats la regardèrent traverser la rue pour rejoindre sa voiture. Elle marchait doucement, tandis qu'une neige épaisse tombait sur ses épaules et la couvrait d'un voile blanc.

— C'est une femme admirable, fit remarquer Esther.

— Essayons de lui rendre son homme le plus rapidement possible.

— Je vais le défendre de mon mieux, maître Charles, mais la justice québécoise est soumise à des lois qu'il faut respecter. Le meurtre est un acte sévèrement puni. Et que dire d'un parricide!

Chapitre 16

Esther Aubry arpentait le couloir de l'hôpital. Elle avait préparé son discours pour encourager Émile à se défendre, mais, comme elle connaissait très peu son client, elle n'était pas certaine d'avoir trouvé les mots pour lui faire valoir qu'elle croyait en lui et qu'elle admirait l'amour qu'il manifestait à sa famille. Elle comptait sur lui, sur sa présence charismatique et sur ses explications afin d'obtenir une peine réduite. Elle vit Joséphine sortir de la chambre. C'était à son tour d'y entrer. Elle avait le sentiment d'aller plaider dans une salle d'audience. C'était son métier et elle y excellait particulièrement. Elle redressa donc la tête et pénétra dans la pièce avec assurance.

Amaigri et le regard éteint, Émile était tout au plus l'ombre de lui-même, presque un fantôme dans ses draps blancs. Il lui adressa un furtif sourire.

— Bonjour, Émile! Je suis vraiment affligée de la mort de votre mère. Vous avez ma sympathie la plus sincère.

— Merci, maître, mais c'est sans doute mieux ainsi. Elle n'aura pas à me visiter en prison.

La voix de l'homme était posée, mais on y discernait une langueur apathique. La jeune avocate était là pour lui redonner confiance et l'encourager à se défendre.

— Émile, je n'approuve pas le meurtre de votre père, mais, grâce à vous et aux témoins que je compte citer au procès, j'espère faire valoir des circonstances atténuantes et vous obtenir une peine moindre que la perpétuité sans possibilité de libération avant vingt-cinq ans.

Émile ne répondait pas. Esther devina ses pensées.

— Vous allez me dire que la peine sera longue, mais, malheureusement, on ne peut pas revenir en arrière.

Elle fit une pause et reprit sur un ton plus bas.

— Émile, après avoir rencontré et questionné les membres de votre famille, je me suis fait une opinion bien précise sur la personnalité de votre père et, sans cautionner votre intervention, je perçois mieux les motifs qui l'ont entraînée. En outre, votre acte de bravoure lorsque vous avez sauvé votre neveu de la noyade, le jour de Noël, jouera en notre faveur. Il démontre l'amour inconditionnel que vous portez aux vôtres.

— Je n'ai pas fait ça en pensant à moi! s'offusqua Émile. Cet enfant allait mourir si je n'allais pas à son secours. Si vous aviez pu voir son regard quand je rampais sur la glace! Je n'avais jamais lu autant de confiance dans les yeux de quelqu'un, pas même dans ceux de Richard lorsque je lui promettais de nous débarrasser du croquemitaine.

— Émile, il faut vous battre! Je ne peux pas vous défendre si vous n'y mettez pas aussi votre cœur et votre âme. Contrairement à la majorité des assassins que nous représentons, vous aurez la sympathie du public dès le départ et je suis convaincue qu'elle ne fera que croître au fil des révélations sur la vie de misère à laquelle la cruauté de votre père vous a tous condamnés.

Le jeune homme se taisait. Les propos de l'avocate étaient encourageants et atténuaient le sentiment d'impuissance qu'il avait toujours ressenti devant la méchanceté de son père.

— Je vais présenter votre père comme un sociopathe

de la pire espèce. C'est d'ailleurs réellement ce qu'il était, un être méprisable pour qui l'individualité d'autrui n'existait pas. Je compte faire valoir que ses comportements antisociaux et impulsifs étaient surtout dirigés contre les membres de sa propre famille, qu'il a systématiquement battus, maltraités, violés, et chez qui il a anéanti toute possibilité de bonheur.

— Pourtant, je n'avais pas le droit de le tuer pour faire cesser le massacre. Je devais porter plainte et l'accuser. C'est bien ça?

— Malheureusement, oui, c'est ce que vous auriez dû faire.

— C'est ce que nous avons fait, maître Aubry! J'avais supplié le procureur de la Couronne de fouiller son passé quand il a été arrêté pour le viol de mes deux sœurs. Mais, comme il a plaidé coupable, les procédures ont été suspendues. Est-ce que vous savez que ce monstre exigeait le retour de ma mère dans la maison du Rang 6, à sa sortie de prison?

— Oui, votre sœur Denise m'en a fait part.

Émile fit une pause.

— Avez-vous visité cet endroit?

Esther fit signe que non.

— C'est un véritable bagne! Vous voyez, j'ai déjà passé quinze ans de mon existence dans une geôle. Dommage, cette période de captivité ne comptera pas quand viendra le moment pour le juge de prononcer sa sentence. Certains de mes frères et sœurs y ont passé leur vie entière. Il y a une remise à bois, attenante à la maison, où nous avons souffert du froid et de la faim, un endroit où nous avons tous voulu mourir à un moment ou l'autre, une sinistre chambre des tortures.

— Il faudra raconter ce que vous me dites en Cour, Émile. C'est la seule façon de rendre justice à votre famille.

Le jeune homme se redressa dans son lit. Une lueur venait d'apparaître dans ses yeux verts et leur redonnait la brillance qu'Esther y avait décelée lors de leur première rencontre.

— Vous avez raison, je vais me défendre! Les monstruosités commises par mon père doivent être révélées. Et tant pis si j'en paie le prix!

Il fit une pause et reprit son discours, l'air résigné.

— C'est probablement ma mission sur cette terre. Je dois m'incliner. Je dois tenir jusqu'au bout la promesse que j'avais faite à ma mère.

— Ne pensez pas ainsi, Émile. Personne n'est astreint à payer un aussi lourd tribut pour racheter la violence d'un autre. Faites tous les efforts nécessaires pour vous présenter en Cour au meilleur de votre forme et je vais assumer votre défense en tant qu'avocate, mais aussi comme une amie. Vous pouvez compter sur moi.

Esther se leva et tendit la main à son client. La poigne était ferme. Esther fut rassurée, sentant qu'il allait coopérer avec elle.

— Émile, j'oubliais… Il y a encore une chose que je dois savoir. Avant Noël, le procureur de la Couronne, maître Laurent Gagnon, m'a avertie qu'il mettrait en preuve un témoignage de Céline Dufour, une amie de Joséphine.

— Qu'est-ce que Céline avait de nouveau à apprendre à maître Gagnon?

— Le lendemain de votre rupture, elle a rencontré votre conjointe et elles ont discuté de votre départ. Nous ne pourrons plus passer sous silence le fait que vous ayez quitté Joséphine deux jours avant de commettre le geste qu'on vous reproche.

Émile accusa le coup et se renfonça au creux de son lit en fermant les yeux.

— Vous devez me dire où vous étiez du 14 au 17 août.

Le procureur le sait probablement déjà, à l'heure actuelle, et je dois aussi connaître les raisons de votre séparation quelques jours à peine avant que vous n'alliez attendre votre père à sa sortie de prison.

Son client avait toujours les yeux fermés. Son faciès crispé laissait deviner la pénible émotion qu'il ressentait. Elle ajouta :

— Nous pouvons en parler un autre jour, mais, comme je viens de le mentionner, maître Gagnon a sûrement fait enquête à ce sujet.

Émile ouvrit les yeux.

— La nuit du 14 au 15, je me suis promené dans les rues. J'ai un peu dormi au bord de la rivière et, au matin, je me suis rendu chez moi chercher quelques affaires et avertir Joséphine que je n'étais plus digne de son amour.

— Il devait y avoir une raison à votre décision, non ?

— Mon père allait sortir de prison et il menaçait ma mère de représailles si elle refusait de revenir vivre avec lui. Il exigeait aussi le retour de mes frères. Je savais qu'une fois encore il leur rendrait la vie impossible. Quelques jours auparavant, nous avions enterré mon frère Richard, une autre de ses victimes. Ma propre existence était devenue un cauchemar et je n'arrivais plus à m'y retrouver. Avez-vous déjà senti votre cœur sur le bord d'éclater ? Avez-vous déjà marché dans les rues bondées de votre ville en vous sentant seule au monde ?

Il leva les yeux vers l'avocate et poursuivit :

— Vous allez me dire que j'aurais dû demander de l'aide. Oui, probablement ! Mais je me suis toujours débrouillé par moi-même. J'ai appris très jeune que l'être humain est seul sur la terre quand il s'agit de faire face à l'adversité.

— C'est ce que vous avez connu, Émile, mais il y a

des gens qui s'entraident, vous savez. Joséphine vous aime. Elle aurait sûrement compris et vous aurait soutenu avec amour.

— C'est vrai, il me restait Joséphine, mais elle en avait assez enduré avec ma famille et je l'aimais trop pour lui imposer mes souffrances et mes inquiétudes. Je voulais l'épargner. Il y a une limite à n'apporter que le malheur dans un couple.

Esther mesurait l'intensité de la détresse d'Émile. C'était la facette de l'homme qu'elle devrait présenter aux jurés.

— Et les nuits du 15 et du 16, vous les avez passées où, et avec qui?

— J'ai pris une chambre à l'Amosphère, un complexe hôtelier à l'entrée d'Amos. J'ai été deux jours sans sortir. Ça doit vous sembler incompréhensible, mais je vivais comme dans un cauchemar.

— À cause de la sortie de prison de votre père?

— En grande partie. Je lui reprochais le suicide de Richard et j'avais peur pour maman et pour nous tous. C'est difficile à expliquer.

— Il faudra pourtant le faire comprendre à la Cour!

— Je n'ai jamais eu l'intention de le tuer. Je désirais le faire disparaître de nos vies, je voulais arrêter de souffrir et, surtout, je souhaitais que maman cesse de vivre dans la crainte. Je me sentais impuissant face à l'adversité. J'avais le sentiment de tomber dans un gouffre et il devenait impossible de m'en extirper. Plus rien n'existait autour de moi, sauf la douleur qui me harcelait et ne me laissait aucun répit.

Esther découvrait qu'Émile avait dépassé les limites de l'acceptable et elle comprenait mieux sa rupture avec sa compagne. Il avait atteint un point où il n'arrivait plus à affronter son destin et, d'instinct, il préférait s'isoler comme un animal blessé.

Il y avait dans le drame vécu par cet homme une dimension difficile à cerner, en effet. Il n'avait pas l'intention de tuer, mais il voulait cesser de souffrir et sa détresse ne pouvait s'effacer qu'avec la disparition de sa cause. La défense d'Émile Caron s'avérait pour Esther un défi immense.

*

Esther voyait se rapprocher le procès de son client. La mi-janvier était là et le temps passait inexorablement. En cherchant un moyen de s'imprégner de la vie d'Émile, elle essayait de comprendre les sentiments qui l'avaient poussé à commettre un geste qui ne lui ressemblait pas.

Elle revenait d'une longue promenade et la neige durcie crissait sous chacun de ses pas. Elle réfléchissait à une façon d'aborder sa défense quand une idée qu'Émile avait soulevée lors de leur dernier entretien traversa son esprit: celle de se rendre à la maison des Caron dans le Rang 6, visiter les lieux qu'il avait qualifiés de bagne.

Elle ne voulait pas lui imposer cette visite. Elle décida d'en parler à Gabriel et de lui demander de l'accompagner là où son client avait éprouvé tellement de souffrance et de tourments. Elle ne se défendait pas non plus du plaisir qu'elle aurait à rencontrer à nouveau l'ancien curé. Gabriel fut ravi de l'aider, mais il lui fit remarquer que sa requête se butait à un obstacle.

— La route n'est plus entretenue l'hiver. C'est la dernière construction au bout du rang et, depuis que ses habitants l'ont abandonnée, l'entrepreneur en déneigement ne se rend plus jusque-là. Il arrête à trois kilomètres de la maison des Caron.

L'avocate fut déçue.

— Dommage, j'aurais bien apprécié visiter les lieux avant le début du procès.

Gabriel eut une idée.

— Si le cœur vous en dit et si vous n'avez pas peur du froid, je peux vous y conduire en motoneige.

— Merveilleux! s'exclama Esther. Il y a un bon moment que je ne me suis pas baladée sur ce genre d'engin. Quand j'étais jeune, c'était un sport que mes parents et moi aimions particulièrement. Je suis une fille de l'Abitibi, ne l'oubliez pas.

— Alors, c'est d'accord, répondit Gabriel, heureux de lui rendre service. Nous pourrions y aller demain, si ça vous convient. On annonce une journée ensoleillée.

— Je suis partante! Dites-moi à quelle heure et je mets notre balade à mon agenda.

— Est-ce que vous avez des vêtements chauds? Je ne parle pas seulement d'une petite combinaison de ski alpin. Il faudra vous habiller comme pour un voyage en Sibérie. Il y aura du soleil, mais la météo prévoit également un froid intense. Je vais installer ma moto-neige sur une remorque et nous nous rendrons en automobile jusqu'au bout du chemin praticable. Nous pourrons atteindre la maison des Caron sur mon engin.

Gabriel était songeur. Il paraissait avoir quelque chose à ajouter sans oser le dire. Esther, perspicace, le devina et lui demanda la raison de son hésitation.

— Je ne veux rien vous imposer, lui répondit-il, mais il me semblerait judicieux que nous fassions la visite de la maison du Rang 6 en compagnie d'Émile. J'imagine que vous ne voulez pas le blesser en le confrontant aux lieux où il a tellement souffert, mais je pense que vous pourriez mieux comprendre ses réactions en l'observant là où se sont déroulées les horreurs qui ont jalonné sa vie et celles des autres membres de sa famille.

Esther semblait songeuse.

— Depuis son départ à l'âge de quinze ans, Émile n'a remis les pieds dans la maison de son enfance qu'une seule fois, et c'était lors de l'arrestation de son père, argumenta Gabriel pour la convaincre.

— Vous avez raison, finit-elle par lui concéder. Émile doit faire face à son destin et, s'il nous cache un fait important, il décidera peut-être de se confier en se replongeant au cœur de ses souvenirs.

— Vous pourrez étudier son attitude et vous en imprégner. Je vais le contacter et lui donner rendez-vous sur le chemin du Rang 6. Émile dispose de la motoneige de son frère Richard. Nous pourrons faire le dernier bout de route ensemble.

— Vous croyez qu'il va accepter?

— Je vais le convaincre, soyez sans inquiétude, ajouta Gabriel qui avait confiance en ses talents de persuasion, mais aussi en son amitié avec le jeune homme.

Le lendemain à treize heures précises, Gabriel était devant la résidence des Aubry. Le regard joyeux, Esther sortit et le rejoignit. Elle était enchantée de cette balade en plein air.

— Vous avez un superbe véhicule, monsieur Valcourt, constata-t-elle en connaisseur.

— Un cadeau de ma mère. Un chômeur n'a pas les moyens de s'offrir une machine comme celle-ci, spécifia-t-il en riant. Si on se tutoyait, Esther, vous seriez d'accord?

— Bien sûr, avec plaisir! Je suis prête. On y va?

— C'est parti! répondit Gabriel en lui ouvrant la portière de sa voiture. En passant, si tu me permets, je te trouve ravissante dans ton anorak bleu. Il a la jolie couleur de tes yeux. C'est magnifique!

Le compliment fit rougir Esther.

À Saint-Marc-l'Évangéliste, Gabriel ressentit un

pincement au cœur en passant devant le presbytère. Il pencha la tête et jeta un regard vers l'église.

— Ton sacerdoce te manque parfois?

Gabriel s'octroya un instant de réflexion avant de répondre.

— Je mentirais si je te disais non. C'est comme si je vivais un deuil. J'imagine que c'est un peu comme chez un couple qui divorce après de nombreuses années passées ensemble. L'absence de l'autre crée un vide, malgré qu'ils aient décidé d'un commun accord de cheminer sur des routes divergentes.

— Je comprends. Il te faut faire une pause pour te donner le temps de construire autre chose, d'élaborer de nouveaux rêves.

Gabriel sourit à Esther. Il appréciait sa présence chaleureuse. Ils arrivèrent au bout du chemin. Ils aperçurent Émile qui les attendait installé sur son véhicule. Il était prêt à partir vers la maison de son enfance.

— Terminus! Tout le monde descend, annonça Gabriel à sa passagère. Enfonce bien ta tuque et relève ton col de fourrure.

Une fois la motoneige descendue de la remorque, ils montèrent l'un derrière l'autre et s'en allèrent, en compagnie d'Émile, vers la maison des Caron. Les engins filaient à grande vitesse. La journée était froide, et le soleil faisait étinceler le long ruban de route enneigée qui se profilait devant eux. Ils croisèrent trois habitations abandonnées avant d'atteindre le bout du rang. Après le dernier virage, Esther aperçut ce qui restait de la résidence à visiter. De lourds glaçons pendaient du toit et il n'y avait plus de vitres aux fenêtres. La bâtisse en ruine et couverte de givre ressemblait à un monument de glace du Carnaval de Québec. Esther fit part de son observation à Gabriel.

— Si cette maison est un monument, c'est au même

titre qu'Auschwitz, déclara son compagnon en détachant les raquettes qu'il avait mises à l'arrière de la motoneige.

Une fois bien chaussés pour ne pas s'enfoncer dans la neige, ils se dirigèrent vers l'habitation et entrèrent avec précaution dans le lieu abandonné. Émile les avait précédés et se tenait debout au milieu de la cuisine qui ne payait pas de mine : une table bancale reposait sur le côté et les armoires grandes ouvertes laissaient entrevoir quelques ustensiles oubliés. Sur le poêle à bois, une vieille cafetière de fer-blanc terminait sa vie, coincée dans la glace.

— J'ai peine à croire que cet endroit était habité il y a moins de trois ans, constata Esther. C'est curieux, l'idée des gens de quitter leur maison et de la livrer comme ça à l'abandon. As-tu remarqué toutes les ruines le long de la route?

— Il n'y a pas d'acheteur pour ces propriétés. Si des personnes les acquièrent, c'est pour la terre cultivable ou pour en faire des prés destinés à leurs animaux. Des fois, aussi, elles sont vendues pour le terrain et le bois qui y pousse. Comme tu vois, les habitations n'ont pas une grande valeur, dans les rangs. Ce n'est pas comme en ville où les résidences sont un investissement.

— L'estimation de celle-ci est encore moindre, spécifia Émile. Elle est la maison des horreurs et des viols. Même la terre n'a pas trouvé acquéreur depuis que nous l'avons mise sur le marché à l'automne.

Le jeune homme demeurait campé au milieu de la pièce, tandis que son regard faisait le tour des lieux. Un vieil escalier brinquebalant menait vers le deuxième niveau. Émile avait les poings serrés. Il pensait à sa mère qui avait déboulé l'escalier, poussée par son mari. Elle s'était cassé une jambe en heurtant le sol. À l'étage, il y avait des lits de bois sous lesquels il avait élaboré ses premiers projets d'évasion.

À la crispation de son visage, Esther et Gabriel devinaient le douloureux voyage qu'il accomplissait au cœur de son enfance et de son adolescence. L'avocate jeta un œil au fond de la cuisine et vit une ouverture dans laquelle pendaient des lambeaux de tissus décolorés. Elle s'approcha. C'était une chambre avec deux lits dont les matelas semblaient avoir été grugés par les souris. Une statue de la Vierge à la tête cassée reposait sur le sol. Elle s'avança vers la fenêtre, sous laquelle la neige s'était accumulée et formait un monticule. Elle jeta un regard à l'extérieur. À travers les branches des arbres dénudés, elle aperçut, dans le lointain, une maison avec un toit en bardeaux de couleur rouge.

— C'est la maison des Pépin, lui dit Émile qui l'avait suivie. C'est de la lucarne au deuxième étage que les policiers attendaient le signal de ma sœur Hélène après le viol.

Esther sentit une brûlure lui vriller les entrailles.

— L'odeur infecte qui se dégageait de ces lieux est encore présente à mes narines. Hélène était recroquevillée sur ce lit, ajouta-t-il en indiquant celui près de la porte.

Dans un coin que la glace avait épargné, Émile ramassa le corps de la Vierge et sa tête, pour les déposer sur une table, près de laquelle une masse de tissu rouge effiloché traînait depuis quatre ans.

— Rien n'a été déplacé dans cette chambre depuis l'arrestation de mon père.

— Vous voulez dire que personne n'a habité ici depuis cette triste soirée? s'informa Esther.

— Mon père y a séjourné en attente de son procès, mais il lui était interdit d'entrer en contact avec nous. Il était certainement convaincu de ne jamais aller en prison. Il devait mijoter sa vengeance, persuadé qu'il obligerait tous les membres de sa famille à revenir vivre sous sa coupe et qu'il pourrait continuer à exercer son impitoyable tyrannie.

Émile avait haussé le ton sous l'effet d'une émotion trop vive qu'il arrivait difficilement à contenir. Il quitta brusquement la chambre.

— Vous voulez voir la remise à bois dans laquelle nous avons tous passé de longues heures et même des nuits entières à grelotter et à souffrir de la faim? La salle des tortures d'Ovide Caron!

Esther lui fit signe que oui, incapable de prononcer une parole.

Émile pointa un appendice attenant à la maison. Une issue au fond de la cuisine y donnait accès. Esther se dirigea vers l'endroit. Gabriel s'esquiva pour la laisser passer. La porte était entrouverte et coincée dans la glace. L'avocate glissa la tête dans l'entrebâillement. C'était un hangar aux planches disjointes. Des piles de bois abandonnées étaient adossées au mur. Un instant, elle crut apercevoir Clarice, nichée entre deux cordes avec son bébé mal en point dans les bras. Ce n'était qu'une illusion, mais le récit qu'elle avait obtenu de la maman elle-même s'imposait douloureusement à son esprit. À cette image d'une femme en détresse se superposa celle de ses enfants blottis les uns contre les autres, leurs petits corps meurtris tremblant de peur et de froid. Elle lut dans leurs yeux immenses levés vers elle une supplication muette, un appel à l'aide. Elle frissonna et secoua la tête afin de chasser la vision d'horreur qui s'était imposée à son esprit.

— Tu as froid? demanda Gabriel. On peut rentrer, si tu veux!

— Non, je pensais à Clarice, à ses enfants et aux souffrances qu'ils ont endurées dans ce hangar et dans cette maison.

Elle se tourna vers Émile.

— Je songeais à toi aussi et à la promesse que tu avais faite à ta mère de revenir le jour où tu pourrais la soustraire à la tyrannie de ton père. En visitant ces lieux, il est plus facile pour moi de te comprendre. Je n'arrive pas à croire qu'une femme ait vécu ici pendant quarante ans et qu'elle y ait mis au monde dix bébés.

— Et encore, si elle avait été aimée et secondée, nous oublierions la pauvreté et la médiocrité des lieux, mais cet endroit fut une prison, pire, un enfer d'où maman et ses enfants ne voyaient pas la possibilité de s'échapper.

— Quelques semaines avant sa libération, quand Ovide a fait parvenir une mise en demeure pour tenter d'obliger sa femme à revenir vivre avec lui dans leur maison du Rang 6, il ne connaissait sûrement pas l'état de sa propriété, fit remarquer l'avocate.

— Vous avez raison. C'est inhabitable ici, et ce, depuis le premier hiver où mon père fut emprisonné. La canalisation a gelé et toutes les conduites ont éclaté. Les fenêtres ont été brisées à cause du gel, mais il y a également eu du vandalisme. La maison est chauffée uniquement au bois, alors le froid et les grands vents ont pénétré par les ouvertures béantes, et des jeunes, ou des chasseurs de passage, ont saccagé les lieux.

— Vous parlez des tuyaux… Est-ce qu'il y a une salle de bain? interrogea Esther, intriguée, en parcourant l'espace du regard.

— Derrière le rideau vert, près de la chambre des filles, il y a une toilette et un lavabo, indiqua Émile. J'ai quitté ce lieu depuis de nombreuses années et rien n'a été amélioré. Je reconnais cette prison comme si je l'avais quittée hier.

Il se dirigea vers le poêle à bois, enleva son gant de cuir et posa la main sur la surface glacée un court instant. En sentant la morsure du froid lui infliger une sensation de brûlure, il pensait à Gilles. Il entra ensuite dans la chambre située juste à côté. C'était le seul endroit de la maison qui s'était vu octroyer une porte. Arrachée de ses gonds, elle pendait maintenant vers la cuisine.

— C'est ici que nous sommes tous nés, dit-il en poussant du pied un objet oublié près du lit.

Il baissa la tête vers le plancher et aperçut une botte à cap d'acier. Esther et Gabriel, qui l'observaient, remarquèrent qu'un douloureux éclair avait traversé son regard. Émile frappa la chaussure prise dans la glace d'un violent coup de pied. L'objet résista. Il cogna de nouveau avec plus de vigueur et cette fois la chaussure vola vers le fond de la chambre. Émile, qui avait conservé son calme depuis son arrivée dans la maison de son enfance, semblait soudain exacerbé. Il ramassa la botte d'un geste rude et la fixa avec un air de mépris.

— Mon père nous battait avec sa ceinture et tout ce qui lui tombait sous la main, mais les douleurs les plus terribles, il nous les infligeait avec ses bottes ferrées qu'il portait été comme hiver. Nous avions tous peur de travailler sur la ferme avec lui. Un jour, Jacques était accroupi dans le jardin et il l'avait atteint au thorax. Il lui avait fait perdre le souffle. Il avait sûrement des côtes cassées, car ses souffrances ont persisté de longues journées. Il respirait encore difficilement le jour où il s'est noyé. J'étais jeune, mais je m'en souviens très clairement.

Émile frappa la botte de son poing ganté et la lança avec rage par le trou béant de la fenêtre aux carreaux brisés. Sans regarder les gens derrière lui, la gorge nouée par une émotion intense, il sortit de la pièce et se dirigea vers l'extérieur. Silencieux, Esther et Gabriel le suivirent.

Émile était campé au milieu de la cour, face aux

bâtiments de ferme qui semblaient avoir mieux résisté à l'abandon. Le visage tendu, il observait les lieux qui l'avaient vu naître et grandir dans la souffrance. À l'orée du bois, il crut distinguer une ancienne cabane en branches de sapin qu'il avait construite avec Richard, et son cœur se serra jusqu'à lui faire mal.

— J'espère que cette visite vous aura donné un aperçu de notre vie, dit-il en s'adressant à son avocate. Et maintenant, si vous permettez, je pars. Je ne peux pas en supporter davantage.

Sans attendre de réponse, Émile enfourcha son véhicule et disparut dans un nuage de neige que l'engin propulsa dans son sillage. Debout près de Gabriel, Esther se retourna vers la maison en ruine.

— Je pense à Clarice, murmura-t-elle, affligée. Au fond d'elle-même, elle devait souvent rêver à la promesse de son fils.

— Tu as raison, Esther, elle l'a sûrement beaucoup attendu, même si elle savait que son intervention aurait tenu du prodige. Il a fallu cette histoire de viol pour qu'Émile ait enfin une occasion de remplir sa promesse et il a agi sans hésiter. C'est un homme de cœur.

Gabriel mit un bras protecteur sur les épaules de son amie qui tressaillait sous l'effet de l'émotion et, ensemble, ils firent du regard un dernier tour de l'endroit.

— Partons, conclut Esther, j'en ai assez vu.

Des larmes perlaient sur ses longs cils. Ayant remarqué sa tristesse, Gabriel décida de l'amuser un brin. Il lui lança une balle de neige alors qu'elle marchait devant lui pour regagner leur véhicule. Surprise, mais instantanément rattrapée par sa bonne humeur, Esther répliqua en projetant vers lui de ses deux mains une volée de flocons blancs. Puis elle courut se cacher en riant derrière une clôture brinquebalante qui lui offrit un abri très précaire. Elle fut vite rejointe par son assaillant qui prit plaisir à lui frotter le bout du nez avec sa mitaine.

— Il faut rentrer avant le coucher du soleil, suggéra Gabriel. Sinon, avec ce froid, nous allons geler sur place.

En arrivant à Amos, Gabriel descendit de voiture pour reconduire sa compagne jusqu'à sa porte.

— Je te remercie, Gabriel. Notre escapade m'a permis de me faire une idée plus juste de la vie de mon client et des raisons qui l'ont poussé à vouloir sortir sa mère de cet enfer.

— Ce fut un plaisir de t'aider. Si tu as encore besoin de mes services, je suis à ta disposition.

Il lui tendit la main. Esther s'avança d'un pas et déposa un baiser sur chacune des joues de son compagnon. Il lui répondit par un sourire. Elle s'attarda sur le perron pour le voir partir. Elle souhaitait qu'il passe rapidement à travers le deuil de sa séparation, afin que sa vie puisse reprendre ses droits sur le bonheur et les rêves d'avenir.

Chapitre 17

Amos, février 1991

L e procès d'Émile Caron qui devait débuter le lundi 4 février en matinée fut remis en après-midi. Une tempête de neige, qui sévissait sur la région depuis le samedi précédent, accompagnée de violentes rafales, avait rendu la visibilité presque nulle et retardait l'arrivée des gens convoqués dans le but de choisir les jurés. Même le procureur de la Couronne, maître Laurent Gagnon, était demeuré coincé derrière un carambolage et n'était arrivé à destination qu'à dix heures trente. À midi, comme cela se produit souvent en Abitibi-Témiscamingue, la neige cessa d'un coup et un brillant soleil vint s'accrocher très haut dans le ciel.

Les candidats identifiés pour éventuellement faire partie du jury se présentèrent les uns après les autres en s'excusant de leur retard et en espérant secrète-ment que la sélection ait été faite en leur absence. Malheureusement pour eux, le juge Fortin avait reporté le début des procédures à treize heures trente et ils durent défiler devant lui à tour de rôle. Le choix fut difficile, car la majorité des gens avaient une idée bien arrêtée sur le parricide ou la violence faite aux enfants. Aussi, le choix des jurés ne fut-il finalisé que le lende-main en fin de journée.

Le mercredi matin à neuf heures, le procès com-mença en présence du jury, six hommes et six femmes qui observaient, intrigués, le prétoire qui ne leur était pas familier. La salle était bondée. Dans la ville d'Amos, où une affaire de meurtre était rarement à la une des journaux, l'intérêt suscité par ce cas était considérable. La majorité des membres de la famille Caron s'était également donné rendez-vous au palais de justice d'Amos pour supporter leur frère Émile. Ils le percevaient en victime de leur père et non pas comme un assassin. Odile avait préféré ne pas se faire accompagner de ses deux sœurs, Suzanne et Hélène, qui se seraient montrées trop émotives en ces lieux, mais son mari, Réal, était assis dans la deuxième rangée en compagnie d'Yvon, le conjoint de Denise. Les deux femmes, pour leur part, attendaient dans le couloir puisqu'elles devaient comparaître en tant que témoin. Gilles était aussi présent. Pierre n'y était pas en ce début du procès, mais Esther avait suggéré qu'il soit dans la salle au moment de sa plaidoirie. Fabienne, également retenue comme témoin, était absente. Dans les premiers bancs, derrière la place réservée à la défense, se tenait Joséphine, accompagnée de ses parents. La jeune femme avait relevé ses longs cheveux en chignon. Quelques mèches s'en échappaient et dansaient sur son front en bouclettes légères. Elle avait le regard triste, ce qui n'affectait en rien sa beauté naturelle. Elle fit à Émile un sourire d'encouragement en le voyant arriver dans la salle en compagnie de son avocate.

Après l'entrée du juge Fortin, annoncée par le greffier, maître Laurent Gagnon, le procureur de la Couronne, s'avança et se plaça devant les jurés. L'expérience de cet avocat était indiscutable. Elle se traduisait jusque dans sa façon de se tenir bien droit en face des gens responsables du verdict. Sans les quitter des yeux, il fit valoir l'importance de leur présence dans ces lieux.

— Mesdames et messieurs du jury, votre tâche sera lourde et d'une importance capitale. Vous devrez mettre vos sentiments personnels de côté dans cette affaire d'homicide dont vous serez les juges. Il y a ici aujourd'hui un homme qui a tué son père de sang-froid, un homme qui ne nie pas les faits, et qui pourtant plaide non coupable à l'accusation de meurtre portée contre lui. Ma savante consœur, maître Esther Aubry, a bien l'intention de faire ressortir devant vous les sévices imposés par le père à son fils et aux autres membres de sa famille. Mais vous ne devrez jamais perdre de vue que ce n'est pas Ovide Caron que vous avez à juger, mais bien son fils parricide. Vous êtes tenus de ne porter votre attention que sur le geste de ce dernier, son enfant, qui l'a tué d'un coup de couteau. Ovide Caron avait commis une faute, mais il avait payé sa dette à la société, il n'avait pas à subir le triste sort que lui réservait quelqu'un de sa propre famille à sa sortie de prison. Ne vous laissez pas séduire par la personnalité charismatique de l'assassin ou par les événements douloureux qui ont parsemé sa vie. Un meurtre est un crime et personne n'a le droit de se faire justice soi-même. Quels que fussent les motifs d'Émile Caron, il aurait dû en référer à la justice, car, ici, au Québec, nous avons des tribunaux efficaces et les coupables sont punis selon des règles bien établies. La justice est maintenant entre vos mains, mesdames et messieurs du jury, et il vous appartiendra de la rendre d'une façon équitable.

Maître Gagnon s'appuya à la rambarde et les fixa un à un sans un mot, puis il se tourna lentement et alla s'asseoir.

Esther jeta un coup d'œil à son client, déposa un moment sa main sur la sienne et se leva avec détermination. Elle s'avança vers le jury et octroya un regard à chacun avant de prendre la parole à son tour. Elle démontrait une aussi belle assurance.

— Mesdames, messieurs, vous avez devant vous un

jeune homme de trente-deux ans qui a enfoncé un couteau dans l'abdomen de son père. Il le reconnaît. Ce sera
à vous de juger si cet acte fut prémédité et perpétré avec
méchanceté dans le but de tuer, ou si ce fut la réponse
à une détresse qui avait atteint un stade tel que l'accusé,
Émile Caron, avait perdu toute notion du bien et du
mal. Il est des moments où certaines personnes sont
confrontées à des douleurs tellement lourdes que leur
esprit se dissocie de leur personnalité physique et qu'ils
perdent provisoirement contact avec la réalité. Nous
souhaitons vous démontrer, à travers les témoignages
que vous entendrez ici, que le geste commis par mon
client n'a rien d'un crime crapuleux, mais qu'il est le
résultat d'une vie brisée dépassant les limites de la résistance humaine. Depuis de nombreuses années, Émile
assistait impuissant aux mauvais traitements subis par
les membres de sa famille. Il les a vus blessés, mutilés
et à jamais meurtris par un homme qui n'avait de père
ou d'époux que le nom. Nous, de la défense, comptons
prouver devant vous qu'Émile Caron n'est qu'une des
victimes de la destruction systématique exercée par
Ovide Caron sur sa femme et ses enfants. Votre travail
sera difficile, je le reconnais, car il vous faudra faire
preuve d'un grand discernement. Les gens n'ont pas
toujours des raisons simples d'agir. On ne lit pas dans
leurs pensées aussi facilement que dans un livre ouvert,
écrit noir sur blanc. Vous devrez lire entre les lignes et
chercher à comprendre les mécanismes, volontaires ou
non, qui expliquent les comportements d'un être
humain. Émile Caron est la victime de sa vie brisée par
la violence intolérable de son père. Bien sûr, mon confrère vous l'a fait remarquer, ce n'est pas Ovide Caron,
cet homme dénaturé, que vous aurez à juger, mais son
fils, responsable de sa mort. Pourtant, il sera impossible
de vous faire une idée juste du comportement de

mon client sans connaître les sévices cruels que lui et sa famille ont subis sous la férule de cet homme sans scrupules, qui n'avait aucun respect de leurs sentiments. Certains d'entre eux ont enduré ce calvaire pendant plus de quarante ans. À vous maintenant de suivre les différentes étapes de ces audiences et de façonner votre jugement sur les faits et gestes qui seront présentés devant vous.

Esther demeura un instant silencieuse devant les femmes et les hommes qui composaient le jury, essayant de deviner dans leur regard la portée de ses paroles. Puis, la tête haute, elle tourna les talons et revint s'asseoir près de son client.

Les procédures du début du procès ainsi que les discours préliminaires du procureur et de l'avocate de la défense ayant duré la journée entière, la séance fut ajournée au lendemain.

Le jeudi matin, la Couronne introduisit son premier témoin, Fernand Lahaie, qui ne semblait pas à l'aise. Gauchement, il s'avança à la barre qu'on lui désignait pour prêter serment.

— Monsieur Lahaie, spécifia maître Gagnon, pouvez-vous nous raconter ce que vous avez aperçu devant la prison d'Amos l'avant-midi du 17 août 1990?

— J'ai vu un homme étendu par terre pendant que je stationnais mon taxi.

— Cet homme était-il seul?

— Non, il y en avait un autre qui se tenait à ses pieds.

— Le reconnaissez-vous dans la salle?

— Celui qui est tombé, ou l'autre? demanda timidement le témoin.

Il y eut un rire étouffé dans le prétoire et Lahaie courba l'échine.

— Celui qui est resté debout, lui répondit maître Gagnon d'un ton sérieux.

— C'est celui qui est assis à la table avec la dame en noir.

Laurent Gagnon s'avança près d'Émile et l'indiqua de la main.

— C'est celui-ci?

— Oui, c'est lui.

— Je spécifie à la Cour que le témoin a identifié Émile Caron.

Se tournant à nouveau vers Lahaie, il poursuivit:

— Qu'avez-vous remarqué de plus qu'une personne debout et une seconde couchée par terre?

— Rien.

— Vous n'avez pas vu Émile Caron, l'homme que vous venez de m'indiquer, planter un couteau dans le corps de l'autre?

— Objection, Votre Honneur! Le procureur suggère les réponses.

— Objection retenue. Maître Gagnon, laissez répondre votre témoin.

— Bien, Votre Honneur. Monsieur, pouvez-vous nous dire ce qui s'est passé avant ou après la chute?

— Je n'ai pas vu l'homme tomber, je viens de le dire. Quand je me suis garé, il y avait déjà quelqu'un de couché par terre. J'ai couru vers lui et j'ai demandé à l'autre d'aller chercher du secours.

— Est-ce qu'il l'a fait?

— Non, il est resté planté là comme s'il avait les pieds cloués au sol.

— Que s'est-il passé ensuite?

— J'ai crié plus fort pour le faire bouger, pour lui signifier que j'avais besoin d'aide.

— A-t-il fini par vous écouter?

— Non, il a cessé de fixer le moribond et il est parti vers sa voiture.

— Dans quel état était l'homme par terre?

— Il avait un couteau planté dans le ventre. J'ai hurlé et le gardien de la prison est venu voir ce qui me faisait aussi peur.

— Ensuite?

— Il a appelé des secours.

— La personne que vous avez identifiée comme Émile Caron, que faisait-elle, pendant ce temps?

— Monsieur Caron était assis dans sa voiture.

— Il n'a pas essayé de s'enfuir?

— Non.

— L'homme étendu par terre a-t-il pu vous dire quelque chose?

— Non.

— Était-il conscient avant l'arrivée des ambulanciers?

— Je ne sais pas. Il avait les yeux ouverts, mais ils étaient fixes et il ne bougeait pas.

— Merci, ce sera tout.

Lahaie se leva pour partir, mais le greffier lui fit signe de s'asseoir. C'était au tour de la défense de poser ses questions. Esther s'avança vers lui.

— Monsieur Lahaie, vous reconnaissez ne pas avoir vu Émile Caron planter le couteau dans l'abdomen de l'homme couché par terre?

— Non, je n'ai pas vu son geste.

— Vous dites avoir demandé à Émile Caron d'aller chercher de l'aide. Pourquoi n'y êtes-vous pas allé vous-même?

L'homme parut surpris.

— Je ne sais pas.

— Vous n'avez pas essayé de retenir monsieur Caron quand il est parti vers sa voiture. Vous n'avez pas cru qu'il aurait pu s'enfuir?

— Non!

— Pourquoi, selon vous, cette pensée ne vous a-t-elle pas effleuré l'esprit?

— Parce qu'il avait l'air sous le choc. Je l'ai dit tantôt, il était trop figé pour bouger.

— Mais, quand il s'est dirigé vers sa voiture, il aurait pu décider de se sauver.

— Je n'ai pas songé à ça, j'étais occupé à chercher de l'aide.

— Dites-moi, monsieur, si vous n'avez pas été préoccupé par l'éventualité de sa fuite, était-ce parce qu'il était clair à votre esprit qu'Émile Caron était abasourdi par le geste qu'il avait commis?

— Objection, Votre Honneur! Maître Aubry suggère la réponse au témoin.

— Objection retenue.

— Merci, ce sera tout, conclut Esther.

La jeune avocate alla rejoindre son client.

Le procureur fit venir à la barre le coroner Michel Briand, qui avait pratiqué l'autopsie.

— Docteur Briand, pouvez-vous nous dire ce qui a causé le décès d'Ovide Caron?

— Il est décédé d'un coup de couteau qui lui a tranché l'aorte.

— Monsieur Caron est-il mort sur le coup?

— L'aorte est la plus grosse artère du corps humain. Si elle est sectionnée, la mort est presque instantanée.

Maître Laurent Gagnon se tourna vers le jury et fixa chacun des membres attentivement.

— Merci, docteur Briand, ce sera tout. Vous venez de nous confirmer que la victime a succombé à ce coup de couteau administré par son fils.

Près de son avocate, Émile avait baissé la tête. Esther se leva et alla à son tour vers le coroner.

— Dites-moi, docteur Briand… Si le coup avait été porté un peu à côté, est-ce qu'Ovide Caron aurait pu survivre à sa blessure?

— Objection! lança le procureur. Aussi bien demander au témoin si la victime serait décédée de sa belle mort, si son fils ne l'avait pas poignardée.

— Objection rejetée, répondit le juge à l'intention de maître Gagnon. Il serait bon de connaître la gravité de cette agression.

— Pouvez-vous répéter votre question? s'informa le coroner.

— Parlez-nous de la blessure qui fut mortelle et de l'endroit où elle s'est produite sur le corps de la victime.

— Dans les faits, je dirais qu'Ovide Caron a été malchanceux. Le coup à l'abdomen avait peu de chances de toucher l'aorte et je dois dire que l'arme employée par le meurtrier n'avait pas une très longue portée... quoique suffisante, puisque l'homme est décédé.

— Laisseriez-vous entendre à la Cour qu'une personne qui voudrait être certaine d'infliger une blessure mortelle choisirait un couteau avec une lame plus importante ou une arme plus puissante?

— Objection! Maître Aubry suggère la réponse.

— Objection retenue. Maître, posez votre question différemment.

— Pouvez-vous nous expliquer ce que signifie pour vous l'idée que monsieur Caron ait joué de malchance du fait qu'il soit décédé à la suite du coup porté par son fils?

— J'ai soixante ans et j'assiste à des autopsies depuis près de trente ans, dont vingt à Montréal. Depuis dix ans, je suis coroner ici, à Amos. Quand quelqu'un a vraiment l'intention d'en tuer un autre, il utilise une arme plus redoutable.

— Autrement dit, si vous vouliez être certain d'assassiner quelqu'un, vous n'utiliseriez pas un couteau comme celui qui est considéré comme l'arme du crime.

— Objection!

— Objection refusée. Répondez à la question, docteur Briand, conclut le juge Fortin.

— Je choisirais un autre moyen ou je frapperais au thorax.

Esther allait se tourner vers Émile quand le coroner se ravisa.

— Par contre, je me dois d'affirmer devant la Cour qu'un coup de couteau peut toujours être mortel.

Esther aurait préféré que la dernière phrase ne fût pas prononcée. Elle se dirigea vers la table où étaient déposées les pièces à conviction et elle présenta à la Cour le couteau qu'Émile avait utilisé pour tuer son père. Il fut classé comme pièce numéro un.

Le lendemain, vendredi, ce fut au tour de Micheline Richer de venir témoigner. C'était la travailleuse sociale qui, en 1978, avait enquêté sur la famille Caron à la suite d'une plainte logée par leur fille de douze ans, Fabienne. Elle accusait son père de violence et de maltraitance à son égard, ainsi qu'envers sa mère et ses sœurs. Maître Laurent Gagnon s'approcha de la barre où se tenait la dame.

— J'ai ici au dossier un rapport signé de votre main après une visite que vous avez faite à la résidence des Caron. Pour vous présenter ainsi chez quelqu'un, j'imagine que vous aviez reçu une requête.

— Effectivement, il faut une demande pour enquêter et, si elle nous semble crédible, les services sociaux envoient quelqu'un rencontrer la famille.

— Cette plainte venait d'une enfant de douze ans. Vous a-t-elle paru fondée?

— La Loi sur la protection de la jeunesse avait été votée à l'Assemblée nationale du Québec quelques mois auparavant. Elle n'était pas encore en vigueur, mais les patrons nous obligeaient à prêter davantage attention aux plaintes venant d'adolescents, en prévision du jour où elle le serait.

— C'est vous qui êtes allée visiter la famille?

— Oui, c'est moi.

— Et qu'avez-vous noté dans votre rapport?

— Que la requête n'était pas justifiée. Les Caron avaient plusieurs enfants handicapés et ils semblaient en prendre grand soin.

— Sur quelles observations vous êtes-vous basée pour écrire qu'ils en prenaient soin?

— Quand nous parlons d'enfants, il faut spécifier qu'il s'agissait de jeunes adultes entre vingt et trente ans, sauf Fabienne qui avait une douzaine d'années. J'ai visité la résidence. Ils n'étaient pas riches, mais il y avait une nourriture abondante dans la dépense, ainsi que du sucre à la crème sur la table, et j'ai rencontré chaque personne en privé pour recevoir leur version des faits.

— Dix ans après votre visite, le père, Ovide Caron, a plaidé coupable au sujet du viol de deux de ses filles. Aviez-vous interrogé ces deux personnes, à l'époque?

— Oui, je les avais interrogées. Hélène et Suzanne étaient deux filles très émotives qui manifestaient une grande inquiétude. Elles répondaient à mes questions par des phrases courtes et incomplètes, mais j'ai pu comprendre qu'elles étaient très gênées en présence de leur père. Elles ont affirmé toutes deux qu'il ne les touchait pas. Alors, je les ai fait venir à l'extérieur de la maison et elles ont maintenu leur témoignage même en l'absence d'Ovide Caron. Nous ne sommes pas des devins, dans le métier, nous devons nous fier à la parole des gens.

— Et vous aviez rencontré les garçons?

— Le plus vieux ne parlait pas et Gilles, celui qui présentait de nombreuses cicatrices, m'a dit qu'il s'était brûlé en tombant sur le poêle alors qu'il jouait avec ses frères et que son nez cassé était dû à un coup de sabot de cheval. J'ai trouvé son apparence déplorable, mais il affirmait que son père n'avait rien à y voir.

— Vous avez questionné Fabienne, ce jour-là?

— Oui, je l'ai interrogée aussi afin que ses parents ne sachent pas que c'était elle qui avait requis nos services. Quelques jours auparavant, je l'avais rencontrée à l'école du village. Elle m'avait fait une crise en hurlant que son père les battait. Elle était allée jusqu'à dire qu'il les martyrisait pour le plaisir de les voir souffrir.

— Comment aviez-vous procédé lors de votre visite à l'école?

— Je l'avais emmenée à l'extérieur et je lui avais demandé de me raconter ce qui se passait chez elle pour qu'elle se plaigne ainsi. Elle m'avait parlé de choses difficiles à croire comme des viols répétitifs ou des séquestrations de plusieurs jours sans manger.

— Et vous avez eu des soupçons sur la véracité de ses affirmations?

— Je n'en savais rien, il faut toujours donner le bénéfice du doute à une jeune fille de douze ans. C'est pour cette raison que j'avais exigé une visite au domicile des Caron, même si je doutais de son histoire. Je suis allée rencontrer la famille et, comme je viens de le spécifier, j'ai questionné les enfants un à un et aucun ne m'a relaté ce genre de choses. Au contraire, ils parlaient en bien de leurs parents. Quand j'ai interrogé Clarice, la mère, elle m'a dit que sa fille Fabienne avait une adolescence perturbée. Madame Caron et son mari m'ont paru d'excellentes personnes. Ils répondaient calmement et ne se plaignaient pas des difficultés éprouvées avec leurs enfants handicapés, soulignant même avec fierté les progrès accomplis par chacun.

— Et vous avez fait un rapport favorable. Je vois ici que vous avez qualifié les parents de « gens admirables ».

— Si c'est écrit, c'est le terme que j'ai employé.

— Merci, madame Richer, vous nous avez grandement éclairés.

Esther s'avança à son tour. Elle fixa la dame un long moment en essayant de comprendre comment une personne mandatée par les services sociaux avait pu se tromper aussi lourdement.

— Dites-moi, madame Richer, aviez-vous téléphoné pour prévenir les Caron de votre visite?

— Oui, bien sûr.

— Combien de jours se sont écoulés entre votre appel et votre visite?

— Trois ou quatre jours. Je ne me souviens plus exactement.

— Mais ce n'était pas le matin même?

— Non, il faut s'assurer que les gens soient à la maison et nous devons établir un horaire pour les travailleurs qui rencontrent les familles.

Elle éleva soudain le ton et ajouta :

— On ne part pas comme ça à l'improviste!

— Il ne vous est jamais venu à l'idée que des gens prévenus peuvent organiser une mise en scène?

— Nous ne sommes pas faciles à berner, dans nos services! Nous avons l'habitude de côtoyer des familles dysfonctionnelles et il y a certains éléments qui ne trompent pas.

— Quand Fabienne vous a dit que ses sœurs étaient victimes de viols répétitifs, vous n'avez pas cru bon de demander des expertises?

— Non. Si la jeune fille mentait au sujet des mauvais traitements infligés aux membres de sa famille, il devenait difficile de croire à son histoire de viols. Comme je viens de le dire, Hélène et Suzanne affirmaient le contraire. Je ne voulais pas les perturber davantage. De plus, il faut avoir des doutes très sérieux pour obtenir ce genre de mandat.

Esther porta son regard vers les jurés. En s'adressant à eux, elle répliqua, narquoise.

— Fabienne mentait à un point tel que, des années plus tard, Ovide Caron a avoué les viols de ses deux filles.

Micheline Richer fut irritée par l'intervention de l'avocate.

— Le père a reconnu sa culpabilité, c'est exact, et j'admets m'être trompée. Mais, comme les victimes m'avaient personnellement assurée qu'il ne les touchait pas, je n'avais aucune raison de douter de leur parole.

— Peut-être, madame, mais, avec un peu plus de perspicacité, vous auriez pu épargner à Hélène et à Suzanne neuf années de viols répétitifs.

Un tumulte s'éleva dans le prétoire et le juge dut rappeler l'assistance à l'ordre, tandis que le procureur s'écriait avec véhémence :

— Maître Aubry n'a pas à émettre une opinion négative sur le travail que cette intervenante a fait en son âme et conscience.

— Objection retenue. Maître Aubry, avez-vous d'autres questions ?

— Oui, Votre Honneur, j'en ai encore quelques-unes... Madame, est-ce que vous avez rencontré les parents séparément ?

— Oui, bien sûr ! Mais, ce qui comptait le plus pour moi, c'était le récit de leurs enfants.

— Quand vous les avez questionnés, est-ce que leurs versions des faits concordaient ?

— Oui, parfaitement. Monsieur Caron était plus volubile que son épouse. Madame était une personne timide, mais elle a répondu à toutes mes questions.

— Elle vous paraissait à l'aise, lors de cet interrogatoire ?

— Oui.

Esther fit une courte pause.

— Je n'ai pas d'autres questions, finit-elle par conclure. Ce sera tout, madame Richer.

La jeune avocate observa la femme pendant qu'elle se retirait. Elle se retenait d'être ironique et de lui souligner qu'elle avait rendu un témoignage admirable, mais elle n'avait pas à critiquer son travail. Selon ce qu'elle avait appris au cours des derniers mois, Ovide Caron était un habile manipulateur. Il avait su berner toute une communauté; pourquoi pas une employée du gouvernement?

La séance fut ajournée au lundi suivant. Charles Aubry, qui avait assisté au début du procès, attendait sa fille à la sortie.

— Tu as marqué un point en faisant dire au coroner qu'il aurait choisi un autre moyen s'il avait vraiment voulu tuer sa victime. Ce sera un très bon argument quand viendra le moment d'alléguer l'absence de préméditation.

Esther glissa son bras sous celui de son père.

— Si nous allions siroter un délicieux scotch? Je te l'offre, papou!

Charles prit un air offusqué, mais il retenait un sourire.

— Tu sais très bien que je ne bois qu'un seul scotch par jour et c'est chez moi, en apéritif avant le souper. Et ne m'appelle pas papou, dans cette enceinte. Que penseraient mes confrères s'ils t'entendaient?

— Que maître Charles Aubry a la chance d'avoir une fille extraordinaire.

— Oui, la meilleure criminaliste en ville, affirma-t-il en haussant légèrement la voix et en jetant un regard fier autour de lui.

La jeune avocate serra plus fort le bras de son père.

— Attends la fin du procès pour m'offrir une médaille d'or. Maître Gagnon a la ferme intention de me confondre, ça se lit en lettres majuscules dans le sourire condescendant qu'il affiche quand il s'adresse à moi.

*

Le lundi 11 février, en arrivant au palais de justice, Esther croisa le détective Duhamel qui était le témoin cité en avant-midi. Ils firent route ensemble vers la salle d'audience.

— Comment va votre client? demanda-t-il.

Sans attendre de réponse, il enchaîna.

— J'ai appris le décès de sa mère durant les fêtes de fin d'année. Il doit en être terriblement affecté. Il n'a vraiment pas eu la vie facile ces derniers temps. Heureusement que son neveu a survécu! Ça doit vous faire drôle de défendre un assassin qui est aussi un héros.

Esther le devinait nerveux.

— Je vous sens mal à l'aise. Vous avez pourtant l'habitude des prétoires.

— C'est vrai, mais il y a des cas qui nous touchent plus que d'autres et, ce matin, je devrai raconter que votre client s'est reconnu coupable sur les lieux du crime. J'ai connu Ovide Caron. J'étais là lors de son arrestation et, excusez ce que je vais dire, mais je l'aurais étranglé de mes propres mains si j'avais pu.

La jeune avocate prêtait attention aux paroles du détective, sachant qu'elle allait pouvoir compter sur son témoignage.

— Soyez honnête dans vos réponses, c'est ce que la Cour attend de vous. Dites la vérité et je ferai le reste.

— Merci, répondit l'homme qui, manifestement, appréciait Émile.

Esther vit arriver son client et ils entrèrent ensemble dans la salle, où les jurés étaient déjà à leur poste et les attendaient. Quelques instants plus tard, le greffier annonça solennellement l'entrée du juge Fortin. Impressionnant en raison de son air sévère, mais aussi de son imposante stature, le magistrat vint prendre place sur la tribune derrière le bureau qui lui était réservé. Il promena un regard vif sur l'assistance et salua d'un bref hochement de tête les avocats et les membres du jury. Il frappa un coup de maillet et annonça d'une voix forte la reprise des audiences.

Assis à sa table, le procureur lui rendit sa politesse en inclinant le front, puis il se tourna vers Esther qu'il salua de son sempiternel sourire narquois. Il se leva ensuite pour aller vers le premier témoin de la journée, le détective Duhamel qui s'était installé à la barre. Il consulta une liasse de feuilles qu'il tenait en main.

— Selon mes notes, vous êtes intervenu sur les lieux du crime et avez arrêté Émile Caron le jour du meurtre. Vous pouvez le confirmer pour la Cour?

— Oui, je le confirme.

— Où était l'accusé à votre arrivée?

— Il était dans sa voiture.

— A-t-il offert une résistance quelconque?

— Non.

— Vous pouvez nous raconter les étapes de son arrestation?

— Quand je suis arrivé, il y avait un homme assis dans une automobile, que deux policiers pointaient avec leur arme.

— Vous reconnaissez cette personne dans la salle?

— Oui, il est près de maître Aubry.

— Il est demandé à la Cour de noter que le témoin a identifié Émile Caron. Poursuivez.

— Les agents l'ont sommé de sortir de son véhicule. Il a obtempéré immédiatement en levant les bras.

— Avez-vous remarqué un fait précis, à ce moment-là?

— Oui, il y avait du sang sur ses mains et il affichait un air abasourdi.

— Que voulez-vous dire?

— Il regardait en direction de la victime, les yeux agrandis d'effroi. Il ne parlait pas et ne semblait pas entendre mes questions. C'est seulement après le départ de l'ambulance qu'il a semblé prendre conscience de ma présence.

— Qu'a-t-il dit ou fait, alors?

Duhamel eut une légère hésitation. Il jeta un coup d'œil du côté d'Émile.

— Il a dit : «Vous pouvez m'arrêter, c'est moi qui ai poignardé cet homme. »

Gagnon se tourna vers les jurés.

— Mesdames et messieurs, je porte à votre attention qu'Émile Caron s'est reconnu coupable du meurtre de son père sur les lieux mêmes de son crime.

— Objection, Votre Honneur! Mon client a seulement admis avoir poignardé son père. Il n'a pas mentionné qu'il voulait le tuer. D'ailleurs, à ce moment-là, l'homme n'était pas mort. Il a dit : «C'est moi qui ai poignardé cet homme. » Et non : «C'est moi qui ai tué cet homme. » L'intention reste donc à démontrer dans l'affaire qui nous occupe.

— Objection retenue. Mesdames et messieurs, ne tenez pas compte de la dernière remarque, et je demande qu'elle soit effacée du procès-verbal.

Laurent Gagnon était ravi. L'impression de culpabilité laissée par sa question était imprégnée dans le subconscient des jurés. Il se tourna vers sa consœur.

— Le témoin est à vous.

Esther se leva et vint se placer tout près du détective.

— Monsieur Duhamel, il y a un peu plus de trois ans, vous avez participé à l'arrestation d'Ovide Caron, n'est-ce pas?

— C'est exact.

— Est-ce que son fils Émile vous accompagnait, à ce moment-là?

— Oui.

— Dans l'attitude d'Émile, avez-vous alors senti de la haine envers son père?

— Objection, Votre Honneur! Le témoin ne peut pas nous dire ce que ressentait Émile Caron lors de cette opération policière.

— Objection retenue. Maître Aubry, formulez votre question autrement.

— Parlez-nous du comportement de l'accusé lors de votre intervention.

Duhamel fixa Émile dans les yeux afin de se replacer dans le contexte de cette fâcheuse soirée, qui lui donnait encore la chair de poule après trois ans.

— Émile a refusé d'entrer dans la maison en même temps que les policiers, car il ne voulait pas assister à l'arrestation de son père. Je l'ai aperçu dans la porte une fois ce dernier maîtrisé.

— Objection, Votre Honneur! s'insurgea le procureur. Ma consœur s'écarte du sujet. Nous ne jugeons pas Ovide Caron, mais son fils qui l'a tué.

— Objection rejetée. Il est important de connaître l'attitude de l'accusé envers son père. Continuez, Maître Aubry.

— Y a-t-il eu un échange verbal entre les deux?

— Non. Ovide a pris conscience de sa présence en même temps que moi et il l'a invectivé en le traitant de Judas, mais Émile n'a pas répondu.

— Si mes notes sont exactes, Ovide Caron n'avait pas revu son fils depuis quatorze longues années et vous dites qu'il l'a reconnu au premier regard?

— Oui. Richard, le jumeau d'Émile, venait parfois visiter la famille, et les deux frères se ressemblaient à s'y méprendre. Je dis se ressemblaient, car Richard s'est suicidé deux semaines avant la sortie de prison de Caron.

Il y eut un murmure dans la salle. L'histoire déplorable revenait à la mémoire des gens qui faisaient maintenant le lien avec l'accusé.

— Que s'est-il produit après que son père l'eut reconnu?

— Émile est passé devant lui sans un regard et il est entré dans la chambre où se trouvait sa sœur qui venait d'être victime de viol. Je l'ai entendu parler doucement à Hélène qui sanglotait.

— Et ensuite?

— Émile est parti retrouver sa mère qui l'attendait au presbytère.

— S'est-il adressé à son père en sortant?

— Non, il n'a pas prononcé une seule parole. Je n'ai jamais senti qu'il triomphait d'une quelconque façon. Il semblait plutôt dépassé par les événements.

— Au moment de son arrestation, le jour du décès du père, quelle était son attitude quand il a reconnu l'avoir poignardé?

— Il parlait d'une voix défaillante. Il avait l'air stupéfait devant la tournure des événements. Je ne peux rien dire de plus.

— Merci, monsieur Duhamel, ce sera tout.

Le juge annonça la fin des procédures pour la journée.

Le lendemain, ce fut au tour de Céline Dufour de se présenter à la barre des témoins. En s'asseyant, elle chercha Joséphine du regard et lui adressa un sourire contrit. Maître Gagnon s'avança vers elle.

— Madame Dufour, pouvez-vous dire à la Cour depuis combien de temps vous connaissez madame Joséphine Gauthier, la compagne de l'accusé?

— Nous enseignons toutes les deux à l'école Christ-Roi. Je l'ai connue quand elle est arrivée dans notre institution pour y travailler.

— Vous étiez amies?

— Oui, nous sortions en couple parfois. Émile et mon mari Dominique étaient aussi de bons copains.

— Le matin du 16 août 1990, avez-vous rencontré madame Gauthier?

— Oui. Pendant les vacances d'été, quand nous ne sommes pas en voyage à l'extérieur, Joséphine et moi déjeunons ensemble un jeudi sur deux, mais, cette fois-là, elle m'a appelée la veille pour annuler notre rendez-vous.

— Vous a-t-elle donné une raison?

— Elle pleurait au téléphone, mais ne voulait rien me révéler. Je lui ai dit que ce serait bien de parler à une amie. Elle devait sentir le besoin de se confier, car elle a fini par accepter de venir le lendemain.

— Que vous a-t-elle raconté lors de votre rencontre?

— Elle m'a annoncé qu'Émile l'avait quittée après avoir passé une nuit sans rentrer à la maison.

— Est-ce qu'elle vous a fait part du motif qui l'avait incité à rompre?

— Non, Émile était parti sans véritables explications et c'est ce qu'elle trouvait le plus difficile à accepter.

— Vous lui avez reparlé, après la mort d'Ovide Caron?

Céline posa le regard sur son amie assise dans la première rangée, juste derrière Émile.

— Non. Je l'ai appelée une fois, mais ça n'a pas répondu. Ensuite, j'ai été trop gênée pour rappeler.

Laurent Gagnon remercia le témoin et céda la parole à la défense. Esther s'approcha et s'adressa à madame Dufour d'une voix amicale.

— Le jour où vous avez reçu les confidences de Joséphine Gauthier, vous lui avez sûrement demandé si elle avait remarqué un comportement inhabituel de la part de son conjoint.

— Oui, bien sûr.

— Avait-elle noté des changements?

— Non, elle m'a affirmé que, s'il avait une autre blonde, il ne devait pas la voir souvent, car ils passaient tout leur temps ensemble.

— À part ça, vous a-t-elle dit qu'il semblait plus triste ou qu'il avait été violent envers elle?

— Objection, Votre Honneur! Maître Aubry suggère des réponses.

— Objection retenue. Maître Aubry, posez vos questions sans orienter les réponses du témoin.

— Comment votre amie Joséphine a-t-elle qualifié le comportement de son conjoint les jours précédant leur rupture?

— Elle m'a confié que, le plus flagrant chez lui, c'était son chagrin à la suite de la mort de son frère. Il avait de la difficulté à s'en remettre. Elle a ajouté qu'il allait rendre visite aux enfants de Richard presque tous les jours et qu'il les avait emmenés à la maison quelques fois pour les distraire.

— Votre amie a-t-elle parlé de ses projets personnels à la suite de leur rupture?

— Oui, elle a dit qu'il était impossible que leur séparation soit définitive, qu'ils s'aimaient trop pour se quitter et qu'elle avait bien l'intention de tout mettre en œuvre pour se réconcilier avec lui dès qu'elle saurait où il se trouvait.

— Elle ne connaissait pas le lieu où logeait son conjoint?

— Non, elle n'en savait rien, mais il n'était parti que depuis la veille.

— Merci, madame Dufour, ce sera tout.

La femme poussa un soupir de soulagement. En passant près de son amie, elle toucha délicatement son épaule et continua sa route jusqu'à la sortie de la salle.

En après-midi, les audiences reprirent avec le gérant du complexe hôtelier Amosphère, Jean-Pierre Rochette, à la barre des témoins. Il avait été établi qu'Émile avait passé les deux jours précédant la mort de son père à cet endroit.

— Vous souvenez-vous du jour de l'arrivée d'Émile Caron à votre établissement en août 1990? questionna Laurent Gagnon.

— Monsieur Caron est arrivé le 15 août vers midi.

— Vous avez une excellente mémoire!

— Je me souviens de ce client avec précision à cause des événements qui l'ont impliqué par la suite.

— Vous le connaissiez avant ce jour-là?

— Non, je ne l'avais jamais rencontré. J'habite Amos depuis seulement deux ans et en dehors du travail j'ai peu d'activités sociales.

— Après son enregistrement, l'avez-vous revu?

— Non. Il m'avait dit qu'il prenait une chambre pour quelques jours. Je n'ai pas posé de questions.

— Vous pouvez nous décrire cet homme, quand il s'est présenté chez vous?

— Dans quel sens?

— Avait-il l'air d'un homme d'affaires de passage ou de quelqu'un qui vient à l'hôtel pour un moment de repos en agréable compagnie?

— Objection! Maître Gagnon suggère des comportements précis et tente d'orienter le témoin sur des suppositions.

— Retenue, spécifia le juge. Maître Gagnon, laissez donc monsieur Rochette donner sa description personnelle.

— Émile Caron était mal rasé et il avait les yeux bouffis d'un type qui a pleuré ou manqué de sommeil. J'ai voulu lui remonter le moral en lui faisant observer la belle journée ensoleillée, mais ça n'a pas eu l'air de l'intéresser. Il m'a présenté une carte de crédit et a signé la fiche sans me regarder. J'ai remarqué que ses mains tremblaient. Ensuite, il a pris la clé que je lui tendais et est sorti.

— Vous souvenez-vous s'il est allé directement à sa chambre?

— Je n'ai pas fait attention à la direction qu'il prenait. Je suis retourné à mes occupations dans la salle à manger. Ce n'est qu'en fin de journée, vers seize heures, quand je suis sorti pour arroser les plantes, que j'ai vu sa voiture devant la porte de sa chambre.

— À votre connaissance, Émile Caron s'est-il absenté entre ce moment-là et le matin du 17 août?

— Non, je ne crois pas qu'il soit sorti, car sa voiture est demeurée dans le stationnement jusqu'à son départ le 17. S'il s'est absenté, je n'en ai pas eu connaissance.

— En quittant l'hôtel le vendredi, est-il passé par votre bureau?

— Non. Ses allées et venues ne m'inquiétaient pas, car j'avais l'empreinte de sa carte de crédit et sa signature.

— Quand avez-vous appris son arrestation?

— Le lendemain, à la télévision, quand il a été formellement accusé. En le reconnaissant, j'ai appelé au poste et des policiers sont venus fouiller la chambre.

— Merci, monsieur Rochette. Le témoin est à vous, Maître Aubry.

Esther s'avança.

— Monsieur Rochette, vous avez raconté au procureur que vous vouliez remonter le moral de l'homme que je défends. Pourriez-vous nous expliquer les raisons qui vous ont fait croire qu'il avait besoin de soutien?

Rochette parut déstabilisé, mais après un court instant il reprit son calme.

— Un client arrive à midi, mal rasé et silencieux. De plus, il tremblait en signant sa fiche. Je l'ai senti tourmenté. J'ai même pensé qu'il pouvait être malade.

— Lui avez-vous demandé s'il était souffrant?

— Oui, mais il m'a regardé sans répondre. Il a pris sa clé et est sorti.

— Quand les policiers ont fouillé sa chambre, avez-vous remarqué si ses effets personnels étaient toujours là?

— Oui, il n'avait rien apporté. C'est d'ailleurs la raison pour laquelle la femme de chambre avait fait le ménage sans s'interroger sur le départ possible du client.

— Merci, monsieur Rochette, je n'ai pas d'autres questions, dit Esther en retournant s'asseoir.

Le gérant de l'Amosphère confirmait qu'Émile Caron était perturbé à son arrivée à l'hôtel deux jours avant la mort de son père. Cet embarras était-il attribuable à ses projets d'avenir, ou à un événement antérieur? Dans le prétoire, tous s'interrogeaient.

Le mercredi, ce fut au tour de Lise Bruneau, la jeune servante qui avait œuvré chez les Caron à la naissance des jumeaux, de témoigner. C'était à présent une femme rougeaude qui avoisinait la cinquantaine. Elle était affectée d'un léger embonpoint, ce qui ne l'empêchait pas de paraître vive et pleine d'énergie. Les quelques rides autour de ses yeux pointaient vers le haut et lui conféraient un faciès rieur, même dans ce prétoire où il était manifeste qu'elle se sentait mal à l'aise. Le procureur de la Couronne s'avança vers elle.

— Madame Bruneau, pourriez-vous préciser à la Cour combien de temps vous êtes demeurée chez la famille Caron?

— Je suis restée avec madame Clarice pendant deux ans.

— C'était en quelle année?

— J'ai commencé à l'été 1958 et je suis partie deux ans plus tard, au mois d'août.

— Pouvez-vous nous décrire l'atmosphère qui régnait à la maison?

La femme parut intriguée.

— Je ne comprends pas votre question. Est-ce que vous pourriez m'expliquer?

— Comment les choses se passaient-elles dans la famille? Quand le père était là, par exemple, l'avez-vous entendu crier ou l'avez-vous vu battre ses enfants?

— C'est certain qu'il criait, mais je ne l'ai pas vu lever la main sur les enfants. Une taloche par-ci par-là, mais rien de grave. Il faut dire que, des jeunes, il y en avait neuf avec les jumeaux. Ça bouge et ça se chamaille, à ces âges-là. Ovide n'était pas le plus patient des hommes, mais, comme il ne venait à la maison que les fins de semaine, ça permettait aux enfants de se tirailler la semaine.

— À votre connaissance, il ne les battait pas.

— Je ne l'ai jamais vu frapper qui que ce soit.

— Et comment ça se passait avec sa femme?

— Ils ne se parlaient pas beaucoup, au début surtout, car madame Clarice était malade.

— Et quand elle a pris du mieux, ils conversaient davantage?

— Pas vraiment.

— Mais quand ils discutaient, sur quel ton le faisaient-ils?

— Comme tout le monde, ils parlaient bien normalement.

— Merci, ce sera tout pour moi. À vous, Maître Aubry.

Esther s'avança à son tour.

— Vous êtes arrivée chez les Caron tout de suite après la naissance des jumeaux. Pouvez-vous nous décrire ces bébés?

— Émile était un gros bébé affamé. Je le nourrissais à la bouteille, pendant que madame Clarice allaitait Richard. Lui, il était plus fragile, mais il profitait bien.

La jeune avocate était satisfaite de la réponse. Elle était convaincue que tous les enfants de Clarice Bourassa-Caron étaient nés en parfaite santé et que c'était la suite des événements, soit les mauvais traitements infligés par leur père, qui en avait fait des handicapés intellectuels ou physiques.

— Pendant ces deux années, avez-vous pris des vacances?

— Oui. À l'été 1959, je suis allée chez mes parents durant deux mois. Denise et Odile, qui avaient onze et neuf ans, se sont occupées de la marmaille à ma place. Au cours de la deuxième année, j'ai passé quelques fins de semaine dans ma famille quand monsieur Caron était chez lui. Madame Clarice avait moins besoin de moi.

— Ce qui veut dire que vous n'avez pas vécu beaucoup dans la maison lors des présences d'Ovide Caron, surtout au cours de la deuxième année?

— La première année, madame Caron a fait une très grosse dépression. Elle pleurait tout le temps, mais elle a fini par aller mieux. Après les vacances d'été, je n'étais pas certaine de retourner chez les Caron, car je pensais qu'elle pourrait reprendre seule l'entretien de sa maison.

— Et vous y êtes retournée. Pourquoi?

— Je n'ai pas eu le choix, c'est le docteur Lacasse qui est venu me chercher. Madame Clarice était au lit avec une jambe fracturée, alors que Denise et Odile devaient retourner à l'école.

— Est-ce qu'il y avait eu des changements à la maison pendant votre absence?

— Quelle sorte de changements?

— Sur la santé des enfants, par exemple?

Lise Bruneau parut consulter un instant sa mémoire.

— Il y avait Gilles, qui avait eu le nez cassé. Pauvre petit, avec les cicatrices qu'il avait déjà, c'était bien malheureux.

— Il vous a dit comment c'était arrivé?

— Il avait reçu un coup de sabot de cheval, dans l'écurie.

— Et madame Clarice, elle vous a raconté comment elle s'était fracturé la jambe?

— Un bête accident, qu'elle a dit. Elle avait chuté en étendant son linge sur la corde à l'extérieur.

— Et les jumeaux, comment allaient-ils à votre retour en septembre? demanda l'avocate en s'approchant de son client.

— Émile avait commencé à marcher, dit-elle en regardant le jeune homme avec un large sourire. Il était mignon comme tout. J'ai été bien heureuse de les retrouver, mes deux beaux bébés.

— Et les autres enfants?

— Hélène, qui avait trois ans, marchait un peu mieux aussi, mais je crois qu'Émile, à un an, avait plus d'équilibre qu'elle.

— Quand avez-vous quitté la famille?

— L'été suivant.

— Vous êtes retournée la visiter par la suite?

— J'espérais le faire jusqu'à ce que monsieur Caron m'interdise de repasser. Il ne voulait plus me voir chez lui. Il n'aimait pas les écornifleuses dans sa maison. C'est ce qu'il m'a dit.

— Merci, madame Bruneau, ce sera tout. Vous pouvez regagner votre place.

La dame se leva. Elle avait trouvé particulièrement difficile de répondre aux avocats, car sa présence chez les Caron datait de plus de trente ans. Elle avait forcément oublié bien des détails. La séance fut levée et la suite des procédures fut remise au lundi suivant. Esther reconduisit Émile et Joséphine à l'extérieur.

— Le procureur n'a fait ressortir aucun élément nouveau. Il compte invoquer la préméditation. C'est son travail et ça se devine à ses questions et ses remarques. Il va suggérer que vous avez rompu avec Joséphine, puis passé du temps à l'hôtel en vue de préparer votre rencontre avec votre père. Ces faits lui serviront d'arguments, c'est certain. Et madame Bruneau n'a pas témoigné à notre avantage, puisqu'elle n'a jamais été consciente d'un mauvais traitement de la part de votre père.

— C'est pourtant lui qui a cassé le nez de Gilles et poussé maman dans l'escalier quand elle s'est fracturé la jambe.

— La semaine prochaine, nous aborderons la défense. Nous pourrons mettre ces faits en évidence.

Esther tendit la main à son client et à sa conjointe.

— Reposez-vous. La semaine à venir sera lourde en émotions.

— Merci, maître Aubry. Vous êtes plus qu'une avocate, vous êtes une amie, souligna Émile.

Gabriel vint les saluer à son tour. Avec Esther, il les regarda quitter le palais de justice dans les rafales de neige. Ils avançaient péniblement en se protégeant difficilement du vent qui les bousculait.

— Cette image représente leur vie actuelle, tu ne trouves pas? dit-il à Esther. Ils affrontent les éléments, cramponnés l'un à l'autre pour faire face à leur imprévisible destin.

— Tu as raison, répondit Esther, songeuse. J'ai rarement vu autant d'amour dans un couple. Qu'Émile ait quitté Joséphine l'été dernier m'intrigue vraiment. Que s'est-il passé qu'il ne pouvait partager avec elle? Il affirme qu'il en avait assez de lui apporter seulement des malheurs, mais j'ai le sentiment que leur rupture reposait sur un autre motif et ce questionnement laisse une faille dans ma défense.

— Je me pose aussi la question, dit Gabriel, pensif. Cependant, il est possible que tous les événements qui se sont succédé dans sa vie l'aient poussé aux limites de sa résistance. Il ne faut peut-être pas chercher plus loin.

— Au point de quitter Joséphine qui était son soutien et son plus grand bonheur?

— C'est difficile pour nous d'imaginer sa souffrance morale, mais elle était bien réelle. Je me souviens de son immense chagrin lors de l'enterrement de Richard. Il faisait pitié à voir. Sans en être réellement conscient, il vivait sûrement une phase dépressive et il voulait épargner à sa compagne le spectacle d'une douleur qu'il jugeait insurmontable.

Esther demeurait perplexe, mais les arguments de son ami appuyaient la version de son client. Gabriel interrompit le cours de ses pensées.

— Tu accepterais une invitation au restaurant cette fin de semaine? demanda-t-il courtoisement.

L'avocate accueillit la proposition avec joie.

— Je t'attendrai chez moi vers dix-neuf heures samedi. Ça te convient?

Gabriel acquiesça et serra la main de son amie en lui rendant son sourire. Au moment de sortir, il se retourna et fit un dernier salut amical en inclinant la tête. Esther le trouvait sympathique et très séduisant.

*

Émile et Joséphine s'étaient levés tôt ce samedi-là. Appuyés l'un contre l'autre, ils sirotaient leur premier café de la journée en surveillant distraitement les premiers rayons du soleil qui taquinaient le faîte des arbres. Émile avait peu dormi. Par l'immense fenêtre de sa chambre, il avait suivi une grande partie de la nuit le parcours de la lune, jusqu'à sa tombée sur l'horizon aux premières lueurs de l'aube. Il prenait de plus en plus conscience de son acte insensé et du fait que sa liberté tirait à sa fin.

— Nous profiterons de la fin de semaine en amoureux, murmura-t-il à l'oreille de sa compagne. Je ne veux ni sortir ni voir qui que ce soit. Nous irons marcher le long du lac…

Il suspendit sa phrase et tenta de retrouver, sur la surface gelée qu'il apercevait au loin, l'endroit où son neveu avait failli disparaître dans l'eau noire et froide. En surface, il n'y avait plus qu'un léger cratère dans la neige. Il frissonna. Tellement de deuils pavaient sa route depuis l'été dernier! La vie était un bien très fragile.

La sonnerie du téléphone interrompit le flot de ses pensées. Il consulta l'horloge sur le manteau de la cheminée qui indiquait sept heures trente.

— Qui peut bien nous appeler à une heure aussi matinale? s'inquiéta-t-il.

Il se leva et alla répondre. Sa nièce Virginie pleurait au bout du fil et avait de la difficulté à s'exprimer. Elle hoquetait tellement qu'il ne comprenait rien de ce qu'elle essayait de dire.

— Est-ce qu'il y a quelqu'un avec toi? demanda-t-il.

— Il y a Mathieu, finit-elle par articuler péniblement.

— Alors donne-lui le combiné.

Son frère prit le relais à l'autre bout du fil.

— Mathieu, dis-moi ce qui ne va pas!

— Grand-maman Marielle ne voulait pas qu'on te dérange. C'est pour ça que Virginie et moi nous t'appelons avant qu'elle se lève.

— Pourquoi est-ce qu'elle ne voulait pas?

— Elle dit que tu as de gros problèmes. Est-ce que c'est vrai?

— Je n'ai jamais d'ennuis trop grands pour ne pas vous parler. Qu'est-ce qui se passe pour que vous téléphoniez si tôt?

Il entendit un sanglot à l'autre bout du fil, mais l'enfant finit par lui répondre.

— Maman est partie pour l'hôpital en ambulance hier soir et, Virginie et moi, nous avons très peur qu'elle meure.

Émile perçut leur angoisse. Les bambins avaient eu leur part de malheurs. Il ne fallait pas que leur mère les quitte maintenant, ce serait trop cruel. Il leva les yeux vers Joséphine qui l'interrogeait du regard. Il mit la main sur le combiné.

— Véronique est entrée à l'hôpital en ambulance hier, Mathieu et Virginie sont inquiets et bouleversés.

— Allons les chercher, décida la jeune femme sans hésiter. Nous irons à l'hôpital avec eux rendre visite à leur mère et nous les garderons avec nous jusqu'à dimanche soir.

Émile lui sourit. Joséphine avait une grandeur d'âme qui lui faisait choisir de faire le bonheur des autres avant de penser au sien. Il reprit sa conversation avec le petit garçon.

— Est-ce que Virginie et toi aimeriez venir passer la fin de semaine avec nous?

Il entendit un timide oui au bout du fil, suivi d'un sanglot.

— Est-ce que je peux apporter le jeu d'échecs que papa m'a sculpté? ajouta Mathieu, la voix enrouée.

— Bien sûr, mon chéri! Nous jouerons ensemble cet après-midi.

Émile aurait aimé prendre les enfants dans ses bras pour les consoler de la perte de Richard et leur dire qu'il serait toujours là pour eux, mais il ne pouvait pas leur en faire la promesse.

*

Esther observait l'homme assis en face d'elle. Il n'avait apporté à ce repas romantique au Château d'Amos que le charme de sa présence. Quinze années de sacerdoce semblaient lui avoir enlevé le sens de la séduction. Il ne savait plus jouer de ses armes, ou alors il ne le désirait pas. Il était poli, mais elle avait la conviction qu'il aurait eu la même attitude empressée en présence de sa mère, sa courtoisie étant naturelle. L'avocate avait mis pour l'occasion une jolie robe bleue assortie à ses yeux. Son père l'avait observée avec un œil admiratif, alors qu'elle descendait le grand escalier de la maison familiale.

— Tu es sublime, ma fille, avait-il déclaré, ému. Tu as hérité de la beauté de ta maman.

Esther ne passait pas inaperçue en société. Elle avait l'habitude des compliments, davantage encore quand elle allait à un rendez-vous galant tel que celui de ce soir. Elle mit l'apparent détachement de Gabriel sur le compte des longues années de chasteté que lui avait imposées l'Église. À quarante-quatre ans, il commençait tout juste à fréquenter les personnes du sexe opposé, mais elle trouvait que son embarras lui conférait un certain charme.

— Dans mes relations avec les femmes, je me sens comme un énorme saint-bernard devant un étal de porcelaines, constata Gabriel qui effectivement ressentait un malaise de se retrouver en galante compagnie.

Esther ne put retenir un éclat de rire.

— Tu es un brin maladroit, mais tu n'as aucune ressemblance avec ce gros chien poilu qui bave. Tu as plutôt l'allure altière et distinguée d'un lévrier anglais, surtout quand tu fends le vent à toute vitesse sur ta moto.

— Merci pour ce compliment. Vous m'honorez, maître Aubry.

Leur conversation porta d'abord sur des banalités, de la température à leurs mets préférés. Puis Gabriel sembla vouloir la diriger vers sa profession d'avocate.

— Le travail d'avocat ne m'avait jamais interpellé avant que je te connaisse, avoua-t-il. Je ne pensais pas être un jour l'ami de quelqu'un qui aurait besoin de services juridiques, surtout pas dans une cause criminelle.

— Tu devrais peut-être ajouter: «avant de croiser Fabienne Caron sur ma route». Je ne crois pas me tromper en affirmant que c'est elle et les siens qui t'ont entraîné dans le milieu des affaires judiciaires.

Gabriel acquiesça. Effectivement, sa rencontre avec Fabienne avait transformé sa vie.

— Tu as raison, c'est bien la famille Caron qui m'a introduit dans votre monde et j'admire le travail que vous effectuez en exploitant tout votre talent pour défendre vos clients.

— Nous nous contentons de consacrer notre science à essayer de les tirer d'affaire, mais je dois t'avouer que mes clients n'ont pas tous le charisme d'Émile ni les circonstances atténuantes dont il bénéficie.

— Je trouve que la vie a été cruelle envers lui. Il n'a pas eu beaucoup de chance.

— Tu as raison, Gabriel, mais c'est lui qui a poignardé son père et, malgré tout ce qu'il a vécu et enduré au cours de son existence, ce geste demeure inacceptable.

Gabriel était attristé. La soirée n'évoluait pas comme Esther l'avait espéré. Elle se fit donc plus douce.

— Je vais faire tout mon possible pour que sa peine soit la moins sévère possible, je t'en donne ma parole, dit-elle en se penchant vers l'homme à ses côtés et en déposant sa main sur la sienne.

Il répondit à ce geste par un sourire gêné qui accentua le léger creux au milieu de son menton. Il ne retira pas sa main, mais il poursuivit son idée.

— Quand je pense à Émile, j'éprouve un sentiment de culpabilité. Je l'ai beaucoup fréquenté après l'arrestation de son père, mais je n'ai rien vu venir du drame qui s'est produit.

Ce fut Esther qui enleva sa main. Décidément, l'esprit de Gabriel était concentré sur les déboires de son ami.

— Et si nous changions de sujet. La nuit de Noël, tu me disais vouloir retourner aux études. Où en es-tu dans tes démarches?

Leur conversation se poursuivit très tard dans la soirée. En reconduisant son invitée au seuil de sa demeure, Gabriel se pencha pour l'embrasser sur les joues, mais Esther prit affectueusement son visage entre ses mains et dirigea ses lèvres vers les siennes, chaudes et humides. Gabriel répondit d'abord respectueusement, mais le désir qu'il éprouvait pour Esther se fit plus pressant. Il l'embrassa avec une tendre sensualité. Il glissa ses mains sous le manteau entrouvert et attira le corps chaud et vibrant de sa compagne vers le sien. Il sentit sous ses doigts la douceur câline de la soie et, pour la première fois de la soirée, il apprécia la jolie robe bleue dont son amie était vêtue. Un immense frisson de volupté envahit son corps et ses pensées.

Il se recula lentement et contempla la jeune femme. Elle était rayonnante dans le clair de lune argenté de cette froide nuit d'hiver. Il la trouva belle et désirable, mais il s'était trompé une première fois et il ne voulait pas répéter son erreur. Il en savait tellement peu sur les femmes! Quelle arrogance il avait eue d'oser les conseiller, alors qu'il prêchait du haut de la chaire et qu'il s'imaginait détenir la vérité suprême à leur sujet! Il retira ses mains en laissant glisser ses doigts doucement le long du corps frémissant d'Esther. Il lui offrit un dernier baiser en caressant délicatement ses lèvres de sa langue chaude et gourmande, puis se recula. Le moment n'était pas encore venu d'aller plus loin.

En arrivant à sa voiture, il se retourna et vit sur le pas de sa porte Esther qui le saluait d'un geste gracieux. Nimbée d'un rayon de lune, sa chevelure brillait de mille diamants. Elle lui apparut féerique, mais était-il un prince digne de ce conte de fées?

Chapitre 18

La troisième semaine du procès coïncidait avec l'arrivée des témoins de la défense à la barre. Plusieurs personnes s'étaient vu refuser l'entrée de la salle de Cour, car ce procès très médiatisé attirait de plus en plus de curieux et le nombre de journalistes venus de l'extérieur de la région avait augmenté. Ils se regroupaient tous au fond de la salle et il était facile de les distinguer avec leur papier et leur crayon.

Selon Esther, il était inimaginable de juger Émile Caron sans brosser un tableau de sa famille. Sa vie de misère et les sévices qu'il avait endurés avaient conduit son client à commettre un geste désespéré, elle en avait la conviction. Il lui faudrait donc convaincre les jurés, tous dotés d'un esprit analytique différent, de la pertinence de sa défense. Elle fit d'abord témoigner Bernadette Pépin, la voisine des premiers jours de la famille Caron.

— Madame Pépin, pourriez-vous raconter à la Cour votre première rencontre avec Clarice Bourassa, la mère d'Émile Caron?

— La première fois, c'était le lendemain de son mariage, sur le perron de l'église à Saint-Marc-l'Évangéliste. C'était une nouvelle mariée souriante et sociable, heureuse d'apprendre que nous étions voisines. Elle m'a conviée à la visiter dès que possible.

— Vous l'avez fait?

La femme compta dans sa tête.

— C'était en juin et j'ai accouché le 7 juillet chez mes parents, au village. Je suis revenue à notre maison du Rang 6 vers la mi-septembre et c'est là que je suis allée rendre visite à Clarice.

— Elle était heureuse de votre venue?

— Oui, très contente. Elle se croyait déjà enceinte.

— Vous l'avez revue par la suite?

— L'hiver est arrivé et, avec un bébé, on ne sort pas beaucoup. Il fait trop froid et il y a beaucoup de neige. Je l'ai revue au printemps, quelques jours avant la naissance de Pierre à laquelle j'ai assisté, d'ailleurs, le 27 avril.

— C'est elle qui vous avait invitée à être présente lors de son accouchement?

— Non, mais le docteur Lacasse m'a demandé de l'accompagner. C'était un premier enfantement et j'habitais la maison voisine. Il m'a prise en passant. Ma mère était chez moi. J'ai donc pu y aller l'esprit tranquille.

— Vous assistiez souvent le médecin?

— C'était la première fois. Pendant de longues années, ma mère a secondé le docteur Chabot, décédé l'année précédente, et je les ai accompagnés à quelques reprises. Maman vieillissait et elle avait exprimé le désir que je la remplace. Le docteur Lacasse venait d'arriver dans le village, c'était l'occasion d'effectuer le changement.

— Comment s'est passé ce premier accouchement?

— Très bien! Clarice était jeune et c'était une femme en pleine forme.

— Et la santé du bébé?

— Un bel enfant bien rose, dans les sept livres. J'étais heureuse pour Clarice.

— Vous avez revu ce nourrisson par la suite?

— Oui, dans les jours qui ont suivi et pendant deux mois après la naissance, je leur ai rendu quelques visites.

— Le poupon allait bien?

— Il avait bonne mine. À cinq semaines, il souriait déjà et avait pris du poids.

Esther observa Émile, qui avait la tête penchée et qui retenait ses larmes. Elle s'approcha de lui et se plaça à ses côtés pour permettre aux jurés de l'apercevoir et de constater son douloureux inconfort. Elle poursuivit son interrogatoire.

— Vous avez revu la mère et l'enfant par la suite?

— Oui, Pierre devait avoir quatre ou cinq mois.

— Vous pouvez décrire à la Cour l'état dans lequel vous avez trouvé ce tout-petit?

La dame eut une légère hésitation.

— J'en ai encore des frissons quand j'y pense. Le bébé était amorphe, il avait le regard éteint et les membres flasques.

Émile était crispé. Chaque mot prononcé le bouleversait.

— Vous avez fait part de votre étonnement à la mère du poupon?

— Oui, elle m'a dit de ne pas m'occuper de ça, qu'elle était une bonne mère. Ce jour-là, elle n'était plus la maman que j'avais connue avant l'accouchement ni la femme que j'avais rencontrée sur le perron de l'église, le lendemain de son mariage une année auparavant.

— Vous voulez dire qu'elle était triste et malheureuse?

— Objection! s'empressa de crier le procureur, content de trouver un moment pour intervenir et entraver le courant de sympathie qu'il sentait monter dans la salle et chez les jurés.

— Ne suggérez pas de réponse, Maître. Un peu de retenue!

— Quelle était l'attitude de Clarice Bourassa à vos yeux?

— Elle avait l'allure d'une femme battue.

— Objection, Votre Honneur! Madame doit dire si elle a eu connaissance que cette femme se faisait battre. Autrement, elle ne doit pas le suggérer.

— Madame Pépin, dit le juge, expliquez votre réponse. Si vous n'avez pas été témoin de violence de la part du mari, vous ne devez pas le mentionner.

— Clarice m'a demandé de ne plus venir la visiter, en disant que son époux n'aimait pas les papotages de femmes. Je l'ai sentie inquiète. Elle avait peur, je le voyais dans ses yeux et le devinais dans ses paroles qui manquaient d'assurance. Tout le temps de ma visite, elle a guetté la porte de crainte que son mari n'arrive. Je m'en souviens comme si c'était hier. Elle m'a suppliée de me dépêcher de partir si Ovide rentrait du village. J'étais convaincue qu'elle avait peur des réactions de son mari.

— Il est revenu pendant que vous étiez avec elle?

— Non.

— Avez-vous assisté aux accouchements suivants de madame Caron?

— Non. Clarice a accouché seule avec son mari jusqu'à la naissance des jumeaux.

— Étiez-vous présente quand Émile et son frère sont nés?

— Oui. Ovide est venu me chercher et le docteur Lacasse était sur les lieux.

— Quel était le comportement des autres enfants?

— Pierre, l'aîné, avait onze ans. Il marchait en boitillant. Il avait besoin de l'aide de sa sœur Denise pour parcourir de longues distances. La dernière, Hélène, se traînait toujours sur les fesses à deux ans et demi.

— Vous avez revu la famille Caron par la suite?

— Il y a eu Lise Bruneau à la maison pendant deux ans et ensuite nous avons déménagé au village. Je les ai très peu revus.

— Merci, madame Pépin. Maître Gagnon, le témoin est à votre disposition.

Laurent Gagnon approcha sans un mot. Il affichait un air dubitatif.

— Madame Pépin, vous mentionnez à la Cour l'état des membres de la famille Caron, mais pouvez-vous nous dire si vous avez été personnellement témoin de sévices de la part d'Ovide Caron?

— Non. Ce dont je me suis rendu compte, c'était des détails. Le jour de la naissance des jumeaux, par exemple, il semblait bien indifférent à ce que les enfants dînent ou pas.

Madame Pépin fit une courte pause et poursuivit.

— Ces petits n'avaient jamais bu de boisson gazeuse de leur vie, clama-t-elle.

Le procureur adopta un air narquois.

— Je n'en ai jamais bu jusqu'à l'âge de quinze ans. Pour en goûter, j'ai dû m'en acheter moi-même à l'épicerie du coin et je n'ai pas été un garçon battu. Ma mère disait que ce n'était pas bon pour les dents.

Il y eut des rires dans l'assistance.

— Vous ne pensez pas qu'il aurait pu s'inquiéter pour sa femme, dont l'accouchement se montrait particulièrement difficile, et qu'il n'avait pas la tête à faire dîner les enfants?

La dame baissa la tête.

— C'est possible.

— Donc, si je résume votre témoignage, Clarice Caron et ses enfants avaient des attitudes étranges, à vos yeux, mais il n'y a jamais eu de mauvais traitements de la part du père en votre présence.

Bernadette n'avait pas été témoin de la brutalité d'Ovide, même si son intuition et les conversations qu'elle avait eues avec Clarice l'avaient convaincue de sa cruauté.

— Une femme qui perd sa joie de vivre et des bébés qui naissent en pleine santé avant de devenir des handicapés, vous trouvez ça normal, vous?

— Madame Caron était dépressive et, des maladies infantiles, ça existe! Avez-vous la conviction, hors de tout doute, qu'il faut attribuer ces accidents de parcours au père de la famille?

Bernadette se tourna vers le juge.

— Non, bien sûr.

— Merci, madame Pépin. Ce sera tout.

En s'adressant à l'assemblée présente, il conclut son interrogatoire.

— Je fais remarquer à la Cour que le témoin n'a mentionné que des suppositions, puisqu'elle n'a jamais eu connaissance personnellement de mauvais traitements infligés par le père.

— Objection! s'opposa Esther avec véhémence. Je me permets de spécifier à la Cour, ainsi qu'aux membres du jury, qu'Ovide Caron a été condamné pour viol quelques années plus tard, ce qui tendrait à démontrer que l'intuition de madame Pépin n'est pas totalement absurde.

Le juge Fortin accepta l'intervention de l'avocate de la défense et le greffier fit entrer le témoin suivant, Élise Bourassa, une dame qui portait bien la soixantaine malgré ses cheveux blanc neige qu'elle arborait avec fierté. Très droite, elle s'avança à la barre avec assurance. En se levant pour se diriger vers elle, Esther regretta une fois de plus le décès de Clarice; la comparaison visuelle entre les deux femmes aurait attesté des séquelles laissées par la vie de misère de la mère d'Émile, qui marchait le dos voûté et balbutiait plus qu'elle ne parlait. Après les formules d'usage, Esther s'adressa à la sexagénaire.

— Madame Bourassa, avez-vous revu Clarice après son mariage?

— Oui, à trois reprises avant d'aller la visiter à Noël dernier.

— Vous pouvez spécifier à la Cour les occasions où vous l'avez rencontrée?

— Quand ma sœur a eu son premier bébé, notre mère s'est fait conduire chez elle par son frère Antoine qui avait été choisi comme parrain et je les ai accompagnés. Maman avait appris la nouvelle par le docteur Lacasse, qui avait téléphoné au bureau de poste de Villemontel à la demande de Clarice. Elle désirait s'occuper personnellement des relevailles de sa fille.

La dame afficha un léger sourire en se remémorant le passé.

— Je la revois, cette chère Marie-Jeanne. Elle était tellement heureuse d'être grand-mère! Elle était énervée en faisant sa valise, c'était agréable à voir.

— Est-elle demeurée longtemps chez votre sœur?

— Non. En sortant de l'église après la cérémonie du baptême, Ovide a annoncé à maman qu'il souhaitait qu'elle reparte avec Antoine et moi, alors qu'elle avait prévu séjourner au moins deux semaines avec Clarice et son nouveau-né. Il ne voulait pas qu'elle gâte son épouse et la rende paresseuse. Ce sont ses paroles exactes, je m'en souviens.

— J'imagine qu'elle a été déçue.

— Oui! Et l'oncle Antoine a été très fâché de se faire éconduire ainsi. Plus jamais il n'a accepté d'accompagner maman chez sa fille.

— Est-elle retournée chez votre sœur par la suite?

— Oui.

— Pouvez-vous nous raconter dans quelles circonstances?

— La rencontre à la naissance de Pierre, c'était en avril 1947 et je me suis mariée en juin de la même année. Julien, mon mari, et moi avions décidé d'aller vivre au Cap-de-la-Madeleine où il avait obtenu un poste d'enseignant. Raymonde était entrée en religion chez les sœurs du Précieux Sang, une communauté cloîtrée. Maman allait se retrouver seule. Elle a donc accepté de venir habiter avec nous, mais avant de quitter l'Abitibi elle a voulu aller saluer Clarice et sa famille.

— Et comment se portait votre sœur?

— Elle était triste de nous voir partir aussi loin. Elle était amaigrie, mais elle avait un beau bébé qui faisait son bonheur, disait-elle.

— Est-ce que vous l'avez revue par la suite?

— Six ans plus tard, en 1953, maman a appris qu'elle était atteinte du cancer. Elle a voulu revoir Clarice avant de mourir. Au début des années 1950, l'Abitibi, c'était le bout du monde pour les gens de Trois-Rivières. Le moyen le plus facile d'y accéder était le train, un long voyage qui durait presque une journée, conclut-elle comme pour expliquer le peu de visites qu'avait eues Clarice.

— Est-ce que votre rencontre s'est bien passée?

— Clarice avait déjà cinq enfants; c'était à l'automne. Jacques, le dernier-né, allait avoir un an quelques jours plus tard. Cette visite a permis à Marie-Jeanne de connaître ses petits-enfants et à moi, mes neveux et nièces.

— Comment se portait le bébé?

— C'était un beau garçon. Il nous faisait des sourires. Je me souviens que maman trouvait Clarice bien courageuse; cinq enfants en sept ans de mariage!

— Son mari était présent lors de la rencontre?

— Oui, Ovide était à la maison. C'est pourquoi nous n'avons pas échangé beaucoup et que la visite a été courte. Ma mère a répété jusqu'à sa mort l'année suivante qu'elle aurait dû sortir sa fille de cet enfer.

— Pourquoi disait-elle une telle chose, selon vous?

— Objection! Le témoin n'a pas à émettre de suppositions personnelles sur les états d'âme de sa mère.

— Objection acceptée. Maître Aubry, posez des questions qui nous apporteront des détails précis.

— Bien, Votre Honneur. Madame Bourassa, comment vous sentiez-vous lors de la visite à votre sœur?

— Très mal à l'aise. Clarice pleurait à gros sanglots en nous serrant dans ses bras. Elle s'accrochait et semblait ne pas vouloir nous laisser partir, mais, dès notre arrivée, Ovide nous avait fait savoir qu'il n'avait pas de place pour nous héberger. Bébé Pierre, un bel enfant en bonne santé quand nous l'avions vu en juillet l'année de sa naissance, ressemblait à un arriéré. Excusez mes paroles, mais c'est ce que maman disait.

— Et comment se portaient les autres enfants?

— C'était encore des tout-petits, entre deux et cinq ans. Ils avaient l'air bien, mais la visite a été courte. Ovide nous a à peine adressé la parole, sauf, bien sûr, pour nous souligner que nous n'étions pas les bienvenues.

— Est-ce que ce fut la dernière fois que vous avez rencontré votre sœur avant votre venue à Noël cette année?

— Non. Je suis revenue en 1979. Fabienne venait tout juste de s'enfuir de la maison. Ovide était en furie. Il m'a traitée de tous les noms, m'accusant d'être responsable de son départ, alors que c'était un pur hasard si j'arrivais à ce moment-là. Je n'ai jamais pu parler en tête-à-tête avec Clarice et j'ai dû reprendre le train dès le lendemain. Par la suite, nous avons échangé du courrier, mais Clarice ne se plaignait jamais. Elle avait accepté son sort.

— Dans l'une de ses lettres, vous a-t-elle mentionné que son mari était en prison?

— Oui, mais elle ne m'a pas fait savoir qu'il était mort.

— Quand vous avez appris qu'Ovide était écroué, avez-vous pensé à rendre visite à votre sœur?

— J'y ai songé, mais je venais de subir une grave opération. Je n'étais pas en état de voyager. Il faut dire aussi qu'en 1987 nous vivions loin l'une de l'autre depuis quarante ans. J'ai été mise au courant de la mort d'Ovide par Joséphine Gauthier, la compagne d'Émile, qui a communiqué avec moi pour m'inviter aux festivités de Noël afin de faire une agréable surprise à Clarice. J'ai accepté immédiatement, sachant que je pourrais enfin lui parler librement et jouir de sa présence en toute quiétude.

Esther prit deux clichés sur une table.

— Madame Bourassa, voici les deux photos que vous voulez présenter à la Cour.

Esther déposa les pièces à conviction numéros 2 et 3 devant Élise.

— Pouvez-vous les décrire pour les jurés?

Élise examina les deux photos avec une certaine nostalgie. Elle les souleva à tour de rôle en les commentant.

— Celle-ci a été captée le jour du mariage de Clarice. La personne en robe de mariée, c'est elle. La dernière à droite, c'est moi. Ce cliché-ci, quant à lui, a été pris par Émile à Noël 1990. Il s'agit de Clarice et moi à nouveau.

La dame remit les photos à Esther.

— Je porte ces images à l'attention de la Cour. Élise Bourassa ici présente est l'aînée de la famille, alors que, sur le deuxième cliché, Clarice a l'air de sa mère plutôt que de sa sœur.

La jeune avocate tendit les instantanés aux membres du jury avant de céder sa place à l'avocat de la Couronne.

Maître Gagnon se leva et vint vers le témoin.

— Madame, expliquez à la Cour l'état de santé de Clarice Bourassa au moment où fut pris le deuxième cliché.

— Elle était malade, bien sûr, puisqu'elle est morte le lendemain. Elle avait un cœur de cent ans, nous a dit le coroner.

Le procureur exultait, c'était la réponse qu'il espérait entendre.

— Mesdames et messieurs du jury, prenez bonne note que la femme que vous voyez sur la seconde photographie était extrêmement malade, puisqu'elle est morte quelques heures plus tard. Il est fort probable que son état de santé explique son apparence de vieillissement précoce bien davantage que de possibles sévices subis au cours de son existence. À vous d'en juger.

Il y eut un murmure dans l'assistance qui plut à maître Gagnon. Esther se rendait compte qu'elle se battait contre un adversaire de taille. Elle lui rendit son sourire en rejetant la tête en arrière. Elle ne lui concédait pas encore la victoire pleine et entière. Maître Gagnon reprit :

— Si votre mère était à ce point convaincue des mauvais traitements infligés à sa fille, pourquoi n'a-t-elle jamais porté plainte contre son gendre ?

— C'était en 1953. La parole d'une belle-mère ne pesait pas lourd dans la balance. De plus, son beau-fils était un admirable manipulateur. Maman était une personne timide qui n'avait jamais eu affaire à la justice. Si elle avait voulu porter plainte, je suis certaine qu'elle n'aurait même pas su à qui s'adresser.

— A-t-elle déjà mentionné cette éventualité devant vous ?

— Non.

— Et vous, vous n'avez jamais eu l'idée de dénoncer votre beau-frère ?

— Nous n'avons jamais été témoins des brutalités d'Ovide envers Clarice. Même si nous étions convaincus qu'il la maltraitait, il était difficile de l'accuser.

Le procureur eut un sourire satisfait.

— Une dernière question. De quoi est décédée votre sœur Raymonde, qui avait pris le voile?

— D'un arrêt cardiaque à trente-huit ans, lors d'une marche en forêt.

Élise eut un sursaut. Elle devinait soudain vers où se dirigeait le magistrat.

— Et j'imagine qu'elle n'avait souffert d'aucune violence conjugale, puisqu'elle était entrée en religion.

La femme eut une légère hésitation.

— Non, en effet.

— Merci, ce sera tout, décréta maître Gagnon, triomphant.

La séance fut levée.

À la sortie de la salle de Cour, Émile attendait sa tante Élise en compagnie de son avocate. Elle repartait le lendemain pour Trois-Rivières.

— Je n'ai pas été un très bon témoin, s'excusa-t-elle à l'adresse d'Esther.

— Vous avez été excellente, au contraire. Vous avez brossé un tableau parfait de l'isolement de votre sœur. D'autres personnes vont venir raconter les sévices infligés aux membres de sa famille.

— Merci, répondit Élise, rassurée.

Elle se tourna vers Émile.

— Comment va Véronique? s'enquit-elle, inquiète.

— Elle doit sortir de l'hôpital demain. Elle a fait une hémorragie gastrique à cause des médicaments qu'elle prend pour son cancer. Les enfants ont eu très peur.

Maternelle, Élise s'approcha de son neveu et déposa ses mains sur ses épaules avec tendresse.

— Je ne connais pas l'avenir, Émile, mais je suis fière de toi comme l'était ta maman. Le jour de Noël, avant l'accident, elle a eu le temps de me dire que c'était grâce à toi qu'elle avait échappé aux griffes d'Ovide et qu'elle t'en serait reconnaissante jusqu'à la fin de ses jours et par-delà la mort. Merci, mon neveu. Clarice aura pu vivre les dernières années de sa vie dans la sérénité d'une liberté retrouvée.

Émile avait le cœur serré.

— Merci, tante Élise.

La sexagénaire lui ébouriffa les cheveux gentiment.

— Ta mère est heureuse, maintenant, elle ne souffre plus. Elle a rejoint Marie-Jeanne, notre sœur Raymonde et papa, mort à la guerre au service du pays. Ils vont veiller sur toi, j'en suis certaine.

Nostalgique, l'homme regarda sa tante quitter le palais de justice. Il la connaissait peu, mais le son de sa voix et ses gestes maternels lui rappelaient sa mère.

Joséphine était à ses côtés pour le réconforter à la fin de cette journée éprouvante. Elle glissa sa main dans la sienne. Il l'attira à lui et l'embrassa délicatement sur le front. Il avait besoin de sa présence et de sa chaleur. Il la tint serrée contre son corps. Vibrante d'émotion et de tendresse, elle s'abandonna au creux de son épaule. Ils rentrèrent chez eux. Heureusement, il leur restait les nuits pour se blottir l'un contre l'autre et jouir de leur bonheur devenu si précaire.

Le lendemain, le prétoire était de nouveau rempli à craquer et, malgré l'invitation au silence de la part du juge, le murmure des gens présents ne cessait de s'amplifier. Le premier magistrat dut intervenir en menaçant de faire évacuer tout le monde. Aussitôt, ce fut l'accalmie. Personne ne voulait risquer de perdre sa place. Esther invita le docteur Lacasse à la barre. Elle le salua poliment et entama son interrogatoire.

— Docteur Lacasse, dites à la Cour à quel moment vous avez connu la famille Caron.

— À mon arrivée à Saint-Marc-l'Évangéliste, ils

habitaient déjà dans le Rang 6. Je les ai croisés sur le perron de l'église à quelques reprises. À l'époque, c'était le lieu de rencontre par excellence, mais je les ai vraiment connus quand Clarice a mis au monde son fils aîné. C'était mon premier accouchement dans le village.

— Est-ce que ce fut une délivrance normale?

— Oui. Ça a été un peu long, mais ça arrive souvent chez une primipare.

— Quel était l'état du nouveau-né?

— Un bébé en parfaite santé. L'indice d'Apgar des tests de routine se situait à 10 sur 10, ce qui suggère la meilleure condition de santé possible.

— Que faisait le père pendant le travail de sa femme?

— Il est demeuré dans la chambre jusqu'à la naissance du bébé.

— Est-ce que ce comportement était habituel chez les futurs pères, à l'époque, en 1947?

— Personnellement, je n'avais encore jamais vu ça. C'était la première fois que l'un d'eux assistait à l'accouchement. Aujourd'hui, c'est la norme et tant mieux, mais dans ces années-là les futurs pères se tenaient à l'écart.

— Une telle attitude vous avait-elle surpris?

— Non. Je me disais qu'un père avait le droit de participer à ce moment heureux dans la vie du couple et l'avenir m'a donné raison, puisque maintenant ils sont présents à la naissance de leurs enfants.

— Et les autres accouchements de madame Caron, comment se sont-ils déroulés?

— Je n'y ai pas assisté jusqu'à l'arrivée des jumeaux, onze ans plus tard.

— Madame Caron accouchait seule?

— Non, avec l'aide de son mari.

— Était-ce une pratique courante?

— Objection! dit le procureur de la Couronne. Il est difficile d'établir ici une normalité.

— Objection refusée. Répondez, docteur Lacasse.

— Je pense qu'il est dans la nature des pères de s'inquiéter lors de ce moment stressant. Les Caron étaient les seuls des environs à se passer de mes services ou de ceux d'une sage-femme.

— Vous en avez déjà discuté avec Ovide Caron ou avec son épouse?

— Une fois, avec Ovide. Il m'a répondu que sa femme accouchait trop vite pour qu'il ait le temps de venir me chercher.

Le témoin fit une pause.

— Il a ajouté qu'avoir un enfant n'était pas une maladie et qu'il n'avait pas à payer les honoraires d'un docteur pour un processus naturel, qui se passait d'intervention.

— Avez-vous eu à examiner à nouveau Pierre Caron, le premier bébé de la famille, dans les semaines ou les mois qui ont suivi sa venue au monde?

— J'y suis retourné environ un mois après l'accouchement, une visite de routine.

— Et comment était le poupon?

— C'était un nourrisson en pleine forme qui évoluait normalement.

— L'avez-vous revu par la suite?

— Non. Les Caron ne fréquentaient pas beaucoup le médecin. Je l'ai aperçu seulement onze ans plus tard, à la naissance des jumeaux.

— Parlez-nous de cet enfant en août 1958.

— Il n'avait pas d'équilibre, parlait à peine et par monosyllabes, et je crois que sa vision était déficiente, mais il n'avait jamais passé d'examen de la vue.

— Pourquoi pensez-vous qu'il avait un trouble de vision?

— Il plissait les yeux pour regarder au loin et il approchait les objets pour les identifier.

— Son état vous a surpris?

— Oui, au plus haut point.

— Vous l'avez mentionné à la famille?

— Oui, et son père m'a dit qu'il avait eu des maladies infectieuses avec beaucoup de fièvre et qu'il s'en était mal remis. J'ai pensé qu'il avait pu faire une attaque de poliomyélite.

— Et le bébé de deux ans et demi qui ne marchait pas?

— Ça m'a troublé, mais Ovide m'a dit que tous leurs enfants marchaient tard.

Le vieux médecin paraissait accablé.

— Je me rends compte aujourd'hui que j'aurais dû poser davantage de questions et approfondir ces cas qui m'intriguaient. Des attaques de poliomyélite à répétition, ce n'est quand même pas courant. Mais c'était une autre époque. Avant l'adoption de la Loi de l'assurance-maladie, les visites du médecin coûtaient cher pour des gens qui avaient de la difficulté à joindre les deux bouts. Les Caron n'étaient pas les seuls à réclamer nos services en cas d'extrême urgence seulement. La famille était responsable des enfants et nous faisions confiance aux parents.

— Après la naissance des jumeaux et la visite de routine qui a suivi, êtes-vous retourné chez les Caron?

— Oui, l'année suivante, quand madame Caron s'est fracturé une jambe.

— Ce fut votre seule visite par la suite?

— Non, des années plus tard, j'y suis allé pour Hélène qui était fiévreuse et qui délirait depuis plusieurs jours. Ils avaient eu peur qu'elle meure, je crois. Je l'ai fait admettre à l'hôpital, où on l'a opérée pour une hystérectomie, que nous appelions à l'époque la grande opération. Hélène Caron n'était jamais sortie de chez elle, elle avait la mentalité d'une petite fille de huit ans et elle n'était plus vierge. J'aurais pu me poser des questions...

— Objection! cria le procureur. Si nous voulons connaître le dossier médical de madame Hélène Caron, nous ferons une requête pour l'obtenir.

— Objection retenue. Docteur Lacasse, contentez-vous de répondre aux questions de maître Aubry.

— Par la suite, ajouta le docteur, j'ai revu la famille lors de l'arrestation d'Ovide pour le viol de la même jeune fille.

Esther, qui n'avait pas quitté le jury des yeux, se réjouissait de l'intervention du vieux médecin respecté par ses pairs. Elle avait remarqué un des jurés, un homme à la chevelure blanche, qui s'imposait d'emblée. Il avait hoché la tête. Il ne serait pas étonnant qu'il soit choisi comme président du jury. Elle se promit de s'adresser à lui le plus souvent possible. Elle pressentait qu'il possédait une sensibilité empathique très prononcée. Elle se tourna vers le procureur.

— Maître Gagnon, le témoin est à vous.

— Pas de questions, répondit-il.

Cet homme avait trop d'influence et un parti pris trop évident pour qu'il lui permette de poursuivre son exposé. Il préférait s'abstenir. Le témoignage du médecin avait été long et pénible. Le juge ajourna au lendemain.

En quittant le tribunal, Joséphine et Émile se rendirent à l'hôpital. Ils avaient promis à Véronique de passer la chercher en fin d'après-midi. Accomplir des gestes simples et familiers leur permettait d'exorciser une partie du stress qui les accablait davantage de jour en jour depuis le début du procès. À leur arrivée, Véronique souriait.

— Le docteur Marcil m'a dit que ma tumeur avait régressé. La chimio a fait des dommages à mon estomac, mais il est convaincu que je suis en bonne voie de guérison.

— Merveilleux! s'écria Joséphine en l'entourant de ses bras et en partageant sa joie.

À Villemontel, ils furent accueillis par les enfants, heureux de retrouver leur mère.

— Vous allez rester à souper avec nous? demanda Virginie en s'agrippant à sa tante.

— Nous ne voulons pas déranger, répondit Joséphine. Votre grand-maman a beaucoup de travail.

— Je vous invite, s'empressa de dire Marielle, contente de les recevoir à sa table. Vous me rendez de fiers services en prenant les petits avec vous de temps à autre et, quand il y en a pour quatre, il y en a pour six.

Véronique remercia sa mère d'un joli sourire et alla s'étendre sur le divan du salon, tandis que Joséphine et Émile s'assoyaient par terre et jouaient au Monopoly avec les deux enfants. Demain serait un autre jour. De voir Mathieu et Virginie se disputer des terrains et rire en payant des droits de passage leur permettait de retrouver, l'espace d'une soirée, une vie simple et agréable. Ils ne repartirent vers leur maison du lac Arthur qu'après avoir couché les enfants. Virginie avait arraché des larmes à Émile en lui faisant promettre une nouvelle fois qu'il ne les quitterait jamais.

— Papa nous manque tellement! avait-elle dit avec des trémolos dans la voix. Il faut que, toi, tu restes avec nous.

L'oncle avait déposé un baiser sur son front qui sentait le savon aux amandes et avait serré un long moment la petite fille dans ses bras. L'amour inconditionnel qu'il ressentait pour ces bambins le troublait. Il devinait dans ces deux jeunes corps frémissants une angoisse plus grande que la sienne, une peur qu'il connaissait bien et qu'il avait transportée avec lui, une appréhension plus éprouvante que la douleur physique, la crainte incommensurable de l'abandon et de la solitude chez un enfant.

Sur le chemin du retour, Émile éclata en sanglots. Joséphine qui conduisait arrêta la voiture à l'entrée d'une route forestière et se tourna vers lui. Dans l'obscurité, le clignotement des lumières de l'habitacle faisait briller les yeux embués de son amoureux.

— Ma vie est un véritable gâchis, murmura le jeune homme. Comment ai-je pu être assez stupide pour commettre un geste qui va me priver de ma liberté et m'empêcher de veiller sur les petits de Richard?

— Tu avais peur, Émile. Ta crainte t'a poussé à aller au-devant de ton père. Dans le fond, tu réclamais le droit de vivre en paix pour ta famille et toi.

Émile se tourna vers Joséphine et prit son fin visage entre ses mains. Il tremblait.

— J'en avais assez de t'imposer ma vie, mes drames et mon avenir de terreur et d'incertitude.

— Tu as manqué de confiance en moi, tu as douté de mon amour, murmura Joséphine, attristée.

Le jeune homme s'approcha et effleura d'un doux baiser les lèvres chaudes tendues vers lui.

— Et je le regrette, ma tendre amie, mais j'étais bouleversé et le futur me paraissait tellement sombre.

— Nous ne pouvons pas changer le passé, mais depuis ton retour je sens que tes sentiments à mon égard sont sincères. Sois certain que je t'aime par-delà les nuages menaçants qui pèsent sur notre avenir.

— Je ne voulais pas le tuer.

— Je le sais, Émile.

— Mais Esther pourra-t-elle en convaincre le jury?

La question resta sans réponse. Joséphine se contenta

de poser sa tête sur l'épaule de son homme. Elle s'imprégna de cet instant de tendresse, les yeux grands ouverts sur les ombres de la nuit qui enveloppaient leur amour dans le cocon soyeux des ténèbres.

Le mercredi, ce fut au tour de Denise Caron de venir à la barre des témoins. La dame de quarante-deux ans portait un costume foncé qui lui conférait une élégance naturelle. Avec son regard vert et ses cheveux blonds, elle présentait une étonnante ressemblance avec son frère Émile. Elle avait la même aisance dans les gestes et son sourire était imprégné de douceur.

— Madame Caron, vous avez quitté la maison familiale à l'âge de seize ans pour vous engager dans une résidence privée. Est-ce exact?

— Oui.

— Vous devez garder des souvenirs de votre jeunesse?

— Oui. Je me rappelle que j'avais très hâte de m'enfuir de la maison et cet emploi a été pour moi une délivrance.

— Une délivrance de quoi?

— Ce que je vais dire vous paraîtra sans doute confus, mais, après mon départ, j'ai essayé d'exorciser ce que j'avais vécu dans ce lieu misérable. Mon esprit a transformé certaines choses pour me permettre de survivre et d'avoir droit au bonheur. Il ne faut pas oublier que j'abandonnais ma famille en enfer. J'en avais des remords.

La dame avait une voix posée. Elle ne semblait pas nerveuse de raconter son histoire.

— Pourriez-vous être plus précise? lui demanda l'avocate.

— Par exemple, l'été après la naissance des jumeaux, quand maman s'est fracturé une jambe pendant les vacances de Lise Bruneau, elle nous a dit qu'elle était tombée en étendant son linge sur la corde, mais moi je savais que ce n'était pas arrivé ainsi. Tard le soir, les garçons s'étaient mis à se tirailler à l'étage et mon père était monté en furie pour les faire taire. J'avais entendu les coups de ceinture et leurs cris d'effroi. Mes sœurs et moi, nous étions couchées en bas dans la chambre des filles, et il n'y avait qu'un rideau en guise de porte. Nous captions tous les sons qui se produisaient dans la maison. À un certain moment, maman est montée à son tour pour tenter de calmer la rage de son mari. Mon père a hurlé que ce n'était pas de ses affaires et, après quelques coups de plus, sûrement dirigés contre elle, je l'ai entendue débouler l'escalier. J'aurais aimé courir l'aider, mais j'avais trop peur, car Ovide, en crise, frappait au hasard sans s'arrêter. Maman a passé une partie de la nuit au pied des marches. Je l'écoutais respirer très fort. Le lendemain, mon père a dû appeler le médecin qui l'a conduite à l'hôpital. Elle avait une jambe fracturée.

Denise fit une courte pause.

— Après avoir quitté la maison, pour ne pas mourir de chagrin ou de honte, j'ai essayé de me faire croire que maman était réellement tombée en allant étendre son linge. Il y a beaucoup d'autres faits tels que celui-là que mon esprit a enfouis dans les profondeurs de ma mémoire, ou transformés au fil du temps.

Le prétoire était silencieux. Les gens écoutaient religieusement les propos de cette femme en imaginant aisément sa détresse.

— Pouvez-vous raconter à la Cour le jour de Noël où votre frère Gilles s'est infligé les cicatrices que nous apercevons sur son visage?

— Objection, Votre Honneur! Ce n'est pas Ovide Caron que nous jugeons, mais son fils qui l'a frappé mortellement, s'insurgea le procureur qui commençait à trouver ces récits trop émouvants.

— Rejetée. Pour juger Émile Caron, nous devons connaître le cheminement qui l'a amené à poser ce geste fatal.

Esther s'approcha de Gilles Caron, assis dans la première rangée, et lui mit la main sur l'épaule pour indiquer aux jurés la personne à laquelle elle faisait allusion. Elle le sentit tressaillir. Denise fit à la Cour le récit détaillé de sa triste chute sur le poêle à bois chauffé à blanc. La jeune avocate observait les douze hommes et femmes qui s'apprêtaient à juger son client. Ils étaient attentifs à chacune de ses paroles. Elle vit leur mine affolée lorsqu'elle mentionna l'odeur de la chair brûlée, quand le bambin était tombé sur la surface rougeoyante. Une dame parmi les jurés sortit un mouchoir de son sac à main pour s'essuyer les yeux.

Il approchait midi et le juge décida de suspendre l'audience.

— Nous reprendrons avec le témoignage de madame Caron à treize heures trente, précisa-t-il.

L'auditoire fut heureux de ce moment de répit. Les horreurs entendues le déstabilisaient. Esther rejoignit Émile et Joséphine. Denise vint se joindre à eux. Tacitement, ils convinrent de ne pas parler du procès en cours. Ils avaient besoin d'aborder un sujet plus distrayant pour alléger l'atmosphère. Ils discutèrent de la guerre du Golfe et des puits de pétrole allumés au Koweït sur ordre de Saddam Hussein, dans le but de gêner l'activité aérienne des forces de la coalition et de nuire à l'économie mondiale. Le sujet n'était guère plus joyeux, mais ils avaient le cœur si lourd qu'il suffisait qu'il soit différent pour leur permettre de se détendre.

À treize heures trente, de retour en Cour, Esther s'avança vers Denise et reprit son interrogatoire.

— Madame Caron, racontez à la Cour comment votre

frère Gilles a eu ce nez cassé que mademoiselle Lise Bruneau a remarqué à son retour de vacances à l'automne 1959.

— Nous étions jeunes et, lorsque nous travaillions sur la ferme, il nous arrivait d'être épuisés et de vouloir nous accorder un moment de répit; il nous arrivait de nous amuser un brin. Un jour, par une chaleur suffocante, on s'est mis à se lancer de la paille au lieu de la mettre dans la voiture. Les plus petits criaient et se débattaient en riant parce que l'herbe séchée pénétrait dans leurs vêtements et leur piquait la peau. Ce n'était rien de méchant, un jeu d'enfants, et ces taquineries nous faisaient rire malgré les picotements désagréables. Ce jour-là, notre père, sans doute incommodé par la chaleur accablante, s'est fâché et a décidé de nous priver de nourriture pour nous punir et nous rappeler l'importance du travail sur la ferme. J'avais onze ans et Jacques, le plus jeune, sept. Pierre ne venait pas aux champs, mais il fut soumis au même traitement que les autres. Notre père nous a mis au pain et à l'eau et nous a obligés à dormir dans la remise. Après trois jours de ce régime, nous étions abrutis et affamés, d'autant plus que nous n'étions pas exemptés de rentrer les foins. Le troisième soir, il nous a réunis dans la maison et a demandé à maman de lui préparer son souper.

Visiblement mal à l'aise, Denise triturait un coin de son chemisier.

— Je m'en souviens, elle faisait rôtir des oignons et griller un énorme steak. Imaginez des enfants à jeun depuis trois jours, excités par l'agréable odeur des oignons qui brunissaient et de viande qui grésillait. Nous ressemblions à des oisillons, le bec grand ouvert en attente de leur pitance. Notre père s'est assis devant nous et a commencé à manger en nous jetant un coup d'œil de temps à autre. Affamés, nous le fixions avec convoitise. Je nous vois encore. Jacques, le plus jeune, s'est mis à se plaindre et Ovide lui a crié de se taire, sinon il goûterait à sa ceinture de cuir. Le petit reniflait et n'arrivait pas à cesser totalement ses pleurs. Alors, il s'est caché la tête sur mes genoux et je l'ai enroulé dans le pan de ma jupe pour étouffer ses sanglots.

Denise Caron parlait difficilement, son assurance du matin s'amenuisait au fil du récit.

— Après avoir terminé son repas, notre père s'est levé et est venu vers nous avec son assiette, où on pouvait apercevoir des restants de steak et de légumes. Chacun de nous salivait et espérait au moins une bouchée. Il est passé près du plat du chien et a vidé dedans le contenu de son assiette. Ensuite, il a poussé la gamelle d'un coup de pied jusque devant nous. Gilles, le plus grand et le plus fort, s'est précipité sur la nourriture et s'est emparé du morceau de viande, qu'il a commencé à manger avec avidité. Notre père s'est dressé en face de lui en criant.

— Ne garde pas tout pour toi, maudit égoïste. Pense aux autres!

Denise s'essuya les yeux et reprit son récit sur un ton plus bas.

— Il lui a alors asséné un violent coup de pied en pleine face et Gilles est tombé à la renverse, le nez en sang. Il était étourdi au point de ne plus bouger. Odile a poussé rageusement le plat du chien à l'autre bout de la cuisine et s'est penchée vers Gilles pour le consoler. Moi, je serrais Jacques dans mes bras. Il a levé son visage candide vers moi et m'a demandé s'il pouvait manger la viande renversée par terre, à côté de Gilles.

Il y eut un bruit de sanglots étouffés dans le prétoire.

— Qu'a fait votre père par la suite?

— Il est sorti de la maison. Maman, qui avait assisté impuissante à cette scène d'horreur, est venue nous retrouver et elle a soigné Gilles, pendant que je préparais des sandwiches pour rassasier les enfants saisis de stupeur.

— Des événements comme celui-là se répétaient souvent chez vous?

— C'est le pire dont je me souvienne, mais je suis partie à l'âge de seize ans. Cette brutalité a duré vingt-trois autres longues années avant qu'Émile y mette un terme en faisant emprisonner notre père pour viol.

— Et comment Gilles a-t-il expliqué son nez cassé à son retour à l'école?

— Notre père l'a obligé à dire que c'était un coup de sabot de cheval.

— Madame Caron, vous et votre sœur Odile semblez n'avoir pas trop souffert des violences paternelles, alors que vos frères, Pierre et Gilles, ont gardé des séquelles importantes de leur jeunesse. Avez-vous une explication à cet état de choses?

— Maman me racontait, quand elle a vécu chez nous après l'arrestation d'Ovide, que ma sœur Odile et moi étions des bébés tranquilles et que nous pleurions très peu dans notre petite enfance, mais aussi qu'il frappait surtout les garçons, à l'époque. Ce n'est que plus tard qu'il s'en est pris également aux filles.

— Que voulez-vous dire?

Denise ferma les yeux un court moment.

— J'avais six ans quand Suzanne est née et huit à la naissance d'Hélène. Des images me reviennent de notre père qui secouait les petites et qui hurlait après elles. Il y a une scène précise qui me hante toujours. Un soir que j'étais assise à répéter mes leçons, il a lancé Hélène, un bébé de deux ou trois mois, sur le divan à mes côtés. Le poupon a rebondi et a failli tomber sur le plancher. Je l'ai retenu juste à temps. J'entends encore maman lui hurler de la lâcher, qu'il allait la blesser.

Il y eut un long silence, puis Denise poursuivit:

— Après ses crises, il quittait la maison. Maman s'est donc précipitée en pleurs vers Hélène, pour la prendre dans ses bras.

Le regard perdu dans un lointain passé, Denise parlait maintenant davantage pour elle-même que pour l'assemblée.

— Ce souvenir est tellement présent dans ma tête que j'ai souvent l'impression de le revivre à travers un nuage de brume. Je me revois sur le sinistre fauteuil. Je portais une robe de laine bleue. Penchée sur le bébé, ma mère avait les cheveux décoiffés. Ils tombaient sur son visage et lui collaient à la figure à cause des larmes. Hélène ne pleurait plus, mais elle était secouée de frissons, tandis que moi, impuissante, je caressais le dos de maman.

Silencieux, le prétoire partageait la détresse de cette femme terrassée par ses douloureux souvenirs.

— Pouvez-vous nous parler du comportement d'Émile, quand vous viviez encore à la maison de vos parents?

Denise se tourna vers son frère et lui sourit.

— Émile avait six ans quand je suis partie. Cet enfant était un boute-en-train, il avait le don de nous faire rire avec ses pitreries. Ce dont je me souviens le plus précisément, c'est de l'ombre qui le suivait partout, son jumeau Richard. Nous ne les voyions jamais l'un sans l'autre. Quand notre père revenait du travail, Émile avait la faculté de disparaître en entraînant son jumeau avec lui. Ils s'étaient construit une cabane de branches et de feuilles dans le boisé derrière la maison et allaient y manger des framboises ou des bleuets en cachette. Il m'arrive de penser que le fait d'être toujours deux à affronter la vie et les mauvais traitements leur octroyait une force supérieure à celle des autres membres de la famille.

— Comment a réagi votre frère Émile au suicide de son jumeau?

Denise dut faire un effort pour se concentrer, tellement le chagrin d'Émile la bouleversait encore.

— Au salon funéraire, il répétait que cette mort était la faute de notre père et, à l'église, il s'étouffait en retenant ses sanglots. Oui, il a été anéanti. Il faisait pitié à voir, surtout que c'est lui qui l'a trouvé dans le garage.

— Richard est décédé combien de temps avant la sortie de prison d'Ovide Caron?

— C'était le 4 août, donc treize jours avant, et le service funèbre a été célébré le 8.

— Savez-vous si quelqu'un est allé avertir votre père du décès de son fils?

— Je n'en sais rien, dit la femme en fixant le juge dans les yeux. Pour notre famille, Ovide Caron n'existait plus, surtout après le suicide de Richard.

— Et vous, lui avez-vous attribué une part de responsabilité, quand vous avez appris le geste fatal de votre frère?

— Oui! Richard était une victime qui portait l'empreinte des sévices d'Ovide sur le corps, mais je suis certaine que les cicatrices étaient plus profondes dans son esprit et dans son âme. Comme tous les membres de notre famille, il était marqué au fer rouge et il traînait la honte d'être le fils d'un véritable monstre.

— Êtes-vous également honteuse de la maltraitance que vous avez subie?

— Oui, terriblement!

Esther se tourna vers le jury. Le silence régnait dans la salle et il était certain que chacun portait une attention palpable aux propos de ce témoin.

— Merci, votre récit dénote un grand courage, lui dit Esther chaleureusement en la remerciant.

Elle fit signe au procureur.

— C'est maintenant votre témoin, Maître.

L'avocat Gagnon s'avança lentement vers Denise. Il tenait un stylo et semblait réfléchir en le frappant légèrement sur le bout de ses doigts. Après une pause savamment étudiée, il s'adressa à elle.

— Madame, je compatis à votre vie difficile, mais dites-moi… Vous est-il arrivé au cours de ces années de souffrance de songer à tuer votre père?

— Non! Bien sûr que non!

Se rendant compte de la stratégie de maître Gagnon, elle s'empressa de poursuivre.

— Par contre, j'ai souvent souhaité sa mort! J'ai prié Dieu de venir le chercher…

— Mais vous n'avez jamais pensé le tuer.

— Non.

Le procureur était satisfait.

— Merci, la Cour est heureuse de constater que vous n'avez jamais envisagé le meurtre de votre père comme solution à vos problèmes. Ce sera tout, madame Caron. Vous nous confirmez que vous n'approuvez pas le geste de votre frère Émile.

— Objection, Votre Honneur! Le procureur ne doit pas tirer ses propres conclusions.

— Objection retenue. Maître Gagnon, les jurés sont suffisamment attentifs pour évaluer la cause qu'ils ont à juger. Ils n'ont pas besoin de vos conclusions personnelles.

Et le juge leva la séance.

Esther était épuisée. Même si elle les avait déjà entendus à son bureau, les témoignages la bouleversaient. Elle découvrait la vie misérable qui avait conduit Émile à la limite de l'acceptable. Elle salua son client et se dirigea vers la salle de repos où, fidèle à son habitude, son père l'attendait avec une tasse de café à la main. Elle le remercia et alla s'asseoir, visiblement fatiguée.

Charles l'observait, calé dans un confortable fauteuil de cuir.

—Je ne crois pas que ton objectif soit de faire remettre ton client en liberté, finit-il par dire.

— Non, il a tué son père, le fait est reconnu.

— Mais tu veux lui trouver des circonstances atténuantes. C'est exact?

— Oui.

— Alors, garde confiance, tu as des témoins percutants à venir, dont la jeune Fabienne, demain.

—J'espère qu'elle se présentera au tribunal à jeun.

— Si ce n'est pas le cas, ce sera à toi de montrer que son alcoolisme est une séquelle de sa vie malheureuse. Et il y a le policier Lacroix qui va relater le suicide de Richard, et parler de la lettre qu'il a laissée.

— Tu as raison, papa, j'ai encore des cordes à mon arc. J'espère que mes flèches atteindront la cible.

Elle but une gorgée de café pendant qu'il était encore brûlant.

— Mon meilleur témoin sera Émile lui-même, vu son charisme indéniable. Je compte lui faire raconter son enfance et surtout sa promesse à sa mère, qui a entraîné dans sa foulée des suites malheureuses.

— Ton client est un homme bon et animé par un grand esprit de famille. Il devrait toucher la fibre sensible des membres du jury.

—Je l'espère.

Esther commençait à trouver sa charge lourde et ses perspectives de succès, incertaines. Charles se leva et se dirigea vers la sortie.

— Et si on rentrait, maintenant?

— D'accord, papa! Tu réfléchis mieux en sirotant ton bon vieux scotch, n'est-ce pas?

Le vieil avocat eut un sourire.

— Exactement!

Le père et la fille quittèrent le tribunal bras dessus, bras dessous. Une nuit sans étoiles était tombée sur Amos. Les hauts murs de la prison, située juste à côté du palais de justice, dressaient dans le ciel noir leur masse imposante. Esther eut un frisson. Il lui manquait une carte maîtresse pour éviter à Émile de se retrouver derrière les barreaux pendant les vingt-cinq prochaines années, mais cet atout existait-il?

Chapitre 19

Le jeudi matin, Fabienne se présenta un peu en avance, accompagnée de Gabriel. Au début de la semaine, son ex-amant s'était rendu chez Étienne Langlois dans le but de s'assurer qu'elle respecterait l'ordonnance de la Cour. Il préférait la voir à cet endroit plutôt qu'au bar de danseuses sur le chemin de Val-d'Or, où il l'avait aperçue la première fois. Il avait frappé à la porte assez tard pour ne pas la trouver au lit et assez tôt pour qu'elle ne soit pas partie travailler. Décoiffée et en pyjama, elle était heureuse de sa visite.

— Tu veux un café, curé?

L'appellation l'avait fait sourire. Il comprenait que, pour elle, même défroqué, il demeurerait un homme d'Église.

— Oui, avec un sucre et sans lait.

— Je m'en souviens, dit-elle en le regardant du coin de l'œil.

Étienne était absent.

— Tu n'es pas inquiète que ton chum me trouve ici?

— Pas du tout! Il sait que je l'aime et il me fait confiance.

Gabriel avait jeté un coup d'œil autour de lui. La place ne payait pas de mine. Il y avait de la vaisselle sale empilée dans un évier rouillé, les fenêtres ne comportaient aucun rideau et, dans un coin de l'appartement, un matelas déposé par terre servait de chambre à coucher. Il reporta son regard sur Fabienne, qui avait aussi une triste mine. Cernée et débraillée, elle faisait pitié à voir. «C'est regrettable, avait-il songé. Elle aurait pu être magnifique, avec ses grands yeux verts frangés de longs cils noirs, mais, aujourd'hui, c'est une jolie fleur prématurément vieillie, flétrie et sans éclat.»

— Tu es là pour le procès? s'était-elle informée en lui tendant sa tasse de café.

Il en inspecta inconsciemment la propreté et le regretta aussitôt, espérant qu'elle n'avait rien remarqué.

— J'ai reçu une convocation pour jeudi, continua-t-elle. J'imagine que je n'ai pas le choix d'y aller.

— C'est très important pour Émile que tu viennes témoigner. Tu es la seule à pouvoir raconter ce que ton père faisait subir à tes sœurs et l'inquiétude maladive que vous ressentiez en sa présence.

Enfoncée dans un vieux divan d'où perçait un bout de ressort cassé, elle faisait la moue en sirotant son café.

— Émile risque la prison à perpétuité, sans possibilité de libération avant vingt-cinq ans. Y as-tu songé? Il faut que son avocate prouve qu'il y a des circonstances atténuantes à son crime, si elle veut lui obtenir une peine minimale.

— Je serai là, je te le promets.

Le ton de la voix n'avait rien de convaincant.

— Ce n'est pas un jeu, Fabienne! Si tu ne te présentes pas, des policiers vont venir te chercher avec une ordonnance du tribunal.

Gabriel l'observait. Le cadran sur le comptoir de la cuisine indiquait treize heures, mais il était clair qu'elle avait peu dormi. Il eut une idée.

— C'est l'ami qui te parle et ne pense pas à quoi que

ce soit de déplacé, mais j'aimerais que tu couches au lac La Motte mercredi soir. Je serais plus tranquille.

Elle parut hésiter.

— Je viendrai te chercher à midi et nous irons faire des courses pour t'acheter un vêtement convenable. Tu es d'accord?

La perspective sembla lui plaire davantage que son témoignage au procès.

— Je pourrai aussi avoir des chaussures?

Elle avait le regard brillant. Cette femme qui n'avait pas eu d'enfance réagissait parfois comme une petite fille. Spontanée, elle ne cachait pas sa joie. C'était ce côté de sa personnalité qui avait séduit Gabriel, il s'en rendait compte, mais il lui était devenu difficile d'identifier ce qui l'avait attiré vers Fabienne. Il l'avait aimée et il découvrait au fil du temps que l'amour avait de bien étranges raisons d'exister.

— Alors, c'est d'accord? Je viens te prendre mercredi midi.

— Oui, je serai prête, avait-elle promis.

En les voyant arriver au palais de justice le jeudi matin, Esther se sentit soulagée. Fabienne portait un chemisier émeraude sur un pantalon gris, ainsi que de longues bottes noires qui lui montaient jusqu'au genou. Elle était maquillée discrètement, et ses cheveux tirés en arrière lui rendaient un peu de son air de jeunesse. Elle s'avança à la barre des témoins en cherchant Gabriel du regard. Elle semblait nerveuse et inquiète. L'avocate lui sourit pour la mettre à l'aise.

— Mademoiselle Caron, parlez-nous du jour où vous avez contacté les services sociaux. Racontez à la Cour comment vous vous y êtes prise.

— J'en ai d'abord discuté avec mon institutrice à l'école.

— Vous a-t-elle crue?

— Non, pas au début.

Les réponses étaient courtes. À l'évidence, Fabienne était stressée par ce nouvel environnement. Esther voulut l'aider.

— Vous étiez une jeune fille déterminée! Il vous a fallu beaucoup de courage, pour dénoncer votre père.

— Je n'en pouvais plus, dit-elle, légèrement décontractée par le compliment de l'avocate. Il nous battait et j'avais peur de le voir surgir dans mon lit la nuit. Je n'en dormais presque plus. J'étais consciente de son manège avec mes sœurs et j'étais paniquée à l'idée que cela puisse m'arriver un jour.

— Votre mère ne vous protégeait pas?

— Ovide profitait toujours de son absence. Il s'en prenait à mes sœurs surtout pendant que notre mère faisait le train avec les garçons. La première fois dont je me souvienne, elle était malade et alitée. Je pense que maman a fini par s'en douter, et c'est là qu'il a commencé à les violer pendant la messe du samedi soir. Mais j'étais partie de la maison, à l'époque.

— Pour en revenir à votre professeure, elle a fini par vous croire?

— J'ai fait une colère terrible. La directrice a suggéré de faire venir mon père, mais je me suis cramponnée à elle et l'ai suppliée d'appeler la police, plutôt. Je pleurais et la dame trouvait étrange que je veuille rencontrer un policier. Finalement, elle en a contacté un.

— Et lui, il a cru votre histoire?

— Oui, il m'a dit qu'il connaissait Ovide Caron. J'ai eu l'impression que mon récit ne l'étonnait pas, mais j'ai eu très peur après l'avoir dénoncé. Je ne voulais pas retourner à la maison. Le policier m'a promis que ni lui ni personne ne dirait à mes parents que l'appel venait de moi. N'empêche, je tremblais en rentrant. Je craignais qu'Ovide se rende compte de quelque chose.

— Pouvez-vous raconter à la Cour comment les services sociaux sont entrés en contact avec votre famille?

— La travailleuse sociale a téléphoné à mon père pour prendre rendez-vous. Il se demandait bien qui avait porté plainte. J'étais sûre qu'il allait apprendre que c'était moi. Je restais cachée dans ma chambre pour ne pas me trahir. Cinq jours avant de se rendre à la maison, la dame est venue me voir à l'école et je lui ai parlé des horreurs qui se déroulaient chez nous et de la peur que nous vivions.

— Que s'est-il passé par la suite?

— Mon père avait fait une énorme épicerie. Il avait acheté des chemises neuves aux garçons et nous avait averties, mes sœurs et moi, de bien nous coiffer et de porter nos plus belles robes. Il avait menacé de nous nourrir au pain et à l'eau pendant une semaine et de nous faire goûter à sa ceinture chaque soir pendant un mois s'il apprenait que l'un d'entre nous avait eu le malheur de se plaindre.

— Nous savons que l'évaluation familiale a été très positive à l'endroit de vos parents. Votre père a-t-il fini par apprendre que c'était vous qui l'aviez dénoncé?

— Heureusement, non! La dame ne lui a jamais dit qui les avait contactés, sinon je ne serais pas ici pour vous en parler. Il croyait que c'était maman et il a été terriblement agressif avec elle durant les semaines qui ont suivi la visite de madame Richer.

Fabienne baissa le front.

— Pauvre maman! Et c'était de ma faute! Si vous saviez comme ça me faisait mal de le voir la frapper! Mais j'avais tellement peur de lui que jamais je n'aurais eu le courage de me dénoncer.

— Revenons maintenant aux jours précédant le décès de votre père. Quand vous avez appelé votre frère Émile pour lui annoncer qu'il sortait de prison, l'avez-vous joint chez lui?

— Ce n'est pas moi qui ai téléphoné, c'est lui qui m'a contactée au lac La Motte où j'habitais avec Gabriel Valcourt. La veille, j'avais appris la nouvelle du procureur de la Couronne. Quand j'ai appelé pour lui en faire part, Émile n'était pas chez lui. C'était Joséphine qui avait répondu et elle ne savait pas où il se trouvait.

— À quelle date avez-vous appelé au lac Arthur?

Fabienne réfléchit un moment.

— Mon père est mort le 17. C'était le 15 août.

— Donc, c'est le 16 août qu'Émile a téléphoné chez Gabriel.

— Oui. Gabriel n'était pas présent à ce moment-là. C'est moi qui ai répondu.

— C'est là que vous lui avez annoncé que votre père sortirait le lendemain?

— Oui.

— Semblait-il au courant?

— Au courant de quoi? Que le bonhomme quittait la prison?

— Oui.

— Non, il ne le savait pas.

— Qu'est-ce qui vous fait croire qu'il l'ignorait?

— Il a répondu: «Vraiment? Je ne savais pas.» Ou quelque chose dans le genre. Je ne suis pas certaine que ce soit les mots exacts, mais il était clair qu'il ne savait pas que notre père sortait de prison.

— Il a eu l'air surpris?

— Oui.

— Vous dites qu'en fait il voulait joindre Gabriel?

— Oui, je lui ai demandé pourquoi il téléphonait et c'est ce qu'il m'a répondu.

— Et il n'a pas pu lui parler, puisqu'il était absent; c'est bien ça?

— Oui.

Esther était satisfaite des réponses de Fabienne. Si Émile avait appris la sortie de prison de son père le 16 août alors qu'il séjournait à l'Amosphère depuis la veille, il n'était donc pas au complexe hôtelier dans le dessein de préparer son crime. Mais, en même temps, une nouvelle interrogation s'imposait à son esprit: s'il avait réussi à joindre Gabriel ce fameux soir, les choses se seraient-elles passées différemment?

L'avocate céda la place à maître Laurent Gagnon qui s'approcha lentement de Fabienne. Elle semblait prise de panique devant ce nouveau magistrat qu'elle ne connaissait pas.

— Dites à la Cour, mademoiselle Caron, quelle a été la réaction de votre frère quand vous lui avez fait part des craintes que vous avez éprouvées en sachant que votre père sortait de prison le lendemain. Que vous a-t-il dit ou qu'a-t-il fait pour vous réconforter?

— Il m'a affirmé que la justice le surveillerait.

— C'est tout?

— Il a ajouté qu'il n'avait pas peur, qu'il allait me protéger.

— Vous protéger en tuant votre père?

Esther bondit de son siège.

— Objection, Votre Honneur! Mon savant confrère outrepasse ses prérogatives avec ce genre de supposition.

— Retenue. Maître Gagnon, aucun jugement n'a été rendu dans cette cause. Ne présumez pas des intentions de l'accusé. Et vous, les membres du jury, ne tenez pas compte de la dernière phrase entendue. Elle sera retirée du procès-verbal.

— Que pensez-vous qu'il voulait dire en parlant de vous protéger?

— J'ai toujours fait confiance à Émile.

— Il a pourtant mis quatorze ans avant de tenir la promesse qu'il avait faite à votre mère de vous délivrer.

— S'il avait pu, il serait venu avant.

— Vous avez dû quitter la maison à treize ans parce qu'il n'était pas revenu.

— Émile avait seulement dix-neuf ans à ce moment-là. Il ne pouvait rien faire et il le savait.

— Votre frère avait-il déjà proféré des menaces contre votre père, quand vous étiez enfant?

Un sourire malicieux apparut sur les lèvres de Fabienne.

— Pour réconforter Richard quand il se faisait battre, il disait parfois qu'il allait tuer ce croquemitaine. Nous, ça nous faisait rire.

— Vous trouviez drôle l'idée de tuer votre père?

Fabienne parut offusquée.

— Ce n'était pas l'idée de la mort qui nous amusait, mais plutôt les mimiques que faisait Émile en parlant du croquemitaine. Il mettait sur sa tête un vieux chapeau écorné et courait pour tenter de nous attraper.

La jeune femme paraissait se complaire dans ce souvenir.

— Avez-vous déjà vu votre frère frapper votre père?

— Pour me défendre, oui, je pense que ça lui est arrivé.

— Vous pensez, ou c'est arrivé?

— Émile me protégeait toujours. Je me souviens d'une fois où le bonhomme m'avait empoignée par les cheveux et qu'il me traînait sur le plancher, Émile s'est interposé et l'a poussé de toutes ses forces pour qu'il me lâche. Mon père est tombé par terre.

— Que s'est-il passé, ensuite?

— Il s'est relevé, furieux, et a donné un coup de poing dans la figure d'Émile.

— Quel fut le comportement de votre frère, lorsqu'il a reçu ce coup?

— Il a hurlé au bonhomme de ne plus le toucher, sinon il allait s'en repentir. Il faut avouer que mon frère était devenu menaçant pour Ovide. À quatorze ans, Émile mesurait déjà six pieds. Il était plus grand que lui.

— Que voulait-il dire en parlant de s'en repentir?

— Objection! cria Esther. Le témoin n'a pas à donner son opinion sur une pensée qu'elle ne connaît pas.

— Objection retenue. Maître Gagnon, poursuivez.

— Il y a eu d'autres bagarres entre les deux?

— Non, pas que je me souvienne, mais Émile a quitté la maison peu de temps après, avec Richard.

Le procureur se félicitait d'avoir pu faire ressortir l'agressivité d'Émile envers son père. Il poursuivit en essayant de la déstabiliser.

— Vous approuvez le geste d'Émile?

— D'avoir tué le bonhomme?

— Si par le bonhomme vous entendez votre père, oui, c'est de ça que je parle.

— Objection, intervint Esther, le témoin n'a pas à donner son avis sur cet événement.

— Retenue. Poursuivez.

— Quelle était votre opinion sur la brutalité de votre père?

Maître Gagnon voulait faire parler cette femme impulsive qui répondait sans retenue à chacun de ses commentaires.

— C'était juste un maudit salaud! J'en ai connu, des imbéciles, dans ma vie, et des désaxés sexuels, mais, lui, il violait ses propres filles et ça ne le dérangeait même pas. Une fois terminée sa sale besogne, il allait s'asseoir sans se laver et lisait son journal comme si rien ne s'était passé. De la grosse merde! Voilà ce qu'était Ovide Caron!

Elle fit une courte pause.

— De la pourriture comme lui, on jette ça dans les

égouts. Émile a bien fait. Il avait promis de nous sauver de cette brute, il a tenu promesse et c'est tant mieux!

Le procureur profita de la rage qui gagnait Fabienne.

— Croyez-vous qu'en parlant de vous délivrer un jour, votre frère avait l'intention de tuer votre père?

Elle répondit rapidement sans laisser le temps à Esther d'intervenir.

— Si c'était sa promesse, il a bien fait de la tenir!

— Objection, Votre Honneur! Le procureur induit mademoiselle Caron à émettre une opinion personnelle qui n'a rien à voir avec les faits réels. Comment aurait-elle pu connaître les intentions de l'accusé?

— Objection retenue. Maître Gagnon, avez-vous d'autres questions?

Le procureur de la Couronne se tourna vers Fabienne et la remercia de son témoignage. Le juge leva la séance.

Fabienne s'empressa d'aller rejoindre Gabriel. Elle chercha dans son attitude un indice qui lui aurait montré qu'elle avait bien joué son rôle. Il lui prit la main et la serra dans la sienne. Elle tremblait.

— Viens, dit-elle en le tirant vers la sortie, j'ai besoin d'une bonne bière froide.

Ils sortirent et virent Émile qui accourait vers eux. Il prit sa sœur dans ses bras et l'embrassa.

— Merci, Fabienne, tu as été parfaite!

Elle se dégagea, visiblement mal à l'aise.

— Je l'ai fait pour toi, car je n'aime pas me souvenir de ces affaires-là.

Le manque d'alcool commençait à la tenailler et Gabriel en était conscient. Il sortit avec elle et l'entraîna dans sa voiture, tandis que, sur les marches du palais de justice Esther les regardait partir main dans la main.

— Tu veux dîner quelque part? lui suggéra Gabriel dès qu'ils furent dans sa voiture.

— Non, je dois aller travailler.

— Au salon de coiffure?

— Ne fais pas l'innocent, curé! Tu sais très bien que j'ai recommencé à danser.

— Oui, et je le regrette. Tu avais pourtant l'air d'aimer travailler au salon.

— J'aimais les filles, mais pas le travail; ce n'était pas assez payant. Je gagne beaucoup plus à danser.

— Et tu dépenses davantage en alcool et les choses s'équivalent, sans compter ta santé qui se détériore. Tu devras un jour en payer le prix.

Gabriel déposa Fabienne devant l'appartement d'Étienne. Elle paraissait mal à l'aise. La sollicitude de son ami lui causait des remords, mais elle détestait ses remarques qui la perturbaient.

— Écoute, curé, va prêcher ailleurs! Moi, je suis une âme perdue.

Gabriel la prit par les épaules. Il n'éprouvait plus de sentiments pour elle, mais il l'avait aimée d'un amour fou. C'était bien le mot. Il avait abandonné la prêtrise, tellement son désir de la serrer dans ses bras et de rester auprès d'elle avait été intense. Il avait vainement tenté de lui faire découvrir l'être merveilleux qu'elle aurait pu être si elle avait voulu s'offrir une chance, mais elle avait refusé sa main tendue. Il fit un ultime effort pour la convaincre de changer de vie.

— Fabienne, nous pouvons réparer ce qui a été brisé. Il n'est jamais trop tard quand on met sa confiance en Dieu. Nous ne sommes pas seuls en ce monde. Il faut avoir la foi et croire en une force supérieure qui est là pour nous soutenir.

Fabienne se détacha des mains de l'homme.

— Je trouve que tu parles bien, mon beau curé d'amour, mais moi je n'ai plus confiance en rien ni personne. Émile s'est sacrifié pour nous venir en aide et il va terminer sa vie en prison. Jacques et Richard ont perdu espoir aussi et ils ont eu le courage d'en finir. Je suis jalouse de leur force de caractère, à ces deux-là.

— Le suicide n'est pas une solution. J'espère que tu ne parles pas sérieusement!

— Comme je suis bien trop lâche pour avoir leur courage, je me soûle, je danse et j'oublie, dit-elle en faisant une pirouette sur elle-même. Bon, maintenant je dois y aller; les hommes m'attendent... et j'ai soif.

Elle sentit le besoin d'avertir son ami de ses projets.

— Étienne et moi avons décidé de partir pour Montréal. Il dit que le travail sera plus facile pour moi dans une grande ville où personne ne saura qui je suis. Ici, en Abitibi, tout le monde se connaît et les hommes viennent voir danser la guidoune qui couchait avec son père, même si, dans les faits, ça n'est jamais arrivé.

Gabriel eut un douloureux frisson. Il avait de la peine pour son amie, mais il ne pouvait pas vivre sa vie à sa place. Malgré sa générosité, il ne pouvait rien contre sa décision de quitter la région et de continuer à danser. Il aurait aimé la convaincre de demander davantage à la vie, mais le mal était fait. Ovide Caron gagnait encore une fois. Fabienne était une autre de ses malheureuses victimes.

Il revint au palais de justice au début de l'après-midi pour la reprise des audiences. Il trouva un siège à côté d'un journaliste qui griffonnait des notes pour son quotidien en faisant des croquis des témoins. Gabriel se pencha légèrement vers lui et vit qu'il caricaturait Émile à grands traits de crayon. Il était difficile de découvrir par ce dessin l'opinion de l'homme sur l'accusé. Il balaya ensuite du regard les jurés, dont la décision allait déterminer le sort d'Émile. En apercevant le docteur Lacasse qui entrait dans la salle, il lui fit un signe de la main et se déplaça en poussant le journaliste pour faire une place au vieux médecin. Les deux hommes se saluèrent d'un léger sourire.

Le témoin à la barre était un policier, le premier arrivé sur les lieux lors du suicide de Richard Caron. Jean-Paul Lacroix était une personne de haute stature et son uniforme lui conférait un air imposant et sévère. Esther s'adressait à lui.

— Vous reconnaissez dans ce tribunal l'homme qui était tout près de la victime quand vous êtes arrivé?

Le policier indiqua Émile.

— J'aimerais que vous décriviez à la Cour la scène qui s'est offerte à vous quand vous êtes entré dans le garage de Richard Caron.

Le policier n'en était pas à sa première comparution, mais il trouvait toujours difficile de décrire une scène de suicide. Il fit une courte pause avant de répondre.

— Il y avait l'homme accroché au plafond et, à ses pieds, un autre à genoux, le front contre le sol, qui frappait le plancher de ses poings en pleurant.

— Celui qui pleurait, c'est cet individu que vous avez désigné à la Cour comme étant Émile Caron?

— Oui, c'était lui. Il tenait à la main un papier chiffonné et criait entre ses sanglots : « C'est toi qui l'as tué! Je te hais! »

— Saviez-vous de qui il parlait?

— Non, il ne nommait personne. Quand je suis arrivé à ses côtés, il a levé vers moi un regard ahuri rempli de détresse. Il s'est redressé, a pris les jambes de son frère entre ses bras et s'est cramponné à lui.

Le policier se tut un instant. Seul le bruit sourd de quelques chuchotements rompait le silence du prétoire.

— Avez-vous été surpris qu'il n'ait pas essayé de le ramener au sol?

— Non, car la couleur de la peau du défunt montrait que la mort était survenue depuis un bon moment. Quand j'ai voulu l'entraîner à l'extérieur à l'arrivée du coroner, il s'est raidi et a d'abord refusé. Il m'a dit que la victime était son frère jumeau et qu'il avait promis de l'aider. Je lui ai fait comprendre que son aide était devenue inutile et il a finalement accepté de me suivre. Une jeune femme est venue au-devant de nous et il s'est jeté dans ses bras.

— Il a dit quelque chose, à ce moment-là?

— Oui, et je m'en souviens parfaitement; il a dit: « Même en prison, il arrive encore à nous détruire. Comment pourra-t-on se défaire un jour de cette menace qui nous colle à la peau? »

— Vous saviez de qui il parlait?

— Je m'en suis douté parce que je venais de reconnaître Émile Caron et je savais que son père était en prison.

— Avez-vous senti ces paroles comme des menaces à l'endroit de quelqu'un?

— Non, ça m'a paru plutôt une constatation.

— Objection, dit le procureur. La réponse du policier Lacroix est une évaluation personnelle.

— Rejetée, dit le juge. Le témoin a simplement répondu à la question posée.

— Qu'avez-vous fait ensuite?

— Je lui ai demandé de me remettre la lettre qu'il tenait. Il a d'abord refusé, puis il a fini par me la donner en me recommandant d'en prendre grand soin.

Esther présenta la lettre aux jurés en la citant comme la pièce à conviction numéro 4. Elle demanda ensuite à Jean-Paul Lacroix de la lire à haute voix. Il n'y avait que quelques mots.

— *Comme le bonhomme le disait si souvent, je suis un grand niaiseux. J'ai frappé mon Mathieu, je suis une brute comme le monstre qui m'a donné la vie. Mon fils sera plus heureux sans moi. Je suis une nullité, je ne suis rien, personne ne va me regretter.* C'est signé: *Richard, le nul.*

Émile avait le visage entre les mains et retenait péniblement les émotions qui enflaient sa poitrine. Esther laissa aux jurés le temps d'imprégner leur mémoire du désarroi de son client. Après un temps, elle s'adressa de nouveau au policier Lacroix.

— Que s'est-il passé ensuite?

— Émile Caron voulait accompagner son frère dans le fourgon de la morgue. Il disait que Richard avait peur d'être seul dans le noir. Mais la femme qui l'accompagnait l'en a dissuadé.

— Merci, constable Lacroix.

Esther n'avait plus de questions. Elle se tourna vers le procureur.

— Maître Gagnon, le témoin est à vous.

L'avocat s'avança vers la barre.

— Je dois reconnaître que vous avez une excellente mémoire, pour vous souvenir des paroles exactes prononcées par monsieur Caron lors du décès de son frère. Vous êtes certain que les propos rapportés sont fidèles à ceux d'Émile Caron?

Le policier n'apprécia pas le ton du procureur.

— La mémoire des autres semble vous étonner, Maître. Vous en manquez?

Laurent Gagnon ne releva pas l'ironie et répéta sa question.

— Dans un cas comme celui dont nous parlons, continua le policier, je prends des notes quand les mots sont frais à mes oreilles. C'est mon secret pour me souvenir de certains détails.

— Si je comprends bien, Émile Caron rendait son père responsable du suicide de Richard?

— Objection, Votre Honneur! Le procureur suggère la réponse.

— Accordée.

— Monsieur Lacroix, reformula l'avocat Gagnon, vous êtes absolument certain que les paroles d'Émile

Caron furent : « Même en prison, il arrive encore à nous détruire. Comment pourra-t-on se défaire un jour de cette menace qui nous colle à la peau ? »

Yvon Lacroix sortit un calepin de sa poche de chemise et y lut quelques secondes.

— Oui, c'est bien ce que j'ai écrit.

Laurent Gagnon alla vers le jury, s'accouda à la rambarde et répéta la phrase.

— Je crois qu'Émile Caron a trouvé la solution à son problème, ajouta-t-il en se tournant vers Esther et en la fixant d'un air narquois.

— Objection ! s'écria l'avocate. Maître Gagnon outrepasse de nouveau ses prérogatives en émettant une telle conclusion. Je demande qu'on la retire du procès-verbal.

— Accordé, déclara le juge.

— Merci, ce sera tout, dit le procureur en s'adressant au témoin.

Et il alla s'asseoir triomphant. Une autre journée de procédures se terminait et il la considérait à son avantage. Les gens présents, autant les curieux que les membres de la famille, quittaient l'enceinte du tribunal, quelques-uns en silence, mais la plupart en discourant sur les témoignages de la journée. Si les Caron étaient convaincus qu'Émile bénéficiait de circonstances atténuantes qui lui mériteraient la clémence de la Cour, les opinions divergeaient chez les autres spectateurs de ce drame, et chacun cherchait à faire valoir son idée.

Le lendemain, ce fut au tour d'Odile Caron de se présenter en Cour. Elle arriva sobrement vêtue, mais élégante. Contrairement à sa sœur Denise qui était blonde, grande et élancée, elle était brune, courte et rondelette. Après qu'elle eut prêté serment, Esther vint vers elle et entama l'interrogatoire.

— Madame Caron, je vous ai convoquée à la barre des témoins pour que vous nous parliez de votre frère Jacques. C'est lui qui s'est noyé à l'âge de treize ans, n'est-ce pas?

— Oui, c'est lui.

— Vous étiez présente, ce jour-là?

— Oui.

— Pouvez-vous nous raconter comment ce drame s'est produit?

— Jacques était un enfant comme Émile, toujours joyeux. Il n'était pas manuel. Il aimait l'étude et voulait devenir architecte. Les châteaux et les cathédrales qu'il voyait dans les livres prêtés par ses professeurs le fascinaient. Il racontait qu'un jour il allait en faire construire de semblables. Mais à l'âge de douze ans, un an avant son décès, notre père s'est mis à l'obliger souvent à manquer l'école pour travailler sur la ferme.

— Est-ce que l'instruction n'était pas obligatoire jusqu'à quatorze ans sous peine d'amende pour les parents, en 1964?

— C'est pour ça qu'il ne l'avait pas retiré de classe. Mais, en manquant autant de jours, Jacques savait qu'il ne passerait pas son année scolaire et il était conscient qu'à quatorze ans ses études seraient terminées.

— Comment votre frère acceptait-il sa décision?

— Il s'est mis à répéter que, s'il ne pouvait pas s'instruire, la vie ne valait pas la peine d'être vécue.

— Votre père était-il violent avec lui?

— Oui. Ovide Caron n'épargnait personne. Quelques jours avant sa mort, Jacques avait reçu de lui un coup de botte à cap d'acier et il avait de la difficulté à respirer. Il devait avoir des côtes cassées, car il se plaignait encore de douleur au thorax le jour où il s'est noyé.

— Jacques et Émile étaient-ils amis? Vous avez parlé de caractères semblables.

— Émile avait sept ans à la mort de Jacques, mais vous avez raison, malgré la différence d'âge, ils étaient souvent ensemble. Émile était fasciné par les histoires de son grand frère. Il assurait même qu'il irait travailler avec lui quand il serait adulte et qu'il l'aiderait à bâtir ses ponts et ses églises. C'était agréable de les entendre; ils aimaient rêver tous les deux.

— Que s'est-il passé le jour de sa mort?

— Nous étions allés pêcher dans la rivière qui séparait notre ferme de celle des Pépin, Émile, Jacques et moi. C'était une place où le brochet abondait au printemps, surtout quand l'eau était haute.

— Ensuite?

— Jacques est tombé à l'eau.

— C'était un endroit dangereux?

— Il y a toujours un risque à jouer près de l'eau, surtout quand c'est profond, mais nous y allions souvent et on connaissait bien les lieux.

— Avez-vous été témoin de sa chute?

— Non, il pêchait derrière un bosquet d'arbres. Je ne le voyais pas de ma position.

— Émile était avec lui?

— Non, il était avec moi.

— Jacques était seul, quand il est tombé?

Odile fit une pause avant de répondre. Elle serrait nerveusement les mains devant elle. Un douloureux souvenir l'opprimait.

— Je ne pense pas qu'il soit tombé.

— Que voulez-vous dire?

Les gens du prétoire étaient attentifs à chacun des mots de la femme.

— Depuis que notre père lui faisait manquer l'école, Jacques pleurait souvent. Il était devenu très dépressif. Il travaillait sur la ferme à contrecœur en endurant les mauvais traitements d'Ovide. Un soir, pas longtemps avant sa mort, il m'avait confié qu'il allait nous quitter.

Odile eut un hoquet qu'elle tenta de réprimer en portant une main devant sa bouche. Sa voix tremblait quand elle reprit son récit.

— Jamais je n'avais pensé qu'il avait choisi de partir de cette façon.

— Vous croyez qu'il s'est jeté à l'eau volontairement?

— Objection! s'insurgea le procureur. Madame Caron ne peut que présumer.

— Retenue! Madame, vous n'avez pas à répondre à la question.

Il y eut un silence dans la salle.

— L'avez-vous entendu crier en tombant? S'est-il débattu? Avez-vous essayé de le sauver de la noyade? poursuivit l'avocate de la défense.

— Comme il y avait beaucoup de courant à ce temps de l'année, les flots l'ont vite emporté. J'ai tendu ma ligne à pêche vers lui, mais c'était inutile, il était trop loin du bord. Je l'ai vu passer devant nous sans un cri, sans un geste pour se tirer de là. Il a sombré dans un remous et n'est pas réapparu. Nous l'avons retrouvé deux jours plus tard sur une berge.

— Vous souvenez-vous comment Émile a réagi quand il a vu son frère emporté par les flots?

— Non, j'étais trop occupée à essayer de venir en aide à Jacques.

— Mais, quand c'est devenu impossible de l'aider, avez-vous remarqué l'attitude d'Émile?

— Il était figé sur le rivage comme une statue de sel. J'étais affolée et je criais, mais lui ne bougeait toujours pas. Je pense que, même s'il avait seulement sept ans, il comprenait le choix de Jacques.

Esther était émue. Elle n'avait plus de questions. Elle se tourna vers le procureur de la Couronne.

— Maître Gagnon, le témoin vous appartient.

L'avocat s'avança lentement vers Odile.

— Madame Caron, avez-vous une preuve que votre frère s'est jeté intentionnellement dans la rivière ?

— Non.

Il se retourna vers les jurés.

— Mesdames et messieurs du jury, il faut considérer cette mort, aussi tragique soit-elle, pour ce qu'elle est, un accident.

Il conclut en se tournant vers Odile :

— Merci, madame Caron, ce sera tout.

Les audiences furent ajournées au lundi suivant, jour où allait débuter l'interrogatoire d'Émile. Esther avait trouvé la journée particulièrement lourde. Elle en fit part à son père sur le chemin du retour à la maison.

— Malgré ce que je connais des procès et de leurs rebondissements, je trouve toujours difficile à supporter que, au moment où une personne se présente devant la justice, tous les incidents de sa vie, même les plus insignifiants, puissent se transformer en faits accablants.

— Tu veux parler des témoignages de Fabienne et du détective Lacroix ?

— Oui. Parce qu'un jour la cruauté d'Ovide envers sa petite sœur lui était devenue intolérable, Émile a bousculé son père et l'homme est tombé par terre. Pour le procureur, cet incident fait de mon client un être agressif, et ce geste inoffensif vient garantir la malignité de l'acte commis des années plus tard. Aussi, une phrase prononcée dans l'anéantissement le plus total provoqué par la mort de son jumeau va finir par étayer la thèse de la préméditation.

— Tu as raison, Esther.

— Prenons une réflexion telle que celle-ci : « Comment pourra-t-on se défaire un jour de cette menace qui nous colle à la peau? » Quand on la fait tout haut en parlant de son père, elle peut avoir plusieurs sens.

— Oui, elle peut faire croire qu'on a l'intention de l'éliminer pour retrouver la paix, ajouta Charles Aubry qui suivait le raisonnement de sa fille.

— Alors que, pour Émile, ça ne voulait exprimer que le comble de l'impuissance.

Ils arrivaient à la résidence familiale. Le vieil avocat fit entrer la voiture dans le garage. Avant d'en descendre, il se tourna vers Esther.

— As-tu déjà pensé que le geste d'Émile pouvait effectivement avoir été prémédité?

— Jamais! s'offusqua l'avocate. Émile est un être bon et doux; il n'a rien d'un assassin.

Charles eut un sourire satisfait.

— C'est ce que je voulais entendre! Si tu as cette conviction, c'est à toi de démontrer à la Cour qu'elle est juste et d'amener les membres du jury à abonder dans ton sens.

— Merci, papa, de ta confiance en mes talents. Je dois discuter avec Émile en fin de semaine et revoir notre ligne de défense. Je compte le faire sortir de ses réserves. Je suis convaincue qu'il n'est pas allé vers son père dans l'intention de le tuer, mais son comportement m'intrigue; il y a chez lui une sorte de fatalité que je n'arrive pas à cerner, même après nos nombreuses rencontres.

— C'est peut-être simplement une séquelle de la vie de terreur qu'il a connue. Il a appris à endurer bien des affronts que d'autres trouveraient inacceptables.

— Oui, tu as sans doute raison… On pourrait se fricoter un délicieux repas, maintenant. C'est vendredi. Nous pourrions y ajouter un verre de vin.

— Sors-tu avec Gabriel Valcourt, samedi?

— Non, je n'ai pas de temps pour les relations sociales

en ce moment, répondit Esther qui cachait une légère déception de n'avoir pas été invitée. Je dois concentrer toutes mes énergies et toutes mes pensées sur le procès. La semaine prochaine sera déterminante pour mon client.

Dès son arrivée au salon, Esther actionna machinalement le bouton du répondeur téléphonique. Il ne contenait qu'un seul message, de Gabriel. *«Le message est pour Esther, disait la voix familière. Je sais que tu es très occupée à préparer le témoignage d'Émile, mais, si tu peux me consacrer un moment samedi soir, je serai heureux de souper en ta compagnie.»*

Esther ressentit une agréable chaleur au ventre. Son père, qui avait entendu l'invitation, s'empressa de rouspéter d'une voix taquine.

— Un autre samedi soir à souper seul au bout de ma grande table!

— Pas vraiment, non, dit-elle. Mes préoccupations actuelles m'empêchent de m'abandonner librement à la légèreté d'une aventure galante, et puis cet homme, si charmant soit-il, a un deuil à faire. Je préfère laisser filer le temps.

Elle appela Gabriel pour s'excuser. S'il fut déçu, il n'en laissa rien paraître, conscient sans doute que le travail de son amie était épuisant et qu'il mobilisait toutes ses énergies.

Chapitre 20

Esther était arrivée chez Émile en début de matinée le samedi. La résidence féerique en pierre des champs lui était apparue, subtilement escamotée par un rideau de brume qui montait du lac et profilait sa masse cotonneuse entre les conifères et les arbres dénudés. Un timide soleil glissait ses rayons à travers la mince couche nuageuse et disséminait çà et là des taches de lumière, aux nuances de rose et de mauve qui se reflétaient joliment sur l'horizon. Une superbe peinture d'artiste s'offrant à sa vue, elle avait pris le temps de savourer la beauté enchanteresse des lieux qu'Émile et sa compagne avaient choisis pour abriter leur amour. Après l'avoir aimablement reçue, son client lui avait suggéré de discuter en marchant dans la froidure de ce matin de février.

— Je veux profiter au maximum des jours de liberté qu'il me reste dans la paix de la nature, avait-il dit d'une voix mélancolique.

Pendant de longues heures, elle avait revu avec lui les différentes questions qu'elle allait poser, mais rien de nouveau n'avait surgi de leur entretien. Émile n'arrivait pas à se départir de la fatalité qui le submergeait. Il semblait résigné. L'avocate lui avait fait valoir l'importance des circonstances atténuantes qu'elle comptait exploiter en Cour et, surtout, elle avait tenté de le convaincre que sa présence charismatique serait un atout qui militerait pour lui. Émile avait paru surpris de l'optimisme d'Esther.

— La vie ne m'a jamais fait de cadeaux. Pourquoi commencerait-elle maintenant, alors que j'ai tué mon père?

— Émile, ma grande passion, c'est la justice, avait-elle répondu. Je crois qu'avant d'être un assassin tu es une victime, et je suis à tes côtés pour te soutenir. Je veux te présenter aux membres du jury comme un homme qui a atteint le paroxysme de la souffrance et qui s'est retrouvé un jour en face de son bourreau dans le vain espoir de comprendre sa cruauté. Un homme qui espérait une parole de regret, une seule, qui aurait apporté un apaisement à sa détresse devenue insurmontable.

Même si Émile l'avait regardée un long moment et qu'elle avait vu défiler dans le vert limpide de ses yeux les péripéties de sa vie brisée, il ne lui avait fait aucune nouvelle confidence. Tout avait été dit. Elle espérait lui avoir transmis son désir de vaincre l'adversité et de se dérober au mauvais sort qui s'acharnait contre lui depuis sa naissance.

En rentrant chez elle, Esther avait discuté avec son père, car elle appréciait l'avis de cet avocat très expérimenté.

— Pour convaincre les membres du jury de la non-préméditation, il suffit d'un doute raisonnable, avait conclu le vieux magistrat. Étant donné les circonstances qui précèdent ou entourent le geste d'Émile Caron, nous devons garder espoir.

— Comme dirait Gabriel, il va nous falloir une intervention divine, affirma la jeune avocate, espiègle.

Charles, qui devinait l'intérêt de sa fille pour l'ancien curé, lui répondit d'un ton prophétique en retenant un sourire.

— N'oublie pas que l'archange Gabriel était porteur d'une bonne nouvelle. N'est-ce pas lui qui a apporté au genre humain, plongé dans les ténèbres et désespérant de son salut, l'annonce longtemps attendue de la rédemption des hommes, en leur prédisant la naissance de Jésus, le Sauveur du monde?

Esther pouffa de rire.

— Décidément, papou Aubry, tu aurais fait un excellent prédicateur. Dommage pour l'Église catholique que tu aies choisi de briller dans les prétoires plutôt qu'en chaire.

*

Le lundi, Esther arriva très tôt au palais de justice. En quittant sa voiture, elle jeta un coup d'œil vers les hauts murs de la prison et eut un frisson en pensant aux gens qui y vivaient au quotidien. Elle aperçut Gabriel qui venait à elle et qui lui souriait dans la lumière blafarde de ce matin sans soleil. Elle le trouva beau, avec son chapeau de fourrure et son écharpe de laine beige enroulée autour du cou.

— Je n'ai pas perdu l'habitude de me lever tôt, lui dit-il en prenant son bras.

Il se pencha et l'embrassa sur les deux joues. Elle sentait bon. Esther représentait pour lui la perfection : belle, intelligente et coquine à ses heures. Il lui ouvrit la porte du palais de justice et la laissa passer devant. Il admirait sa démarche souple et assurée, selon lui caractéristique d'une personne indépendante promise à un brillant avenir.

Il ne put se retenir, un furtif moment, de la comparer à son amie Fabienne et de se demander où celle-ci se trouvait en ce moment-là. Il ne pouvait éviter de se questionner sur son comportement envers elle. Aurait-il pu faire davantage pour l'empêcher de retourner danser dans les clubs et de geler ses émotions dans la drogue et l'alcool? La vie de chacun lui appartient, mais il y avait parfois des appels silencieux que les proches et les amis devaient entendre. Avait-il été sourd à un cri de détresse de sa part, comme Émile devant le désarroi de Richard qu'il n'avait pas su évaluer à sa juste mesure?

Le temps passait et les problèmes d'Émile occupaient de plus en plus son esprit. Gabriel aurait voulu l'aider. Il avait vécu près de lui durant les trois années où la famille Caron avait essayé de se reconstruire et il admirait son renoncement et sa patience. L'avenir de son ami reposait maintenant entre les mains de la justice. Serait-elle clémente?

*

Émile entra dans la salle d'audience accompagné de son avocate. Le prétoire était bondé. Il y avait des journalistes, des curieux et, dans la première rangée derrière la table de la défense, les membres de sa famille et ses amis. En s'avançant à la barre, il se retourna et aperçut Joséphine. D'un mouvement des lèvres à peine perceptible, il la salua d'un baiser. Sa présence lui donnait la force de se défendre.

Après les procédures d'usage, Esther s'approcha de son client et s'adressa à lui en reprenant le fil de sa vie, pour lui faire révéler à la Cour les différentes étapes de son enfance au sein d'une famille hautement dysfonctionnelle.

— Monsieur Caron, quels sont pour vous les éléments les plus importants pour permettre à des tout-petits de grandir et de devenir des adultes accomplis?

Émile fut légèrement déstabilisé. Il ne s'attendait pas à ce genre de questions, car ce n'était pas ce dont ils avaient parlé le samedi précédent. Sa réflexion fut de courte durée; il savait depuis longtemps ce qui lui avait cruellement manqué.

— Ce qui est essentiel au bonheur des enfants, c'est l'amour et la sécurité.

— Et c'est ce que vous avez connu dans votre enfance? Émile eut un sourire affligé.

— Non. J'ai vécu la peur, la douleur physique et le désespoir.

— Qu'éprouvez-vous aujourd'hui quand vous pensez à la première période de votre vie?

— Je suis inquiet, je manque de confiance en moi et je redoute toujours de perdre l'amour de ceux que j'aime.

— Pouvez-vous nous expliquer pourquoi vous ressentez la crainte d'être abandonné?

— Objection, Votre Honneur! Nous ne sommes pas ici en thérapie.

— Objection rejetée. Il est bon pour les jurés de connaître l'état d'esprit de l'accusé.

Le juge se tourna vers Esther.

— Soyez brève sur ce point, Maître Aubry, et allez rapidement aux faits concrets.

— Émile, parlez-nous de la perception que vous avez de vous-même.

— Je ne me sens jamais à la hauteur de l'amour ou des attentes de quelqu'un. Je me suis fabriqué une armure au fil du temps pour faire face à la vie, mais au fond de moi je vis une perpétuelle insécurité et je me sens fragile.

— Pourquoi avez-vous quitté votre famille à l'âge de quinze ans?

— À cause du désespoir qui me submergeait jour après jour. Je ne pouvais plus supporter d'assister impuissant à la violence de mon père qui battait quotidiennement ma mère, mes frères et mes sœurs. Et j'avais le souvenir de Jacques...

Émile fit une pause.

— Je ne voulais pas répéter son choix, car, malgré mes frayeurs, j'aimais la vie.

— Vous croyez que votre frère Jacques a choisi délibérément de mourir?

— Objection, Votre Honneur! Le témoin n'a pas à donner son opinion sur un fait que nous ne pouvons pas prouver.

— Retenue. Passez à une autre question, Maître Aubry.

— Est-ce que votre père s'en prenait physiquement à vous?

Émile pencha la tête. La honte revenait le tenailler. Il en ressentait des crampes violentes à l'abdomen. Il répondit d'une voix à peine perceptible.

— Oui, il me frappait.

Le juge intervint.

— Monsieur Caron, il faut parler plus fort, la Cour et les jurés doivent vous entendre.

Émile releva les épaules et parla plus clairement.

— Oui, il me battait! J'ai atrocement souffert, physiquement et psychologiquement. Mais, ce que j'ai trouvé inacceptable, c'est que l'année de mes quinze ans mon père a décidé que je ne retournerais pas à l'école en septembre. Il trouvait inutile que je perde mon temps à gribouiller, comme il disait en se moquant. Il jugeait que je devais aller travailler et apporter une aide financière à la famille.

— Si je comprends ce que vous exprimez, l'impossibilité pour vous de concrétiser vos rêves d'avenir était pire que les sévices endurés?

— Oui, je croyais fermement qu'une vie meilleure existait quelque part et je voulais la vivre.

— C'est pourquoi vous avez demandé à votre frère jumeau de vous accompagner quand vous avez quitté la maison familiale?

— Richard et moi étions toujours ensemble. Nous étions l'un pour l'autre un rempart contre l'adversité. Je me rendais compte que sa peur était plus grande que la mienne, et sa capacité de défense vis-à-vis de cette brute était pour ainsi dire inexistante.

— Vous avez déjà reçu des coups à sa place?

— Souvent. Il n'osait pas s'imposer devant Ovide; moi, si, quelquefois.

— J'imagine que le fait de braver votre père vous a valu des punitions sévères?

— Objection, Votre Honneur! Maître Aubry suggère la réponse, s'empressa d'intervenir Laurent Gagnon.

— Objection retenue. Maître Aubry, posez votre question différemment.

Esther remercia le juge d'un signe de tête.

— Dites à ce tribunal ce que vous valait l'opposition à votre père.

— Une violence encore plus sadique de sa part. J'ai souvent travaillé en ressentant des douleurs à la limite du supportable et je n'avais pas le droit de m'arrêter, si je ne voulais pas empirer la situation. Quand nous peinions à la tâche à cause des blessures, il nous humiliait en nous traitant de femmelettes sans cœur.

— Quand vous avez quitté la famille, vous avez fait une promesse à votre mère.

— Oui, j'étais malheureux de l'abandonner dans la tourmente alors que, Richard et moi, on s'enfuyait vers la liberté.

— Vous souvenez-vous de ce que vous lui avez promis à quinze ans?

— Je ne me rappelle pas les termes exacts, mais je

lui ai dit en substance que, le jour où je pourrais la sortir de cet enfer, je reviendrais la chercher.

— Quand vous citez l'enfer, vous voulez parler de la maison de votre père?

— Oui.

— Pour tenir votre promesse, est-ce que vous envisagiez de tuer votre père?

— Non, jamais! s'insurgea Émile. J'aurais aimé l'éloigner de nous, mais pas le tuer.

— Et pourquoi avoir attendu quatorze ans avant de venir au secours de votre famille?

— Je ne pouvais pas arriver un jour et frapper à la porte en demandant à Ovide Caron de quitter les lieux. C'était plus compliqué que cela. Il fallait une raison pour l'obliger à partir.

— Et elle s'est présentée lorsque vous avez appris le viol de vos sœurs?

— C'est exact.

Esther fit une courte pause en regardant les jurés un à un, puis elle se tourna vers son client.

— Émile, qu'avez-vous ressenti en apprenant que votre père commettait des gestes aussi odieux?

— Je ne voulais pas y croire. Le viol répété de ses propres filles allait au-delà de la cruauté dont je l'avais cru capable. Il avait déjà brisé physiquement Hélène et Suzanne. Je trouvais inadmissible qu'il les ait détruites jusqu'au cœur de leur intimité, qu'il ait piétiné leur âme sans aucun remords. À l'image de maman, mes deux sœurs sont des catholiques respectueuses des dogmes de l'Église.

— Est-ce que vous avez discuté avec vos sœurs de ce qu'elles ont subi de la part de votre père?

— Très peu. Elles préféraient éviter le sujet, mais elles m'ont dit avoir été bien heureuses quand Gabriel leur a fait comprendre qu'elles n'avaient pas besoin de se confesser, que ce lourd péché dont elles se sentaient fautives ne leur appartenait pas.

— Vous voulez dire qu'elles se trouvaient coupables d'avoir été violées?

— Oui! Ce que j'ai compris de leurs propos, c'est qu'Ovide les avait bien averties de ne jamais parler de ça en confession parce Dieu ne leur pardonnerait jamais d'avoir entraîné leur propre père dans le péché. En plus de les violer, il les culpabilisait en les rendant responsables.

— Vous deviez être très en colère en apprenant cette autre cruauté de votre père.

— Oui. J'avais enfin l'occasion de le faire jeter en prison, et je n'ai pas hésité un seul instant.

— À ce moment-là, avez-vous pensé à vous faire justice vous-même, en allant le battre, par exemple?

— Non, ça ne m'a pas effleuré l'esprit. Mon désir était qu'il aille en prison afin que ma famille puisse être libérée de lui.

Le juge intervint pour annoncer la pause de mi-journée et chacun se leva pour quitter la salle. Joséphine s'avança vers Émile et glissa sa main dans la sienne sans un mot. Esther observa son geste. « Un amour aussi authentique et pur est un cadeau de la vie », pensa-t-elle en imaginant aisément le déchirement qu'ils s'apprêtaient à vivre.

À la reprise des audiences au début de l'après-midi, Esther reprit son interrogatoire en entrant dans le vif du sujet.

— Émile, est-ce que vous reconnaissez avoir commis le geste qui a été fatal à votre père?

Le jeune homme fixa son avocate et un voile de tristesse passa dans son regard.

— Oui.

— Et vous plaidez non coupable de sa mort. Est-ce exact?

— Oui.

— Monsieur Caron, nous allons devoir remonter dans le temps afin de découvrir ce qui vous a conduit devant votre père le jour de sa sortie de prison. D'abord, racontez à la Cour quand et comment vous avez revu cet homme pour la première fois après votre départ de la maison, à l'âge de quinze ans.

Émile se revit au domicile de ses parents lors de l'arrestation d'Ovide. C'était leur première confrontation depuis quatorze ans.

— C'était le 12 septembre 1987. Je venais d'avoir vingt-neuf ans. Quelques jours auparavant, j'avais appris de Fabienne que notre père violait mes sœurs Hélène et Suzanne pendant que notre mère se rendait à la messe du samedi soir. Comme je vous l'ai dit en avant-midi, ce crime odieux me donnait l'opportunité de le faire arrêter et de libérer ma famille de son joug cruel.

La voix hésitante d'Émile traduisait son embarras de relater la sordide histoire de sa famille.

— Quand vous habitiez Saint-Marc-l'Évangéliste, aviez-vous eu connaissance de ces viols?

— Non, je ne pense pas qu'à l'époque il agissait ainsi. Ce n'était pas un pédophile. Fabienne m'a raconté qu'il avait commencé ce manège après la maladie de notre mère, qui ne pouvait plus le satisfaire sexuellement.

Émile contenait difficilement ses émotions, tandis qu'une vague de compassion gagnait les gens présents dans le prétoire.

— Ovide Caron avait tous les droits sur sa famille, même celui d'abuser de ses propres filles pour contenter ses bas instincts, ajouta-t-il avec un accent de mépris. Il ne s'occupait pas des sentiments des autres.

— Qu'avez-vous fait en apprenant cette pitoyable histoire?

— Avec l'aide de Gabriel Valcourt, le curé de la

paroisse, du détective Duhamel et du docteur Lacasse, Fabienne et moi avons mis au point un stratagème pour faire cesser ces viols répétitifs et faire arrêter le violeur. C'est là que je l'ai revu pour la première fois. C'était lors de son arrestation. Je suis entré dans la maison après les policiers et Ovide était étendu par terre, maîtrisé par deux hommes en uniforme.

Il y eut un silence.

— Vous a-t-il reconnu? A-t-il dit quelque chose, en vous apercevant?

— Oui, il a su tout de suite qui j'étais et il m'a traité de maudit Judas. J'avais honte d'être le fils de cet être abject.

— Et votre sœur, celle que votre père venait de violenter, où se trouvait-elle?

— Elle était dans la chambre des filles et le docteur Lacasse la tenait dans ses bras. J'avais quitté une jeune adulte de dix-sept ans affectée par les mauvais traitements, mais toujours belle, et je retrouvais une personne flétrie par les abus, une femme apeurée au regard vide et absent. J'avais le cœur déchiré. Je me souviens de l'odeur infecte qui flottait dans la pièce. J'en ai eu la nausée.

— Avez-vous revu votre père par la suite, avant la journée du 17 août 1990, celle de sa sortie de prison?

— Non. J'avais pensé le rencontrer au procès, mais, comme il a reconnu sa faute, il a eu sa sentence sans que nous ayons à témoigner.

— Vous avez regretté de ne pas pouvoir raconter votre vie de misère?

— Oui et non. Oui, parce qu'en dévoilant ses comportements abusifs nous aurions pu obtenir une ordonnance afin qu'il ne puisse plus s'approcher de notre mère et des autres membres de notre famille. Malheureusement, en se reconnaissant coupable du viol de mes deux sœurs, c'est d'elles seulement qu'il a été sommé de se tenir loin. Et, non, je n'ai pas regretté, car je préférais ne jamais le revoir.

— Émile, parlons maintenant du décès de votre jumeau. Le constable Yvon Lacroix a informé la Cour de votre attitude de détresse à son arrivée sur les lieux et de la lettre que vous aviez à la main. Qu'est-ce qu'il y avait sur la note laissée par votre frère?

— Objection, Votre Honneur! Nous en connaissons déjà le contenu. Il est inutile de ressasser ce sujet, insista le procureur qui voulait éviter qu'on émeuve les jurés outre mesure.

— Refusée, dit le juge. Il est important pour la suite des événements de connaître l'effet produit par ces mots dans l'esprit de l'accusé.

Esther prit le billet et le présenta à Émile. Elle savait que de revoir ce bout de papier lui causerait un immense chagrin, mais il était souhaitable que les membres du jury se fassent une juste idée des émotions qui assaillaient son client. Elle insista pour le lui glisser dans les mains, mais, visiblement perturbé, Émile gardait les bras le long du corps. Alors, elle déposa le message devant lui.

— Dites à la Cour ce que vous avez ressenti en lisant ceci.

Émile vit la signature: *Richard, le nul.* Il distinguait à peine les mots à travers ses larmes contenues, tandis que l'image de son jumeau s'imposait à sa mémoire.

— Mon frère était un homme merveilleux, finit-il par articuler difficilement. J'ai été bouleversé de constater qu'au moment de mourir il avait honte d'exister.

— Vous rappelez-vous les paroles que vous avez prononcées devant le détective Lacroix?

— Non, mais je me souviens d'avoir pensé que ce monstre, qui avait fait de nous des êtres brisés, venait de tuer Richard. Et ce n'était pas le premier, il y avait eu Jacques avant lui. J'ai dû dire des choses dans ce sens.

— Ce jour-là, est-ce que vous avez eu envie de venger vos deux frères?

— Je souffrais affreusement, mais la vengeance ne m'a pas effleuré. J'ai passé ma jeunesse et mon adolescence à courber l'échine sous les mauvais traitements. Ce jour-là, j'ai considéré que notre père était responsable, c'est vrai, mais, une fois de plus, je me suis senti impuissant. Cet événement m'a frappé comme une fatalité devant laquelle j'étais démuni.

— Monsieur Caron, quand l'ambulance a quitté les lieux du drame en emportant le corps de votre jumeau, qu'avez-vous fait?

Émile adressa un regard à Joséphine, assise dans la première rangée.

— Ma conjointe et moi sommes allés rencontrer les enfants de mon frère pour leur faire part de la triste nouvelle. Ils étaient les plus directement touchés.

— Racontez-nous.

— Objection! Il nous suffit de savoir qu'il leur a annoncé le décès. Il n'est pas nécessaire d'apprendre les détails de cette démarche.

— Maître Aubry, est-ce que ces informations sont de nature à éclairer le jury dans sa décision?

— Oui, Votre Honneur. Ce sont des faits importants qui se sont produits les jours précédant le geste que l'on reproche à mon client et qui peuvent avoir influencé son comportement.

Le juge Fortin se tourna vers le procureur.

— Objection rejetée. Poursuivez, Maître Aubry.

— Monsieur Caron, racontez à la Cour votre rencontre avec les enfants de votre frère, Mathieu et Virginie.

Émile ferma les yeux un bref instant. Sa voix tremblait quand il commença son récit.

— J'ai d'abord annoncé le suicide de Richard à Véronique.

— Pour informer le tribunal, dit Esther, nous mentionnons ici que madame Véronique Provencher, la mère des enfants de Richard Caron, vivait séparée de son conjoint. Poursuivez, monsieur Caron.

— Les petits jouaient dans la cour. Je suis sorti les retrouver, conscient du mal que je m'apprêtais à leur faire. Je pleurais. Mathieu m'a regardé intensément. Je revois ses yeux immenses fixés sur moi. Il a su tout de suite, avec la sensibilité propre aux enfants, que je m'apprêtais à lui annoncer une mauvaise nouvelle. Il a placé ses mains de chaque côté de sa tête pour se boucher les oreilles et il m'a crié de me taire. Je l'ai pris dans mes bras tandis que Véronique s'occupait de Virginie et lui ai annoncé que son père était parti au ciel. Il s'est alors débattu en me frappant. Moi, je le tenais serré. Je songeais à Richard et à toutes les fois où nous avions pleuré, blottis l'un contre l'autre.

Émile leva les yeux vers le juge et plongea son regard dans le sien.

— Vous auriez dû l'entendre sangloter, murmura-t-il. Et c'était encore une fois la faute d'Ovide Caron. Richard n'avait pas pu accepter d'avoir battu son fils et d'être devenu un bourreau à son tour. Sous sa carapace d'homme fort, mon jumeau avait la fragilité d'un enfant et il buvait pour oublier ses souffrances que les années n'avaient pas effacées. Contrairement à notre père qui pouvait vivre sans remords, lui n'a pu supporter sa propre violence et il s'est suicidé.

— Quelle souffrance voulait-il oublier?

— Les coups de fourche ou de ceinture, et les journées de travail au pain et à l'eau. Mais, ce qui ne disparaît jamais vraiment, c'est ce qu'il a écrit avant de mourir, soit son sentiment d'être une nullité que personne n'allait regretter. Après avoir été si souvent rabroué, il n'avait plus aucune estime de lui-même. D'avoir été un enfant humilié et méprisé par l'un de ses parents, c'est une indignité qu'on croit toute sa vie avoir méritée, un déshonneur qu'on ne se pardonne jamais.

Émile ne put retenir un long sanglot. Il fouilla dans sa poche et en sortit son mouchoir.

— C'est seulement quelques jours après la mort de Richard, que vous avez appris que votre père voulait obliger votre mère à revenir habiter à leur résidence du Rang 6?

— C'était le jour de l'enterrement. Elle m'a donné la lettre qu'elle avait reçue de lui.

— Avez-vous été bouleversé par cette exigence?

— Oui! Je me suis dit que jamais je n'accepterais que maman retourne vivre avec lui.

— Comment avez-vous réagi vis-à-vis de votre mère?

— J'ai discuté avec elle et, finalement, elle a choisi de demander le divorce. Elle s'y refusait parce qu'elle croyait qu'elle ne pourrait plus fréquenter les sacrements. Gabriel lui a fait comprendre que l'Église acceptait maintenant qu'un couple marié religieusement soit amené à se séparer et même à divorcer, ce qui est un acte civil, lequel n'a rien à voir avec le mariage religieux qui, lui, perdure.

— Vous avez encore la lettre d'Ovide Caron?

— Non, je l'ai déchirée et l'ai jetée à la poubelle. Pour moi, ce n'était qu'un sale torchon.

— À ce moment, saviez-vous à quelle date votre père allait être élargi?

— Non. La lettre n'en faisait pas mention. Bien sûr, nous savions que ce serait quelque part en août, mais je ne connaissais pas la date exacte de sa libération.

— Monsieur Caron, pourquoi avez-vous quitté votre

conjointe, Joséphine Gauthier, trois jours avant d'aller attendre votre père à sa sortie de prison?

Émile se tourna vers Joséphine et posa son regard sur elle un long moment.

— Je suis parti parce que je l'aimais.

Il y eut un murmure dans la salle.

— Pouvez-vous nous expliquer ce motif qui nous semble paradoxal?

Émile ferma les yeux et chercha les mots qui pourraient rendre plus claire une telle contradiction. Ses raisons lui paraissaient à présent plus confuses que lorsqu'il avait pris sa décision.

— Joséphine est une femme merveilleuse que j'aime infiniment. J'en avais assez de la faire souffrir en lui imposant ma famille et les drames qui s'accumulaient dans ma vie. J'étais épuisé à force de lutter contre la fatalité, j'étais déprimé, j'avais le goût de m'enfuir au bout du monde pour échapper au triste destin qui me poursuivait sans cesse et je ne pouvais pas entraîner Joséphine dans mon errance.

— Vous songiez à partir au loin? À quitter votre famille?

— Je n'avais rien de précis en tête, mais je me sentais vaincu par les événements et je ne voulais pas enterrer sous les ruines de ma vie la femme que j'adorais.

— Pour vous, cette séparation était-elle définitive?

— Non, je ne pouvais pas envisager notre rupture comme irrévocable, mais j'avais besoin de temps pour récupérer et retrouver le goût de vivre. Cet éloignement était déchirant, mais, à ce moment-là, je ne voyais pas d'autres solutions pour épargner à Joséphine la débâcle de mon existence.

Esther prit un moment pour fouiller dans ses papiers. Elle s'apprêtait à poursuivre lorsque le juge l'interrompit et ajourna les travaux au lendemain.

*

En retournant à leur maison du lac Arthur, Émile et Joséphine ne prononcèrent pas une seule parole. Ils revivaient la courte période de leur rupture et aucun mot ne leur semblait à la hauteur des émotions qu'ils avaient éprouvées au cours de la journée d'audience. La voiture garée, ils demeurèrent un long moment réfugiés dans la chaleur de l'habitacle, comme s'ils craignaient la froidure de ce soir d'hiver. Émile sortit le premier et vint ouvrir la portière à sa compagne. Il lui tendit une main qu'elle accepta en levant vers lui un regard empreint d'une immense tendresse. Ils marchèrent ensemble vers la surface gelée du lac Arthur. Dans la nuit noire et sans lune, l'air était glacial et leur respiration laissait planer autour d'eux une buée blanche qui s'accrochait à leurs vêtements et les couvrait de givre.

Joséphine se tourna vers Émile. Elle l'aimait, elle aimait sa présence, son odeur, ses mains qui s'agitaient dans l'air quand il parlait, ses mains qui amadouaient son corps et la caressaient sensuellement au cœur de leurs étreintes. Elle adorait son sourire qui creusait de petites rides à la commissure de ses lèvres et qui attirait ses baisers. Émile était pour elle le seul homme au monde. Elle posa sa tête sur son épaule en se demandant si leur complicité résisterait à la séparation qui s'annonçait. Combien d'années son bel Émile serait-il absent de sa vie?

Soudain, l'horizon s'illumina au nord et un rideau magnifique, dans les tons de vert et de jaune légèrement teinté d'orange, se mit à onduler doucement dans la pénombre et s'amplifia en projetant des arcs flamboyants et des pics lumineux jusqu'au sommet de la voûte étoilée. Cette danse magique en forme de spirales changeantes leur offrait l'un des plus beaux et des plus grandioses spectacles que puisse présenter la nature. Elle ravissait leur regard émerveillé.

— Depuis la nuit des temps, les aurores boréales ont nourri l'imaginaire des humains dans les pays nordiques, expliqua Émile. Notre folklore regorge de croyances et de légendes à leur sujet.

— J'espère qu'elles sont un bon présage! déclara Joséphine, qui sentait le besoin d'un réconfort.

Émile lui sourit en la serrant dans ses bras.

— Plusieurs récits touchent ces phénomènes, que les Indiens du Canada ont toujours perçus comme des géants amicaux tenant des flambeaux pour les guider dans leurs sorties nocturnes et leur éviter de se perdre.

— Alors, je suis certaine que ces aurores boréales sont de bon augure.

Joséphine se tourna vers le nord où les superbes déesses de couleurs, lumineuses et fluorescentes, agitaient leurs formes graciles et dansaient langoureusement sur le dôme invisible du firmament. Elle s'appuya contre la poitrine d'Émile qui l'entoura de ses bras et la berça doucement en contemplant avec elle l'étonnant spectacle de la nature.

*

En arrivant au palais de justice, le lendemain, Esther croisa le docteur Aurélien Lacasse qui se dirigeait vers la même salle qu'elle, au fond du couloir.

— J'assiste à toutes les séances que je peux, lui dit-il. Je suis renversé par ce que j'entends. Comment se fait-il que personne dans la paroisse n'a pu se rendre compte des horreurs qui étaient perpétrées dans la maison du Rang 6? J'ai le sentiment que nous sommes tous coupables du geste d'Émile pour n'avoir pas su le prévenir en sauvant sa famille de l'emprise de son bourreau. Je passe de longues heures éveillé la nuit en priant le ciel que la justice soit clémente envers Émile.

Esther lui sourit.

— Continuez vos prières, docteur! Si Dieu existe, il devrait nous aider, car, avant d'être un assassin, mon client est une victime.

Le juge fit son entrée dans le prétoire et alla s'asseoir à la place qui lui était réservée face à l'assistance. Il promena un regard silencieux sur les personnes présentes dans la salle et arrêta son geste sur les jurés, à qui il sourit. Il était conscient du travail énorme qu'un tel procès imposait à ces gens ordinaires qui n'étaient pas préparés, comme lui et ses confrères, à administrer équitablement la justice. Il déclara la séance ouverte.

Esther reprit son interrogatoire où elle l'avait interrompu la veille. Debout à la barre des témoins, Émile était vêtu d'un pantalon de velours brun foncé et d'un chandail à col roulé de couleur miel qui s'harmonisait à la blondeur de ses cheveux, la douceur des teintes lui conférant une allure paisible et sage. Esther le questionna d'abord sur sa relation avec son frère jumeau et sur les liens qui les unissaient, pour en venir finalement à sa retraite dans un hôtel.

— Émile, pouvez-vous expliquer à la Cour pourquoi vous êtes allé vous réfugier à l'Amosphère après avoir quitté votre compagne le 15 août dernier?

Le jeune homme fixait le juge devant lui, mais son regard s'égarait dans les méandres des souvenirs. Il essaya de retrouver en lui les émotions qui l'agitaient quand il avait pris la décision.

— J'avais besoin de faire le point. Ma souffrance était devenue intolérable depuis la mort de mon jumeau et je me sentais perdu. Comment avais-je pu ne pas voir sa détresse et être absent au moment où sa vie a chaviré?

— Avez-vous d'autres raisons à mentionner?

— J'avais atteint un paroxysme d'angoisse. Je n'arrivais plus à discerner la lumière au bout du tunnel. Maman était inquiète à cause de la sortie de prison de son mari qui exigeait son retour. Elle avait peur de lui et elle comptait sur moi pour la protéger, alors que mes craintes étaient aussi grandes que les siennes… Et il y avait les enfants de Richard. Leur peine me torturait et me faisait me sentir coupable.

— Lors de votre réflexion à l'Amosphère, avez-vous songé à tuer votre père?

— Non, répondit-il d'une voix calme.

— Pourquoi être allé l'attendre à sa sortie de prison, alors?

— Depuis ma naissance, mon existence a été gâchée par la peur, la honte et la tristesse, mais, malgré ces émotions pénibles, j'ai toujours aimé la vie inconditionnellement. Je me suis cramponné à mes rêves et à mes amours, mais les cruautés de cet homme ne me laissaient aucune trêve. Mon bonheur et celui des miens étaient continuellement compromis par son acharnement à vouloir nous écraser moralement et physiquement. Depuis mon départ de la maison, j'avais toujours fui devant mon père en évitant de le revoir ou de lui parler. Quand j'ai appris sa sortie imminente de prison, sachant que son harcèlement reviendrait nous hanter, j'ai décidé d'aller l'attendre pour exiger une explication. Je voulais savoir pourquoi il avait fait preuve de tant de violence et de haine. Si je voulais avoir une chance de m'extirper de mon cauchemar et de protéger ma famille, je devais aussi lui demander de sortir de nos vies. J'allais à sa rencontre avec le fol espoir que la prison lui aurait fait prendre conscience de l'horreur de ses agissements et qu'il accepterait de m'écouter.

Les mains d'Émile s'élevèrent et recouvrirent son

visage un bref instant, après quoi elles retombèrent lourdement de chaque côté de son corps à la manière de ses espoirs qui s'étaient fracassés en heurtant l'indifférence paternelle.

— Est-ce qu'il a accepté de vous entendre?

— Non.

— Qu'est-ce qu'il a fait ou exprimé en vous voyant?

— Il m'a dit…

Émile étouffa une émotion qui obstruait sa gorge. Il dut faire un effort pour poursuivre.

— Il m'a d'abord bousculé en me frappant à l'épaule pour que je m'enlève de son chemin et il a crié: «Tu n'as rien d'un homme, tu es juste une femmelette! Fiche-moi la paix!»

— Et après?

— Il m'a poussé de nouveau, plus fort cette fois. Il fixait sur moi un regard de dégoût. J'ai chancelé…

Sa voix était devenue saccadée.

— J'ai titubé et, en perdant l'équilibre, ma main a heurté le couteau que je portais à la ceinture. Je l'ai saisi et j'ai frappé. J'ai frappé ma souffrance et mon désespoir qui étaient devenus intolérables.

Un silence monastique était tombé sur le prétoire.

— Émile, pourquoi avoir apporté un couteau avec vous? demanda Esther.

Le jeune homme sembla sortir d'un cauchemar.

— C'était celui de Richard.

— Pourquoi l'aviez-vous ce matin-là?

— Après le décès de mon jumeau, les autorités nous ont remis ses effets personnels et le couteau en faisait partie. Richard l'avait reçu en cadeau des ouvriers au camp de bûcherons où nous avions trouvé du boulot après notre fuite de la maison. C'est qu'il faisait de la sculpture sur bois et qu'il avait beaucoup de talent. Il sculptait souvent des statuettes que les hommes pouvaient offrir à leur femme. Il obtenait ainsi leur reconnaissance.

— Mais pourquoi l'avoir mis à votre ceinture?

— En souvenir de lui. Cet outil le suivait partout. En le portant, j'avais le sentiment qu'il était à mes côtés.

Esther alla à la table où se trouvaient les pièces à conviction et en rapporta trois photos qu'elle présenta à Émile.

— Est-ce que ce sont des instantanés de votre frère Richard à différentes étapes de sa vie?

Émile jeta un coup d'œil aux clichés.

— Oui, c'est bien mon frère.

L'avocate alla ensuite les montrer aux jurés.

— Vous remarquerez que, sur chacune d'elles, Richard Caron a ce couteau attaché à son ceinturon.

Elle se retourna vers Émile et poursuivit:

— Est-ce fréquent pour un travailleur forestier d'avoir un couteau sur lui?

— Oui, c'est une protection. Nous ne savons jamais ce qui peut survenir en forêt.

— Vous comptiez le porter longtemps à votre ceinture?

— Non, quand les classes auraient repris à l'automne, je l'aurais rangé parmi les souvenirs de Richard.

— Pourtant, vous l'aviez avec vous le matin où vous êtes allé à la rencontre de votre père et il vous a servi à le frapper. Était-ce intentionnel de votre part?

Émile répondit sans hésitation.

— Non, et je regrette ce geste aujourd'hui. Ce que je vais vous dire peut vous paraître paradoxal, mais je ne désirais pas le tuer. Il me haïssait et il m'avait maltraité, mais j'espérais seulement le faire sortir de ma vie.

— Est-ce au moment où il vous a poussé que vous avez réagi instinctivement en le frappant à votre tour?

— Objection, Votre Honneur! Ma consœur suggère la réponse en même temps que sa question.

— Objection retenue.

— Pourquoi lui avoir donné un coup de couteau, si vous ne vouliez pas le tuer?

La constatation était lourde de sens. Émile savait que jamais il n'avait eu l'intention de donner la mort, mais il devait convaincre les jurés de sa bonne foi. Il cherchait visiblement ses mots pour expliquer l'inexplicable.

— Ce fut un geste de défense, affirma-t-il. Son regard haineux, en même temps que sa poussée pour m'écarter, a fait ressurgir en moi des années de souffrance, d'angoisse et d'impuissance. Je regrette.

Émile pencha la tête et ses épaules s'affaissèrent. Il portait une douleur de plus, celle d'avoir tué son père.

— Je vous remercie, Émile. Ce sera tout.

L'avocate de la défense avait complété son interrogatoire qui avait duré la journée entière. Le juge remit donc les procédures au lendemain.

À l'extérieur du palais de justice, Gabriel attendait ses amis. Il les invita à partager son repas au Château d'Amos. Émile était épuisé, mais, comme il avait besoin de se changer les idées, il se laissa convaincre.

— Je regarde les gens vaquer à leurs occupations familières, dit-il, et je me sens exclu de la vie. J'ai le sentiment d'être en sursis dans un monde où je n'ai plus ma place.

— Tu ne dois pas penser ainsi, le sermonna Gabriel. Il y a toujours une lumière au bout du tunnel pour nous attirer et nous guider.

— Elle brille bien faiblement pour moi actuellement.

— Tu as raison, mais il faut avoir confiance en Dieu. Il n'abandonne jamais Ses enfants.

— Même ceux qui ont tué leur père?

— Notre Père des cieux voit jusqu'au fond des âmes et Il sait que tu n'es pas un meurtrier.

— Tu crois qu'Il peut influencer les jurés? demanda Émile d'un ton moqueur.

— Si tu mets tes espérances en Lui, oui, répondit Gabriel sérieusement.

— Tu n'aurais jamais dû quitter la prêtrise, constata Joséphine, rassurée par les paroles réconfortantes de Gabriel. Tu me fais prendre conscience qu'il est important de croire en la magnanimité de notre Créateur.

Émile paraissait moins convaincu.

— Je ne L'ai jamais senti très présent quand nous vivions écrasés sous la botte d'Ovide Caron. Pourquoi serait-Il plus généreux aujourd'hui?

— Ma réponse va te sembler un cliché, mais Ses desseins sont impénétrables. Tu dois Lui faire confiance.

L'atmosphère de la salle à manger était feutrée et la musique qui jouait en sourdine donnait à Émile l'envie d'espérer. Aussi sonda-t-il l'opinion de son ami.

— Gabriel, toi qui me connais presque aussi bien que ton Dieu, si tu étais mon juge, croirais-tu que j'ai vraiment eu l'intention de tuer mon père en allant à sa rencontre?

Gabriel examinait ses amis, conscient de leur drame. Il avait la conviction qu'Émile n'était pas un assassin, mais quelque chose n'était pas clair pour lui.

— Je n'arrive pas à m'expliquer ton geste, lui dit-il avec l'honnêteté propre aux intimes.

Émile se recroquevilla sur sa chaise et Gabriel poursuivit.

— J'ai suffisamment côtoyé ta famille pour deviner l'impact négatif de votre père sur vos vies à tous. Il vous a laissé des séquelles indélébiles difficiles à cerner et j'imagine que c'est ce qui limite ma compréhension. Mais je suis convaincu que tu n'avais pas prémédité ton geste.

— Nous savons que jamais tu n'aurais tué ton père intentionnellement, murmura Joséphine en déposant sa main sur celle de son amoureux. Tu es doux et pacifique.

— La journée de demain sera pénible pour toi, l'avertit Gabriel. Le travail du procureur est de faire reconnaître sans l'ombre d'un doute que ton geste était délibéré et prévu d'avance. Il ne te fera pas de cadeaux.

— Et si maintenant nous parlions de toi, proposa Émile, qui voulait oublier quelques instants sa dure réalité.

— Il n'y a rien à raconter, déclara Gabriel humblement.

— Je n'en suis pas certain. N'as-tu pas eu quelques rendez-vous galants avec ma charmante avocate?

Si Gabriel fut surpris par l'allusion à ses rencontres avec la belle Esther, il n'en laissa rien paraître et se contenta de sourire vaguement.

Chapitre 21

Le mercredi, le procureur Laurent Gagnon entra dans la salle d'audience avec l'assurance que lui conféraient ses quinze années d'expérience au service de la Couronne. Il était fier de sa carrière quasi impeccable et il comptait bien s'offrir une autre victoire. Les jours précédents, lors du témoignage émouvant d'Émile Caron, il avait senti souffler sur l'assistance, incluant les membres du jury, un vent de sympathie à l'égard de cet homme. Il avait la ferme intention de renverser cette menace. Il voulait obtenir la peine maximale pour cet assassin qui avait tué son père de sang-froid. Pour Gagnon, la place d'un meurtrier était derrière les barreaux. Jamais il ne trouverait de circonstances atténuantes à un crime aussi sordide, car ce délit était passible de la prison à perpétuité, et c'était ce que méritait le fils parricide. Maître Gagnon avait fourbi ses armes et il se sentait d'attaque. Il fixa un long moment l'accusé assis auprès de son avocate avant de l'appeler à la barre. Il prenait délibérément la mesure de cet adversaire qu'il comptait bien mettre au tapis.

L'avocat s'avança la tête haute. Il lui appartenait de faire ressortir devant le jury les côtés sombres de l'homme qu'ils allaient juger. Aussi, il attaqua directement.

— Vous dites avoir quitté votre conjointe parce que vous l'aimiez, c'est exact?

— Oui, j'ai déjà expliqué ça.

— Contentez-vous de répondre à mes questions, l'interrompit le magistrat d'une voix sèche. Après cette rupture, vous vous êtes réfugié à l'Amosphère. Était-ce dans vos habitudes, de louer une chambre d'hôtel pour réfléchir à vos problèmes?

— Non, c'était la première fois.

— Est-ce que vous connaissiez la date de la libération de votre père en arrivant au complexe hôtelier?

— Non.

— Vous affirmez l'avoir appris de votre sœur Fabienne.

— Oui, c'est ce que j'ai dit, déjà.

— Pourtant, sa remise en liberté était signée depuis dix jours. Vous n'étiez vraiment pas au courant?

— Objection, Votre Honneur! Le procureur n'a pas à mettre en doute la parole d'Émile Caron.

— Retenue. Poursuivez.

— C'est en apprenant la nouvelle de sa sortie de prison que vous avez décidé d'aller le supprimer le lendemain?

— Objection! intervint une seconde fois Esther, l'air exaspéré. Maître Gagnon persiste à affirmer ce que nie mon client.

— Objection retenue.

L'avocat de la Couronne était satisfait. L'image de l'accusé devait refléter ce qu'il était, un assassin.

— Monsieur Caron, le 17 août, le jour où vous avez frappé mortellement votre père, reconnaissez-vous avoir dit au détective Duhamel: «Vous pouvez m'arrêter, c'est moi qui ai poignardé cet homme»?

Le ton du procureur était tranchant. Émile sentait depuis le début de l'interrogation l'hostilité du magistrat à son égard.

— Je ne me souviens pas exactement des paroles que j'ai prononcées.

— Cependant, vous vous rappelez avoir poignardé Ovide Caron.

— Oui, je l'ai frappé avec un couteau.

— Voilà un fait bien établi, affirma Gagnon d'une voix acérée en se tournant vers le jury. Maintenant, dites à la Cour depuis combien de temps vous aviez décidé de commettre ce geste.

— Je n'avais jamais eu cette intention.

— Pourtant, vous l'avez fait. Il a fallu que vous y ayez songé à un moment ou à un autre, que ce soit deux semaines ou une minute avant. Ce tribunal de justice apprécierait grandement une explication de votre part.

— Le coup que j'ai porté a été un réflexe à la violence de mon père. Je ne suis pas allé à sa rencontre avec le désir de le tuer.

Le procureur eut un sourire ironique en se tournant vers les membres du jury. Il revint aussitôt à l'accusé.

—Je comprends mal vos intentions, puisque vous étiez armé d'un couteau!

Émile adressa un regard à Esther avant de répondre.

—J'ai déjà expliqué à la Cour la présence de ce couteau à ma ceinture.

— Vous pouvez nous rafraîchir la mémoire? insista Gagnon.

— Il appartenait à mon frère Richard et je le portais en souvenir de lui.

Le procureur toisa le témoin.

— Votre jumeau devait avoir d'autres objets personnels, comme une montre, par exemple. Pourquoi n'avoir pas pris quelque chose de moins dangereux pour honorer sa mémoire?

Émile fixa le procureur un long moment avant de répondre au juge :

— Ce couteau, c'était le premier cadeau que Richard avait reçu de toute sa vie. Je me souviens de son bonheur quand les employés du moulin le lui avaient offert. C'est pourquoi cet objet avait pour moi une telle valeur sentimentale.

Il fit une courte pause et reprit d'une voix triste.

— Si j'avais connu l'avenir, j'aurais fait un choix différent.

— Le matin du 17 août, dans votre retraite à l'hôtel l'Amosphère, quand vous vous êtes préparé à aller affronter votre père…

— Objection! Mon client est allé à la rencontre de son père, mais il n'est pas établi que c'était dans le but de l'affronter.

— Objection refusée, répondit le juge. Ne jouons pas sur les mots.

Laurent Gagnon poursuivit.

— En vous habillant et en mettant l'arme à votre ceinture, il ne vous est pas venu à l'idée que vous pourriez vous fâcher en présence d'Ovide Caron et avoir envie de l'utiliser?

— Je l'ai pris machinalement, sans réfléchir. Je ne suis pas un homme violent.

— Vraiment, vous n'êtes pas violent! dit l'avocat de la Couronne en se tournant vers le jury avec un sourire railleur.

Émile ne répondit pas.

— De la part de votre frère qui avait ce couteau sur lui depuis près de vingt ans, cette réponse serait plausible, mais l'objet faisait partie de votre routine matinale depuis quelques jours seulement et vous affirmez que votre geste a été naturel?

— Je portais le couteau depuis la mort de Richard. Il me faisait penser à lui et je me sentais moins seul.

— Si vous poursuivez dans cette voie, vous allez convaincre la Cour que c'est votre jumeau qui a poussé votre bras vengeur, insinua le procureur avec dérision.

— Objection, Votre Honneur! Mon confrère fait preuve d'une incorrection indigne envers la Cour.

— Retenue, dit le juge. Maître Gagnon, tenez-vous-en aux faits.

— Donc, continua Gagnon, vous êtes allé au-devant de votre père dans les seuls buts de connaître les raisons de son agressivité envers sa famille et de lui demander tout bonnement de sortir de vos vies.

— Oui. Pour retrouver une parcelle de sérénité, il était vital pour moi d'essayer de comprendre comment un homme, un père, pouvait avoir montré tant de cruauté envers sa femme et ses propres enfants. J'avais toujours fui devant cette énigme, mais, ce matin-là, j'espérais une réponse. Je souffrais dans mon corps et dans mon âme. Je cherchais désespérément un soulagement, pour moi et pour ma famille... Je vois bien aujourd'hui que ma démarche était inutile.

— Et vous avez glissé un couteau à votre ceinture. C'était bien mal vous préparer à une simple discussion.

— Objection, Votre Honneur! Mon client a déjà expliqué la présence de cet instrument.

— Retenue.

Le magistrat se tourna vers les douze membres du jury, auxquels il s'adressa.

— Mesdames et messieurs, il vous appartiendra de juger de la pertinence d'une arme blanche entre les mains d'Émile Caron, alors qu'il allait accueillir son père le matin du 17 août 1990.

L'avocat revint à Émile.

— Quand Ovide Caron vous a bousculé, vous auriez pu vous défendre d'un coup de poing.

Le procureur examina le témoin.

— Je vous regarde... Vous êtes costaud!

— Dans ma relation avec mon père, c'était lui qui frappait, pas moi, l'interrompit Émile. J'avais peur. Je l'ai dit hier à maître Aubry. Ce fut un geste instinctif de protection. Ma réaction fut incohérente, je le reconnais aujourd'hui.

— Il est un peu tard pour en prendre conscience. Votre manque de logique a coûté la vie à un homme.

— Et je le regrette, murmura Émile au bord de l'effondrement. Je voulais le sortir de nos existences, pas le tuer.

Le procureur l'interrompit, l'attitude de l'accusé devenant trop émouvante.

— Malheureusement pour Ovide Caron, vous l'avez évincé de votre vie d'une façon plutôt radicale, répliqua-t-il avec arrogance.

— Objection, Votre Honneur! Maître Gagnon n'a pas à commenter l'action de mon client.

— Objection retenue. Passez à la question suivante.

— Monsieur Caron, selon votre sœur Fabienne, vous parliez de tuer votre père à l'adolescence. Donc, vous y pensiez déjà en ce temps-là?

— Je ne comprends pas ce que vous voulez insinuer.

Laurent Gagnon alla à sa table et prit une pile de papiers qu'il feuilleta lentement.

— Fabienne Caron a dit, et je la cite : « Pour réconforter Richard quand il se faisait battre, il disait parfois qu'il allait tuer ce croquemitaine. Nous, ça nous faisait rire. »

— C'était des paroles d'enfant. Elles n'avaient rien à voir avec le fond de ma pensée.

— Vous ne croyez pas qu'un souhait souvent répété dans l'enfance peut en venir à se réaliser?

— Objection, Votre Honneur! Mon savant confrère est un avocat, non un psychiatre.

— Objection retenue.

Le procureur était satisfait. À chaque insinuation, il imbibait l'esprit des jurés du désir manifeste de l'accusé de se débarrasser de son bourreau.

Le juge annonça la pause du midi. Esther et son père sortirent dîner avec Émile et Joséphine. En quittant le palais de justice, ils croisèrent Gabriel et le docteur Lacasse en compagnie de Bernadette Pépin. Ils les invitèrent à se joindre à eux. L'ancienne maîtresse de poste était contente de parler à Émile.

— J'ai été bien triste après Noël quand j'ai appris le décès de Clarice. Ta maman était une sainte femme.

— Elle est heureuse, maintenant, poursuivit Gabriel. Elle a beaucoup souffert ici-bas. Comme je l'ai souvent répété en chaire, Clarice s'est sûrement vu octroyer une belle place près du Seigneur.

En s'écoutant parler, Gabriel eut un sourire.

— Décidément, je ne peux pas me retenir de prêcher.

Esther lui jeta un coup d'œil sceptique, mais n'émit aucun commentaire.

— Je suis certaine que Clarice vous manque comme témoin, constata Bernadette à l'intention de l'avocate.

Elle posa sa main sur celle d'Émile et ajouta :

— Elle t'aimait énormément. Ne t'inquiète pas, elle veille sur toi du haut du ciel.

Aurélien Lacasse était pensif. Il observait ses amis et regrettait qu'ils soient réunis dans le malheur. Il sentait au sein de leur groupe une telle vibration d'amour et de générosité qu'il en avait le cœur chaviré. Son repas était terminé. Il s'excusa et emprunta la sortie.

— Notre vieux docteur a l'air préoccupé, fit remarquer Bernadette. Dire que je le connais depuis son arrivée à Saint-Marc-l'Évangéliste en 1947. Cet homme a été un bienfaiteur dans la paroisse. Il n'a jamais calculé ses heures de travail et, encore aujourd'hui, à plus de soixante-dix ans, il visite les gens à domicile et les accompagne à l'hôpital d'Amos, si nécessaire.

— Les médecins de campagne sont une espèce en

417

voie de disparition, constata Gabriel. Les jeunes restent dans leur bureau; ils ne se rendent pas auprès des malades.

— Comme les curés dans les paroisses qui se font très rares, ajouta Bernadette.

Aussitôt, elle se rendit compte de sa bévue. Confuse, elle se tourna vers Gabriel.

— Excusez-moi, dit-elle en portant une main devant sa bouche. Je n'ai pas encore l'habitude de vous percevoir en simple citoyen.

— Ne soyez pas embarrassée, madame Pépin, répondit-il. Il y a toujours au fond de moi un prêtre qui sommeille et je n'en ai pas honte. Quelqu'un a dit un jour que la vie d'un homme est comme une goutte d'eau qui descend le long d'une vitre. Elle prend bien des détours pour suivre sa route et se rendre à destination.

— Ma goutte à moi est tombée sur une fenêtre très sale et a emprunté un sillon que j'aurais préféré éviter, conclut Émile qui n'arrivait pas à dissimuler son angoisse.

— Je vais vous surprendre, ajouta Esther, mais cette parole a été dite par Robert Badinter, ministre français de la Justice, qui a obtenu l'abolition de la peine de mort dans son pays en 1981.

— Les mêmes paroles nous interpellent, constata Gabriel en souriant à la jeune avocate.

— J'ai toujours admiré cet homme qui a mené un long combat contre la peine de mort malgré une opinion publique hostile, déclara Charles.

Il était temps de revenir au tribunal. À son retour en après-midi, maître Gagnon alla vers le témoin et tourna sur lui-même en faisant voler sa toge noire dans un arc parfait. Pendant de longues heures, ce jour-là et le lendemain, Gagnon interrogea Émile et lui fit raconter sa vie minute par minute, depuis son enfance à Saint-Marc-l'Évangéliste jusqu'aux journées ayant précédé le meurtre, en passant par sa fuite à quinze ans et la promesse faite à sa mère. Il souhaitait ébranler le témoignage d'Émile à sa base en le poussant à avouer sa haine envers son père et son désir de l'éliminer. Mais Émile résistait.

Tout d'abord, au fond de lui, il n'avait jamais eu cette volonté et il avait indiscutablement bonne conscience. Par ailleurs, il voyait très bien où l'avocat de la Couronne voulait en venir et ses insinuations sournoises, loin de le décourager, galvanisaient sa détermination. Ce personnage prétentieux et suffisant lui était antipathique et il n'allait pas lui donner la satisfaction de craquer sous ses assauts, même si à certains moments ses attaques le perturbaient.

Malgré tout, l'homme de loi marquait des points. Les réponses de l'accusé et les arguments invoqués pour sa défense ouvraient la porte à plusieurs interprétations qu'il comptait utiliser à son avantage dans son plaidoyer lorsqu'il tenterait de convaincre le jury que le meurtre avait été prémédité.

Quand jeudi, vers seize heures, maître Laurent Gagnon le remercia, Émile fut soulagé. Sa vie avait basculé le 17 août et il lui était impossible de revenir en arrière.

Il avait hâte d'en finir avec ce procès. Il se sentait pris au piège de sa propre vie, un sentiment qu'il connaissait depuis l'enfance. Il avait pensé échapper à la domination cruelle de son père en s'enfuyant de la maison, mais la malédiction de sa naissance l'avait rattrapé. La sentence, même clémente, l'enverrait en prison de longues années. Le lendemain, ce serait la plaidoirie de son avocate et, ensuite celle, plus accablante, du procureur. Il n'attendrait sans doute pas longtemps le verdict du jury, et le sort en serait jeté.

Emmitouflée jusqu'au cou pour affronter la température sibérienne de ce mois de février, Esther s'apprêtait à monter dans sa voiture quand elle entendit la voix de Gabriel. Essoufflé, il accourait vers elle. Une buée blanche s'échappait de sa bouche et le suivait comme un long foulard de brume. La neige crissait sous ses pas.

— Quel froid! constata-t-elle pour l'accueillir, en remontant son col de fourrure sur ses oreilles.

— Esther, dit-il, haletant, j'ai eu un message du docteur Lacasse. Il veut te rencontrer à ton bureau.

— Est-ce que ce serait possible de le voir en fin de semaine? Je compte passer la soirée à réviser ma plaidoirie de demain. C'est d'une importance capitale pour Émile, tu le sais aussi bien que moi.

— Justement, il prétend avoir découvert un événement déterminant pour la défense de ton client.

La jeune avocate plissa les yeux, intriguée. Il était un peu tard pour introduire de nouveaux faits, mais elle accepta d'aller entendre le récit du vieux médecin.

*

Le vendredi matin, maître Esther Aubry se présenta au tribunal les yeux cernés. Manifestement, elle n'avait pas beaucoup dormi. Durant toute la soirée et une partie de la nuit, elle avait discuté avec son père du fait nouveau qui s'offrait à eux. Elle se leva et s'adressa à la Cour.

— Votre Honneur, dit-elle d'une voix qu'elle voulait convaincante, nous demandons à interroger de nouveau Émile Caron.

Le juge Fortin, qui s'attendait à entendre la plaidoirie de la défense, fut surpris de la requête soumise à sa discrétion. Il invita Esther et le procureur à s'avancer vers lui et ferma son microphone.

— Maître Aubry, il faut que vous ayez découvert un fait d'importance sur le plan judiciaire pour faire revenir votre client à la barre.

— C'est un cas de force majeure, Votre Honneur. J'aimerais vous en faire part à vous, ainsi qu'à la Couronne.

Le juge se tourna vers le prétoire et décréta un ajournement d'une demi-heure. En compagnie d'Esther et de Laurent Gagnon, il se rendit à son bureau pour entendre et évaluer à huis clos la requête qu'Esther s'apprêtait à lui soumettre. À neuf heures trente, ils furent de retour en Cour où les attendait une assistance intriguée. Esther procéderait immédiatement, alors que le procureur, nouvellement informé de ce fait, pourrait faire subir à Émile un contre-interrogatoire le lundi suivant. L'avocate de la défense, qui avait travaillé toute la nuit, avait convenu avec son père qu'il était primordial de questionner Émile avant que la nouvelle se répande et perde de son impact sur les réactions de son client.

Émile se leva et se rendit à la barre en adressant à Esther un regard inquiet. Avait-elle percé son secret ? Il ne voulait pas raconter son drame, se sentant trop humilié par une facette de sa vie qui lui appartenait et qu'il ne voulait pas partager.

— Monsieur Caron, si nous nous reportions l'été dernier et que je vous offrais de réaliser votre rêve le plus cher, que choisiriez-vous ?

Le jeune homme fixait son avocate, incrédule.

— Ou, si vous préférez, avant les tristes événements que nous connaissons, quel était votre projet le plus important avec Joséphine, votre compagne de vie ?

Émile comprit qu'Esther savait. Il ne pouvait plus se dérober. Il ferma les yeux et une douleur, aussi vive que celle qu'il avait ressentie des mois plus tôt, le frappa de nouveau en plein cœur. Il fit un effort et répondit à la question de son avocate.

— Notre vœu le plus cher était de fonder une famille et d'avoir des enfants à aimer et à protéger, répondit-il, les yeux brillants.

— Émile, avez-vous déjà pensé à vous suicider? demanda Esther.

Étonné, Émile demeura silencieux. Elle reprit sa question.

— Le 14 août dernier, près de l'Harricana, avez-vous eu envie de plonger dans les rapides tumultueux et de vous laisser couler?

L'homme était effondré. Il se revit sur le promontoire où il avait souhaité en finir avec sa triste vie après avoir appris la terrible nouvelle qui allait changer le cours de son destin.

— Oui! C'est vrai! J'ai voulu mourir.

— Pour quelle raison?

Émile fut saisi d'un vertige. La pièce vacilla autour de lui. Il se tourna vers Joséphine, assise dans la première rangée. Il la voyait à travers les brumes du passé. Il était ailleurs, au cœur de sa détresse, où, jusqu'à présent, il s'était débattu seul. Il sentit soudain le besoin de se libérer du secret qui le torturait. Son orgueil et sa honte se dissipaient, emportés par les larmes qui coulaient maintenant sans retenue sur son visage ravagé par un douloureux souvenir. Il répondit le regard tourné vers le juge, mais ses propos étaient davantage adressés à Joséphine qu'à la Cour.

— Ovide Caron m'a tout volé. Il a brisé mon enfance et détruit ma vie. Il m'a obligé à la solitude de l'âge de quinze ans jusqu'à ce que je rencontre Joséphine.

Il tourna la tête vers elle. Dans la douceur du regard qu'ils échangèrent se lisait l'immensité de son amour.

— Je voulais la rendre heureuse, murmura-t-il.

— Émile, votre père, vous a enlevé autre chose. Dites-le à la Cour.

Chacun des douze hommes et femmes constituant le jury le fixait attentivement, ému de sa détresse, mais surtout intrigué par les révélations à venir.

Émile serra les poings. Il releva la tête et commença à parler.

— Quand j'étais jeune, à la maison du Rang 6, mon père me battait continuellement et je faisais un immense effort pour lui cacher mes souffrances. Je ne voulais pas lui donner le plaisir de me voir m'écrouler devant lui. Un jour…

Il fit une pause. La honte l'assaillait de nouveau et le torturait.

— Un jour, il m'a frappé entre les jambes, par-derrière, alors que j'étais penché pour ramasser un marteau que j'avais laissé tomber.

Chaque personne imagina facilement la scène. Un long frisson traversa l'assistance muette de stupeur.

— Il m'a frappé avec sa botte à cap d'acier. J'ai eu affreusement mal. Jamais un coup ne m'avait blessé autant. Je me suis écroulé par terre, le souffle coupé. La douleur lancinante que je ressentais était insupportable. Je me sentais sombrer dans l'inconscience.

En racontant, Émile avait baissé les bras et croisé ses mains devant son sexe. Sous l'effet d'une vive émotion, il poursuivit d'une voix tremblante.

— À travers le brouillard confus qui m'enveloppait et le supplice que j'éprouvais, j'ai entendu mon père rire.

Le prétoire était silencieux. Esther se rappela son geste, lors de la visite de la maison du Rang 6 et elle comprit pourquoi il y avait eu tant de haine dans son regard lorsqu'il avait lancé la chaussure à l'extérieur. Elle s'approcha de son client et s'adressa à lui avec douceur.

— Émile, qu'avez-vous appris le 14 août 1990 qui vous a donné envie de mourir?

Émile aurait préféré ne pas répondre. Il avait choisi de garder pour lui cette tragédie qui le rattrapait comme un lointain écho, émergeant de son enfance ruinée, mais son avocate avait découvert son secret, et il ne lui appartenait plus.

— Il y a quelque temps, Joséphine et moi avons décidé d'avoir des enfants, mais elle ne devenait pas enceinte. C'est ce qui m'a fait repenser à cet événement. Je me suis mis à avoir peur que les coups reçus m'aient laissé des séquelles insoupçonnées. Je suis allé passer des tests à l'hôpital d'Amos.

— Quels en furent les résultats?

L'homme tremblait. Il faisait visiblement un effort surhumain pour continuer.

— L'urologue m'a dit que j'avais eu un testicule écrasé dans ma jeunesse et qu'il s'était sclérosé. Il y avait eu rupture du canal déférent de l'autre côté.

— Que signifiait pour vous une telle annonce de la part du médecin?

— C'était la fin de mon rêve d'avoir une famille. Je n'étais plus un homme! Moi qui pensais en avoir fini avec la cruauté de mon père…

Émile avait la tête penchée. Il contenait difficilement l'indignation qui était montée en lui.

— Est-ce la raison pour laquelle vous avez rompu avec votre conjointe le 15 août dernier?

— Objection, Votre Honneur! Ma consœur suggère la réponse, souligna le procureur, content d'intervenir dans cet interrogatoire émouvant.

— Retenue, dit le juge.

— Pourquoi avez-vous quitté votre compagne, Joséphine Gauthier?

— Je ne voulais pas détruire le rêve de la femme que

j'aime, lui imposer un homme incapable d'avoir des enfants, en plus de tous les drames de ma famille qu'elle subissait déjà.

— Et pourquoi ne pas m'avoir parlé de votre stérilité? Ce fait pouvait jouer en votre faveur.

— J'avais trop honte, surtout parce qu'elle me venait de mon père.

Esther hésitait à poser la question suivante. Elle n'avait pas discuté avec son client de la réponse qu'il y ferait, et sa réaction l'inquiétait quelque peu étant donné la colère qu'elle devinait chez lui. Mais elle devait aller jusqu'au bout; elle n'aurait pas d'autre occasion de faire valoir les sentiments d'Émile. C'était son destin, et sa réponse témoignerait de la franchise de ses aveux. Elle n'avait plus le choix, elle devait plonger dans l'inconnu.

— C'est pour cette raison que vous avez voulu tuer votre père?

Émile sursauta et leva vers le juge un regard choqué par l'insinuation de son avocate.

— Je n'ai jamais voulu tuer mon père! protesta-t-il avec véhémence.

Esther était satisfaite de l'affirmation spontanée de son client. Elle se félicitait de lui avoir fait confiance.

— Et pourquoi vous être isolé à l'Amosphère?

— J'étais bouleversé, je souhaitais mourir. J'avais besoin d'être seul pour réfléchir.

— Pourquoi avez-vous appelé Gabriel Valcourt, le 16 août?

Émile se tourna un instant vers l'homme assis à côté de Joséphine.

— Gabriel a quitté les ordres, mais je me souvenais de son empathie et de sa foi en Dieu. J'espérais qu'il m'aiderait à pardonner.

— Mais votre ami n'était pas là et vous avez plutôt

parlé à Fabienne qui vous a appris que votre père sortait de prison le lendemain. Pourquoi êtes-vous allé à sa rencontre?

— Comme je l'ai dit précédemment, je désirais comprendre les raisons qui expliquaient tant de violence, mais je souhaitais aussi lui faire part de la conséquence tragique de ses mauvais traitements. Sa cruauté me privait de mon plus grand rêve. Il était important pour moi qu'il le sache, si je voulais retrouver quelques fragments d'un bonheur tristement écorché. J'avais espéré une parole de regret...

— Et c'est ce qu'il a fait?

— Non!

— Pouvez-vous rappeler à la Cour les paroles prononcées par votre père lorsqu'il vous a bousculé à sa sortie de prison?

— Il m'a dit...

Émile avait les paroles de son père encore tellement présentes à l'esprit qu'il eut un frisson. Il poursuivit tout de même.

— Il m'a dit: «Tu n'as rien d'un homme, t'es juste une femmelette! Fiche-moi la paix!» Voilà l'insulte qu'il m'a lancée, à moi, son fils, qui venais d'apprendre que, par sa faute, je n'aurais jamais d'enfants. Il m'a frappé en plein cœur en me rappelant que je n'étais pas un homme.

Son regard était perdu dans le vague; on aurait dit que la salle d'audience, le jury, tout l'appareil judiciaire ainsi que les spectateurs n'existaient plus pour lui. En réalité, il revivait chaque instant de sa funeste rencontre avec son père. Il se sentait écrasé sous le poids de la fatalité.

— Il y a tant de choses qui n'auraient pas dû se produire... à commencer par toutes nos enfances brisées, sembla-t-il dire pour lui-même.

Il se tourna vers Esther. Un immense désarroi se lisait sur son visage.

— Je n'ai pas d'autres questions, conclut l'avocate.

Le juge ajourna les travaux et l'assemblée se dispersa en silence, émue et sidérée par les révélations qui venaient de lui être faites. Joséphine se précipita auprès d'Émile et l'entoura de ses bras sans un mot. Elle posa sa tête contre sa poitrine. Elle entendait les battements désordonnés de son cœur qui s'apaisaient doucement. Esther s'approcha d'eux et les invita à la suivre. Ils se rendirent dans un salon privé où les attendaient Gabriel, le vieux docteur Lacasse et maître Charles Aubry. En apercevant son ami, Gabriel lui tendit la main et lui fit une longue accolade. Émile était épuisé. Il n'était pas important pour lui de savoir comment son avocate avait appris son secret; il voulait seulement se retrouver seul avec Joséphine. Il demanda à ses amis de l'excuser. Il voulait rentrer chez lui. Esther leur indiqua une porte dérobée par où ils pourraient quitter le palais de justice sans attirer l'attention des journalistes, puis revint vers les autres.

— Ma fille, tu as été brillante! décréta Charles Aubry. C'était bien de détenir l'information, mais il fallait savoir l'utiliser et amener ton témoin à faire fi de son orgueil et de sa honte pour finalement lever le voile sur son intimité.

— Nous ne devons pas perdre de vue qu'en plus de l'avoir laissé stérile, cette infamie a été commise par son père, ajouta le médecin. Émile était le plus fort de sa famille dysfonctionnelle. Il l'a portée à bout de bras jusqu'à ce qu'il apprenne cette infâme nouvelle. Sa fragilité a alors refait surface et tous les sévices qu'il a endurés sont revenus le hanter. Bref, quand son père s'est moqué de lui, touchant sans le savoir sa fibre la plus sensible, sa douleur a dépassé son seuil de tolérance.

— Si j'avais été chez moi, se désola Gabriel, il m'aurait parlé et sûrement qu'il ne serait pas allé à ce funeste rendez-vous avec son père.

— Voyons, il ne faut pas vous culpabiliser, le rassura le vieux magistrat. Chacun est responsable de ses choix.

Il se tourna vers le médecin.

— Aurélien, vous nous avez fait part hier du secret d'Émile et nous avons été renversés, puis pressés d'analyser ce nouveau fait dans le but de nous en servir. Nous ne vous avons pas questionné pour savoir comment vous aviez eu l'idée de consulter son dossier médical.

— Je suis certain que vous n'allez pas me croire, mais c'est Clarice, la mère d'Émile, qui m'a tout révélé.

— Si je me souviens bien, madame Bourassa est morte le lendemain de Noël. Communiqueriez-vous avec les esprits?

Ravi de l'intérêt que son initiative suscitait, il dit en affichant un sourire empreint de mystère :

— Elle me l'a appris en nous quittant pour un monde meilleur. Malheureusement, j'ai compris son message seulement hier.

— Il va falloir nous expliquer, exigea Gabriel, car j'en perds mon latin et, pour un prêtre, c'est frustrant.

— Après le décès de Clarice, quand je suis retourné avec Émile à sa chambre, je tenais son dossier médical et je me culpabilisais de n'avoir jamais réagi à la misère de la famille Caron. Je me doutais, comme chacun au village, qu'il se passait chez eux des choses anormales. Je me rappelle avoir fait une prière à la maman qui partait vers un monde meilleur en lui demandant d'aider son fils. Pour moi Émile n'était pas un homme qui avait tué son père, mais bien une victime à la limite de la souffrance humaine qui avait voulu libérer les siens de la tyrannie d'un monstre. Ce jour-là, j'ai fermé le dossier et suis rentré chez moi. C'est mercredi, pendant le dîner, que madame Pépin a ranimé mon souvenir en disant à Émile que sa mère devait veiller sur lui du haut du ciel. La nuit suivante, je n'arrivais pas à dormir et c'est là qu'un mot m'est revenu en mémoire.

Charles Aubry se leva et offrit du café à la ronde. Tandis qu'il le préparait, le vieux médecin poursuivit son exposé.

— Je me suis souvenu d'avoir lu le mot spermogramme dans le dossier d'Émile Caron, à la page que je tenais ouverte au décès de sa mère. Je me suis précipité à l'hôpital, j'ai fait une recherche et trouvé le résultat de ses examens : un testicule écrasé et nécrosé au fil des ans et un canal déférent défectueux sur l'autre testicule. Il y avait en plus une analyse démontrant que la quantité de spermatozoïdes présente dans le sperme était insuffisante pour assurer la reproduction. Émile possède suffisamment d'hormones pour conserver sa masculinité, mais pas assez pour la féconder l'ovule. J'ai vérifié la date des tests et sa rencontre avec l'urologue coïncidait avec la veille du jour où il a quitté Joséphine.

Le vieux médecin essuya une larme qui perlait à sa paupière. L'âge l'avait rendu très émotif. Il but une gorgée de café encore très chaud.

— Mais, pour la tentative de suicide sur le bord de l'Harricana, comment avez-vous deviné, Esther? demanda-t-il.

— Bof! Rien de miraculeux. Joséphine m'avait raconté que, dans son délire, Émile parlait de ce promontoire et de son désir d'en finir en sautant dans les remous. J'ai associé les deux choses en espérant que ce soit la vérité et j'ai mis Émile sur la piste pour qu'il nous révèle de lui-même son secret.

— Tu as pris un énorme risque en le questionnant sans l'avoir préparé, lui dit son père.

— Pour obtenir l'effet maximal sur les membres

du jury, il fallait qu'ils découvrent en même temps que nous l'effet dévastateur de cette nouvelle sur Émile et qu'ils prennent conscience de sa détresse en même temps qu'il la revivait devant nous.

— Le procureur de la Couronne va certainement passer la fin de semaine à revoir ce témoignage, prédit Charles à sa fille. Attends-toi à une contre-attaque féroce lundi matin.

*

Joséphine et Émile étaient revenus à la maison en silence. Pour eux, les mots étaient inutiles puisque tout avait été dit et que, surtout, le passé était immuable. Debout au pied de leur lit, enfin libéré de son lourd secret, Émile regardait sa compagne en espérant qu'elle lui pardonne de lui avoir caché sa stérilité. Mais il souhaitait davantage un mot d'amour, un geste de tendresse. Il en avait un besoin déchirant. Son amoureuse, qui avait deviné sa quête, vint à sa rencontre en détachant ses longs cheveux bruns qui tombèrent en cascade sur ses fragiles épaules. Elle défit le nœud de sa robe de chambre et la laissa glisser au sol. Son corps nu aux courbes parfaites apparut à l'homme dans sa blancheur nacrée, luisant sous un rayon de lune indiscret. Elle leva la tête et lui tendit ses lèvres frémissantes en appuyant ses seins contre son torse dénudé pour jouir lascivement de sa chaleur bienfaisante. Émile frissonna en dessinant délicatement du bout des doigts la ligne fine et sensuelle de sa taille qui s'abandonnait à son désir. Il la souleva et la porta sur le lit. Sous la lumière argentée que diffusait l'astre de la nuit, il découvrit, dans les grands yeux noisette accrochés aux siens, l'intensité d'un amour indéfectible. Émile sut, en ce prodigieux instant, qu'il ne serait plus jamais seul, peu importait la route vers laquelle le dirigeait son destin. Il but aux lèvres offertes la saveur de l'amour et se perdit dans l'intimité accueillante de Joséphine. Cet acte de chair les entraîna au-delà des dimensions humaines où ils se retrouvèrent, haletants, sur une plage imaginaire de brume et de volupté, loin des affres de l'inquiétude. Ils s'endormirent aux premières lueurs de l'aube, lovés dans les bras l'un de l'autre, en oubliant la triste perspective d'une vie chancelante au bord d'un gouffre sans fond.

Au cours de la fin de semaine, ils ne quittèrent leur refuge qu'une seule fois pour rendre visite à Mathieu et Virginie. Le jeune homme sentait venir la fin de sa liberté et il avait conscience que son absence pèserait lourd dans la vie de ces enfants. Véronique les reçut chaleureusement.

— J'ai souvent vu Richard pleurer en revenant d'une rencontre avec ses parents, ou simplement en parlant de son enfance. J'espère que les jurés seront cléments à ton égard, lui dit-elle.

Émile utilisa la motoneige de son frère pour faire une randonnée avec les enfants dans le boisé avoisinant. Il en profita pour leur annoncer son départ prochain.

— J'ai commis un geste regrettable et j'en serai puni. Je devrai m'absenter un long moment, mais je vous aimerai toujours.

Les petits voulurent protester, mais il leur fit comprendre que ce n'était plus lui qui décidait.

— Nous pourrons nous écrire, leur promit-il. Vous êtes grands, maintenant, je vais attendre vos lettres avec amour et je vous répondrai.

Mathieu pleura et Virginie s'empressa de le consoler.

— Émile a dit qu'il nous aimerait toujours.

Elle leva un regard confiant vers son oncle.

— Tu ne resteras pas absent trop longtemps, n'est-ce pas?

Émile les serra tendrement contre lui avec le triste sentiment que ce câlin était le dernier avant un bon moment. Les yeux fermés, il les tint longtemps pressés contre sa poitrine. Il aimait leur odeur enfantine et la sensation exquise de leurs petits bras noués autour de son cou.

Ils revinrent de leur promenade en motoneige après le coucher du soleil. La lune montait vers la voûte du firmament et jetait sur l'immense plaine enneigée ses rayons d'argent, la faisant étinceler comme une mer de diamants bleus. Seules quelques clôtures ici et là interrompaient leur course et leur bloquaient temporairement le passage. De l'Abitibi, Émile avait toujours aimé les vastes espaces, les grands ciels noirs percés d'étoiles et l'air pur.

Alors qu'il ralentissait pour traverser une barrière, ils entendirent hurler un loup sous le couvert de la forêt. Émile sentit Virginie, assise entre ses jambes, se recroqueviller et agripper ses cuisses, tandis que Mathieu, installé derrière, se rapprocha de son dos et serra sa taille un peu plus fort. L'oncle connaissait les loups comme des créatures peureuses que le bruit faisait fuir. Aussi n'avait-il aucune crainte, mais il savourait la confiance que les enfants mettaient en lui.

Chapitre 22

Le lundi matin, ce fut au tour du procureur de ramener Émile Caron à la barre pour le contre-interrogatoire. Il n'appréciait pas particulièrement le nouveau fait qui avait été révélé à la Cour et qui, en jetant une lumière différente sur les motifs de l'assassin, risquait d'influencer le jury en sa faveur. Il était fermement décidé à contrer le courant de sympathie qu'il avait senti le vendredi précédent.

— Monsieur Caron, dit-il d'entrée de jeu, pourquoi nous avoir caché votre stérilité?

Le mot fit frissonner Émile. Même si son secret était maintenant connu de tous, il arrivait encore difficilement à faire abstraction de l'émotion douloureuse qu'il lui infligeait.

— J'avais honte.

— Être stérile n'est pas une maladie honteuse, que je sache. Aviez-vous une autre raison?

— Cette tare me venait de mon père et me rappelait ses mauvais traitements.

— Pourtant, vous auriez pu vous en servir pour attirer la sympathie de la Cour dès le début du procès, en partageant avec nous vos anxiétés.

— Je ne suis pas un manipulateur.

— Et pourquoi?

Il n'y avait rien à répondre à la question oiseuse du procureur et Émile se tut. Gagnon reprit:

433

— Je vais vous en donner la raison. Vous aviez décidé de tuer votre père et, dans votre esprit, cette nouvelle devenait le motif de votre crime. C'est pourquoi vous avez préféré ne pas nous en faire part.

— Objection, Votre Honneur! Maître Gagnon présume des faits.

— Retenue. Poursuivez.

— Si vous n'aviez pas appris votre stérilité, auriez-vous attendu votre père à sa sortie de prison?

— Non. Si je n'avais pas eu cette nouvelle, je ne serais pas allé me réfugier à l'Amosphère et je n'aurais pas connu une telle descente aux enfers. Je n'aurais pas éprouvé avec autant de force le besoin de connaître les raisons de tant de haine et de cruauté.

— Donc, vous êtes allé à sa rencontre dans le but de lui faire payer son inconduite à votre égard, une faute désastreuse que vous avez volontairement dissimulée à cette Cour parce qu'elle devenait le motif de votre geste meurtrier?

— Objection! s'insurgea Esther. Notre client a expliqué que seule sa honte l'avait empêché de parler de sa stérilité.

— Maître Gagnon, posez votre question en omettant vos commentaires, répondit le juge en élevant le ton.

— Était-ce dans l'intention de vous venger que vous êtes allé à la prison d'Amos le 17 août?

— Non, ce n'était pas mon but.

— Est-ce que vous étiez fâché contre votre père?

— Oui, bien sûr! Il m'avait privé de mon rêve le plus cher, s'emporta Émile que les insinuations de l'avocat de la Couronne agaçaient prodigieusement.

— Et quel était votre plus grand rêve? Vous pouvez le répéter à la Cour.

— Celui d'avoir des enfants.

— Pour les frapper comme l'a fait votre jumeau?

Émile jeta sur maître Gagnon un regard noir, tandis que son avocate s'opposait. Il était convaincu que jamais il ne lèverait la main sur un enfant, mais il ne pouvait réfuter le fait que son frère l'avait fait et son père avant lui.

— Non, je voulais les aimer et leur permettre de grandir en sécurité, répondit-il d'une voix nostalgique et pleine de tendresse.

— Nous ne le saurons jamais, affirma Gagnon, visiblement agressif envers l'accusé qu'il percevait uniquement comme un assassin.

Le contre-interrogatoire se poursuivit tout l'avant-midi avec la même ardeur de la part de l'accusation. Maître Gagnon était content d'avoir pu faire dire à Émile qu'il ne serait pas allé à la rencontre de son père s'il n'avait pas eu les résultats de ses examens médicaux. Surtout, il considérait comme un atout de plus dans son jeu de lui avoir fait avouer qu'il était fâché, ce funeste jour. Il remercia le témoin et le juge leva l'audience en annonçant la plaidoirie de la défense pour le lendemain.

En soirée, Esther Aubry répéta ses arguments en présence de Charles, qui la conseilla sur certains points névralgiques. Il la convainquit ensuite d'aller dormir.

— Tu es prête! affirma-t-il. Émile Caron ne pouvait pas avoir meilleure avocate que toi.

— Tu ne regrettes pas de m'avoir confié sa défense?

— Non. Quelle qu'en soit l'issue, tu défends ton client avec passion et empathie. Je suis fier de toi.

Le vieux magistrat lui ouvrit les bras. Rassurée par la chaleur de l'affection paternelle, Esther vint s'y réfugier en pensant à Émile Caron qui n'avait jamais connu une seule fois dans sa vie la joie immense de s'abandonner à l'amour inconditionnel d'un père.

Le mardi matin, elle se présenta reposée à la Cour. Elle se leva lentement et s'avança vers le jury. Au cours des trois dernières semaines, elle avait appris à connaître ces douze hommes et femmes. Elle les scruta un à un avec calme, mais aussi avec une intensité bien dosée. Esther Aubry se souvenait du vieux professeur qui lui rappelait à chacun de ses cours que plaider était l'art de convaincre et elle maîtrisait ces techniques avec aisance. Elle était certaine de posséder ce talent et, depuis qu'elle avait découvert le secret d'Émile, elle se sentait investie d'un sentiment de confiance encore plus grand. Elle se concentra un court instant avant de relever la tête dignement et de commencer à parler.

— Mesdames, messieurs, vous avez devant vous un être brisé, dit-elle en désignant Émile de la main droite. Un homme détruit par la cruauté d'une personne qui n'avait de père que le nom. Ovide Caron se croyait supérieur au commun des mortels. Il imposait sa loi en maltraitant les autres, assuré à tort dans sa mégalomanie que tout lui était dû. Comme nous l'ont souligné madame Pépin et le docteur Lacasse, il isolait sa famille afin de mieux la contrôler, il n'avait aucun égard pour leurs sentiments ou besoins. Seuls les siens comptaient.

« Il a poussé la cruauté jusqu'à se servir de ses filles pour satisfaire ses bas instincts parce que son épouse malade ne pouvait plus accomplir son devoir conjugal. Et il a poursuivi ses gestes inappropriés même après qu'elle a été rétablie.

« Émile Caron, accusé de sa mort, est né alors que sa mère, Clarice Bourassa, était épuisée et n'arrivait plus à s'occuper de sa famille. Lui et son frère jumeau, Richard, étaient les huitième et neuvième enfants de cette femme en douze ans de mariage, de sévices et de brutalités. Je vous en supplie, mesdames et messieurs du jury, ne faites pas comme la travailleuse sociale qui a donné le bénéfice du doute à Ovide Caron en le qualifiant de père admirable. Il est vrai qu'il n'est plus là pour se défendre, mais nous avons le témoignage de ses concitoyens et de ses enfants; nous avons également des preuves de sa cruauté. »

Esther s'approcha de Gilles et tendit la main vers lui.

— Regardez cet homme! Vous voyez les cicatrices sur son visage et son nez déformé? Il n'est pas né ainsi. Sa sœur Denise a raconté à la Cour comment lui sont venus ces stigmates infligés par la méchanceté d'un être qui n'a jamais ressenti de remords et qui ne s'est jamais excusé des actes de violence commis envers sa famille. Et il y a Pierre, dit-elle en pointant le premier fils, un bébé né avec un indice d'Apgar de 10 sur 10 et qui se retrouve six mois plus tard handicapé à vie, mentalement et physiquement.

« Heureusement pour Émile, ses deux premières années furent protégées par la présence chez eux d'une personne étrangère, mademoiselle Lise Bruneau, devant laquelle Ovide n'osait pas manifester trop de hargne de crainte d'être dénoncé. La domestique ne vivait pas dans la peur de ce monstre; aussi, Émile et Richard ont-ils échappé à la violence paternelle au cours de leurs premiers mois d'existence et aux séquelles importantes que des mauvais traitements à ce stade de la vie peuvent infliger.

« Émile a grandi dans une prison, je devrais presque dire dans un camp de concentration, où la brutalité du père était omniprésente. Il n'a jamais connu l'amour et la sécurité d'un foyer chaleureux. Petit garçon, il a consolé sa mère, ainsi que ses frères et sœurs, en essayant d'égayer la maison avec ses pitreries pour leur faire oublier les coups répétés de celui qui régnait en despote sur sa famille.

« Finalement, à l'âge de quinze ans, il est parvenu à

se soustraire à ces sévices en s'enfuyant de chez lui, mais il a dû abandonner sa mère et ses sœurs aux griffes du monstre. C'est donc le cœur déchiré que cet adolescent a fui, en entraînant son jumeau avec lui pour le protéger. Émile Caron aurait pu se réfugier dans la drogue ou l'alcool, mais, au contraire, en travaillant et en étudiant jour et nuit, il a réussi à s'instruire et à se tailler une place enviable dans notre société. »

L'avocate s'approcha d'Émile et déposa une main sur son épaule. Elle s'adressa au jury.

Malheureusement, quand on possède la sensibilité et les sentiments filiaux d'un Émile Caron, il est difficile d'échapper à son destin. Pour tenir une promesse faite à sa mère, mais aussi pour soustraire ses deux sœurs, Hélène et Suzanne, aux viols répétés de leur père, il a dû intervenir pour que ce dernier soit jeté en prison.

Elle fit une pause et posa un regard bouleversant sur chacun des jurés.

— L'histoire aurait pu s'arrêter là. Émile serait rentré chez lui et aurait fondé une belle et grande famille avec Joséphine, sa compagne, dans l'amour et la douceur. C'était le plus grand rêve de sa vie.

Esther s'approcha de l'espace réservé aux jurés et mit une main sur la rambarde qui la séparait d'eux.

— Et c'est ce qu'il a tenté de réaliser. Malgré la mort de son frère jumeau et par-delà les craintes de sa mère, il demeurait accroché à son rêve, car, heureusement, au cœur de sa dérive il lui restait Joséphine. Elle était son phare, toujours présente dans l'obscurité de sa détresse.

Elle vint se placer de nouveau près d'Émile et se tourna un instant vers Joséphine qui suivait l'exposé, les yeux brillants de larmes.

— Cette femme était pour lui porteuse d'espoir;

c'était avec elle qu'il souhaitait réaliser son vœu le plus cher. Émile Caron et Joséphine Gauthier désiraient fonder une famille qu'ils verraient grandir dans l'amour et la sécurité, une façon pour lui de vivre une enfance heureuse à travers celle qu'il désirait offrir à ses enfants. Mais l'apogée de la souffrance, pour cet homme, était encore à venir. L'après-midi du 14 août, à l'hôpital d'Amos, le verdict est tombé. À la suite d'un des traumatismes subis dans sa jeunesse, son rêve s'écroulait, éclatait en mille morceaux comme un château de verre dans les mains d'un maladroit et chaque pièce venait le heurter de plein fouet et le marquait dans sa chair. L'auteur de ses jours, par des gestes cruels et répétés, l'avait privé de son ultime bonheur, celui d'être père. Pour lui, la vie perdait tout son sens.

L'avocate s'avança vers Joséphine.

— Émile Caron ne voulait pas infliger cette fatalité déchirante à sa compagne et, de surcroît, il était anéanti par la honte, celle d'être le fils d'un monstre, d'un croquemitaine, comme il l'appelait dans son enfance. Mais aussi par l'humiliation de n'être plus un homme à cause de la cruauté de celui qui lui avait donné la vie. Comme le font les animaux blessés, par instinct de survie, il s'est réfugié dans la solitude pour panser ses plaies. Arrive un moment chez l'humain où le malheur dépasse sa capacité d'absorption. Alors, l'esprit cède à son tour et la personne entre dans une dimension imprécise où les balises de l'existence lui deviennent inconnues et où ce paroxysme de la détresse est son unique réalité. Le matin du 17 août, Émile Caron est allé vers son père animé du souhait ardent de soulager une extrême affliction qui atteignait les limites de sa résistance aux épreuves. Il souhaitait une explication à autant de haine et de cruauté, et elle ne pouvait venir que de son tortionnaire.

L'avocate fit une pause et jeta un regard vers Émile. L'air anéanti, il ne perdait aucune des phrases prononcées.

— Émile est allé vers son père tremblant de peur, comme un jeune garçon qui revient vers son bourreau en espérant obtenir de lui une explication à autant de haine ou une parole de regret qui aurait mis un baume sur les plaies vives de son existence. Mais Ovide Caron était toujours le même. Il s'est avancé vers lui en le bousculant pour l'écarter de sa route, il lui a lancé en plein visage qu'il n'était même pas un homme, mais une femmelette.

Esther retint son souffle un court instant avant de poursuivre d'une voix empreinte d'émotion.

— Mesdames et messieurs du jury, Ovide Caron a enfoncé le premier un poignard dans le cœur de son fils! Émile s'est présenté devant son père sans aucune préméditation de meurtre. Il était à la recherche de compréhension et d'amour, et une nouvelle fois il n'a reçu que haine et mépris. Il est important de souligner ici la vie exemplaire d'Émile Caron, son parcours positif sans la moindre faille, avant qu'il ne commette ce geste impulsif, alors qu'il était placé dans un contexte très particulier qui lui a fait perdre le sens de la réalité et le contrôle de ses actes.

Elle se dirigea vers les Caron, assis dans la première rangée, et les désigna de la main.

— Regardez les membres de cette famille : un fils défiguré, un autre handicapé à vie, incapable de fonctionner en société. Des femmes violentées, abusées par leur propre père. Et il ne faut pas omettre les absents, Jacques et Richard, qui ont cherché la paix dans l'oubli.

Esther se tourna vers les jurés.

— Nous est-il permis d'accepter que des enfants aient à payer un aussi lourd tribut à la violence de leur père? Vous représentez la société qui a fermé les yeux devant les abus cruels d'Ovide Caron envers les siens. Nous portons tous une part de responsabilité par notre insouciance à dénoncer ce que nous avons refusé de voir. Membres du jury, soyez magnanimes et démontrez à Émile Caron que nous pouvons aussi être bienveillants en tant que communauté. Soyez cléments dans votre verdict pour un geste désespéré commis par un homme dans la profondeur de sa détresse.

Un silence lourd pesait sur le prétoire. Esther fixa une dernière fois les douze hommes et femmes un à un. Elle leva la tête avec assurance et alla s'asseoir près de son client en déposant une main sur la sienne. Sa tâche était accomplie et elle avait le sentiment du travail bien fait. Le lendemain, le procureur viendrait à son tour s'adresser à la Cour, et sa version des faits serait bien différente de la sienne. Elle souhaitait avoir été suffisamment convaincante pour que les jurés retiennent ses arguments et que leur opinion penche en sa faveur.

Le mercredi fut un jour terne, avec un ciel bas et menaçant. De gros nuages noirs, lourds de neige, s'accumulaient. Une tempête se préparait. Laurent Gagnon avait l'humeur au diapason de la température. L'avocat s'apprêtait à faire ressortir la préméditation dans le parricide commis par Émile Caron, et son état d'esprit s'adaptait aux paroles qu'il devait prononcer. Il en avait vu passer, des malfrats, depuis le début de sa carrière au service de la Couronne, mais celui-ci lui avait occasionné plus de maux de tête que tous les autres réunis. Il y avait dans la personnalité de cet homme un charisme indéfinissable qui attirait la sympathie et cela l'embarrassait. Il se rendit au casse-croûte du palais de justice s'offrir un café afin de se stimuler avant le début des audiences. Paul-André Boudreau était assis près d'une fenêtre au fond de la pièce. Il alla prendre place à sa table, car les deux avocats, anciens confrères de classe, étaient toujours ravis de se rencontrer.

— Tu as un procès ce matin? demanda Gagnon par politesse.

Paul-André eut un sourire espiègle.

— Non, je suis ici pour entendre votre plaidoirie.

— Vraiment? répondit Laurent, intrigué. Vous avez du temps à perdre, chez Boudreau et Associés. Je t'ai aperçu hier dans la salle, je croyais que tu étais là pour la belle Esther.

— Mardi, c'était un peu pour les deux, je dois l'avouer, mais, aujourd'hui c'est uniquement pour toi.

— Je me rappelle que c'est toi qui représentais Ovide Caron.

— Exactement, affirma Paul-André. J'ai bien connu cet homme. C'était un psychopathe de premier ordre qui affichait un déni total de l'individualité de ses enfants. Jamais il n'a exprimé le moindre remords pour le viol de ses filles. Je n'ai pas eu le temps de suivre tout votre procès, mais j'imagine que sa personnalité a été étalée.

— Oui! Les Caron ont souffert de son comportement antisocial, mais ça ne justifie pas un meurtre.

Paul-André fit un clin d'œil à son confrère en lui donnant un coup amical à l'épaule.

— C'est pour ça que tu es procureur de la Couronne, et moi avocat de la défense. La justice est la même pour toi et moi, mais c'est dans son interprétation que nos points de vue divergent. Tu travailles pour faire mettre en prison les criminels, alors que moi je leur cherche des circonstances atténuantes, comme l'a fait maître Aubry avec éloquence, tu dois le reconnaître. J'ai bien hâte d'entendre tes arguments pour justifier la préméditation.

— Ils sont l'évidence même! J'espère que les membres du jury seront d'accord avec moi et que cet assassin sera incarcéré pour le restant de ses jours.

— Et moi, je souhaite que la belle Esther Aubry les ait convaincus qu'Émile Caron est une victime, ajouta en riant maître Boudreau.

— Alors, que le meilleur gagne! lança Laurent Gagnon en se levant.

— Ce serait merveilleux si l'application de la loi était aussi facile.

— Tu as raison, reprit Gagnon. Dans les plateaux de la justice, il y a bien des aléas pour faire pencher le fléau d'un côté ou de l'autre.

Les deux hommes se dirigèrent vers la salle du fond; c'était l'heure du début des audiences. Laurent Gagnon s'avança dans le prétoire avec aisance et distinction. Son moment préféré lors d'un procès était celui de sa plaidoirie, mais il savait reconnaître la pertinence et l'envergure de celle de ses confrères. Paul-André Boudreau avait raison. La veille, maître Esther Aubry avait brillé par la justesse de ses arguments, mais également par sa facilité à imprégner l'auditoire de ses émotions. Aussi, de faire valoir son point de vue devenait ce matin-là un défi à la hauteur de ceux qu'il aimait relever. Il adressa d'abord un regard à la jeune avocate assise près de son client et lui sourit, puis il se tourna vers les jurés en s'adressant à eux d'une voix grave, avec des accents qu'il voulait convaincants.

— Mesdames et messieurs, dit-il. Vous avez devant vous un accusé qui a tué son père d'un coup de couteau et qui, de surcroît, reconnaît son geste. Il est coupable, c'est l'évidence, et pourtant, n'éprouvant aucun remords, il plaide non coupable. Oui, nous l'admettons, cet homme a beaucoup souffert, mais il avait réussi à s'extirper de la fange. Il avait une excellente profession, une femme aimante à ses côtés, et l'avenir lui souriait. Mais Émile Caron avait conservé de son enfance volée un désir de vengeance qui ne pouvait s'assouvir que dans la disparition du responsable qu'il haïssait par-dessus tout. Obligé de s'enfuir de la maison à l'âge de quinze ans, Émile Caron s'est retrouvé seul pour affronter la vie et sa solitude s'est nourrie de sa haine qu'il cultivait envers l'artisan de ses épreuves.

Il s'approcha à son tour des jurés et les observa de son regard intense.

— Émile a repris contact avec sa famille en apprenant les viols répétés de ses sœurs par celui qu'il fuyait depuis quatorze ans. Il a réussi à le faire arrêter et enfin l'occasion lui était offerte de venir en Cour raconter les horreurs qu'il avait vécues dans son enfance et présenter à la face du monde la véritable image de la brute dénaturée qu'était son père. Malheureusement, à sa grande déception, l'homme a plaidé coupable. Il devait donc rentrer chez lui avec son petit bonheur sous le bras sans pouvoir dénoncer ce croquemitaine, comme il surnommait l'auteur de ses jours dans sa jeunesse.

Le procureur fit une pause pour laisser aux membres du jury le temps d'assimiler l'aspect de la personnalité d'Émile Caron qu'il leur exposait.

— Mortifié, il a guetté une occasion qui permettrait enfin à son bras vengeur d'atteindre sa victime. Les motifs s'accumulaient. Son frère jumeau s'est suicidé, incriminant son père dans une note manuscrite, et sa mère tremblait d'anxiété à l'idée qu'elle allait être poursuivie par son bourreau à sa sortie de prison. Et voilà, paroxysme de l'horreur, il apprend qu'il est stérile!

Laurent Gagnon fit une courte pause, puis reprit son énoncé sur un ton mordant.

— Habitué à inculper Ovide Caron de tous ses maux, Émile attribue également sa stérilité à son géniteur. Mesdames et messieurs, rien ne prouve que ce soit à la suite de blessures infligées par son père que l'accusé a subi des lésions aux testicules. Il peut aussi bien les avoir subies en tombant ou par un coup de sabot de la part d'un cheval, comme il fut mentionné au cours de ce procès. Malheureusement, Ovide Caron n'a plus droit à la parole pour se disculper, puisqu'il a été assassiné par son fils.

Assis près de son avocate, Émile encaissait la plaidoirie du magistrat. Esther l'avait averti qu'il ne serait pas tendre à son égard et qu'il essaierait de faire ressortir un côté sombre de sa personnalité.

— L'accusé a ensuite quitté sa compagne des sept dernières années, par amour, nous affirme-t-il, mais ne serait-ce pas davantage parce qu'il ne voulait pas l'entraîner avec lui dans la vengeance qu'il mijotait en silence? Émile Caron s'est réfugié dans un hôtel de la région afin d'élaborer un plan minutieux pour se débarrasser définitivement de l'homme qui anéantissait sa vie et celles des siens. Il nous dit que c'est en appelant sa sœur Fabienne qu'il a appris qu'Ovide était libéré le lendemain, mais les papiers de sortie étaient signés depuis dix jours. Rien ne nous assure qu'il n'était pas au courant. C'est une coïncidence bien étrange, qu'il se soit isolé deux jours seulement avant d'aller à la rencontre de son père avec une arme accrochée à la ceinture. Monsieur Émile Caron affirme que c'était en souvenir de son jumeau décédé, qu'il avait ce couteau avec lui, mais permettons-nous de douter de son allégation, car le synchronisme des faits arrive trop à point pour être le fruit du hasard.

Le procureur vint vers Émile et le pointa du doigt.

— Cet homme a tué son père en le frappant violemment à l'aide de l'arme qu'il avait en sa possession.

Il revint vers les membres du jury.

— Vous aurez à délibérer sur une cause de meurtre où la préméditation est flagrante, puisque l'accusé a agi de façon intentionnelle après avoir réfléchi à son geste pendant sa retraite de deux jours à l'Amosphère. Émile Caron a souffert au cours de son existence; nous le regrettons. Mais il a aussi commis un des pires crimes qui soient, un parricide, et cela après s'y être préparé avec soin. Vous devrez le juger en vous basant sur les faits, et uniquement sur eux. Dans notre société, la justice est la même pour tous et il n'est pas permis de l'appliquer soi-même. Mesdames et messieurs du jury, le respect des droits repose entre vos mains et il vous reviendra de rendre un verdict en votre âme et conscience. Nous, de la Couronne, croyons que la mort d'Ovide Caron a été un meurtre prémédité par son fils Émile. Ses faits et gestes antérieurs au crime mènent à ce scénario de façon incontournable. C'est ce qui devra dicter votre décision.

Laurent Gagnon porta un regard intense sur chacun des jurés avant de tourner les talons et de rejoindre sa place avec l'assurance du travail accompli. Charles Aubry s'avança et se pencha vers sa fille pour lui remettre une note manuscrite. Elle la lut et regarda Émile qui, absorbé par les dures paroles qu'il venait d'encaisser, ne remarqua pas l'échange entre les deux avocats.

Le juge Fortin s'adressa aux jurés pour leur faire part de ses recommandations.

— Mesdames et messieurs, dit-il, vous êtes dans cette Cour les représentants de la justice. Vous êtes les juges d'Émile Caron, accusé de l'assassinat de son père. L'accusé a reconnu avoir porté le coup qui fut responsable de la mort d'Ovide Caron, mais il plaide non coupable. Étant les personnes les mieux informées qui soient, puisque vous avez entendu jour après jour chaque témoignage, vous êtes donc en mesure de rendre un jugement juste et équitable.

« Plusieurs choix s'offrent à vous, soit, d'abord, l'homicide volontaire avec préméditation, auquel cas vous devez avoir la certitude, hors de tout doute raisonnable, qu'Émile Caron a agi de manière intentionnelle, de propos délibéré et de façon préméditée. Le propos délibéré, c'est le fait d'y avoir bien réfléchi et d'avoir pesé le pour et le contre avant d'agir. Vous pourrez aussi convenir du meurtre non prémédité, c'est-à-dire que la mort a été provoquée de manière intentionnelle, mais non de propos délibéré, et surtout que l'acte a eu lieu sans préméditation préalable. Vous pourrez également opter pour l'homicide involontaire. Dans ce cas, l'intention de tuer n'a jamais été présente. Il faut que la personne ait agi spontanément et qu'à la suite de cet acte la victime soit décédée. Finalement, vous pourrez décider de la non-culpabilité de cet homme pour cause d'aliénation mentale temporaire entraînant ainsi l'irresponsabilité pénale en rapport avec les faits reprochés. Dans ce dernier cas, l'intimé sera transféré de la prison à un institut psychiatrique, et la tâche reviendra aux médecins de l'évaluer et de reconnaître ses possibilités futures de vivre en société.

« Vous ne devez jamais perdre de vue que notre système de justice est basé sur l'absence du doute raisonnable et, en cas d'incertitude de votre part, l'avantage de votre hésitation doit jouer en faveur de l'accusé. Mesdames et messieurs du jury, vous devez maintenant vous retirer afin d'établir en votre âme et conscience le verdict à prononcer dans cette affaire de meurtre. »

Les jurés se levèrent et quittèrent le tribunal en silence. Émile prit la main de Joséphine, assise derrière lui, et la porta à ses lèvres. Ils s'apprêtaient à partir, mais Esther les retint un instant.

— Émile, je dois vous parler.

Le jeune homme devina une étrange intonation dans sa voix et s'inquiéta.

— Quelque chose ne va pas?

Il jeta un coup d'œil au fond de la salle et aperçut Gabriel en compagnie de Charles Aubry. À leur mine déconfite, il devina qu'un autre drame venait de se produire. Une pensée intolérable traversa son esprit.

— Mon Dieu, pas les enfants!

Il interrogea Esther d'un regard suppliant.

— Non, leur mère, répondit-elle. Elle est à l'hôpital et elle est mourante.

Émile prit Joséphine par la main et se précipita à l'extérieur du palais de justice. Gabriel les suivit et les invita à monter avec lui. La tempête prévue le matin s'était levée. L'immense prison plantée à quelques pas d'eux disparaissait dans les rafales de neige et de vent. Ils durent se cramponner les uns aux autres pour atteindre la voiture de Gabriel. Heureusement, l'hôpital n'était pas loin et une déneigeuse les précédait.

Ils n'échangèrent pas une seule parole, l'un étant concentré sur son volant, alors que les autres demeuraient perdus dans leurs pensées. En arrivant devant l'édifice, Gabriel les déposa à l'entrée et voulut ensuite garer sa voiture. Comme il ne trouvait aucune place disponible, il finit par la laisser à côté d'une congère faiblement éclairée par un lampadaire dissimulé dans le tourbillon des flocons. En descendant du véhicule, il essaya de s'orienter, mais l'hôpital semblait s'être volatilisé dans un épais mur de neige qui virevoltait dans tous les sens. Quelques éclats de lumière perçaient la tempête de temps à autre et il put atteindre le bâtiment en luttant péniblement contre le vent qui cherchait à le terrasser.

Joséphine et Émile s'étaient précipités vers les soins intensifs où Véronique venait d'être admise. En arrivant au troisième étage, ils aperçurent Marielle, la mère de

Véronique, à l'autre extrémité du corridor. Elle tenait Mathieu et Virginie par la main. Émile stoppa son élan, une peur trop familière lui vrillant les entrailles. Moins de deux mois auparavant, il était hospitalisé là et sa mère mourait sur ce même département. Il se laissa choir sur une des chaises adossées au mur et Joséphine l'imita. Ce fut à cet endroit que Gabriel les trouva une quinzaine de minutes plus tard. Il avait mis son col romain et revêtu un surplis de lin blanc par-dessus sa chemise noire.

— Venez, leur dit-il, en les invitant à le suivre aux soins intensifs. Véronique a besoin de nous et les enfants vous attendent sûrement.

Dès leur entrée, Mathieu et Virginie se précipitèrent vers leur oncle en pleurant. Ils s'agrippèrent à lui de toute la force de leurs petits bras.

— Maman est morte, murmura Mathieu d'une voix entrecoupée de sanglots.

— Pourquoi? supplia Virginie. Elle n'avait pas le droit de partir et de nous abandonner.

La petite fille avait le visage baigné de larmes. Joséphine la prit dans ses bras et s'approcha du lit où Véronique reposait. Marielle leur fit signe que c'était terminé.

— Avec cette grosse tempête, est-ce que tu crois que notre maman va trouver la porte du ciel? demanda Virginie.

Le cœur déchiré, les adultes présents se regardèrent, mais ils firent un effort pour sourire à l'enfant.

— Si elle ne la trouve pas, murmura Émile à son oreille, des anges viendront la chercher pour la conduire auprès de Jésus. Ne t'inquiète pas.

Esther qui, plus tôt, avait suivi le groupe avec sa voiture, entra dans la salle au moment où Gabriel commençait à réciter la prière des défunts. Elle parut très surprise de le voir officier. Elle demeura en retrait près d'une fenêtre balayée par la tempête. Dehors, le vent sifflait et s'engouffrait dans les interstices des croisées, créant comme une lamentation lointaine qui accompagnait les paroles du prêtre et enveloppait l'assistance d'un gémissement de tristesse.

*

Gabriel entraîna Esther à l'extérieur des soins intensifs, laissant les membres de la famille à leur peine et à leurs adieux. Le prêtre était conscient de la stupéfaction de la jeune avocate.

— Je suis désolé, Esther. Je voulais te l'annoncer autrement. C'était pour te faire part de ma décision que je souhaitais te rencontrer samedi dernier.

Esther le regardait avec attention, tandis que dans sa tête le fil de leurs brèves rencontres se déroulait. Le cheminement de son ami devenait clair.

— Tu as choisi de revenir à tes premières amours? interrogea-t-elle.

Gabriel esquissa un léger sourire.

— On peut dire ça ainsi. En accompagnant Émile et sa famille dans leur drame, j'ai découvert que j'avais la mission d'aider, de consoler et de soutenir. Pour moi, ces gestes passent par la prêtrise.

Il prit la main d'Esther et la baisa tendrement. Il leva ensuite son regard vers elle et lui sourit.

— Tu es la femme la plus merveilleuse que la terre ait portée, ma chère Esther, mais j'ai beaucoup réfléchi et je suis un homme d'Église; c'est ma vocation. Avec Fabienne, je me suis laissé entraîner dans les filets de l'amour sans trouver la force d'opposer la moindre résistance. Ce sentiment est un maître puissant qui vous assujettit délicieusement à sa loi et j'étais néophyte en la matière. Je me suis peut-être épris d'elle parce qu'elle avait besoin de moi. Je n'en serai jamais certain, mais j'ai découvert que ce ne sont pas les femmes en général qui m'attirent, c'était elle, uniquement elle. Après mûre réflexion et après avoir beaucoup prié le Seigneur de m'éclairer, j'ai décidé de revenir, comme tu dis, à mes premières amours. C'est ainsi que je suis comblé et que je me sens chez moi. Mon évêque m'a nommé aumônier de l'hôpital en attendant de m'octroyer une cure.

Esther retira à regret ses doigts de la main chaude qui tenait la sienne. Leur histoire d'amour n'en était qu'à ses balbutiements; aussi, c'était avec un léger pincement au cœur qu'elle voyait ses espérances s'envoler.

— Je suis heureuse que tu aies retrouvé la voie du bonheur, Gabriel, murmura-t-elle dans un dernier adieu à cet homme qu'elle avait apprécié et qu'elle aurait tout de même souhaité connaître davantage. Je vais garder de toi un merveilleux souvenir... et te regretter, j'en suis certaine.

Elle leva les yeux vers lui et, dans son visage serein, elle vit le prêtre et non plus l'amoureux potentiel. Elle lui adressa un doux sourire et partit avec élégance, sans se retourner. Gabriel la suivit du regard jusqu'à ce qu'elle arrive au bout du couloir. Il éprouvait une pointe de nostalgie, mais sa vie était ailleurs et il avait arrêté son choix.

Chapitre 23

Joséphine avait stationné la voiture en face de la prison à Sainte-Anne-des-Plaines, tandis que Mathieu et Virginie, assis à l'arrière, s'impatientaient. Depuis l'incarcération d'Émile, Joséphine le visitait tous les mois. Elle effectuait le long trajet entre l'Abitibi-Témiscamingue et cet endroit pour le réconforter et l'assurer de son amour. Cet après-midi-là, pour la première fois, elle était accompagnée des enfants. Depuis le décès de leur mère et le départ d'Émile, ils habitaient fréquemment avec elle. C'était Marielle, leur grand-mère, qui avait obtenu la garde de ses petits-enfants, mais elle appréciait l'aide de Joséphine, surtout quand elle voyait avec quel bonheur les petits l'accueillaient et lui sautaient dans les bras à son arrivée.

Cette journée du 28 août 1992 était particulièrement chaude. La canicule qui sévissait sur le Québec depuis près d'une semaine rendait chaque mouvement ardu, sauf pour Virgine et Mathieu, bien sûr, qui voulaient sortir de la voiture pour aller chasser les papillons dans le champ voisin. Une sorte de mirage flottait sur l'asphalte et déformait les objets, tandis que Joséphine regardait l'immense bâtiment en pierre qui semblait tanguer dans la chaleur torride. Elle détestait cet endroit que les circonstances l'avaient obligée à visiter dix-huit fois depuis un an et demi et qui lui ravissait la tendresse et la douceur de son amoureux.

Les délibérations des jurés avaient été longues dans le procès d'Émile Caron. Elles s'étaient prolongées pendant une semaine, une attente interminable pour l'accusé. Durant cet intervalle, Véronique, la mère de ses neveu et nièce, avait été portée en terre. Les enfants en pleurs avaient refusé de la laisser au cimetière dans la froidure du début de mars, alléguant que leur maman n'aimait pas l'hiver. Joséphine et Émile avaient dû les convaincre de venir avec eux en leur promettant de revenir souvent la visiter dans sa dernière demeure.

Marielle avait difficilement accepté le décès de sa fille unique. Le docteur Marcil les avait assurés que la tumeur maligne s'était résorbée grâce aux traitements de chimiothérapie et que l'absence de métastases permettait un pronostic encourageant. Une rupture d'anévrisme au cerveau avait provoqué une mort foudroyante, une complication fatale impossible à prévoir. Après les funérailles, Émile et Joséphine avaient emmené les enfants au lac Arthur en attendant la décision des jurés. La présence de petits êtres à consoler avait atténué la fébrilité de leur douloureuse incertitude.

Le 13 mars, en début d'après-midi, Émile et son avocate avaient été convoqués par la Cour. Les six femmes et six hommes étaient parvenus à un verdict unanime après sept longues journées de délibération. À l'annonce de la nouvelle, Émile avait senti un frisson de crainte le parcourir, et une nausée était montée à ses lèvres. Il avait appuyé son front contre le mur et était demeuré un moment immobile, incapable de bouger. Joséphine s'était approchée doucement et avait mis une main sur son épaule, sans un mot. Ce n'était plus nécessaire entre eux. Ils partageaient la même angoisse et la même espérance. À travers l'immense fenêtre du salon,

Émile avait jeté un dernier regard vers la surface gelée du lac Arthur. Cet endroit, c'était son rêve de vie. Il s'était arraché à ce paysage grandiose le cœur déchiré. Le temps était venu pour lui d'aller payer sa dette à la société.

Debout près de son avocate, Émile avait affronté ses pairs. Après que le juge eut pris connaissance de leur décision, le premier juré, Robert Leblanc, s'était levé, suivi des onze autres. Il avait regardé Émile dans les yeux et avait prononcé son verdict.

— Nous reconnaissons Émile Caron coupable...

Le jeune homme s'attendait à ce résultat. Pourtant, il avait chancelé en se retenant difficilement à la table devant lui. Il s'aperçut alors que, s'il avait prévu ce résultat et qu'il s'y était préparé de son mieux, il n'avait pas pour autant abandonné tout espoir. Au fond de lui, il avait continué de croire à l'éventualité d'un miracle.

Leblanc avait poursuivi.

— ... d'homicide involontaire.

Esther avait posé sa main par-dessus celle de son client et lui avait souri. Pour elle, ce verdict était le meilleur qu'ils étaient en droit d'espérer.

L'homme s'était ensuite adressé au juge.

— Votre Honneur, en tant que président et au nom des autres membres de ce jury, nous aimerions formuler une requête à l'intention du tribunal.

— C'est votre droit, avait spécifié André Fortin. Nous vous écoutons.

— Émile Caron a tué son père, nous le reconnaissons en le déclarant coupable d'homicide involontaire. Pourtant, étant donné les circonstances atténuantes établies devant nous, nous souhaitons pour lui votre clémence, au nom de notre justice qui se veut équitable pour tous.

L'homme aux cheveux blancs avait reculé d'un pas, s'était tourné une dernière fois vers Émile et s'était assis en baissant les yeux. Les autres avaient imité son exemple. Leur travail était accompli. L'avenir d'Émile Caron reposait maintenant sur la perception que le juge avait du geste qu'il avait commis. C'était maintenant à lui de déterminer le châtiment à infliger.

Le premier magistrat avait remercié les membres du jury et avait convoqué l'accusé et son avocate le vendredi 15 mars, jour où il leur ferait part de sa décision. Devant une Joséphine en larmes, encadré de deux policiers, Émile avait été conduit au pénitencier d'Amos, situé à proximité du tribunal. Le cortège avait emprunté un long tunnel sous la terre, un couloir sombre où le jeune homme avait senti le poids de la justice peser sur sa vie. En l'accueillant, les gardiens Ariane et Michel avaient été sympathiques avec lui. C'était avec ménagement et gentillesse qu'ils avaient rempli les papiers d'usage pour l'admettre à leur centre. Au moment de refermer la lourde porte de sa cellule, Ariane s'était adressée à lui.

— Nous avons côtoyé Ovide Caron durant son incarcération ici. Il a été odieux. Il faisait montre d'une attitude supérieure et avait continuellement des paroles méprisantes à notre égard.

Émile lui avait souri. Il reconnaissait bien dans cette description l'arrogance de son père. Il avait vécu dans un autre bagne où la violence et la méchanceté avaient été omniprésentes. Aussi, pour le long voyage qu'il amorçait dans ce milieu carcéral, il souhaitait un contexte plus chaleureux. Il fallait avoir beaucoup souffert pour espérer un peu plus de douceur en prison que dans la maison de son enfance. Le lendemain, mercredi, Esther lui avait rendu visite. Émile espérait qu'elle pourrait lui dire à quelle sentence il devait s'attendre.

— Elle dépendra de la perception du juge, avait-elle répondu. Dans les cas d'homicide involontaire, la sentence varie habituellement entre cinq et quinze ans.

Soulagé de n'avoir pas été reconnu coupable avec préméditation, ce qui lui aurait valu la prison à perpétuité sans possibilité de libération avant vingt-cinq ans, Émile avait quand même vécu la journée suivante dans l'anxiété. Il aurait sombré dans l'inertie la plus totale s'il n'y avait pas eu les encouragements des gardiens et la sympathie qu'ils éprouvaient à son égard.

Le 15 mars, Émile était revenu en Cour. Sa famille était là : ses frères, Pierre et Gilles, et ses sœurs, Denise, Odile, ainsi que Suzanne et Hélène. Seule Fabienne était absente. Joséphine portait le joli chapeau de fourrure beige qu'il lui avait offert à Noël. Il l'avait trouvée ravissante, avec ses yeux humides et ses mains jointes. Gabriel était à ses côtés, le col romain au cou. Le juge Fortin avait demandé à Émile de se lever.

— Dans ce procès difficile émotionnellement et physiquement, les jurés ont fait un excellent travail. Nous tenons à les remercier. Leur verdict en étant un de culpabilité, nous devons donc prononcer la sentence en conséquence. Ces femmes et ces hommes, en invoquant les circonstances atténuantes qui ont conduit l'intimé à commettre, impulsivement et sans préméditation, un geste aux conséquences désastreuses, ont réclamé de cette Cour la clémence en sa faveur. Aussi nous avons tenu compte de leur exigence dans notre réflexion. En matière d'homicide involontaire, si la peine maximale est la perpétuité, il n'y a pas de sentence minimale requise par la loi. Étant donné qu'Émile Caron a déjà payé un lourd tribut à la violence et en tenant compte de tous les faits relatés au cours du procès, nous le condamnons à trois années de prison, sans possibilité de libération avant dix-huit mois.

Un silence stupéfait avait accompagné ces paroles, tandis que le juge saluait le travail d'Esther en clignant discrètement les yeux dans sa direction. Le vieux magistrat avait su apprécier à son mérite la tâche qu'elle avait accomplie et il avait la certitude que la jeune criminaliste était vouée à un bel avenir.

Le juge André Fortin avait annoncé la levée de l'assemblée et était retourné à son bureau. En enlevant sa toge, il avait jeté un regard vers le miroir de l'entrée. Il avait cru apercevoir le jeune garçon de son enfance, timide et effacé, que les moqueries des autres écoliers terrorisaient. Heureusement, son père avait toujours été là pour l'encourager et le soutenir. Les années avaient filé et, grâce à cet amour inconditionnel et à la sécurité familiale, il avait poursuivi ses rêves. Aujourd'hui, il était un magistrat reconnu par ses pairs. Fortin était satisfait de la conclusion de ce procès qu'il avait trouvé particulièrement difficile du point de vue émotionnel.

Devant la prison de Sainte-Anne-des-Plaines, Joséphine attendait la sortie d'Émile. Dix-huit longs mois à dormir seule dans son lit la rendaient impatiente de serrer son amoureux dans ses bras. Elle imaginait la douceur d'un coucher de soleil sur les berges du lac Arthur, blottie contre la poitrine de son homme. Une si belle perspective l'enchantait et faisait briller ses yeux d'un million d'étoiles.

La lourde porte de l'institut pénitencier tourna sur ses gonds dans un grincement pathétique et livra passage à Émile. En l'apercevant, les enfants bondirent hors de la voiture et se précipitèrent à sa rencontre. Comme ils avaient grandi! L'oncle leur ouvrit les bras et les reçut contre son cœur en retenant ses larmes. Ces deux petits êtres étaient pour lui un cadeau que lui offrait son frère Richard. Il se promit de veiller sur eux avec tendresse.

Il vit Joséphine qui s'approchait lentement. Sa robe de soie verte ondulait gracieusement à chaque pas. Elle était l'espérance du bonheur, la perspective d'une vie dans l'amour et la joie. Il se releva et prit doucement les mains qu'elle lui tendait. Il l'attira et effleura ses lèvres humides et chaudes d'un baiser sensuel et tendre à la fois. Il aimait cette femme, il la désirait. La vie jaillissait en lui, effaçant les horreurs du passé pour faire place à un ciel serein aux couleurs de leur amour.

Virginie interrompit leurs retrouvailles en se pendant au bras de son oncle.

— Dis, parrain Émile, on rentre chez nous?

— Les enfants ont passé beaucoup de temps avec moi, à notre maison du lac Arthur, et ils se plaisent à dire que c'est aussi chez eux, murmura Joséphine à son oreille.

Ému, Émile se pencha vers la fillette et lui répondit avec des trémolos dans la voix.

— Oui! Vous êtes les bienvenus chez nous. Nous serons heureux, je vous le promets!

Il attira les deux enfants entre Joséphine et lui, et les embrassa de nouveau avec fougue. Le ciel, au-dessus de leur tête, était bleu et sans nuages. Il sourit à Joséphine, confiant dans l'avenir. Avec elle à ses côtés, la vie serait facile, puisqu'il ne serait plus jamais seul. Entourés d'amour, son neveu et sa nièce allaient voir leurs cauchemars s'atténuer et, ensemble, ils apprendraient à vivre les uns pour les autres, en incluant Marielle, la grand-maman des petits, qui avait eu le malheur de perdre sa fille unique.

Émile avait encore dix-huit mois de probation à effectuer, mais son agent, qu'il avait rencontré une semaine auparavant, lui avait parlé d'un travail bénévole qu'il pourrait accomplir à l'automne en donnant des cours d'alphabétisation aux adultes. La perspective de reprendre graduellement l'enseignement avait été pour lui une surprise agréable qu'il avait accueillie avec joie. Il anticipait également le bonheur de revoir ses frères et sœurs, libres et heureux.

Ils filaient maintenant vers la MRC d'Abitibi. Émile avait émis le désir de retrouver au plus vite la maison de ses rêves, près de son lac aux mille reflets. Sur la banquette arrière, Mathieu et Virginie s'étaient endormis. Un ciel clair parsemé d'étoiles faisait briller d'une lumière bleutée les nombreux lacs qu'ils croisaient dans la réserve faunique La Vérendrye. Le bonheur, c'était ça, la vie au quotidien dans la quiétude et l'espérance. Émile sentit la main de Joséphine se glisser sur la sienne dans une caresse douce et apaisante.

— Lorsque tu auras fini de purger ta peine, murmura-t-elle à voix basse pour ne pas réveiller les enfants, Marielle m'a laissé entendre qu'elle aimerait nous confier la garde des petits. Elle est âgée et elle souhaiterait reprendre son rôle de grand-maman.

— Nous pourrions même les adopter, suggéra Émile, la voix vibrante de tendresse et d'amour. Je suis convaincu que Richard serait comblé de savoir ses enfants heureux et en sécurité avec nous.

— Et la malédiction d'Ovide, qui a si longtemps plané sur toi et ta famille, sera dissipée.

Devant eux, une étoile filante traversa le ciel en laissant dans son sillage une traînée de parcelles d'or. Émile fit un vœu. À cet instant, il sut que la vie lui faisait une promesse de paix et de liberté. Il tressaillit sous l'effet d'une délicieuse plénitude.

Remerciements

Merci à vous, lecteurs de mon premier roman *Sous le manteau du silence*, d'être venus en si grand nombre à notre rendez-vous et d'avoir partagé avec moi votre plaisir à me lire. Vos commentaires sont de doux effluves qui parfument agréablement ma vie. Sans votre accueil chaleureux, je n'aurais pas ce prodigieux bonheur d'être ici entre vos mains et de vous offrir ce second roman.

Merci à Daniel, mon frère et ami, de m'avoir rappelé ces histoires que j'inventais pour lui dans l'enfance et qui n'ont jamais quitté sa mémoire. Ses souvenirs ont fait rejaillir l'étincelle de ma passion pour la beauté des mots. Ils m'ont prodigué l'élan pour commencer à écrire. Mille mercis à toi, et à Joanne, ta merveilleuse compagne, d'être à mes côtés, de me lire et me relire avec gentillesse et rigueur, à chaque étape de la création de mes romans. Votre écoute, vos conseils et vos encouragements constituent la touche magique qui me donne des ailes.

Un clin d'œil à Virginie. Elle a la fibre d'une écrivaine, l'avenir lui appartient.

Et un très grand merci à Jean-Claude Larouche, président et fondateur des Éditions JCL, qui a accepté de lire mon premier manuscrit et qui m'a accordé sa confiance. Aujourd'hui, mon rêve a traversé les frontières de notre pays, et c'est grâce à lui et à ses précieux collaborateurs.

Claire Bergeron

Sous le manteau du

ROMAN

Silence

LES ÉDITIONS JCL

368 pages; 21,95 $

DISTRIBUTEURS EXCLUSIFS

Distributeur pour le Canada et les États-Unis
LES MESSAGERIES ADP
MONTRÉAL (Canada)
Téléphone : (450) 640-1234 ou 1 800 771-3022
Télécopieur : (450) 640-1251 ou 1 800 603-0433
www.messageries-adp.com

Distributeur pour la France et autres pays européens
DISTRIBUTION DU NOUVEAU MONDE (DNM)
PARIS (France)
Téléphone : 01 43 54 49 02
Télécopieur : 01 43 54 39 15
Courriel : libraires@librairieduquebec.fr

Distributeur pour la Suisse
(À l'usage exclusif des librairies)
SERVIDIS / TRANSAT
GENÈVE (Suisse)
Téléphone : 022/342 77 40
Télécopieur : 022/343 46 46
Courriel : transat-diff@slatkine.com

◆◆◆

Dépôts légaux
Bibliothèque nationale du Canada
Bibliothèque et Archives nationales du Québec, 2012
Imprimé au Canada

◆◆◆

IMPRIMERIES
TRANSCONTINENTAL

Imprimé sur Rolland Enviro100, contenant
100% de fibres recyclées postconsommation,
certifié Éco-Logo, Procédé sans chlore, FSC
Recyclé et fabriqué à partir d'énergie biogaz.